清晖园龙氏诗薹

龙锦伦 / 著

岭南美术出版社

中国·广州

图书在版编目（CIP）数据

清晖园龙氏诗汇/龙锦伦著.—广州：岭南美术出版社，2017.12
ISBN 978-7-5362-6395-6

Ⅰ.①清… Ⅱ.①龙… Ⅲ.①古典诗词—诗集—中国 Ⅳ.①I222

中国版本图书馆CIP数据核字(2017)第298405号

责任编辑：陈积旺　黄小良
责任技编：罗文轩

书籍装帧：罗冠琼

清晖园龙氏诗汇
QINGHUIYUAN LONGSHI SHIHUI

出版、总发行：	岭南美术出版社　（网址：www.lnysw.net）	
	（广州市文德北路170号3楼　邮编：510045）	
经　　　销：	全国新华书店	
印　　　刷：	广州市东盛彩印有限公司	
版　　　次：	2017年12月第1版	
	2017年12月第1次印刷	
开　　　本：	787mm×1092mm　1/16	
印　　　张：	24.5	
印　　　数：	1—1000册	

ISBN 978-7-5362-6395-6

定　　价：58.00元

前 言

编 龙锦伦

  广东著名旅游景点、中华十大名园之一的广东顺德大良清晖园，参观过该园的游客，对独特的园林艺术叹为观止，啧啧称赞。然而，清晖园仍有与园林艺术相得益彰的文化底蕴，更让人钦佩，知道吗？清晖园龙氏家族，岭南首屈一指的诗礼人家，持续辉煌三百年，祖祖辈辈读书做官，六代六进士、二十五位举人，贡生、监生一百三十多人，成大器者众，诗词作品俯首可拾。

  诗，在中国有两千多年的历史，经过一朝代又一朝代的继承和弘扬，到了唐朝达到极盛。形成了自己独特风格的诗体——唐诗，这些唐诗，不管是浪漫诗派、现实诗派的作品，还是山水田园诗派、边塞诗派的作品，都是上乘之作。"炙手可热"势绝伦。所以，清晖园龙氏家族世代崇尚唐诗，他们吸取唐诗的精髓，创作了大量的优秀作品，在社会广为流传。与古诗一样，清晖园龙氏的作品中引用大量人名、地名、典故及僻词古字，特别是人名和地名，在工具书也找不到答案，人名、地名弄不清，会影响作品的欣赏。

  近几年，神州大地掀起学习古诗词的热潮，为给这股热潮加把热，在同昆的激励下，编者编写这本普及读物——《清晖园龙氏诗汇》出版，供广大诗词爱好者阅读时参考。由于编者的国学知识有限，不妥之处，欢迎斧正。

五岳生辉

辛卯春岁末
范邑龙锦榆书

目 录

龙应时《天章阁诗抄》二百二十九首

拟古 四首	1
陈滋扶滋权招游帆园看秋芙蓉与罗履先陈古村梁莪轩小酌	4
浈阳峡阻风	5
沈观察招游姑射山午憩静慧寺与临汾梁东亭翼城杨筠厓两大尹同赋	6
病 起	7
泠泉风土篇 四首	8
孟夏偕幕友张藜照王梅溪登灵璧山过河渚 三首	11
偕梁鹤圃游濂泉	12
夜 坐	13
秋日与石竖邑侯登青云阁	14
种 蔬	15
龙津阻雨	16
鹿门道中	16
治 圃	17
岁暮书怀	17
流霞洞得月楼夜坐	18
冬夜得月楼遣兴	18
独 坐	19
鉴江放棹至青云阁与温华石潘澧翘同赋	19
同冯赞与泛舟柳溪访泮塘梁伯言	20
春日遣怀	21
晓 起	21
题赖山人俶秋潭渔泊图	21
题赖山人俶罗浮云海图	22
早春过农家	22
食 蛎	23
垆边吟	24
夜过吴江县	25
题同年沈钦伯观察所藏吕仙渡海图	26
送张孝廉秋崖还吴即次其留别原韵	27
题郭比部东湖溪桥晓雪图	29
偕范文友学博过刘山人独乐轩	30
送翼城张蒿园明府报最入觐	31
醉歌行	32
归 兴	33
遁庵题壁	34
六月郭东湖比部召集环碧堂南池观荷	35
题同年高白云司马梅庵校经图	36
真定大悲阁佛像	38
张文驹少尹言其戚刘千总军功不录悒郁而死，嘱作诗以慰其孤，因以悒郁吟名篇	40
题同年丁芷溪学士溪南春耕图	41
荥泽渡河	42
夜宿香山县港口	43
白云山歌	44
秋日访程章云西樵绿阴舫	45
偕罗永循莫善斋何士壮林玉田游七星岩晚宿定上人精舍次莫善斋原韵	46
题曾明府莲舫石门观瀑图	47
大通津口秋泛	48
画兰竹赠叔凌禹	50
西洋琥酒船珀歌	52
绳 伎	53
罗浮藤杖歌寄吴倬云	54
江村散步	55
寒食羊城北郊寓目和白太傅	55
寒机吟	56
驯鹰歌	56
朱门吟	57
送春次梁澧隅韵	58
食 蟹	59
题林良芦雁图	60
中秋鉴江舟中觞月	61
冬杪游甘园憩净度庵	62
早春与叔锡日锡虞弟声之则之东园小集	63
立秋日晚晴野望	64
山 径	64
过龙游李道士月岩苑堂	64
幽居三首	65
秋 雨	66

· 1 ·

晚谐罗羽白区用名过东园	66
偕陈瀚六访白云寺印上人	66
野 兴	67
题相马图	67
贵溪夜泊	68
夜泊平望见月	68
上月日邓尉探梅	68
吴山独眺	69
平狱赵城憩留云庵	69
清明郊游同翼城张藘明府范文友学博 两首	70
薄宦违乡国萍踪汀漆胶人初离紫禁毡许坐青郊俗愿风犹古民和吏薛朝提壶知客意劝饮故交交	70
骤雨迟李次云孝廉何廑堂明经不到却寄	71
送赵秋崖比部随刘大司寇谳狱江南	71
青坪岭探梅	72
送叶云川观察浙江	72
泽州张城斋太守北上送别即次原韵	73
赠沈周望	73
过静升山庄	73
宿苏州智上人倚月楼同张司马元浩刘少尹东岩	74
宿慧因寺	74
畜 鹤	75
雨中宿白莲庵示仁义徐星垣少尹	75
席上赠陈孝廉伯升	75
过邯郸吕仙庙	76
野渡送李晴川	76
寒郊送客	77
荥泽晚渡	77
夜坐呈周立崖廷尉梁尺波仪部丁学士芷溪	77
游锦带园别墅呈凌禹叔 二首	78
闭 门	79
访冯赞与	79
舟 夜	79
夕 照	79
秋日偕杜次山何士壮重过静度庵	80
东园书馆遣兴	80
新 燕	80
初秋访潘滢野古楼书塾	81
戊辰落第南归	82
东园春暮答何毅夫吴念中	83
雨泊九江	83
送冯大堃同年赴龙游任	84
偕范成斋学博孟孝廉芝圃游王农部晴川静怡园别墅	84

都门送麦兰坡南还	85
重游月湖感旧与许文度罗学斋同赋	85
送沈起南观察楚南	86
出都宿长新店	86
查灾由北郊至静慧庵	87
苏州遇冯大堃张清臣简作霖梁扑亭招饮湖船	87
赠慧因寺觉上人	88
偕何侍御苍水梁仪部鹤圃西山观瀑	88
饮铜陵张春圃明府署中	88
灵璧山旧寺小憩	89
李车桥水心亭小酌	89
乞养归里偕叔宪中兄东曜访凌禹叔锦带园别墅	89
武昌胡鹤林太守招同梁慎斋杨筠园两大尹饮黄鹤楼	90
偕叔宪中兄东曜访凌禹叔锦带园别墅	91
送卢容江公车北上兼寄郡中梁尺波仪郎	91
村舍题壁	91
与吴立亭梁莪轩泊舟石湖寄梁尺波楚南	92
水阁小酌次潘礼翘韵	92
晚 凉	92
槐儿南宫报捷感赋	93
池 上	93
送 春	93
仙女吴彩鸾庙	94
夏 夜	94
孙东亭同年招饮珠江与梁尺波同赋	95
鹿门道中书所见	95
遣 兴	96
访钟常真花溪新筑不遇	96
碧江晚泊与苏迪光夜语	96
元 夜	97
留春与温华石陈觐甫冯开泰潘澧翘余北亭同赋分韵得归字	97
偕冯与赞重游海幢寺用壁间韵	97
初冬即事	98
仲春东郊	98
新 柳	98
题红梅图寿温登于	99
区丽云为余画授经小照却赠	99
对客漫述 二首	100
芦 花	101
池 上	101
与声之弟步月登凤山	101
江 亭	101

樵　径	101
煮　茶	102
甘竹滩晚泊	102
滩夜书所见	102
归舟过城北	102
借　宿	102
题叶毅庵中允所藏王春麓烟江叠嶂图 二首	103
田家 四首	104
遣兴 二首	105
楼　上	106
桥上闻笛	106
新　梧	106
题赖山人秋山夕照图	106
胥江夜泊	106
玉山登舟	107
丁丑除夕	107
卉木庵与欧阳慎思潘景最同赋	107
偕吴立亭访梁尺波舟中口占	107
偕彭扑庵罗履先吴立亭梁莪轩游锦岩东庵 二首	108
水　边	109
春　云	109
午　坐	109
三月五日微雨泛舟 二首	109
闭户 二首	110
青云松堤避暑与叔锡日凌禹同赋 三首	111
柳波涌舟夜	112
题冯潜斋学舍木芙蓉	112
野　梅	112
题何南庄孤山探梅图	112
题清溪渔父图 二首	113
花田即事 四首	114
珠江阁夜	115
次孟明府德齐原韵	115
流霞洞与梁尺波夜话 二首	116
送别 二首	117
县署得晤孙兰陔	118
客夜与黎太平奎垣	118
感　旧	118
独坐 二首	119
沙舟即事	120
题友人默林小照	120
石壁舟中食鲈鱼	120
舟过紫泥	120
慧竺禅院和何士壮韵	121
舟泊烟管	121
遣　兴	121
倦　午	121
夜　浴	122
遣　兴	122
春暮书怀	122
归　樵	122
废　园	123
北窖口夜泊	123
喜　雨	123
郊外看云	124
送黄玉川游楚	124
杜鹃行	125
晚过鱼塘海	125
哭刘兰浦	126
将赴灵石与何苍水侍御夜话	126
海珠寺风雨吟	127
与何濂甫潘景最欧阳慎思过海幢寺访德上人	128

龙廷槐　一首

座右铭	129

龙元任　《春华斋诗草》 一百二十七首

补题郭使君从军图	131
黄河东赴海	133
题某翁索句图	133
偶　成	133
余摄开平学篆已三月矣，学使将案临而后授者，至戏题一绝	134
松　下	134
即　景	134
戊辰公车北上，别房师魏金浦先生于珠江舟次，距今将六载矣，今春先生奉委来都，相聚两月，别后追溯离怀，情不能已，作此寄呈	135
赠处士赵八	137
题梁青崖仿八大山人墨松自寿图	137
壬辰之秋，海贼跳梁，居民流离迁徙，龙子见而哀之，作感秋诗四章	138
古　松	140
得　子	140
新　年	141
题何梦溪毓麟图	141
家　家	142
初食江南枇杷果	143

喜家中寄至书籍…………………… 143	青 镫……………………………… 177
刘书门光禄奉讳南归，别后以书见寄，赋此答之 ………………………… 143	即事有感…………………………… 177
寿郭驾舫明府五十初度 四首 …… 144	题某翁课孙图……………………… 177
题吕荔帷、张清湖合作梅石图，为周桂山农部作 …………………………… 147	题友人杖策看山图………………… 178
夜 雨……………………………… 147	试院偶作…………………………… 179
题吴声之双竹窗轩听读书图……… 148	离晋省作…………………………… 179
题王竹před芦湾钓月图 二首 …… 149	庭有双燕来巢，询知土人曰拙燕也感其命名因而赋之……………………… 180
寄万英叔兼示诸弟………………… 150	枝杨张氏妇妯娌皆食苦杏仁殉夫死，张翰山前辈嘱作双烈诗 …………… 181
题徐星溪春波洗砚图……………… 152	重阳日黄爱庐铨部招同陶然亭登高，余适有从弟之丧未能赴，爱庐有诗，因次其韵 … 181
送康健斋归岭南…………………… 152	
题李兰卿薇垣归娶图 四首 ……… 153	烈女冯姑者，粤西苍梧人也，年十六字同邑罗生，未嫁而夫死，女闻丧哭，奔夫家，夫家故贫不纳，且请改字，女曰：吾何归，湘君招我矣，乃投江水死，家人求其骸不得，邑人哀之乃请旌焉…… 182
自 箴……………………………… 155	
悼亡 六首………………………… 156	
寿赵平垣同年六十初度 二首 …… 158	
食 笋……………………………… 159	
观温少彭所购米元章画梅即呈少彭…… 159	题熊璧臣自画团扇白牡丹………… 182
忆 梅……………………………… 160	题朱芝圃观察芸馆集仙图………… 183
寿薛封翁…………………………… 161	秋斋抒怀…………………………… 185
得书知海氛甚恶夜起有感次家大人韵… 162	水 居……………………………… 185
烹 雪……………………………… 162	禾 稻……………………………… 186
冰 床……………………………… 163	花 木……………………………… 186
冻 砚……………………………… 164	饮 馔……………………………… 186
义仆行 并序……………………… 165	嘉 果……………………………… 186
赠顾秋浦…………………………… 167	海 船……………………………… 187
梦中得诗四句固续成之…………… 167	山 川……………………………… 187
书屋销夏…………………………… 167	石壁舟次…………………………… 187
书李广传后………………………… 168	过依绿小园 四首 ………………… 188
题孙节母传后 并序……………… 169	题云客老前辈塞外从军遗照 三首 …… 190
寿单太孺人………………………… 169	读李又泉晚香馆诗集有见怀之作，追念昔游感而成咏即寄又泉 …………… 191
将役 西陵示子景灿（灿儿才九龄，耳亦解赋矣，志可嘉也。）………… 170	
	浮香馆赏菊示舍弟仰桓……………… 191
良乡道中望雪……………………… 170	东坡有集渊明归去来辞诗，余读桃花源记喜其语，聊复效之得诗 八章 …… 192
题胡梦圃小照……………………… 171	
将抵涞水口占……………………… 171	题胡彤阶柳波春饯图……………… 195
饮 酒……………………………… 172	感 秋……………………………… 195
题抱琴图…………………………… 173	送凌东园同年出守浙江 二首 …… 196
题胡和轩别驾庐沟送别图………… 173	成兰生同年守宁夏，有记恩诗，次韵赠行… 198
闻 拆……………………………… 173	偕李梦韶佽黄星溪侍御于徐仲升寓斋，壁上有东坡我帖四十字，各集一诗，赠行同席毛苇邨、许藕舲两同年……………… 199
何葆亭同年索书，以菊花尊酒见惠，作此谢之，并示崔二侍御 ……………… 174	
	兰生将出都辱承惠赠，再次前韵赋谢… 199
感 怀……………………………… 174	得旨降二阶以中允补用叠前韵示毛苇邨李郁堂保兰阶三学士 ………………… 200
题顾渚茶天山积雪图……………… 175	
寿郭春浦…………………………… 176	大考翰詹余列三等引见后旨感赋……… 200
买 花……………………………… 176	遣怀 二首………………………… 201

· 4 ·

潘小襄比部以比目鱼见惠率成长句致谢……202
题李梦韶同年小照……204
咏　梅……204
题听涛仙馆图……205

龙元僖　一首
大良义仓成立志喜……206

龙景劭　一首
题渊明采菊图……207

龙景灿　一首
恭读大人从役西陵之作……208

龙景欢　二首
读跃衢兄凤城小识录感赋　二首……210

龙㟋苓　三十七首
述　怀……211
古　峡……213
贺瑶舫业师秋闱报捷……214
简蕉橘姊……214
漫兴　四首……215
春　昼……216
新　月……216
广州故靖藩府前石狮歌……217
题昆湖姑母别墅……217
咏昭君……218
与蘅湘兄夜谈别后作……218
初　夏……218
次子惠棣原韵……219
夜雨感怀……219
呈瑶舫叔……219
送笙陔之两叔北赴礼闱……220
幽　居……220
惜花词……221
寄桂蘭妹……221
端午清晖园即事……221
听　雨……221
有　感……222
腊月念九夕作……222
漪漪亭玩月怀蝶蓬妹……222
野　望……223
丙辰除夕……223
晚　泊……224

小芳圃……224
赠谏韬弟……224
游林泉仙馆……225
諨子惠棣南园酬唱……225
谒凤山庙……226
踏　青……226
寓　目……226

龙祝龄　《龙佩荃诗集》一百八十八首
秋　雁……227
马上望西山……227
夜　深……227
寄蜀客　四首……228
伏波将军玉印歌为潘莲舫丞赋……230
题春燕桃花画扇戏赠　二首……232
重九日游慈仁寺……233
过副将军阿公墓有感　二首……234
烟九节偕李芑园侍讲游白云观今年入春来京遇到大雪，深数尺，实罕见……236
题区静舆牧守于绘尊甫西谷遗像……237
和友人湘中怀古……237
又题西谷画册静舆所藏　二首……238
漫　兴……239
绝　句……239
送谭叔裕太史督学四川……240
试效渔洋咏史小乐府　晋书十六国载记……240
九曲宴……240
识胡雏……241
比汉祖……241
两贞臣……242
掩藏扎……242
两雄门……242
双伪后……243
饥鹰逝……243
诋伊周……244
扪虱谈……244
鱼羊谶……245
凤凰谣……245
惊唳鹤……245
吕安西……246
姚平北……246
外一首……246
杀飞龙……247
岁　月……247
法源寺石坛唐太宗征高丽回葬战骨处……247

新衔 二首	248
九日与诸同仁醵集陶然亭 三首	249
杂诗 四首	250
岁暮郊行	252
频 岁	252
登瑶台	252
拟杜工部诸将 五首	253
题太夫子小汀相国重宴鹿鸣图集杜少陵 四首	257
登通州城楼 四首	259
望雪和曹吉三侍郎	261
古意 二首	262
秋夜作 三首	262
唐花和潘椒堂太史	264
许筠庵阁学以前二诗唐花故作语。殊煞风景，诗家固有尊题之法，再赋二首以呈	265
读史（前汉书）杂诗 十八首	266
次韵和周咏风农部 四首	272
除 夕	275
秋 风	275
秋 砧	275
余抱病数月，杜门不出，适吉三侍御以诗见赠，即用原韵占二律奉和	276
赠陶然亭静明上人 二首	277
秋 闱	278
漫 兴	278
饮酒有怀陈一山 八首	279
清明时节偕同乡诸公谒袁大将军墓 四首	282
盉簪以和吉三盆菊见示属，余和韵并呈吉三 二首	284
即事 庚辰年作 四首	285
山寺夜宿	287
耶律文正公墓下作	287
李舍人约中元夕游灯市因抱病未往	287
过东城有感	288
紫竹林东何康甫	288
奉答曹待御吉三见赠和原韵	289
漫 兴	289
春 感	290
重有赠	290
和友人戏赠	290
有感 十二首	291
夜阑曲 效长吉体	296
九日蔡侣舫农部曹朗川吉三两太史招同仁天宁寺登高	297
雨后郊行	297
春日游圆静寺	298
何惠泉水部邀同曹吉三编修、潘干卿、郑小盦两公子往丰台看芍药	299
羊城怀古 十首	300
冬日齐中偶作	304
醉司命日董云舫比部招饮	305
十里河古松歌	306
寄从弟谏韶 四首	307
戊寅七夕追悼	309
香河夜宿	309
夜 深	310
邯郸道中作	311
续 篇	312
连日阅仲则诗集，见其咏怀诸什感伤身世，缠绵委婉，不禁触绪兴怀得诗四首（己卯仲春）	313
吴星楼比部购得丁云鹏群仙图即为其太翁祝寿属题绝句 四首	315
吉三校定掘集兼题四诗于后，因作长句以谢	317
区盉先农部耽于诗其仆常唯之余以其言颇有至理因衍为歌	319
石景山观云	319
赠吴秋曹 二首	320
三月三日吉三招盉簪星楼咏风集	321
陶然亭修禊 四首	321
苦雨 五十韵	323
送曹吉三观察兰州 四首	326
香河舟中	329
山 行	329
登 楼	329

龙令宪 《五山草堂》《初编诗钞》一百零九首

四时十二月乐歌 十二首	330
兰溪道中	333
劝君酒	333
神狮舞	334
里东妇	334
春忆 四首	335
重有忆 四首	337
舟 济	339
县城北谒陈岩野先生祠	339
苦雨叹	339
陶春馆听雨寄于晦若侍郎	340
久患咳诗成而愈	340
鸡鸣驿	340

郊眺	340
寄王九郎	341
花渡	341
浮香圃	341
湖舠	341
明河篇	342
夏苦热校读南园，入夕以风欣然赋诗	344
简邓给谏	344
始闻秋风	344
秋荷	344
后溪春泛	345
香城阻雨	345
云中君	345
太常工人行	346
酬文芸阁学士见和 二首	347
蒋君燕北话别	348
瘗鹿亭	348
龙嵩圃	348
濠镜羁怀	349
香洲	349
披经	349
神女庙	349
答徐先梅艖尹 二首	350
岭南书事 二首	351
赠罗浮冲虚观道者	353
江头见月歌赠行客	354
恭题 先宫庶秋林朝霁图	354
蜀江锦	354
古意赠今人	354
玉阶怨	355
赤雕行	355
题周衔芝茂才美人抚琴图	356
次简竹居明经韵	356
赠魏子壂	356
晓寒和叶兰台郎中 二首	357
郑翁舍	358
忆巴州李十四员外	358
虎门节辕怀尚书彭刚直	358
送魏子壂归长沙	359
哭朱蓉生侍御	359
春旱不雨，时疫遍作，民有迁徙他郡者，龙子悯之作是诗也！	359
朱节妇唫 并叙 节妇海盐人也，以父宦粤，遂婚于胡氏子，夫无行导道，日督逾年，忧患自寻死，妇一哭，誓不欲生，是夕，仰药而尽。事在光绪癸未之冬，今其裔来言，且念为姻故也，爰作节妇唫	360
怀梁节庵廉访	360
赡族 并叙 先府君荣禄公，隐居乐志，济恤慷然数十寒暑弗替，复立敬宗会，捐田若干亩，岁以租人，为族人训读备荒之需，甲午事闻于朝，渥蒙旌表，诗以恭纪	361
瑞雪歌	362
简浙东诸彦并示黎纯甫舍人	362
合欢词	363
东征	363
和夷议成闻而惜之	363
莲浦谣	364
蕱箣歌	364
秋夜	364
酬郑征君	365
清晖园	365
春	365
登西山绝顶	366
夏日寄易实甫观察	366
秋咏 二首	367
陶心云孝廉招饮抗风轩	368
平湖	368
彭城旅舍	368
仙阁	369
神弦曲	369
过知服斋访江巩弇处士	369
端州庆云寺	370
与吴玉臣太史论学	371
海镜	371
八月十五夜观月	371
偕陈子励方伯游星岩	372
山墅	372
皎皎园中花	372
悯农操	373
湖上曲	374
夜坐唫	374
诗人陶子政惠箧题雨中见燕	374

附录	375
常见四种五绝格律	375
常见四种五律格律	376
常见四种七绝格律	377
常见四种七律格律	378

后记	379

龙应时《天章阁诗抄》二百二十九首

作者简介 龙应时(1716—1800),字懋之,号云麓,乾隆甲子科(1744)举人,乾隆十五年(1750)进士,任山西灵石县知县。擅长书法和诗,书法习王羲之,但已形成自己风格(作品藏顺德博物馆和广东省博物馆),著作有《天章阁诗抄》。首买废园,为清晖园第一代园主。

拟古 四首

(一)

我生三古①后,志愿蹑昔贤。
局蹐事章句,粗糟空搜研。
智矜丝剥茧,窥笑珠藏渊。
至人通造化,付物循自然。
有为本无为②,性始断群缘。

---

① 三古,有三种讲法:1.上古、中古、下古的合称。2.泛指古代。3.指书体演变过程中的古文、大篆、小篆。
② 有为本无为,语出《老子》,老子五千言核心思想是"道常无为而无不为"。"道",本义是脚下的道路,引申为方法、途径、规律等意义。"无为",不是"什么都不做",而是"不硬行强为,顺其自然"的意思。顺应事物内在规律,才能"无为而无不为"。

(二)

日月有圆缺,江海有盈虚。
予翼去其角,飞走难求余。
如何尘俗士,愿欲齐衡庐①。
百年驹过隙,毋乃昧乘除。
所以古圣人,疏水心晏如②。

(三)

达士薄轩冕,志士奋功名。
执性非一辙,守道以为衡。
鲁连东海迹,③诸葛南阳耕。④
一旦炳奇迹,胸次无俗情,
读书少所得。无为劳其生。

---

① 齐衡庐,道教圣地,位于江西武功山。
② 晏如,平静、安逸的意思。出自《汉书·诸侯王表》。"安然也。" 天下太平,安康!粉饰语!晏通"安"近音。
③ 鲁连,人物,即鲁仲连。鲁仲连,又叫作鲁仲连子、鲁连子和鲁连。鲁仲连生卒年代不详,根据专家们的推算大约是公元前 300 — 前 250 年。战国时齐国人。是我国继孔孟圣贤之后五贤之首,著名思想家、政治家、军事家和外交家。他饱读诗书,雄才大略,能言善辩,有计谋但不肯做官,常周游各国排难解纷。东海,古地名,现仍有东海县,位于江苏省北部,邻接山东省。东海县是新亚欧大陆桥东桥头堡西行第一县,闻名中外的"水晶之都",是鲁仲连发迹之地。
④ 诸葛,人物,即诸葛亮。诸葛亮(181 — 234),字孔明,号卧龙居士。出生在山东沂南县,中国三国时期蜀汉杰出的丞相以及政治家、军事家、战略家、散文家、外交家;南阳,地名,河南省第三大城市,豫陕鄂川渝交界处区域性中心城市,豫西南政治、经济、文化教育、科技、物流、交通中心,是诸葛亮从政前的居住地方。

(四)

世上驰骛士,骋驾不知疲。

精神腾八极[①],智虑周四维[②]。

蚁智穿九曲,鸩毒倾千卮。

寸心自水大,元发忽成丝。

碌碌谋富贵,徒为后世嗤。

何如一尊酒,醉卧游轩羲[③]。

---

① 八极,是一个概念,一个哲学范畴的概念。古人表述宇宙本源及衍化过程而创造的词汇。
② 四维,中国古代风水学中,八卦中分四维。
③ 轩羲,轩辕、伏羲的并称。《南齐书·乐志》:"德溢轩羲,道懋炎云。"轩辕,即黄帝,姓姬,居于轩辕之丘,故名曰轩辕,出生、创业和建都于有熊(今河南新郑),故亦称有熊氏,因有土德之瑞,故号黄帝;伏羲,中华民族人文始祖,是我国古籍中记载的最早的王,所处时代约为新石器时代早期,他根据天地万物的变化,发明创造了八卦,成了中国古文字的发端,也结束了"结绳记事"的历史。他又结绳为网,用来捕鸟打猎,并教会了人们渔猎的方法,发明了瑟,创作了曲子《驾辨》。

陈滋扶滋权①招游帆园②看秋芙蓉与罗履先陈古村梁莪轩③小酌

高士爱野居，门前可罗雀。
寻径赴招邀，欢呼礼节略。
科跣坐溪头，谈笑杂庄谑。
灼灼芙蓉花，媚客吐秾萼。
低亚逞芳姿，艳似侑杯妁。
呼酒对鲜妍，解衣肆磅礴。
西风吹雨小，池波晚烟阁。
红尘高飚空，翠闹绮交错。
把盏洽旧欢。差胜尘俗乐。
促坐翔鹜鸾，着我如瘦雀。
山林逸趣缘，人愿要天诺。
转眼翩分飞，栖止念丘壑。
醉后学簪花，豪怀欣有诧。
染翰④纪胜游，镌句忘劣弱。

---

① 陈滋扶滋权，人名，兄弟二人，清代顺德大良人，文人雅士。
② 帆园，花园，位于顺德大良，该园名现在仍然使用。
③ 罗履先、陈古村、梁莪轩，三个人的名字，作者的文友。
④ 染翰，指作诗文、绘画等。南朝宋谢惠连《秋怀》诗："宾至可命觞，朋来当染翰。"

浈阳峡①阻风

峭壁矗千仞,蒲帆阻石尤。
日落滩声急,波涌天欲浮。
客子共愁寂,默坐懒答酬。
舟人望人气,黯默迷荒陬。
狂风鼓万窍,簸荡舞潜虬。
近夜势愈烈,怒号未肯休。
行役将万里,计程曾几邮。
风雨拂怀抱,适意输沙鸥。
虚名等腐鼠,劳劳空白头。
不如纵归棹,恣赏园林幽。
茆檐一尊酒,邻曲相绸缪。
勿嗤住家子,老死弗浪游。

---

① 浈阳峡,位于北江中游、广东省英德市区南10公里处。是北江流经波罗坑至连江口的一段狭窄河道,由浈山、英山夹岸对峙而成,北起英城街道下张村,南至连江口镇江口咀,全长10公里许。两岸奇峰耸立,峭壁险峻,水势汹涌,为古代水路交通咽喉,兵家防范要地。唐以来为英德著名的游览胜地,留下不少赞美峡谷风光的诗篇,唐代名相张九龄、宋代大诗人杨万里、清代著名文学家袁枚等人写有赞美浈阳峡的诗篇。

沈观察①招游姑射山②午憩静慧寺③与临汾梁东亭④翼城杨筠厈⑤两大尹同赋

溽暑放衙参，长昼畏烈日。
联辔城西游，漷漅⑥豁如失。
山空秋信早，石耸云叠出。
度壑得名蓝，随喜听讲律。
缁俗绕法坛，香烟散经帙。
净念摄喧嚣，拂袂笼飞鹢。
穿林履巉岩，松桧森起慄。
石门藓苔铺，茆庵围杉密。
佛殿散旃檀，香䒾方丈室。
茗椀洗尘襟，清言快促膝。
竹风拂座隅，葛帔转萧瑟。
山花杂阶砌，弄态香鲜匹。
相对尘虑清，小酌任真率。
兴酣忘晚景，归鞭禁驰疾。
殷订霜节来，携壶摘林橘。

---

① 沈观察，清代官员。
② 姑射山，又名石孔山，是吕梁山的支脉，它被仙洞沟劈为两半，南北仙洞位于山腰中部断崖崖台上。姑射山由姑射神女为民射虎的传说而得名。姑射山山势陡峻，山体为土石山。其中南北仙洞是姑射名胜的精华。
③ 静慧寺，全国有多间静慧寺，最悠久，规模最大数江苏无锡新安那一间，这里指姑射山静慧寺。
④ 梁东亭，人名，汾梁人，清代官员。
⑤ 杨筠厈，人名，翼城（位于山西省境西南，中条、太岳两山之间）人，清代官员。
⑥ 漷漅，意思是：愤慨，气愤；抑郁不平，抑郁烦闷。

病　起

微屙息尘鞅，午倦试徐行。
斋南曲径幽，丛篁起秋声。
吹衣怯骤冷，毳①膜匡床横。
寂坐增叹息，劳劳此半生。
无端局簿领，随俗觊浮荣。
出入与日俱，瘦马事送迎。
筋力疲供亿，实惠宁及氓。
违亲万里外，循陔愧歌笙。
望闾与治剧，两地劳心旌。
扪心静自揣，为利抑为名。
究是两无得，尘壒徒营营。
数日病在告，案牍吏弗呈。
庭阶喧林鸟，暖日当窗明。
炉烟袅香篆，茗椀消宿酲。
兀坐万虑静，无心计亏盈。
磊落得故吾，丛累牛毛轻。
始知茧自缚，随群纲与婴。
悚然发深省，道在守孤贞。
苍松拔千尺，茑萝胡能萦。
烟渚多鸥鹭，去去寻凫盟。
热梦笑一瞬，腐鼠凭人憎。
处世能违世，阛阓即蓬瀛。
眼前契妙理，神志霍然清。

---

① 毳指人体表面除头发、阴毛、腋毛外，其他部位生的细毛。俗称"寒毛"。

泠泉①风土篇 四首

（一）

平阳郡②之北，迢递百余里。
思深哉遗民，俗犹伊祁氏③。
晋主中夏④盟，此地属西鄙。
势实蒲霍偏，土非绛沃比。
连延坡色黄，逶迤川流紫。
险不通舟车，扑鲜习工技。
陶复陶穴⑤间，古风良可喜。
但勿为茧丝，庶几结绳理。

---

① 泠泉，地名，位于江苏镇江金山寺外。因长江水深流急，汲取不易。据传打泉水需在正午之时将带盖的铜瓶子用绳子放入泉中后，迅速拉开盖子，才能汲到真正的泉水。南宋爱国诗人陆游曾到此，留下了"铜瓶愁汲中濡水，不见茶山九十翁"的诗句。这里作者描写的泠泉在平阳郡之北，远不及镇江泠泉名气。

② 平阳郡，古地名，三国时代魏正始八年(247)汾河东设立的郡级行政区划，郡治在秦置的平阳县(故址在今山西省临汾市尧都区)，以此为中心，平阳郡包括今天山西省西南部黄河以东汾河流域的十二个县，大致与临汾市辖区相仿。

③ 伊祁氏，古代"姓"和"氏"分用。姓是总的，氏是分支，后来姓和氏不分，可以混用。古代称呼帝王贵族等，后称呼名人、专家。

④ 中夏，即指中华，如同中国、中原、中土、中华、华夏之称。

⑤ 陶复陶穴，即"窑复窑穴"，是周人根据陇东独特的环境地理条件创造的两种不同形式的窑洞。在塬上，正面凿的窑洞为"陶穴"，在川谷台地上，沿河床两岸的半山腰或在塬边的沟壑之地，旁穿的窑洞为"陶复"。

(二)

人丁分上下，有丁苦无田。
算缗但计口，不问陌与阡。
当其催科时，悉索最可怜。
土窑一破甑，弃之远播迁。
人去丁不去，藉在焉得蠲。
邻里代之输，辗转相株连。
及其岁已久，他乡长曾元。
忽闻踪迹存，重跰敛丁钱。
我欲除此困，税额防虚悬。
绘图效郑侠①，悯此茕独先。

---

① 郑侠(1041—1119)，历史人物，字介夫，福州福清(今属福建)人，北宋诗人。年少时由于学习刻苦被王安石所器重。英宗治平四年(1067)进士。神宗时任光州司法参军，任满后进京城，监安上门。他不赞同王安石新法，曾借旱灾的机会，绘流民困苦图献给神宗，将灾民之苦归罪于新法，还揭发过曾与王安石交往密切的吕惠卿的罪状。

（三）

高壁岭①之侧，古县自唐建。
碧鬖灵液润，于今不复见。
无乃割其地，分隶州与县。
是为南温泉，适当山一面。
其俗稍夸诈，蛮触争最健。
每因干糇愆，辄修睚眦怨。
朝县暮复州，狡兔作窟便。
鞭长苦不及，所以讼滋蔓。
忠信自有格，耳目慎勿眩。
泮林怀好音，薄俗觊一变。

（四）

民居似蜂房，穿壁为营窟。
其外低作垣，遥见窗户列。
老翁负薪归，嵚巇行蹩躠。
少妇远汲水，深涧瓦罂挈。
山坡牧牛羊，小心视饮龁。
晨驱驴转磨，晚呼鸡栖桀。
即此跨富饶，其余盖藏缺。
丰年谷价贱，人仍饱糠籺。
春韭与秋瓜，客至乃特设。
风景总萧条，可知民力竭。
亟宜噢咻之，任诮阳城②拙。

---

① 高壁岭，在山西省灵石县南，为南北要隘。相传汉高祖刘邦出击陈郗时吕后斩了韩信，刘邦于返回长安途中，在此收到了吕后送来的韩信首级（头），遂葬之岭上，故又名韩信岭，亦称韩侯岭。
② 阳城，地名，古称获泽。位于山西省东南部，东与泽州县相连，南与河南省济源为邻，西与垣曲、沁水县接壤，北与沁水县搭界。自西汉置县，距今已有2000多年的历史，有凤凰城之美誉。

孟夏偕幕友张藜照①王梅溪②登灵璧山③过河渚 三首

(一)

遵涂陟高冈，辟峰何崒嵂④。
攀缘凌绝顶，跃然万象山。
左盼澄湖明，右瞰河流折。
水田千顷腴，炊烟万家密。
微雨随风来，苍松翠如栉。

(二)

新篁抽绿丛，野芳烂红辉。
时禽喈喈鸣，桑妇闲闲归。
步随清泉响，目玩⑤白云霏。
行行憩亭前，但恐足力违。
顾瞻旧来道，高哉何崔巍。

(三)

携手入招提，当兹北峰下。
古殿郁阴森，灵雨疑元化。
田父⑥进浊醪，谈笑在禾稼。
既醉循归途，余兴殊未谢。
爱兹荷池鲜，还从挂楫驾。
斜阳照远林，栖鸟知时夜。
赏心自兹惬，浩歌乐吾暇。

---

① 张藜照，作者幕友(明清时地方军政官署中协助办理文案、刑名、钱谷等事务的人员。) 有著作《画母联解》传世。
② 王梅溪，作者幕友，与南宋著名的政治家和诗人王梅溪同姓同名。（南宋著名的政治家和诗人王十朋（1112—1171），字龟龄，号梅溪。）
③ 灵璧山，地名，位于山西省中部灵石县境内，现已成为灵璧山森林公园。
④ 崒嵂，指高峻貌。
⑤ 目玩，观察研习的意思。
⑥ 田父，释义为老农。

偕梁鹤圃①游濂泉②

羊城苦亢热，避俗思旷游。
联袂踏江岸，摇波进轻舟。
白云耸青嶂，心目快相投。
拔草登危磴，褰衣③坐泉流。
岩畔攒野卉，独木度荒丘。
松门画虚掩，云气横经楼。
日西静春发，孤磬冷然留。
僧劝策余勇，步探层崖幽。
乱石涩铁趾，扪葛进复休。
丛荆突开辟，盘陀讶覆瓯。
伛偻姿陟览，溟海入双眸。
群峰罗丘垤，海门峙虎头。
茫茫白接天，不辨岛与洲。
日斜烟气起，万缕城闉浮。
尘舍百万户，鳞瓦环喧湫。
参差涌台榭，健鹘盘风遒。
十亩事农桑。欢心自可留。
俯仰感身世，宇宙同浮沤。
晚钟催返策，眷此情难由。
廓我芥蒂胄，矢咏聊为酬。

---

① 梁鹤圃，人名，作者广州的文友。
② 濂泉，即濂泉洞，位于广州市白云山。
③ 褰衣，提起衣裳。

夜　坐

溽暑雨乍霁，微风坐夕凉。
屋角挂盘月，皎皎如秋色。
虫声绕墙脚，夜气收莽苍。
境寂幽趣洽，身若游羲皇①。
我生奚不足，十亩事农桑②。
酒热呼邻里，击壤歌虞唐③。
一旦堕尘网，梦寐时彷徨。
远贻猿鹤笑，材薮得翱翔。
役役忘昏昼，途反违康庄。
良宵断人事，偃仰一胡床。
千金片刻抵，宁问更漏长。

---

① 羲皇，古人物，即伏羲氏。华夏民族人文先始、三皇之一，亦是与女娲同为福佑社稷之正神。
② "十亩事农桑"全句意思：作者一生从政在外，因老致仕，回到顺德大良，买下天章阁等宅地，计有十亩之余，过着耕读生活。
③ 虞唐即唐虞，唐尧、虞舜的合称，古代圣帝贤君。亦指上古政治清明，人民康乐的理想时代。出处：《古文观止·王鏊〈亲政篇〉》："吴楚材等尾批'谁谓唐虞之治，不可见于今哉'。"

秋日与孟竹墅邑侯①登青云阁②

野老强冠衿③，礼节多脱落。
长吏压簿书，僧窗憩寂寞。
高情渺层云，逸兴在幽壑。
山色为谁佳，秋光到处着。
斜阳挂浮图，涨碧潆略彴。
天水远相连，风雨晚陡作。
渔歌起汀州，村涛竞收获。
属玉破微芒，雁行下寥廓。
景物惬幽欢，潦倒倾杯杓。
长坐快松风，那问严城钥。
寺钟带月清，归棹依难泊。
分手订后游，载酒寻今约。
相期乐天真，不受俗尘缚。
百年等须臾，旷怀欣所托。

---

① 孟竹墅邑侯，孟竹墅，人名，作者官场好友。邑侯，古官名，即县令。
② 青云阁，阁楼，清代羊城有青云楼，已埋末。
③ 冠衿，即帽子和衣裳。

种　蔬

年老赋闲居，掩门懒他出。

淡泊以养生，食戒厌粱肉①。

屋外园一区，土沃宜蔬薪。

春和二月初，雨意滋霢霂。

分畦布佳种，嫩苗出地速。

灌溉日有期，蚓蠹防潜伏。

得气竞蕃滋，捋撷佐饘粥。

宁谓琐务烦，勤动劳手足。

既谢轩冕②荣，治生贵随俗。

不见杜陵翁③，题诗课僮仆。

---

① 粱肉，指美食佳肴。粱，通"梁"。《管子·小匡》："九妃六嫔，陈妾数千，食必粱肉，衣必文绣。"又作"梁肉"。唐孟郊《出门行》："君今得意厌粱肉，岂复念我贫贱时。"
② 轩冕，指官位爵禄。《庄子·缮性》："古之所谓得志者，非轩冕之谓也，谓其无以益其乐而已矣。"唐《过陶征君隐居》诗："田园三亩绿，轩冕一铢轻。"
③ 杜陵翁，指唐杜甫。杜甫（712 — 770），字子美。自号少陵野老，世称杜少陵。杜甫生于河南巩县。7岁学诗，15岁扬名，杜甫与李白合称"李杜"，约1500首诗歌被保留了下来，作品集为《杜工部集》。他在中国古典诗歌中的影响非常深远，被后人称为"诗圣"，他写的诗也被称为"诗史"。

龙津①阻雨

黑龙②翻海起，卷海成黑雨。

顷刻天海昏，海气混洲渚。

白浪排山来，蛟鼍制空舞。

地轴摇转蓬，舟泊茫无所。

狂风陡扫云，斜日明前浦。

万顷碧玻璃，苇港闻柔橹。

鹿门③道中

群山势连绵，小阜宛回顾。

石径一桥通，两村隔晨雾。

平畴过微风，新苗漾喧煦。

云根脉低洩，清流涓涓注。

野屋篱落间，鸣鸡隐桑树。

虽无氾胜书④，农话洽幽素。

老厌城市纷，愿卜南村住。

樽酒邻曲欢，倾怀无俗务。

所乐在性真，岂有烟霞痼。

---

① 龙津，即龙门，龙门又名河津，故称。《晋书·郭璞传》："登降纷于九五，沧涌悬乎龙津。"明徐芳《城门高》诗："虾蟠百辈走盹盹，直取龙津为窟宅。"
② 黑龙，神话中的黑色之龙。
③ 鹿门，即鹿门山，在湖北省襄阳市东南。原名苏岭山，汉建武时，襄阳侯习郁建庙于山上，刻二石鹿置于庙道口，此庙称鹿门庙，后来称此山为鹿门山，史上孟浩然曾隐居此山。
④ 氾胜书，书名，即《氾胜之书》，是我国最早由个人独立撰写的农书，也是世界上最早的农学专著。《隋书》始称《氾胜之书》。原书约在北宋初期亡佚。现存的是从《齐民要术》等一些古书中摘录原文而成，约3500字。

治 圃

辟地栽花药，寄兴良不浅。
土膏①本养人，误用近暴殄。
蔬薇佐饔飧，朝夕谁能免。
抱瓮曾几时，新菘已可剪。
宛然村野家，篱落露华泫。
力作菜盈筐，古训以自勉。

岁暮书怀

岁华②聿云暮，人事竞往还。
独予乏筋力，围炉昼掩关。
胸次得清净，棋局聊消闲。
邻曲偶相过，浊酒开欢颜。
问我何岑寂，置对词转艰。
万缘到老淡，坐处即深山。

---

① 土膏，肥沃的土地。
② 岁华，意思是时光，年华。

流霞洞①得月楼②夜坐

青山压屋角,日夕烟岚浓。
无心看行云,偃卧来清风。
池鱼跳波响,鸟语喧芳丛。
凤岭③月初上,远送一声钟。
即景自怡悦,静默将谁问。

冬夜得月楼遣兴

云敛碧波洞,池水涵天光。
腊尽气渐暖,草树怀春芳。
老梅争吐萼,入夜静飞香。
寂坐有真趣,欣然命壶觞。
醉起月满阶,夜气空苍苍。

---

① 流霞洞,这里指广东肇庆七星岩(七岩:阆风岩、玉屏岩、石室岩、天柱岩、蟾蜍岩、仙掌岩和阿坡岩)。流霞洞,位于阆风岩下,洞中有明代石刻"流霞洞"三字,洞底积水成池,岩顶滴水入地而叮咚作响,如钟鼓之声而得名。肇庆七星岩,也称星湖,在肇庆城北,峰岩陡立峻峭,妖娆多姿,好像点缀在天空中的北斗七星,故称七星岩。古人称誉:"西湖水,桂林山,帛缎天降挂飞帘。"
② 得月楼,食肆名,全国各地都有,这里指流霞洞附近的得月楼。作者在此留不少佳作。
③ 凤岭,山名,位于广东顺德大良。这里指肇庆城北凤岭。

独 坐

年老厌喧嚣，独坐谢尘杂。

秋色入东篱，远山晴见塔。

隔林凉意多，曲径花阴匝。

鸟驯低入檐，蚕吟近依榻。

掩户入正眠，落叶响谁踏。

鉴江①放棹至青云阁②与温华石③潘澧翘④同赋

风日朝明霁，放棹探幽境。

山水共澄鲜，沿流忘路永。

浅渚绕回环，峭壁缘青冥。

长林沓蒙翳，粳稻黄千顷。

曲岸秋波潆，孤阁远山屏。

对景快游瞩，垂纶羡舴艋。

樽酒故人同，坐荫松萝影。

山风倏然来，环佩响幽泠。

森爽淡尘心，萧飒发深省。

眷怀构造人，迹与岘山等。

遗志夙详观，胜概今复领。

盘礴兴转赊，夕阳已低岭。

莫怅归路遥，吾意恋孤迥。

---

① 鉴江，广东顺德区西南的碧鉴河，原称鉴江，即现在的大良河。
② 青云阁，位于顺德大良。
③ 温华石，作者在大良的文友。
④ 潘澧翘，作者在大良的文友。

同冯赞与①泛舟柳溪②访泮塘③梁伯言④

放棹骋遥目，心与春流平。
促坐矮蓬底，避俗谢尘营。
遥峰烟正霁，竹影摇沙清。
野梅傍水发，色照茆檐明。
香中闻鸟喧，引胜沿溪行。
积翠映波绿，幽觉峭寒生。
西崦未云夕，东畬渐可耕。
稚子解迎客，林际开柴荆。
主人事园圃，鸡黍出真诚。
迹既远城市，老亦忘簪缨。
种植事偶暇，坦腹坐松棚。
间共话晴雨，旧事从头倾。
聊以消永昼，那知利与名。
此来遇怀葛，顿起遗世情。

---

① 冯赞与，顺德大良人，作者文友。
② 柳溪，广州荔湾区内的小河。
③ 泮塘，地名，位于广州西关，即如今泮溪酒家、荔湾湖公园以及龙津西路、泮塘五约一带。原是南汉刘氏华林园，清乾隆年间改为泮塘。
④ 梁伯言，人名，广州西关名仕。

春日遣怀

闲居鲜人事,坐对风日晴。
万物益春气,草木欣向荣。
群鸟穿林樾,相知时一鸣。
寸心默有得,浩然厌尘营。
耳目别有会,几席皆幽清。
欹枕怀羲皇①,贻我遗世情。

晓 起

残月落墙隅,邻鸡鸣屋角。
虫吟近曙阑,晓梦先秋觉。
凉风竹径行,浓翠眉间扑。
门外趋获农,腰镰行逴逴②。

题赖山人③俶秋潭渔泊图④

夜气澄寒潭,烟水湛清绿。
一棹入菰蒲,晴波湾几曲。
凉月沙头生,亭亭光如烛。
渔人不在鱼,寄趣耽幽独。
且莫扣舷歌,恐惊鸥鹭宿。

---

① 羲皇,上古人物,上文已注。
② 逴逴,愈走愈远貌。
③ 赖山人,即赖镜。赖镜,字孟容,号白水山人,广东南海县人,清初著名书画家。史载:明亡后受戒,法名深度,擅诗文、书画、山水宗元人及明吴门画派,笔法近沈周,风格雄健老硬。陈恭尹(1631—1700),字符孝,初号半峰,晚号独漉子,又号罗浮布衣,广东顺德县龙山乡人。著名抗清志士陈邦彦之子。清初诗人,与屈大均、梁佩兰同称岭南三大家。)题其画《秋山图》:"石高气骄苔藓墨,疏林索莫生寒色。"其作品明洁简练的风格近似新安派弘仁。书仿苏轼、文徵明。著作有《素庵诗钞》。
④ 《秋潭渔泊图》,古国画,作者赖镜。

题赖山人①俶罗浮云海图②

山顶安得洪涛舂，万顷汹涌云蓬蓬。
伫立云端视云背，茫茫白浪奔枯笻。
荡胸何止如擘絮，葛仙③铼舟旧曾住。
四百名峰洞数十，蓊郁迷蒙不知处。
倚天壁峭斗能扪，石上倒挂长松根。
讶是痴龙吐烟沫，遮翳白日苍林昏。
老怀夙有看山癖，眼界未开负双屐。
对此奇观欲振衣，便挽洪崖④跨鹏翼。

早春过农家

结茆傍东皋，占时念生理。
岁酒幸有余，朋饮坐檐底。
雨催杏花开，潮长塍间水。
数日暂宽闲，趁暖农功始。

---

① 赖山人，即赖镜，清初书画家，上文已注。
② 《罗浮云海图》，古国画，作者赖镜。
③ 葛仙，人名，即葛洪。葛洪(281 — 341)，字稚川，自号抱朴子，晋丹阳郡句容(今江苏句容县)人，东晋道教学者、著名炼丹家、医药学家。三国方士葛玄之侄孙，世称小仙翁，他曾受封为关内侯，后隐居罗浮山炼丹。著作有《神仙传》《抱朴子》《肘后备急方》《西京杂记》等。
④ 洪崖，传说中的仙人名，黄帝臣子伶伦的仙号，出自汉蔡邕《郭有道林宗碑》："将蹈洪崖之遐迹，绍巢许之绝轨。"

食 蛎

蚝山峙海隅，什佰相黏结。
蠢然一物微，亦解潜深窟。
土人知隽味，缘崖日采撷。
祗应为酒徒，勾引出岩穴。
譬如凿石罅，中得青玉玦。
犷[①]壳虽外缄，眉目仍内缺。
清不数玉珧，珍堪陋石砝。
年来饱忧虑，肝肠愁内热。
冷然入齿牙，快如嚼冰雪。
虽非合涧姿，品格总独绝。
连倒昆仑觞，两不厌饕餮。
他年忆此味，何由解消渴。
作诗记余欢，芳鲜犹在舌。
为语谢永嘉，可否匹海月。

---

① 犷，意为粗野强悍，强壮凶悍。

垆边吟

人生荣瘁无常形，时移势去汤沃冰。
听言往事足叹惋，座中客尽伤中情。
豪商邸枞王侯第，后庭歌舞多秀慧。
金缸玉椀醉霞觞①，洞天不夜非人世。
善承顾盼宠吴姬②，姿态娇妍兼妙艺。
画堂绣幕绮筵开，艳阵香浓客斜睨。
繁华乐极一朝休，花枝风卷随东流。
褰帘乍疑我鬓改，斯须认定俄合羞。
眼波凝泪犹剪水，眉黛带恨还模秋。
欲言复咽泣诉苦，飞絮残英难自主。
失身市侩坐垆头，十指如槌事酒脯。
语罢拭泪愁更深，感予谱作垆边吟。
盛衰本来有定数，营营无乃空劳心。

---

① 霞觞，即霞杯，酒杯的意思。唐曹唐《送刘尊师祗诏阙庭》诗之二："霞觞共饮身虽在，风驭难陪迹未闲。"
② 吴姬，指吴地的女子。

夜过吴江县[①]

望后月轮迟未上，更深风紧激微波。
舟人自惯夜撑篙，转嫌孤灯影摇晃。
长桥千柱过顷刻，良久阴辉弄云黑。
渔家爱客缚蟹来，对酒持螯计粗得。
步上平堤快游适，望去垂虹才咫尺。
前行风力透衣寒，耳震波声卷沙碛。
商船浦外隔昏烟，天水微茫遥相连。
英雄干济树伟绩，转眼换劫余千年。
兴亡慨叹亦何益，智愚共作百年客。
划然长啸发悲歌，洒落吟笺震霹雳。

[①] 吴江县，现在叫吴江市，位于江苏省东南部，全境无山，名副其实的"水乡泽国"。大小数百个湖泊点缀在城乡间，全市境内河道纵横，水域面积占全市总面积的三分之一。特别是古镇同里，路由桥通，家家临水，户户通舟，是一个典型的江南水乡古镇，被誉为"醇正水乡、旧时江南"。

题同年沈钦伯①观察所藏吕仙渡海图②

仙人楼阁居蓬瀛，偶然玩世离赤城。
和飔引驾渡沧溟，黑风浪息鱼龙腥。
霭霭云气随回萦，峨冠佩剑从竛竮。
修髯炯目玉练形，神光焯焯浮中庭。
枯槎坐踞捐韬耕，辽东令威厥姓丁。
翔空欲下摇霜翎，予方厌世争腐鲤。
栖心元域侣佺成，此图妙旨窥黄庭。
笔颠骨相通群灵，诛馘飞毒命门扃。
清音透顶闻雷霆，披萝重冈劚松苓。
我命在我同一忾，我命在我同千龄。

---

① 同年沈钦伯，同年，科举时代称同榜或同一年考中者。沈钦伯，沈钦韩之兄，沈钦韩（1775—1832），字文起，号小宛，原籍浙江吴兴（今湖州），居于苏州木渎。清史学家、文学家。嘉庆举人，官宁国县训导。学问渊博，精史地之学，长于训诂考证，也能诗文，所著有《两汉书疏证》《水经注疏证》《韩昌黎集补注》《王荆公诗补注》《王荆公文集注》《范石湖集注》《幼学堂诗集》《文集》等。
② 吕仙，即吕洞宾。吕洞宾，原名吕岩（另说本名吕煜），字洞宾，号纯阳子。著名的道教仙人，八仙之一、全真派五祖之一，全真道祖师，钟、吕内丹派代表人物。《吕仙渡海图》，古图画，沈钦伯所藏。

送张孝廉秋崖①还吴②即次其留别原韵

前日溪头喜君来,今日溪头看君渡。
健翮投林有倦心,倏焉豹隐③南山雾。
洞庭西去④拍天流,缥缈峰头碧云暮。
凌风挂席三万六,千顷笑玩金渡飞。
玉兔囊底金钱何,有哉怀中瑶草新。
裁赋高名到处动,衣冠傲骨偏思狎。
鸥鹭众中爱我交,忘年兼旬倾写真。
意联手握明珠两,相许势利讵肯同。
市廛道合谊高无,近远知音应续伯。
牙弦独怜余老鉴,溪曲株守田园课。
耕读草堂日醉渊,折柳歌骊夕照中。
明樽扁舟未访子,布帆无恙悬秋风。
水驿山程数千里,到家满径桃花红。

---

① 张孝廉秋崖,人名,江浙人,曾在随园当孝廉。随园,名园,原为曹俯所建,后归金陵织造隋赫德所有,位于金陵小仓山(今南京市广州路西侧)。乾隆十三年(1748),袁枚购得此园,寓居于此,改名为随园。袁枚(1716—1798),字子才,号简斋,晚年自号仓山居士、随园主人、随园老人,钱塘(今浙江杭州)人。清代诗人、散文家。史载:乾隆四年进士,历任溧水、江宁等县知县,有政绩,四十岁即告归。在江宁小仓山下筑随园,吟咏其中。广收诗弟子,女弟子尤众。袁枚是乾隆嘉庆时期代表诗人之一,与赵翼、蒋士铨合称"乾隆三大家"。有著名的《随园诗话》。

② 吴,地名,江浙一带的简称。

③ 豹隐,比喻隐居山林。

④ 洞庭西去,出自袁枚巴陵道中,"洞庭西去女郎祠,来慰行人有画眉。山县城荒关店早,戍楼灯远泊船迟。方言莫辨思重译,异鸟无名愧学诗。难得篙工解人意,每开窗处对花枝。"

手持仙人绿玉杖⑤,远寻葛岭紫芝翁⑥。

何当飞泻凌云走,与君七十二峰⑦深处还相逢。

---

⑤ 绿玉杖,金国王爷、点穴名家完颜长之的家传宝物,该杖碧绿晶莹,翡翠一般。相传,在中印交界的大吉岭中,有一种"绿玉竹",坚逾钢铁,可御刀剑,但产量极少,而且要"竹龄",天竺僧人送给完颜长之的。
⑥ 葛岭,地名,位于浙江省杭州市西湖之北宝石山西面,道教名山胜地。相传东晋时著名道士葛洪曾于此结庐修道炼丹故而得名。紫芝翁,真菌的一种,也称木芝,似灵芝。菌盖半圆形,上面赤褐色,有光泽及云纹;下面淡黄色,有细孔。菌柄长,有光泽。生于山地枯树根上。可入药,性温味甘,能益精气,坚筋骨。古人以为瑞草,道教以为仙草。
⑦ 七十二峰,地名,有多处七十二峰,这里的七十二峰,指大汉七十二峰,位于安吉县南界。安吉县位于浙江省西北部。

题郭比部东湖①溪桥晓雪图②

山翁卧听溪风急,夜半筛珠满窗隙。
千岩皑皑失青苍,万径荒寒断人迹。
拏舟欲泛剡溪船,截岸层冰凌扦戟。
翩然孤兴止复豪,入望招提在咫尺。
摄衣奋步挈奚童,秃袖抱琴龟手漆。
扳桥蜡屐拄枯藤,踏破横江玉龙脊。
粥鱼晨磬声未歇,敲门唤起弥天释。
讲堂扫榻坐主宾,呵手调弦横两膝。
从来支许事幽寻,放意茶颠恣诗癖。
虎溪③相送尚迟留,更待林梢挂苍壁。

---

① 郭比部东湖,郭,即郭东湖,广东人。比部,官称,明清时对刑部司官的通称。
② 《溪桥晓雪图》,一幅国画。
③ 虎溪,指庐山虎溪。

偕范文友①学博过刘山人②独乐轩

君不见达官火色凌朝霞，入驺传呼清堤沙。
姻亲故吏听颐指，涕洟所及枯生花。
威权势重责亦重，午夜起待晨鼓挝。
批鳞逆耳蹑虎尾，畏讥忧诼防庇瑕。
竿头百尺日危悚，四十未过鬓已华。
又不见朱门钱痴逞豪奢，氍毹按舞弹筝琶。
萍虀豆粥何足道，猩唇熊掌来咄嗟。
持筹中夜恒不寐，百万计恐毫厘差。
匹夫无罪壁其罪，祸同犀象缘角牙。
世间快意在富贵，富贵尚尔余何夸。
羡君适意脱尘俗，独乐之乐能无涯。
身闲事少忧患少，田收稻秋足瞻家。
会友娱亲具甘旨，教子旧传书五车。
百年万事付杯酒，一部鼓吹鸣池蛙。
眼前看破两蛮触，胸次不置千褒斜。
闭门自善真趣饶，回首富贵谁能加。
我愧弃家掉尘鞅，负舍转羡循墙蜗。
斗室相对仙凡判，静坐半日频咨嗟。
订期欢约暇追寻，主孟③莫厌煎盐茶。

---

① 范文友，学者，作者的学友。
② 刘山人，乡绅，屡试不第的秀才，心灰意冷后筑独乐轩自娱。
③ 主孟，即五代后蜀主孟昶。孟昶（919—965），初名仁赞，字保元，邢州龙岗（今河北邢台）人，五代后蜀高祖孟知祥第三子。史载：孟昶好方药，母有病，屡更太医不效，自制方饵进之，遂愈。群臣有疾，亲召诊视，医官钦服。曾令翰林学士韩保升等取《新修本草》并《图经》参校删定，稍增注释，成《蜀本草》（即《重广英公本草》）二十卷，已佚，其佚文收入《证类本草》等。

送翼城①张蔼园明府②报最入觐

朔风吹云雁程起,木叶萧萧洒寒雨。
三年上考觐阙廷③,妇孺欷嗟失召父。
我亦同舟仗指南,暂别有如鸟铩羽。
东门祖饯勉尽觞,幸际明良今舜禹④。
汾晋⑤俗有古遗风,俭勤务本称乐土。
旱荒盐荚迫追呼,枯瘠连年衣食苦。
官微纵不殿陛陈,民瘼应能达寺府。
书生素抱济物怀,一语春风拂万户。
圣人悃悾浃寰区,伫见调剂乐生聚。
多君名姓列循良,恫瘝饥渴满肠肚。
此行迁转只浮荣,快在乘时得建树。
勉矣修途自爱珍,蓬阆境邻天尺五。
征车到日梅花开,一枝寄慰汾河⑥浒。

---

① 翼城,即山西省翼城县,位于省境西南,中条、太岳两山之间,县境东临沁水,西接曲沃,北和浮山、襄汾毗邻,南与绛县、垣曲相连。
② 张蔼园明府,张蔼园,山西省翼城人,县官。明府,多用以专称县令。出自唐朝杜甫《北邻》诗:"明府岂辞满,藏身方告劳。"又金元好问《薛明府去思口号》之一:"只从明府到,人信有清官。"
③ 阙廷,指京城。《史记·秦始皇本纪》:"将问曰:'阙廷之礼,吾未尝敢不从宾赞也。'"
④ 舜禹,上古两个帝王:舜,上古贤明君主,后指圣人;禹,姒姓,夏后氏,名文命,号禹,后世尊称大禹,是黄帝轩辕氏玄孙,通过禅让制得到帝位,传说是夏后氏部落的首领,是子承父位、中国奴隶制的创始人。
⑤ 汾晋,指汾水流域,亦指山西省太原地区。
⑥ 汾河,河流名,在山西境内,源于山西宁武管涔山麓,贯穿山西省南北,是三晋母亲河,山西最大的河流,也是黄河的第二大支流。

醉歌行[①]

兼旬淫雨夕忽晴，草堂无客灯孤明。
秋虫唧唧傍墙咽，寂听不寐愁环生。
非招之来却难遣，酒兵劲旅力摧剪。
五斗一石弱不胜，兴豪量觉沧溟浅。
我生少贫贱，对酒无欢娱。
辛勤识字愍陋劣，漫寻章句雕虫鱼。
壮夫不为随俗强，献策金门谬邀奖。
蹉跎一第厕簪缨。
百里走城掉尘鞅，途冲地瘠苦供张。
剜疮补肉徒郎当，髀消鞍马事迎送。
劝课何暇筹农桑，违亲远臣仍尸素。
何若江乡狎鸥鹭，一棹秋风赋遂初。
脱网微鳞远渔妒，骨相原非华膴宜。
耕山钓水甘世遗，成仙作佛皆幻妄。
不如尽付手中卮，案中况有书百卷。
马史诗文出妙选，读罢倾杯醉复吟。
潦倒宁知更漏转，但觉高歌泣鬼神。
幕天席地得其真，讵能腐鼠恋滋味。
沉豢轻易杯中醇，昨非今是那足云。
愁人夜长醉夜短，百年一瞬忙纷纷。
邻鸡一唱又再唱，叫落群星明朝曛。

[①] 醉歌行，唐朝大诗人杜甫有《醉歌行》，作者敢于叫板，其才可知。

归 兴

遁翁为人懒无对,赤手一官追行辈。
抗尘俗状三年余,报称全无思勇退。
望云天未念高堂,血牒泣求赐还乡。
教孝台章驿飞达,给养恩旨来天阊。
捧纶喜极转流涕,快似沉疴倏去体。
涸辙鱼回越海滨,菽水一日三公①抵。
苍黄上马别士民,欲住难住同酸辛。
登程四月归七月,秋风飒爽凉城闉。
入门老亲两狂喜,肥瘦摩挲殊未已。
从头略叙别后情,女儿惊问半生死。
客魂未定亲故过,洗尘酒馔当筵罗。
鸡黍盘飧洽邻曲,酣眠今幸无风波。
梯山猿鹤勿讥笑,芒溪箬笠仍前肖。
江城花节听鹧鸣,新声不鼓琴堂调。

---

① 三公,中国古代朝廷中最尊显的三个官职的合称,如周朝立太师、太傅、太保为三公。

遁庵题壁①

遁翁②少日寡交朋，掩关坐断藤床绳。
漏尽破卷哦孤灯，目力透纸夸秋鹰。
一行作吏负且乘，简书狎下催凫兴。
伛偻磬折逐斗升，迎新送旧瘦郁蒸。
倚散簿领堆层层，五官并用吾何能。
督责老椽询聋丞，瞒天炀灶心兢兢。
役蠹民偷罪我仍，罹法瞥若鸟投矰。
近边九月河已冰，玉楼冻合衣生棱。
敝裘火炉寒不胜，口鼻呼吸髯珠凝。
积劳蓄热邪气腾，卧惊传鼓声鼕鼕。
报接达官须亲承，强支弱骨骑难胜。
病魔似受劳苦惩，霍然汗愈精神增。
炊催拙妇嗔迟鹰，实惠及民吾何曾。
始悔仕学皆失凭，知己悯劬荐牍登。
一纸乞养归丘陵，须眉入世早自憎。
薄田二顷产有恒，瓮飧蔬粝服粗缯。
醉余眠到日高升，暇时芒履撸枯藤。
课晴问雨巡村塍，胡为内热成腹症。
挂冠东迈束行滕，此庵鸿爪留虚称。

---

① 遁庵题壁，南宋著名词人陆游失意时遁居作诗之地。陆游（1125—1210），字务观，号放翁，越州山阴（今浙江绍兴）人，在大竹林遁庵避暑庵中独饮醉卧戏作此诗："赤日黄尘厌垢纷，竹林深处寄幽欣。如听嵩雒风前笛，似看潇湘雨后云。园鹿知时新解角，池鱼得意自成群。悠然一笑谁能识？坐胜天魔百万军。"
② 遁翁，人名，即南宋的大诗人陆游，上文已注。

六月郭东湖①比部召集环碧堂②南池观荷

村南华夏高旧筑,缥缃满架读书屋。
围绕门前百令③田,平铺水面千纹渌。
日斜树上有鸣蝉,雨后池边汎孤鹜。
客来随意摘畦蔬,渊明④之酒葛巾漉。
六月荷花已盛开,红白相映如云簇。
大者高出俨群仙,小者低垂宛童仆。
挺盖团团承露盘,滴入花心更芳馥。
晨兴坐对炎暑清,晚凉况复经新沐。
得句问花花不语,自有深情托幽独。
及此良辰酒满卮,莫待秋风零落时。

---

① 郭东湖,人名,作者在京的同僚。上文已注。
② 环碧堂,北京的一处景点。
③ 令,粤语,原文加田字旁,量词,相当于畦。
④ 渊明,人名,即陶渊明,陶渊明嗜酒,以致用头巾滤酒,滤后又照旧戴上。后遂用"葛巾漉酒"形容爱酒成癖,嗜酒为荣;赞美真率超脱,李白《戏赠郑溧阳》诗:"陶令日日醉,不知五柳春,素琴本无弦,漉酒用葛巾。"

题同年高白云司马①梅庵校经图②

汉儒说经数马郑③,硁硁三礼④如靳骖。
谁欤继之贾与孔⑤,榛芜翦辟穷幽探。
流传派别盛南宋⑥,卫黄⑦一出群言弇。

---

① 高白云司马,高白云,人名,作者的同榜举人。司马,古代官名,西周始置,位次三公,与六卿相当,与司徒、司空、司士、司寇并称五官,掌军政和军赋。

② 梅庵,位于广东肇庆市西郊,是古端州名刹,北宋至道二年(996)僧人智元所建。梅庵得名源自中国佛教禅宗六祖惠能。相传惠能素性喜梅,常在行经之处插梅为记。一次他归乡客居端州期间,寄寓城西一土岗之上,夜里林跃坐禅,为四周清丽景色感染,即在冈上遍植梅,昭示他惜梅喻爱、以爱扬法的无限禅心。当夜,万树梅花迎风绽开。后来,他的弟子智远和尚感念先师,在惠能插梅之处建立古寺,取名"梅庵"。《梅庵校经图》,国画。

③ 马郑,两个汉儒,即马融和郑玄。马融(79—166),字季长,右扶风茂陵(今陕西兴平东北)人。东汉名将马援的从孙,东汉儒家学者,著名经学家,尤长于古文经学。设帐授徒,门人常有千人之多,卢植、郑玄都是其门徒,注书甚多,有《孝经》《论语》《诗》《周易》《三礼》《尚书》《列女传》《老子》《淮南子》《离骚》等,皆已散佚,清人编的《玉函山房丛书》《汉学堂丛书》都有辑录。另有赋颂等作品,已佚,明人辑有《马季长集》。郑玄(127—200),字康成,北海高密(今山东省高密市)郑公(后店)人,后人为其立祠,以示敬仰,名曰"郑公祠"。他对儒家经典的注释,长期被封建统治者作为官方教材,收入九经、十三经注疏中,对于儒家文化乃至整个中国文化的流传做出了相当重要的贡献。著作有:《毛诗笺》《三礼注》。

④ 三礼,即祭祀天、地、宗庙之礼。

⑤ 贾与孔,两个经学家,即贾逵和孔安国。贾逵(30—101),字景伯,扶风平陵(今陕西咸阳西北)人。西汉名儒贾谊的九世孙,东汉儒家学者,著名经学家,尤长于古文经学。曾任左中郎将,位于侍中兼领秘书近署。著作有《春秋左氏长经》二十卷,《左氏解诂》三十卷,《春秋外传国语注》二十卷。孔安国,字子国,西汉时期鲁国(今曲阜)人,孔子十世嫡孙孔忠的次子。汉代经学家。武帝时历任都尉、谏议大夫、临淮太守等职。著作有《古文尚书传》《论语训解》《古文孝经传》《孔子家语》等书,成为古文尚书学派的开创者。

⑥ 南宋,中国历史上的一个朝代(1127—1279),宋高宗赵构在临安(今杭州)重建宋朝,史称南宋,与金朝东沿淮水(今淮河),西以大散关为界。

⑦ 卫黄,两个历史文人,即卫正节和黄震。卫正节,松江华亭人,南宋的儒者。创立白社书院,弟子三千。黄震(1213—?),字东发,人称于越先生,南宋末年著名的学者。43岁才进士及第,南宋王朝覆灭后,隐居于泽山,专心整理自己的著作。形成"东发学派"。著作《东发日钞》是一部满含睿语哲理的读书笔记,为东发学派的代表作。另著作有《古今纪要》、《古今纪要逸编》、《戊辰修史传》、《读书一得》、《礼记集解》、《春秋集解》等。

挽近俗尚王氏学⁸，圣籍庋置供鱼蟫。
章缝衮衮四百载，钓名空腹辞啰喃。
常时器数昧讲习，乍临宾祭颜赪惭。
惟君今世号经师，年始服政抽朝簪。
生平谈礼有癖嗜，至味不异米汁酖。
方其精思别同异，坚垒何足当戈铦。
着书满家不疗贫，缁尘华发空鬖鬖。
五千月俸给刍赁，自余未可醉二三。
长安少年习新诡，古义讵肯寻周聃。
先生之贫固其宜，请更扪舌无多谈。
撰杖曷不归去来，西溪⁹西有梅花庵。
葡萄美酒旨且甘，远挈花梦同清酣。
醒来晴窗负喧坐，研朱点墨书眠蚕。
弟子汪万久入室，橐籥⑩日鼓春风函。
先生归哉仆请从，相期问字香之南。

---

⑧ 王氏学，指以王安石为核心的北宋新学学派。"荆公新学"在北宋中后期，借助政治权力的庇佑，新学一度成为官学。

⑨ 西溪，地名，肇庆梅庵附近。

⑩ 橐籥。橐，以牛皮制成的风袋；籥，原指吹口管乐器，这里借喻橐的输风管。战国时期已有橐籥。

真定大悲阁①佛像

绀碧佛阁千云霄,隔城遥见压丽谯。
中有七十二尺像,狎恰盖顶如团茅。
骈指义臂数未谛,循梯百级分肩腰。
双荷张穴客僧寮,天王②俯胯联睢尻。
阴阳为铸万物炭,聚敛矿藏镕脂膏。
伟哉宋祖③所营造,乃似牝武天枢豪。
岂祈并汉延国祚,籍镇北固矜财饶。
调衔丈夫破颜笑,我不佑宋亦不辽④。
眼耳鼻舌心无住,须弥山王一秋毫。
必如大力具供养,震旦像教当寥寥。

---

① 真定大悲阁,佛寺,开宝二年(969),宋太祖敕建,宋廷佛教政策的象征。雍熙三年(986),宋太宗征幽州,权知真定府兼兵马部部署(钱惟治,宋太宗嗣位,进检校太尉。)在军旅倥偬之余,特为龙兴寺撰《春日登大悲阁》诗:"圣主钦崇教,千光歇绀容。映云窗绮暖,笼月箔花重。净刹香风远,危栏碧雾浓。胜因良以咏,华阁一斯逢。"强调新朝对释门的重视。

② 天王,即寺里的泥菩萨。

③ 宋祖,即宋太祖赵匡胤。赵匡胤(927—976),涿州人。后周殿前都点检,在"陈桥兵变"中被拥立为帝,建立宋朝,定都开封,一举结束五代十国分裂混战的局面,统一了大半个中国。又以杯酒释兵权等策,削夺禁军宿将及藩镇兵权,加强中央集权。在位十六年,庙号太祖。

④ "我不佑宋亦不辽"句中的宋、辽,即宋朝和辽国。宋朝(960—1279),中国历史上承五代十国、下启元朝的时代,根据首都及疆域的变迁,又分为北宋与南宋,合称两宋。辽国(907—1125)或称大辽、契丹,简称辽,是中国五代十国北宋时期以契丹族为主体建立,统治中国北部的封建王朝。辽国原名契丹,后因其居于辽河上游之故,遂称"辽","辽"字在契丹语是镔铁的意思。公元907年,辽太祖耶律阿保机统一契丹各部称汗,国号"契丹",916年始建年号,947年定国号为"辽",983年曾复更名"契丹",1066年恢复国号"辽",1125年为金国所灭。辽亡后,耶律大石西迁到中亚楚河流域建立西辽,1218年被蒙古汗国所灭。

劫灰飞过靖康⑤乱，寂定瞑度元明朝⑥。

且于菩提岩晏生，慎勿伸欠梁榱摇。

洪波自免滹沱啮，舍利⑦岂惜丹霞烧。

惟周宗言大可怖，舍身利物为泉刀。

---

⑤ 靖康，是宋钦宗的年号（1126—1127），也是北宋最后一个年号。靖康乱，靖康二年正月丙午日（1127年2月28日），宋河东宣抚使刘韐死节，其部下岳飞成为宋京城留守宗泽的部将。二月丙寅日（1127年3月20日），金太宗下诏废宋徽宗、宋钦宗二帝为庶人，俘二帝北上，北宋灭亡。

⑥ 元明朝，是两个朝代，即元朝和明朝。元朝(1206—1368)，又称大元，是中国历史上第一个由少数民族(蒙古族)建立并统治全国的封建王朝。1206年成吉思汗建立蒙古国。1271年忽必烈改国号为"大元"，取《易经》中"大哉干元"之意。1279年统一全国。元朝的领土空前广阔，包括新疆、西藏、云南、东北、台湾及南海诸岛等，1368年被朱元璋建立的明朝灭亡。北迁的元政权退居漠北，仍沿用大元国号，与明朝对峙，史称"北元"。元朝自成吉思汗起历经十五帝163年，自忽必烈定国号起，历十一帝98年。明朝(1368—1644)，以汉族为主推翻蒙古族统治者而建立起来的汉族复兴王朝，也是中国历史上最后一个由汉族建立的君主制王朝。1368年朱元璋灭元称帝，国号大明，共经历十二世，十六位皇帝，国祚276年。明朝继周朝、汉朝和唐朝之后的盛世(黄金时代)，史称"治隆唐宋""远迈汉唐"。大明，无汉唐之和亲，无两宋之岁币，天子御国门，君主死社稷。当为后世子孙所敬仰。

⑦ 舍利，即舍利子，原指佛教祖师释迦牟尼佛圆寂火化后留下的遗骨和珠状宝石。舍利子印度语叫作驮都，也叫设利罗，译成中文叫灵骨、身骨、遗身。是一个人往生，经过火葬后所留下的结晶体。不过舍利子跟一般死人的骨头是完全不同的。它的形状千变万化，有圆形、椭圆形，有的成莲花形，有的成佛或菩萨状；颜色有白、黑、绿、红等颜色；舍利子有的像珍珠，有的像玛瑙、水晶；有的透明，有的光明照人，就像钻石一般。

张文驹少尹①言其戚刘千总②军功不录悒郁而死，嘱作诗以慰其孤，因以悒郁吟名篇

故千夫长人姓刘，生小军中号撅子。
过人臂力能挽强，杀敌应王弦无虚矢。
几许从征西复东，无钱不迁但记功。
同伍健儿秉不蠢，犹属橐鞬走下风。
决计归农曾不假，力具犁锄鬻羸马。
余生愿作受廛③民，里社交欢半儒雅。
酒后耳热视眈眈，时将行陈资座谈。
自言逐北贼悉至，深入孤军战益酣。
长兵短兵声夏击，席上俨闻交矢石。
剑光虚指血路开，手探髑髅向人掷。
短衣归去二十年，年年税佃富家田。
断镞零星铸利斧，斫尽秋风老树巅。
一朝卧病不出户，谁说当年力如虎。
落得通身刀箭瘢，七尺柳棺埋浅土。

---

① 张文驹，作者同僚。少尹，官名，相当于典史。
② 千总，武官，清代绿营兵编制，营以下为汛，以千总、把总统领之，称"营千总"，为正六品武官，把总为七品武官。
③ 廛，古代城市平民的房地。

题同年丁芷溪①学士溪南春耕图②

结庐东海滨,钓竿插屋壁。

平生有微尚,颇不受岑寂。

揽衣日落山中来,长歌白日松风哀。

顾盼鱼龙海波里,日月荡漾搏桑开。

丰山丈人岂高隐,长日含毫蘸胡粉。

写出溪山得意图,自酌红螺进春酝。

溪南穮稄连翠微,稻黄九月紫蟹肥。

腰镰偶听孔鸭叫,植杖留看天鹅飞。

柳阴小囿场新筑,清溪直泻空亭绿。

短篷往往槭头船,系缆溪根叱黄犊。

秋风天阔吹浮云,野寺钟声到处闻。

过桥红树残花合,隐几青天别梦分。

丈人勉作溪山主,我生甘与哙等伍③。

杯酒难容横海鳞,未把一犁锄暮雨。

---

① 丁芷溪,人名,即丁田树。丁田树,字芷溪,福建连江县人,清乾隆十六年(1751)辛未科二甲第四十三名进士(与作者同榜),官至兵部员外郎。
② 《溪南春耕图》,国画,作者丁芷溪。溪南,福建武夷山的一个景点。
③ 哙等伍,比喻把跟某人在一起认为是可耻的事。

荥泽①渡河

忆昔逾淮历清济，循河到海欢海市。
又探星宿龙门巅，银涛泻入胸怀间。
今来荥泽秋山晚，几度临河不知返。
绵亘九曲分太史，此曲应知已过半。
落日萧萧帆度时，鬃沙礜石大风吹。
一时雪雨相并作，共道蛟龙窟宅移。
千尺百浪如山立，榜人奴子相唤急。
一叶中流纵超越，百年躯命争呼吸。
躯命百年奈若何，穷愁颠踣几经过。
平地蹇步类若斯，赋命凉簿轻风波。
须臾风定泊沙渚，水鸟飞鸣草虫语。
山头月出樽罍开，百里青苍环柱底。
人生哀乐亦何常，纵酒高歌且莫伤。
九江三澨②前途在，拍天云水两茫茫。

---

① 荥泽，古地名。《吕氏春秋·忠廉》："翟人至，及懿公于荥泽，杀之。"古时该地有一片沼泽，《尚书·禹贡》："荥波既猪（潴）。"《汉书·地理志》曰："人于河，轶为荥。"师古曰："轶与溢同，言济水入河，并流而南，截河，又并流溢出，乃为荥泽。"故名荥泽，治所在今郑州市区西北古荥镇北。

② 三澨，水名，位于湖北省境内，据载：过三澨，至于大别。《书·禹贡》左传："句澨、雍澨、蓬澨，其地在今湖北襄阳市宜城县北。"

夜宿香山县^①港口

柔橹咿喔聒人久,乘潮近晚泊港口。
船头恰与草坝平,坝面毵毵拂水柳。
戍楼入夜早敲更,岸上归农尚沽酒。
邻船过饮酒微醺,欲问耕桑向村叟。
登堤散步乱萤飞,更深惊吠篱边狗。
时清^②喜无盗贼惊,水阔利赖鱼虾薮。
江湖浩荡足淹留,鸥鹭与吾缘本厚。
沉吟风露不成眠,兀倚篷窗数星斗。

---

① 香山县,地名,地处珠江三角洲中南部,珠江口西岸,北连广州,毗邻港澳。是中国伟大的革命先行者孙中山先生的故乡,建制于南宋绍兴二十二年(1152),1925年为纪念孙中山先生而改称中山县。1983年撤县设市,1988年升格为广东省辖地级市。
② 时清,指时代清明,风气良好。

白云山[1]歌

白云之山挟云起，绝巘直入青冥间。
云散云封无定形，岚光荡漾梳烟鬟。
倚天拔地数千丈，层岩叠嶂根纡蟠。
清泉珠喷迸石窦，虬松翠柏笼碧潺。
溪回路转石迳危，几家樵户巢烟峦。
我来探胜事幽讨，恨不驭气随飞翰。
脚下云生过骤雨，松浮浓翠溪生澜。
兴来扳藤勇登陟，风飘凉露霑衣繁。
阴崖一线更陡绝，扪萝胆怯跻巉岩。
穷路峻，壁面削，俯瞰涧府眩险艰。
遥瞩峰南留鸟道，拾级蹩躠腰脚酸。
径平陀，瞥西眺，峰腰突兀珠宫攒。
浮金炫碧启象教，一声清磬飘旃檀。
梯空百折凌巅顶，嶒嵘杰阁开金銮。
独倚危阑莽四顾，海天茫茫眼界宽。
安得仙人[2]降云里，挥手遗我黄金丹。
但餐一粒足超越，乘风驭气轻尘寰。
何能局蹐溷世网，坐令白发凋朱颜。
丹台玉室无消息，仙凡路隔怜缘悭。
归来茆屋拥书坐，松风流水空湾环。

---

[1] 白云山，山名，全国有很多白云山，这里指广州白云山，该山自古以来就是广州有名的风景胜地，清末时有白云寺、双溪寺、能仁寺、弥勒寺等古寺及白山仙馆、明珠楼、百花冢等名胜古迹。每逢九九重阳佳节，羊城人扶老携幼，登白云山，避邪祈好运。

[2] 仙人，即郑安期，先秦方士，曾在广州白云山一带行医卖药，传说某年瘟疫流行，为了拯救民众，他在山上采仙草九节菖蒲时失足坠崖，驾鹤成仙。

秋日访程章云①西樵②绿阴舫

程君家住樵山③麓，情恋峦光与水渌。
廿年豪气客羊城④，数亩林泉清梦热。
雨余水柳翠参天，风蹴皮纹清比玉。
新营小筑仿鸟篷，短榭斜扉依水曲。
沄沄枉渚接花洲，湛湛方塘铺净绿。
笔床茶灶妙安排，作画题诗媚幽独。
我来岸帻正秋中，亭午蝉声满灌木。
轩窗四敞延凉风，几席清妍芳可掬。
邈然野色扑眉宇，篱豆花香瓜蔓屋。
速宾酾酒有余欢，转为亢旱独蒿目。
伫看银竹霈甘霖，檐角天绅挂飞瀑。
村畦泱泱颖栗垂，池水汤汤鸥鹭浴。
重过舫阁对晴山，醉邀山月酣三宿。

---

① 程章云，广东人，清代文人雅士，能诗善画。
② 西樵，地名，即西樵镇，位于广东省佛山市南海区西南部，是国家"AAAA"级风景名胜区、国家森林公园、中国面料名镇、广东省中心镇。
③ 程君、樵山，程君，人名，即程章云，上文已注。樵山，山名，即西樵山。西樵山位于广东省佛山南海区的西南部，山势蜿蜒、钟灵毓秀，奇石异洞散落其间，名胜古迹举目皆是，自古便有"南粤名山数二樵"之誉。明清期间大批文人学子隐居于此，故又有"南粤理学名山"的雅号；西樵山也是"南拳文化"的发源地，一代宗师黄飞鸿就出生于西樵山附近村落。
④ 羊城，即广州，根据五羊的传说而得名的。广州还有穗城、穗垣、仙城、花城之称。

偕罗永循莫善斋何士壮林玉田①游七星岩②晚宿定上人③精舍次莫善斋原韵

我非山中人，偶就山中宿。
松风扶杖两腋轻，野鸟喧迎似相熟。
山中老僧无旧缘，扣门不厌声剥啄。
白云满户洞壑深，玉笋参庭环立矗。
庭中池小清可鉴，四面朱阑荫修竹。
游鱼唼影花片肥，垂杨蘸水波鳞蹙。
云泉古篆谁所铭，第一清流冠南服。
石凳垂萝置茶灶，竹翠遗影留仙躅。
洗涤肠胃蔫清腴，斫落松枝煮溪蕨。
饭余小憩涉小亭，月黑惟看星爓煜。
空林腾逴窜麋鼠，飞泉萧瑟鸣琴筑。
悄然清冷不可留，闭门促坐依残烛。
铺床拂枕且求眠，夜静群声聒主仆。
人生百年等驹隙，尘劳扰扰纷驰逐。
荣枯得丧醉梦里，孰以亡羊辨臧谷④。
莫言偕隐待他年，蜗斗何时息蛮触⑤。
今宵乍结清净缘，倏似冰丸消炎燠。
何当遂此永幽栖，青壁茆户数椽卜。
纵如五鼓耿不寐，木鱼陡响呼朝粥。

---

① 罗永循、莫善斋（高要人）、何士壮、林玉田四位文人，作者的学友。
② 七星岩，风景区，即广东省肇庆七星岩，上文已注。
③ 定上人，僧人，梅庵的和尚。
④ 臧谷，两个牧童名字，一则"臧谷失羊"寓言的人物，出处：《庄子·骈拇》："臧与谷二人，相与牧羊而俱亡其羊，问臧奚事，则挟策读书，问谷奚事，则博塞以游。二人者，事业不同，其于亡羊均也。"
⑤ 蜗斗何时息蛮触句，原注：时（作者）以讼事羁端城。

题曾明府莲舫①石门观瀑图②

片帆曾过匡庐③下，遥见银河④自天泻。
香炉峰⑤高不及攀，空骇江涛疾于马。
名山胜概数浙东，⑥ 括苍天姥遥相通。
石门瀑布⑦更奇绝，悬溜势并开先雄。
诗人位置天渊别，纤组偏教近岩穴。
前身孙绰令章安，⑧ 界道飞流赋能说。
嗜奇暇日探灵区，小舟一棹穿菰蒲。
迤峦垒翠势盘郁，短彴欲度须筇扶。
松杉围中架危榭，照眼寒光冷逼射。
白昼惊闻雷雨声，玉龙飞下苍崖罅。
着书旧羡青田刘⑨，赤松黄石同遨游。
长虹时吐气千丈，溅珠喷雪山之幽。
高人迹等浮云散，洞壑依然猿鸟唤。
一条直注似长川，飓母风来吹不断。
游踪得此穷壮观，烦嚣涤尽开尘颜。
我生亦具泉石癖，画里晶帘窥咫尺。
山灵如不弃尘凡，便拟随公蜡双屐。

---

① 曾明府莲舫，明府，对太守的尊称，曾明府莲舫，即曾莲舫，人物，官太守。
② 《石门观瀑图》，国画，作者，曾莲舫。
③ 匡庐，地名，即江西庐山，中国四大避暑胜地，地处江西省九江。
④ 银河，在中国古代又称天河、银汉、星河。是横跨星空的一条淡淡发光的带，银河在天鹰座与天赤道相交，在北半天球。
⑤ 香炉峰，位于黄山东海，峰状似香炉，峰头常有云雾飘逸，犹如香炉上轻烟缭绕，故名。
⑥ 浙东，指浙江东部。
⑦ 石门瀑布，位于天池山与铁船峰之间，是庐山瀑布群中最早被录入史册的古泉。
⑧ 孙绰，人名，(314—371)，字兴公，中都(今山西平遥)人。后迁居会稽(今浙江绍兴)，东晋时期著名的文学家、玄学家。著作有《遂初赋》等。章安，地名，章安是浙江台州古文化代表，东南沿海的文明发祥地，台州十大文化保护性工程之首。
⑨ 青田刘，指浙江青田刘氏家族，在明清时期的整个刘氏族姓中最优秀杰出，最显赫尊贵，出了不少文人，出了继汉初张良、三国诸葛亮之后中国历史上第三位最伟大的谋略家、军师刘伯温。

大通津口①秋泛

凉风昨夜吹滂雨，客齐檐溜声淙淙。
毧衣上砌屐齿滑，掩关瑟缩同寒窗。
忽惊剥啄扣短阁，窈然空谷闻音跫。
生平颇有泉石癖，酸醎嗜好殊冥眘。
大津②烟景入梦寐，涎流更觉心馋涌。
朝来积阴况开霁，琉璃一碧涵澄江。
蔚蓝爽气望不极，排空数阵飞雁鸿。
鲤鱼风急五两动，便思捩舵移艅艎。
珠江③江口足幽趣，名区目昔推南邦。
流传贤达栖隐地，田园息影耽耕种。
蚕桑馈菜乐素叶，至今遗俗犹淳厖。
人家村落接沙觜，姜塍芋圃连台矼。
疏林掩映夕阳外，修竹个个攒鸡窙。
柴门三板炊烟起，隐隐蓠脚鸣花尨。
树外石桥跨水面，红阑迤逦连长杠。
幅巾闲眺临浅渚，青丝扎系枯杨桩。
笋船乘潮衔尾来，木兰小桨红油窗。
柳枝竹枝迭赓唱，吴侬蜑女④傅新腔。
呕哑柔橹拨萍藻，沙边惊起鸬鹚双。
照眼佳山不得上，遥望峦势崚崆凶。

---

① 大通津口，古地名，位于珠江水道，顺德容奇一带。
② 大津，古地名，即大通津口，上文已注。
③ 珠江，即珠江河，旧称粤江，中国境内第三大河流，按年流量第二。原指广州到入海口的一段河道，后来逐渐成为西江、北江、东江和珠江三角洲诸河的总称。
④ 吴侬蜑女，吴侬，即吴人，苏杭一带的人，蜑女，方言，广东珠三角人称水上居民为蜑家，他们的女儿叫蜑女。

青螺倒影碧波底，亭亭似建莲花幢。
禅宫晻霭入云际，缥缈仙梵流空谾。
烟岚明灭碧无数，众峰矗立疑降双。
拖筇却小济胜具，预愁登陟疲瞳空。
溪朋幸逢禽向辈，脱略礼节无嗔哤。
茶槛酒幔共吟啸，兴剧往往挑兰釭。
摇牙握管斗奇句，掉险数舞都卢⑤橦。
滚滚珠玑互喷薄，琅琅金石交铮摐。
诗成击节欲起舞，拍浮倾倒玻璃缸。
酒酣慷慨忽枨触，怀古耿耿心难降。
当年割据劳薄伐，艨艟转战麾矛鏦。
英雄成败只一瞬，贻戒足使神魂憃。
功高盖世不受尝，扁舟归去扬轻艭。
沧桑变幻几尘劫，韶华转眼随奔鸗。
遥遥千载动感喟，吊古谁肯蔫蕿江。
临流酾酒一俯仰，遥山寺⑥里昏钟撞。

⑤ 都卢，古国名。在海南一带，国中之人善爬竿之技。《文选·张衡〈西京赋〉》："非都卢之轻趫，孰能超而究升。"
⑥ 遥山寺。古寺名，昙鸾完寂的地方，昙鸾，高僧，自号魏玄鉴大士，雁门人。初研究四谛之佛性，注解大集经。大通年中，至梁接陶隐居，得仙经十卷，欲往名山依法修治。行至洛下，途遇天竺三藏菩提留支，问曰：佛经中长生不死法有胜此仙经者否？留支唾地，晚移住北山石壁玄中寺（位于山西交城县）。魏兴和四年寂于平州遥山寺，寿六十七。

画兰竹赠叔凌禹①

幽香别韵最难写,宋②前不见画兰者。

元时郑赵③得两家,用笔萧疏亦聊且。

元长何氏④此艺孤,不袭旧法徒规摹。

成丛作亩尽清绝,千花万叶攒一图。

自言花态甚绵微,正反开合成窈窕。

入纸常教风露留,笔力劲须争叶杪。

自此何兰⑤名历年,常嗟妙谛人难传。

余虽解意不解画,心拟手画空茫然。

吾叔⑥豪宕世小偶,巧得传心亦传手。

眼见何亡兰不亡⑦,幽谷生姿满群口。

秋来数笔赠朋游,图成九畹⑧张江楼。

---

① 凌禹,人名,即龙凌禹。龙凌禹,号五云,作者的堂叔,清初诗人,著作有《五云诗钞》。
② 宋,即宋朝。
③ 元时郑赵,元,即元朝。郑赵,两个画家之姓。郑,即郑思肖,郑思肖(1241—1318),宋末元初诗人、画家,连江(今属福建)人。曾以太学上舍生应博学鸿词试。元军南侵时,曾向朝廷献抵御之策,未被采纳。以后客居吴下,寄食报国寺。原名不详,宋亡后改名思肖,表示思念赵宋,取"肖"从"赵"之意,字忆翁,表示不忘故国。日常坐卧,也要向南背北。郑思肖擅长作墨兰,花叶萧疏而不画根、土,意寓宋土地已被掠夺。赵,即赵孟頫,赵孟頫(1254—1322),字子昂,号松雪、松雪道人,又号水晶宫道人、鸥波,中年曾作孟俯,吴兴(今浙江湖州)人。元代著名画家,赵孟頫博学多才,能诗善文,懂经济,工书法,精绘艺,擅金石,通律吕,解鉴赏。特别是书法和绘画成就最高,开创元代新画风,被称为"元人冠冕"。也善篆、隶、楷、行、草书,尤以楷、行书著称于世。
④ 何氏,即何澄,金末元初画家。金哀宗时官至太中大夫、秘书少监,元代武宗至大初晋升为中奉大夫,授昭文馆大学士,领图画总管,年九十三尚健在。工画人物故事,亦善山水,曾画《陶母剪发图》,颇有影响,传世作品有《归庄图》卷颇有影响。
⑤ 何兰,指何澄画的兰花。
⑥ 吾叔,即龙凌禹,上文已注。
⑦ "眼见何亡兰不亡"全句意思:元朝画家何澄,但画的兰以及画的技巧永留于世。
⑧ 九畹,出自《楚辞·离骚》:"余既滋兰之九畹兮,又树蕙之百亩。"后即以"九畹"为兰花的典实。

似有清香透鼻观，恍到湘沅⑨临清流。
或言何笔⑩反逊此，叔言意本不似求。
孤踪落落少人知，姑以闲情寄于指。

---

⑨ 湘沅，即湘江与沅江的并称。二水皆在湖南省。
⑩ 何笔，指何澄的书画艺术和风格。

西洋①琥珀酒船歌

海外良工擅奇思，酒船制作穷珍异。
滑稽足傲鸱夷形，淋漓可使淳于醉。
宛转玲珑二尺长，镂金错彩巧莫当。
文珠作窗玳瑁屋，白银为蓬珊瑚樯。
酌酒五升帆半起，峡船始发春江里。
引壶注满饱欲张，蓬蓬已可行千里。
长年三老毛发动，须眉飒飒笑相视。
绮疏启处中有人，皎若芙蓉照秋水。
须臾酒竭帆亦收，回看堂上惟虚舟。
机缄动止那可测，见者疑同神鬼游。
此器徒闻出西域②，估客新从舶中得。
由来奇巧汩人心，不胫还能走中国③。
对之三叹谢贾胡④，匏尊一酌足自娱。
居奇漫直十家产，适用岂若千金壶。
投珠抵璧当代事，雕锼无益胡为乎。

---

① 西洋，古代中国人以中国为中心的一个地理概念。明朝时期的西洋，指今文莱以西的东南亚和印度洋沿岸地区。如"郑和下西洋""西洋镜"；广义，包括欧洲等地。晚清指欧美国家，相当于今天西方世界。
② 西域，汉代以来对玉门关、阳关以西地区的总称。狭义专指葱岭以东，广义，西域所能到达的地区，包括亚洲中、西部，印度半岛，欧洲东部和非洲北部等。
③ 中国，古时指中原地区，与"中华""中夏""中土""中州"含义相同。古代华夏族、汉族建国于黄河流域一带，以为居天下之中，故称中国。后来成为我国的专用的简称。1949年10月1日起，国名全称为中华人民共和国。
④ 贾胡，经商的胡人，泛指外国商人。

绳 伎①

长绳胭竿高百尺,扬花雪落城南陌。
美人冉冉化行云,细索轻纨望空掷。
冶袖双开舒锦臂,娑娑往来若平地。
盘中小舒飞燕舞,楼上惊看绿珠坠。
回眸顾盼无限情,空里忽闻环佩声。
天风吹入碧云去,始觉仙骨珊珊轻。
轻躯上下无断续,舞罢腰肢新结束。
燕钗坠地悄无声,背立当窗鬓云绿。
抱得秦筝②写春怨,歌唇宛转吴趋曲③。
吴歌楚舞④绝可怜,谁家笑掷珊瑚鞭。

---

① 绳伎,亦作绳技或绳妓,杂技之一种,俗称走索。
② 秦筝,乐器名,相传秦地有一个爱弹瑟的人,他有两个儿子,也都很喜欢音乐,想瑟占为己有,父亲只好把瑟一劈两半,两个儿子一人一半。因为这件新的乐器是两生的,于是就称他为筝:陕西古称秦,筝因是秦人智慧的创造,所以有称之为秦筝。
③ 吴趋曲,亦作吴趋,古吴地歌曲名。晋陆机《吴趋行》:"四坐并清听,听我歌吴趋。"
④ 吴歌,指江苏省南部和浙江省北部之歌。楚舞,指中国湖北省和湖南省之舞。

罗浮①藤杖歌寄吴倬云②

罗浮藤杖扶老年，结根应在羲皇③前。
鲛鲐皮皴瘦筋里，刮磨柔韧匀轻坚。
远游济胜自有具，采掇踏破层崖烟。
麻涌处士④方杖国，寄予便作登攀缘。
路逢刘阮⑤夺不得，一茎竟落明湖⑥天。
老人自来腰脚健，得之更如弓着弦。
登山何消几緉屐，沿溪岂藉双桨船。
有时卧倚北窗下，犹带赤城霞气鲜。
平生校书亦已夥，不用太乙青藜燃⑦。
题诗众欲逐韩杜⑧，桃竹赤藤相后先。
春入梅花见高格，拨云定向孤山⑨巅。
红亭⑩风暖摇酒帘，此日正需悬百钱⑪。

---

① 罗浮，即罗浮山。罗浮山是我国道教十大名山之一，位于广东博罗县，内有大小山峰432座，飞瀑名泉980多处，洞天奇景18处，石室幽岩72个。史学家司马迁把罗浮山比作"粤岳"，所以罗浮山素有"岭南第一山"之美称。
② 吴倬云，即吴霡，字倬云，号竹堂，钱塘（今浙江杭州）人，清画家。乾隆二十八年（1763）进士，工画山水竹石，诗词学唐宋，曾主湖北书院和吴中平江书院。
③ 羲皇，即伏羲，上文已注。
④ 处士，古时候称有德才而隐居不愿做官的人。
⑤ 刘阮，刘、阮，两个人的姓，刘，即刘晨，相传东汉明帝永平五年刘晨、阮肇入山采药，迷不得出，遇二女子，邀至家留居半年才还，后人以此典喻艳遇。阮，即阮肇，跟刘晨一起上天台山采药，遇仙。
⑥ 明湖，明圣湖的简称。杭州西湖的别名。宋曾巩《西湖二月二十日》诗："漾舟明湖上，清镜照衰颜。"
⑦ 不用太乙青藜燃句全意，引用《三辅黄图阁》"刘向于成帝之末，校书天禄阁，专精覃思。夜有老人，着黄衣，植青藜杖，叩阁而进。见向暗中独坐诵书，老父乃吹杖端，烟然，因以见向，授《五行洪范》之文。恐词说繁广忘之，乃裂裳及绅以记其言。至曙而去，请问姓名，云：'我是太乙之精，天帝闻卯金之子有博学者，下而观焉。'"后因以"青藜"指夜读照明的灯烛。借指苦读之事或读书人。
⑧ 韩杜，韩愈和杜甫的并称。韩愈（768—824），字退之，唐代河内河阳（今河南孟县）人。唐代文学家，哲学家。因其自称祖籍在河北昌黎，故世称韩昌黎。唐代古文运动的倡导者，宋代苏轼称他"文起八代之衰"，明人推他为唐宋八大家之首，与柳宗元并称"韩柳"，有"文章巨公"和"百代文宗"之名，著作有《韩昌黎集》四十卷，《外集》十卷，《师说》等。韩愈一生创作了几百首诗，对我国创作诗有着深远的影响。杜甫，唐代诗人，上文已注。
⑨ 孤山，地名，中国有几座孤山，这里指杭州孤山，位于西湖西北角，四面环水，一山独特，周围景点文物众多。它因位于西湖的里湖与外湖之间，故名孤山。
⑩ 红亭，指红色的亭子。唐韩愈《合江亭》诗："红亭枕湘江，蒸水会其左。"
⑪ 百钱，指百鸡百钱，我国古代数学家张丘建在《算经》一书中提出"百鸡问题"：如何百钱买百鸡。

江村①散步

绕村只是森森竹，人道比君能不俗。

筛金戛玉送秋声，浣尽黄埃此心独。

巷口萝青月又来，干茅盖屋岩扉开。

家家鸡黍人桑落，且共村翁瞰芋魁。

寒食②羊城北郊③寓目和白太傅④

野鸦涎肉啼古木，酒酹坟头儿女哭。

黯黮春天惨不流，萋萋野草伤心绿。

谁家马鬣新封树，藏舟一夜无寻处。

軿车笳吹返重城，陇上牛羊自来去。

---

① 江村，地名，顺德临江的农村。
② 寒食，我国古代一个传统节日，一般在冬至后一百〇五天，清明前两天，又称"冷节""禁烟节"。古人很重视这个节日，按风俗家家禁火，只吃现成食物，故名寒食。亦称"禁烟节""冷节""百五节"，后增加了祭扫、踏青、秋千、蹴鞠、牵勾、斗卵等风俗，寒食节前后绵延两千余年，为民间第一大祭日。
③ 羊城北郊，即现在的广州三元里、新市一带。
④ 白太傅，即白居易。白居易(772—846)，字乐天，号香山居士，下邽(今陕西渭南)人，唐代著名诗人。唐贞元十六年(800)进士，历任左拾遗、东宫赞善大夫、江州司马、杭州刺史、苏州刺史、太傅等。

寒机①吟

秋虫声切切,小妇向机泣。
非关萧索动秋心,别有关情诉衷臆。
去年岁熟棉多房,垄黏水稻交塍旁。
绿窗有女事机抒,九月未寒衣盈箱。
今年旱魃何爧爧②,禾稼焦烂棉亦空。
偶然零落供织纴,朝机暮市延残命。
旧衣典食且不充,敢将刀尺问秋风。
夫行采蕨几无裳,凉飙飒飒吹我房。
三冬霜雪寒正苦,腹饿何堪受凄楚。
不为冻鬼即饿殍,夜月机丝虚织女。
言罢已觉涕泗溢,抛梭不语心骨惊。
今岁穷檐类如此,请君为听寒机吟。

驯鹰歌

苍鹰神俊何独擅③,裂雾披云掣奔电。
金眸玉爪势轩然,一击万里飞龙剑。
雄狐狡兔草间绝,大鹏云中洒毛血。
嗟尔啁啾鹥雀俦,剥啄宁避秋毫瞥。
八月风高玉帐飘,辕门健儿驰猎骄。
飒爽得霜劲秋骨,兀立侧脑看青霄。
搏风倏忽翻鞲上,百中何期心有向。
主人惠养恩已深,忍思饱向苍穹飏。

---

① 寒机,即寒夜的织布机。出自南朝宋鲍照《和王羲兴七夕》诗:"寒机思孀妇,秋堂泣征客。"
② 爧爧,热气熏蒸貌。
③ 独擅,独自据有、独揽的意思。

朱门吟

濠镜①濠边谁宅第，楼阁连云高百尺。
阴阴乔木掩双扉，翠竹斜欹粉墙白。
墙边老人向我语，此宅曾经三易主。
当年结构费千金，文杏为梁楠作柱。
其中池馆最幽闲，割取真山当假山。
风牵弱柳侵窗碧，鸟蹴飞花缀砌斑。
朝朝暮暮欢不已，谁知衰盛旋相倚。
家籍人亡可奈何，一朝变作豪商里。
珠帘翠幌复辉煌，慢舞凝歌乐未央。
玉萧吹彻层台月，金鸭烧残绣阁香。
踞门豪仆猛于虎，手把雕笼教鹦鹉。
公子公孙尽慨慷，黄金挥掷如泥土。
豪商死后二十年，沧海渐渐成桑田。
冠裳凋落繁华歇，朱履宾朋散似烟。
从此萧条日复日，子孙无力重修葺。
鸳瓦飘零画栋颓，鹧鹕夜作人声泣。
花落花开空好春，苔痕满壁总伤神。
参差乱石堆荒沼，十二阑干毁作薪。
不堪冻饿双眉皱，有人更把千金购。
回首从前总惘然，风光今日还依旧。
我闻此言长太息，世事纷纭安可测。
君不见平水绿野名相园，数传亦为他人得。

---

① 濠镜，地名，即澳门。

送春次梁澧隅①韵

春来浑如少女好，春去忽同商妇老。
刻意惜春春岂知，殷勤花帚愁难扫。
屈指花开才几时，已似白头说天宝。
莺啼蝶诉燕语忙，共道今春去何早。
繁英落后新绿生，天工不薄人自恼。
纵使韶光为我留，心情其奈偏潦倒。
诗人此日作苦吟，东皇②得无笑草草。
青梅如豆豆荚肥，樱笋相遗当赠缟。
归来手上一杯持，也胜马走长安道③。

---

① 梁澧隅，人名，作者的文友。
② 东皇，指司春之神。
③ 长安道，指著名古都长安的道路。

食 蟹

夹溪①九月芦花干，渔人截竹拦深湍。
一灯翁妪坐船尾，侦视忘却通宵寒。
西风飕飕蟹脚健，横行不觉攀缘难。
擒蛮忽遭惯捷手，星光月影天漫漫。
棋纹小罟柄六尺，捞取如以囊受丸。
凌晨喧杂上沙市，苇条贯穿提尖团。
江南冬日数水族，内黄品贵数食单。
淮产者腥泖产小，滥买只等螺虾看。
塘分淡湖最肥美，筠笼高阶输上官。
海滨赖有数溪户，知我夙嗜奉一欢。
桑枯稻熟好时节，十辈料理坛中攒。
满酤美酒敕厨婢，蜀姜细捣均咸酸。
蒸香不散水火足，乱堆赤玉行陶盘。
当筵一笑卷双袖，揭盒先取离中丹。
团圞儿女姿分擘，放胆不比河豚拼。
此君饲养得方法，春回腊尽犹蹒跚。
有朝睹胜出啖客，风味仍如新上滩。
蟛蜞未足充奴隶，那得误认资笑端。

---

① 夹溪，地名，位于浙江。

题林良①芦雁图②

写物贵能穷物情，林君③画雁如有声。

神游象外意超忽，不与时俗同经营。

沙明水碧分浦溆，饮啄飞鸣逐群侣。

潇湘洞庭④尺幅间，细看恐是鹅湖⑤渚。

君居鹅湖侧还耕，湖上田秋来稻粱。

熟雁群鹜争联翩，得食自聚沙汀边。

丛芦瑟瑟摇渚烟，芦花作雪雁飞起。

有若回翔白雪里，几行秋色到君前。

挥洒天机入云水，君不见冥鸿高飞凌紫氛。

人生浪迹如芦雁，世间弋者徒纷纷。

机心尽处复飞来，伴尔还随鸥鹭群。

---

① 林良（1436—1487），字以善，广东南海人，明代画家。活跃于正统至成化年间，因善画而被荐入宫廷，授工部营缮所丞，后任锦衣卫指挥、镇抚，值仁智殿。擅花鸟，早年画风工细精巧，多作设色花果翎毛。后转师南宋院体中的放纵简括一路，而专事水墨粗笔写意，题材也多为鹰、雁、鹤、鹭、孔雀、锦鸡以及苍松古木、寒塘芦荻等。

② 芦雁图，国画的传统题材，历代的诗人、画家留下了许多表现芦雁飞、鸣、食、宿的作品。《林良芦雁图》画一双大雁飞降池塘，扇动的翅膀引得水面波纹荡漾、芦草摇曳。作者纯用水墨，以块面的笔触塑造物象，笔墨简练而形态准确，体现了画家高度成熟的水墨写意技法。

③ 林君，即林良，题注已详。

④ 潇湘、洞庭，两处地名。潇湘，潇水与湘江的并称，指湖南地区。唐杜甫《去蜀》诗："五载客蜀鄙，一年居梓州；如何关塞阻，转作潇湘游"。洞庭，即洞庭湖，位于中国湖南省北部，长江荆江河段以南，中国第三大湖，第二大淡水湖。

⑤ 鹅湖，山名，亦为书院名，位于江西省铅山县北荷湖山，有湖，多生荷。晋末有龚氏者，畜鹅于此，因名鹅湖山。宋淳熙二年（1175）朱熹与吕祖谦、陆九渊兄弟讲学鹅湖寺，后人立为四贤堂。淳祐中赐额"文宗书院"，明正德中徙于山巅，改名"鹅湖"。南宋著名词人辛弃疾常和他的朋友去鹅湖寺游憩。某年冬季，友人陈亮来访。鹅湖同游，瓢泉共饮，长歌相答，极论世事，两人纵谈十日，成为南宋词坛上著名的鹅湖会。有《贺新郎》一词，写与陈亮纵谈的喜悦和陈亮去后依依惜别的心情。

中秋①鉴江②舟中觞月③

中秋孤屿携尊酒,占却沧溟千万亩。
浮云净扫太虚清,皎月一轮悬海口。
主人豪兴压江波,预上佳辰集群友。
老树风生野鹘惊,危矶潮杂蒲牢吼。
临江纵酒呼明月,酒落杯中月落手。
河汉④声流窣睹高,振衣直欲凌牛斗。
古人已往皆陈迹,来者纷纷续其后。
海外神仙亦浪传,人间良会能长有。
试望山麓谪仙亭⑤,只今惟有青苔厚。
狂吟不放月空斜,过此还期九月九⑥。

---

① 中秋,即中秋节,每年农历八月十五中秋节,主要活动都是围绕"月"进行的,所以又俗称"月节""月夕""追月节""玩月节""拜月节",唐朝,中秋节还被称为"端正月"。中秋节盛行于宋朝,一直至现在。
② 鉴江,河名,顺德区西南的碧鉴河,原称鉴江,即现在的大良河。
③ 觞月,欢饮赏月,或与月一齐进酒消遣。
④ 河汉,指银河,上文已注。
⑤ 谪仙亭,亭名,全国有多处,这里指顺德谪仙亭,位于顺德大良古楼村,明朝顺德令吴廷举所建。(吴廷举,字献臣,湖广嘉鱼人,戍籍梧州。明成化二十三年(1487)进士,初为顺德令,洁己为民。)
⑥ 九月九,即重阳节。

冬杪①游甘园②憩净度庵③

寒飙卷起岩泉冻,一鉴冰池凝不动。
忽逢微雨出林梢,已有流澌生石缝。
是谁导我山间行,两峰幽禽发新哢。
苍髯老叟笑相迎,更吸清风作三弄。
饥肠不飫香积厨,但唤黄梅作清供。
岁暮何人解往还,山僧留我容疏纵。
覆鹿④生涯乍有无,亡羊臧谷⑤奚轻重。
不如与之无町畦,仰视飞鸿天宇空。
长歌脱口谢雕镂,山鸡登木牛鸣瓮。
归时为记塔影斜,西峰落日红相送。

---

① 冬杪,指年月或四季的末尾。
② 甘园,地名,位于广州市天河,即现在广州大道北甘园路附近。
③ 净度庵,佛寺,位于广州天河甘园,现已毁没。
④ 覆鹿,即覆鹿遗蕉,成语故事,故事大概:从前郑国人在野外砍柴,看到一只受伤的鹿跑过来,就把鹿打死,担心猎人追来,就把死鹿藏在一条小沟里,顺便砍了一些蕉叶覆盖。天黑了,他想把死鹿扛回家,可惜怎么也找不到。于是,他只好放弃,就当作自己做了同样的梦罢了。
⑤ 亡羊臧谷,即"臧谷失羊"的寓言。

早春与叔锡日①锡虞②弟声之③则之④东园⑤小集

野情欣共对,接席兴偏长。
腊酒分溪碧,春蔬剪露香。
非山原足隐,能醉便成乡。
耕读吾家事⑥,经畬⑦敢或荒。

---

① 锡日,人名,即龙锡日。广东顺德大良人,作者的堂叔,又是同窗。
② 锡虞,人名,即龙锡虞。广东顺德大良人,作者的堂叔,又是同窗。
③ 声之,人名,即龙声之。广东顺德大良人,作者的堂弟,又是同窗。
④ 则之,人名,即龙则之。广东顺德大良人,作者的堂弟,又是同窗。
⑤ 东园,园名,位于顺德大良附近,作者因老致仕后,亲自兴办,耕读模式,十分简朴。该园址现已成了大良的中心。
⑥ "耕读吾家事"全句意思:作者因老致仕之后,回到顺德大良,不是享受晚年,尽情享乐,而是坚持耕田、读书,这是他龙家的家风,很好!一,影响一下代。二,健身,益寿延年。
⑦ 畬,火耕地,指粗放耕种的田地。

立秋日晚晴野望

槐月惊秋早，山容带雨痕。
顿消三伏①热，凭洗一心烦。
烟锁夕阳渡，鸦归黄叶村。
闲情在幽壑，拄杖傍柴门②。

山　径

何处不苔生，花枝着意横。
泥时留屐印，鹿偶避人行。
云锁前峰寺，钟传远壑声。
寻僧成独往，山鸟漫相惊。

过龙游③李道士④月岩苑堂⑤

烟中寻小径，绝巘结茅堂。
溪鸟声相唤，山花落亦香。
看云支竹杖，对月坐藤床。
欲采三芝⑥赠，呼童度石梁⑦。

---

① 三伏，初伏、中伏和末伏的统称，是一年中最热的时节。
② 柴门，用零碎木条木板或树枝做成的门，旧时也比喻贫苦人家。
③ 龙游，地名，即龙游县，位于浙江省西部，素有"四省通衢汇龙游"之称；历史悠久，英才辈出，素有"儒风甲于一郡"之誉。
④ 李道士，月岩苑堂的道士。
⑤ 月岩苑堂，寺庙，现已不存。
⑥ 三芝，指参成芝、木渠芝、建木芝。晋葛洪《抱朴子·仙药》："参成芝赤色有光，扣之枝叶如金石之音，折而续之，即复如故。木渠芝，寄生大木上，如莲花，九茎一丛，其味甘而辛。建木芝实生于都广，其皮如缨蛇，其实如鸾鸟。此三芝得服之，白日升天也。"
⑦ 石梁，地名，指石梁镇，位于浙江省天台县东北端。石梁镇水山奇绝，境内有石梁飞瀑和华顶森林公园两个国家级4A级风景区，王羲之、徐霞客、康有为都曾留迹石梁。李白、杜甫、孟浩然、皮日休等著名诗人都曾在此留下不朽的诗篇。

幽居三首

(一)

吾生畏拘束，萧散爱园居。
但有林遮径，宁嫌草结庐。
闲知春鸟乐，怀向绿舒舒。
晚食甘藜藿①，偕童事种蔬。

(二)

睡起过亭午，吟忘日已斜。
蝉鸣千树柳，菊瘦一篱花。
野老遗红芋，山僧馈紫茄。
劳劳忆往事，虚掷此年华。

(三)

断垣铺绿藓，物外称幽栖。
藤架当窗密，秋瓜缀蔓低。
岚光拖远郭，雨脚度前溪。
一觉绳床梦，醒来鸟乍啼。

---

① 藜藿，指粗劣的饭菜。

秋 雨

一雨驱残暑,高眠恋旧栖。
径幽苍藓滑,烟重绿阴迷。
静爱蝉声歇,闲看燕剪低。
焚香得妙悟,未觉景凄凄。

晚谐罗羽白①区用名②过东园③

乘月穿林薄,花枝碍角巾。
长吟惊宿鸟,扫石酌清尊。
有竹能医俗,无蔬亦耐贫。
破垣铺薜荔,风过碧粼粼。

偕陈瀚六④访白云寺⑤印上人⑥

策杖出重城,松萝一径清。
僧寮悬石凳,樵舍隐梅坪。
扉静云全罩,林空鸟数声。
洗心潭镜里,半偈悟无生⑦。

---

① 罗羽白,人名,顺德大良人,作者的文友。
② 区用名,人名,顺德大良人,作者的文友。
③ 东园,园名,位于顺德大良附近,上文已注。
④ 陈瀚六,作者亲朋。
⑤ 白云寺,这里指广州白云山上的白云寺,现已不存。白云寺曾有寺庙建筑群,据白云寺遗碑碑文记载,清康熙十年(1671)仲秋就曾重建过白云寺;道光二十年(1840)冬天仍有重修后的立碑记载文字。现在看到的碑,就是道光年间的立碑。亦有文字记载白云寺屡遭毁坏和数次重修的过程,也描写了白云寺的秀丽风景和建筑景观。
⑥ 印上人,白云寺高僧。
⑦ "洗心潭镜里,半偈悟无生"两句意思,表达一个佛门故事:深山有一古寺,住着一位老僧。晴明天气,老僧在寺外的深潭边静坐参禅。虽几十年如一日,道行却未见精进。一日,正闭目打坐,乍闻窸窸窣窣声,遂微微张目,但见黑白二犬相逐而来。至潭边,忽停,瞠目观潭。少顷,黑犬龇牙咧嘴,对潭狂吠,终纵身扑入深潭,待浮起,已死矣。白犬大骇,垂首箕坐潭边。忽起,对潭轻吠摆尾。久之,方一步三回首而去。老僧大惑,径趋潭边窥之,但见潭面如镜,老僧面影栩栩然,当下大悟。

野 兴

浮生随所适,薄雾眺幽墟。
听壑来虚籁,吟烟羡老渔。
酒情秋浦月,诗境竹林居。
徒倚无尘虑,萧然到太初①。

题相马图②

数片梅花白,春风入碧蹄。
兰筋红叱拨,玉勒锦浆泥。
一顾怜神骏,千金重品题。
会辞盐坡困,矜宠独长嘶。

---

① 太初,道家哲学中代表无形无质,只有先天一炁,比混沌更原始的宇宙状态。太易、太初、太始、太素、太极并为先天五太,是无极过渡到天地诞生前的五个阶段之一。《太上老君开天经》认为,太初是道教创世纪中的第二个年代。
② 《相马图》,元代国画,作者是孛儿只斤图帖睦尔。孛儿只斤图帖睦尔(1304—1332),蒙古人,即元文宗,元朝第十二位皇帝,元武宗的次子。《元史》中记载,元文宗的汉文化修养超过他之前的所有元朝皇帝。书法"落笔过人,得唐太宗晋祠碑风,遂益超诣"。还擅长作画,所绘《万岁山画》草图,"意匠、经营、格法,虽积学专工,所莫能及"。

贵溪①夜泊

孤樯依野戍,渔火照沙洲。
月冷悬山小,滩高咽石流。
客怀牵旧梦,乡思入深秋。
不识谁家子,清歌水上楼。

夜泊平望见月

冒雨催双桨,兼程到上湖②。
乍依群鹭宿,却见一轮孤。
带露寒于水,和烟白似苏。
江天闲伫望,高下雨明珠。

上月③日邓尉探梅④

冲寒拖谢屐,曲径踏苍苔。
岚气沾衣润,花香隔岭来。
一桥通鹿柴⑤,几树傍琴台。
为惜芳菲节,衔杯未忍回。

---

① 贵溪,地名,贵溪,位于江西省东北部、信江中游,"东连江浙、南控瓯闽"。境内有国家重点风景名胜区、道教仙山——龙虎山。
② 上湖:地名,有多处,这里指苏州上湖。
③ 上月,即上弦月,月亮上半夜出来,月面朝西的状态被称为上弦月。
④ 邓尉探梅,我国著名的赏梅胜地邓尉山探梅。邓尉山,位于苏州城外30余公里的光福镇,每当早春时节,遍地盛开着冷艳芬芳的梅花,清雅俊俏,幽香扑鼻,令人流连忘返,有"邓尉梅花甲天下"之称。相传东汉太尉邓尉曾隐居于此,邓尉山因此而得名。东汉太尉邓尉,即邓禹,邓禹(2—58),字仲华,南阳新野(今河南省新野)人,东汉开国名将,云台二十八将之首。
⑤ 鹿柴,指人迹罕至的空山,一片古木参天的树林。

吴山①独眺

不见杭州②好，登临眼一开。
海潮吞岸去，山翠抱湖来。
胜迹存秦望③，偏安失宋台④。
风尘聊独立，歌舞隔江催。

平狱赵城⑤憩留云庵⑥

暂喜息尘鞅，临轩面四郊。
松风凉入袂，槐影密蟠梢。
花蕊堆蜂穴，芹泥落燕巢。
欲联香火社，小筑快诛茆。

---

① 吴山，位于浙江杭州市西湖东南。山势绵亘起伏，伸入市区，左带钱塘江，右瞰西湖，为杭州名胜。春秋时为吴西界，故名。或云以伍子胥故，讹伍为吴。又因此山有子胥祠，遂称胥山。五代吴越中时（一说宋代）山上有城隍庙，故亦称城隍山，今通称吴山。金国海陵《题软屏》："提兵百万西湖上，立马吴山第一峰。"
② 杭州，地名，浙江省会。
③ 秦望，即秦望山，即刻石山，在浙江省绍兴地区之诸暨市枫桥镇乐山村东北部，与绍兴县交界处（即绍兴县平水镇平江村西南），是会稽山脉的名山，土名"燕子岩头"，秦始皇望海于此得名。
④ 宋台，古地名，位于山东省。
⑤ 赵城，旧县名，位于山西省南部，东屏中镇霍山，西耸罗云明珠，北依太岳余脉，南展葱茏沃野，汾河纵贯其中，临汾盆地由此铺开。隋置县，治今赵城镇。
⑥ 云庵，即赵城云庵，僧人修道之所，现已不存。

清明郊游同翼城张蔼明府①范文友②学博 两首

（一）

出郭消尘虑，东风恰放晴。
万山连碧树，一水过桥清。
沽酒寻村店，携柑听晓莺。
时平农事早，社鼓赛声声。

（二）

破晓欣联辔，春光洽野情。
垆边村酒熟，墙角杏花明。
一笛闲驱犊，千塍正播耕。
独忧荒歉后，膏雨莫迟零。

薄宦违乡国③萍踪汀漆胶人初离紫禁④毡许坐青郊俗愿风犹古民和吏藓朝提壶知客意劝饮故交交

盘飧刚近市，接席快淹留。
探韵吟山寺，倾尊醉竹楼。
偷闲惟此日，高会更谁俦。
近晚联归辔，城坳月挂钩。

---

① 张蔼明府，张蔼，人名，翼城的郡守。
② 范文友，人名，作者的学友。
③ 乡国，即故国。
④ 紫禁，即紫禁城，皇帝的居宫。

骤雨迟李次云①孝廉何赓堂②明经不到却寄

近晓撤门罗,谁能冒雨过。
湿烟遮户暗,流水落花多。
自足催诗兴,偏教阻玉珂。
剧怜鸡黍约,也复叹蹉跎。

送赵秋崖比部③随刘大司寇④谳狱江南⑤

妙选云司⑥隽,来苏望使星。⑦
秋花红驿路,霜气肃霓旌。
地入关山⑧尽,天连渤海⑨青。
到时鸿欲北,佳信耳群倾。

---

① 李次云,人名,作者的同僚。
② 何赓堂,人名,作者的同僚。
③ 赵秋崖比部,赵秋崖,作者的同僚,比部,官名,职掌稽核簿籍。明清时用为刑部司官的通称。
④ 刘大司寇,刘,姓;大司寇,官名,掌管全国司法和刑狱的大臣,明代为正二品,清代为从一品。
⑤ 江南,指长江以南的地区。
⑥ 云司,指朝廷掌握刑法的官。
⑦ 苏、使星,苏,江苏省和苏州的简称;使星,现称使者,受命出使的人。
⑧ 关山,古地名,关山,又称陇山、陇坻、陇坂、陇首。位于甘肃省天水市张家川回族自治县境,绵延百里,是古丝绸之路上扼陕甘交通的要道。
⑨ 渤海,中国的内海。三面环陆,在辽宁、河北、山东、天津三省一市之间。

青坪岭^①探梅

古寺钟声晚,苍崖仄经摩。
路沿芳草细,花傍小修多。
危阁群山拥,长天一鸟过。
归鞍寻晚酌,醉梦绕云萝。

送叶云川^②观察浙江^③

搴帷初问俗,群憽外台臣。
衔暑西湖^④长,家辞北海^⑤滨。
散衙诗满纸,励节甑生尘。
到及韶光丽,风回草木春。

---

① 青坪岭,地名,位于粤北。
② 叶云川,人名,作者的同僚。
③ 浙江,地名,即浙江省。
④ 西湖,即杭州西湖,位于浙江省杭州市西面,中国十大风景名胜之一。
⑤ 北海,这里指北京的北海,位于北京城中心,清代的皇家园林。现在是北海公园。

泽州①张城斋②太守北上送别即次原韵

尺素才通问,轩车喜乍过。
离怀萦泽潞,宦迹几风波。
拭眼青衫湿,惊心白发多。
前期宁易卜,音问莫蹉跎。

赠沈周望③

性豪宁分老,酒盏自婆娑。
青眼元亭字,朱颜白苎歌④。
心长摧鬓发,机少失风波。
婚嫁那为累,生涯五岳⑤多。

过静升山庄⑥

百家成聚落,问俗喜风淳。
地瘠勤耕耨,年荒杂钓薪。
衣冠存太古⑦,礼让习先民。
鸡黍劳供给,翻惭范甑尘⑧。

---

① 泽州,古地名,即现在泽州县,位于山西省东南部,太行山南端,为三晋大地通向中原的要冲,史称"河东屏翰,冀南雄镇"。
② 张城斋,泽州太守。
③ 沈周望,人名,作者的文友。
④ 白苎歌,元代散曲。
⑤ 五岳,中国五大名山的总称。指北岳恒山(位于山西)、西岳华山(位于陕西)、中岳嵩山(位于河南)、东岳泰山(位于山东)和南岳衡山(位于湖南)。
⑥ 静升山庄,位于山西灵石县城,坐落在风景秀美的绵山脚下,依山傍水,现在已成古镇,一条大街横贯东西,九沟、八堡、十八街巷密布于北山之麓。错落于小水河畔的王家大院、红庙和文笔塔等古建筑群,是古镇静升悠久历史文化的见证。
⑦ 太古,意为远古。
⑧ 范甑尘,成语典故,《后汉书·范冉传》:范冉字史云,为莱芜长。"所止单陋,有时粮粒尽,穷居自若,言貌无改,闾里歌之曰:'甑中生尘范史云,釜中生鱼(䰉鱼)范莱芜。'"咏生活清贫。唐权德舆《寓兴》:"敢求庖有鱼,但虑甑生尘。"

宿苏州①智上人②倚月楼③同张司马元浩④刘少尹东岩⑤

半榻借幽栖，门临白传堤⑥。

桥平湖势合，径僻暮烟迷。

泛月呼轻楫，看山信杖藜。

浪游多胜侣，醉笔且留题。

宿慧因寺⑦

苔阶延晚步，莲室坐西偏。

蝉噪喧逾寂，松阴老更妍。

微凉三伏⑧雨，空翠一林烟。

未通麈麂⑨性，吾生意悯然。

---

① 苏州，古称吴、吴都、吴中、东吴、吴门，现简称苏。位于太湖之滨，长江南岸的入海口处。

② 智上人，僧人。

③ 月楼，即苏州得月楼，创建于明代嘉靖年间，位于苏州虎丘半塘野芳浜口，为盛苹州太守所筑，乾隆皇帝下江南的时候，在得月楼用膳，因其菜味道极为鲜美，赐名"天下第一食府"。明代戏曲作家张凤翼赠诗："七里长堤列画屏，楼台隐约柳条青。山公入座参差见，水调行歌断续听。隔岸飞花游骑拥，到门沽酒客船停。我来常作山公醉，一卧垆头未肯醒。"

④ 张司马元浩，作者的同僚，张元浩，官司马。司马，古代官名。

⑤ 刘少尹东岩，作者的同僚，刘东岩，官少尹。唐代制度，凡州升为府者，其刺史称为府尹。下设少尹2人，为府尹之副职。

⑥ 白传堤，西湖上的堤。

⑦ 慧因寺，即慧因高丽寺，位于杭州法相弄，在玉岑山、筲箕湾西北面，五老峰东南面。慧因高丽寺建于后唐天成二年（927），由吴越王钱镠所建，名慧因禅院。北宋元丰八年（1085），义天（高丽人）入住慧因高丽寺求法。后义天归国，将《华严经》三部170卷送与慧因高丽寺，并捐资白金两千两，建造华严经藏经阁及菩萨像等，使慧因高丽寺名声大振，南宋及元代，慧因高丽寺作为御前功德院累受封赐，香火兴旺。此后，受战火影响，慧因高丽寺屡建屡毁，在清太平军占领杭城时，慧因高丽寺遭到严重损坏。到光绪初年，寺庙建筑基本无存。2004年，杭州市政府决定复建这座历史名刹，2007年，慧因高丽寺建成并对游人开放。

⑧ 三伏，初伏、中伏和末伏的统称，是一年中最热的时节。

⑨ 麈麂，指鹿类动物。

畜 鹤

分俸供高洁，相依似我臞①。
客来频引吭，径熟若前驱。
厌俗眼常白，称仙顶渐朱。
何如烟月浦，饮啄狎菰芦②。

雨中宿白莲庵③示仁义徐星垣少尹④

四壁鸣风雨，灯昏坐夜阑。
野僧供脱粟，驿吏拂征鞍。
地僻人烟迥，年荒井里残。
劳劳惭⑤抚字，容膝⑥敢求安。

席上赠陈孝廉伯升⑦

一见倾肝胆，征骖⑧不可留。
何期今夕酒，忽解隔年愁。
好梦生残夜，新诗纪胜游。
水边茆屋稳，珍重对闲鸥。

---

① 臞，瘦的意思。
② 菰芦，指隐者所居之处。
③ 白莲庵，指杭州龙井风篁岭白莲庵，已失存。
④ 徐星垣少尹，作者的同僚，少尹，官名。
⑤ 惭，意思是不直失节。
⑥ 容膝，形容居室狭小。
⑦ 陈孝廉伯升，人名，即陈伯升，作者的文友。孝廉，汉武帝时设立的察举考试，以任用官员的一种科目，孝廉是"孝顺亲长、廉能正直"的意思。明朝、清朝变成对举人的雅称。
⑧ 征骖，指旅人远行的车。

过邯郸①吕仙庙②

一枕乾坤尽,风尘怆客肠。

是人同此梦,独醒反嫌狂。

有术浮东海③,难仙葬北邙④。

何时成大药,处处饱黄粱⑤。

野渡送李晴川⑥

春草绿萋萋,遥天路转迷。

鸟低平楚外,人立夕阳西。

漂泊怜飞絮,行踪认爪泥⑦。

孤帆随水去,带恨过前溪。

---

① 邯郸,位于河北省南端,西依太行山脉,东接华北平原,与晋、鲁、豫三省接壤,国家历史文化名城、是中国成语典故之都和中国散文之城。

② 吕仙庙,位于邯郸城北10公里处,始建于宋代,明清曾进行重修和扩建。《枕中记》传奇记载:唐开元七年(719),有一卢生骑青驹,穿布短衣进京赶考,在邯郸客店遇道士吕翁,自叹贫困,苦不得志,但他仍不甘心,想升官发财,享富贵荣华。吕翁授他青瓷枕,说用此枕可得其志。时值店家刚煮黄粱(小米)。卢生一枕而睡,便入梦乡。梦中回到山东老家,娶妻崔氏,容貌美丽。后中进士,官至中书,封燕国公。生五子,均为高官,姻亲均为名门望族。在朝五十余年,享尽荣华富贵。年逾八十,病终榻上。至此卢生翻身醒来,竟是一梦,吕翁在旁微笑,店主所煮黄粱未熟,卢生觉悟,随道士仙去。后人便根据这个故事建了此寺,衍生"黄粱美梦"一词。

③ 东海,位于中国大陆与九州岛、琉球群岛和台湾岛之间的西太平洋边缘海。古代认为:东海是蓬莱仙境所在地。

④ 北邙,山名,亦作北芒,即邙山,也叫郏山、北山。西起三门峡门,东止伊洛河岸。在今河南洛阳市东北。自东汉城阳王祉葬于此后,遂成三侯公卿葬地,后泛称墓地。元好问《北邙》诗:"驱马北邙原,踟蹰重踟蹰。千年富贵人,零落此山隅。"

⑤ 黄粱,高粱之类的粮食。

⑥ 李晴川,人名,作者友人。

⑦ 爪泥,比喻往事遗留下的痕迹。

寒郊送客

川原①风凛冽，分袂倍魂消。

客路程千里，骊歌②酒一瓢。

天空高独鸟，尘起障轻镳。

去住同羁旅，凭谁慰寂寥。

荥泽③晚渡

广武④云中出，黄河⑤天上来。

登山笑蓝子，击楫几雄才。

沙暗前村失，帆高落日回。

长堤疲板筑，风浪更相催。

夜坐呈周立崖廷尉⑥梁尺波仪部⑦丁学士芷溪⑧

身世忙中过，于今静得朋。

露阶秋入竹，风屋夜吹灯。

梨枣供馋口，图书伴曲肱⑨。

一官催作别，顾影笑鬅鬙⑩。

---

① 川原，指原野。
② 骊歌，告别的歌。
③ 荥泽，地名，上文已注。
④ 广武，古城，在今河南荥阳东北广武山上，有东西二城，中隔一涧。为刘邦、项羽对峙处。
⑤ 黄河，中国第二长河，世界第五长河，世界上含沙量最多的河流。黄河，中国的母亲河，若把祖国比作昂首挺立的雄鸡，黄河便是雄鸡心脏的动脉。
⑥ 周立崖廷尉，周立崖，即周于礼。周于礼（1720—1778），字亦园，号立崖，云南峨山人。清乾隆辛未（1751）进士。授翰林院编修，官至大理寺少卿。书法得米南宫及苏东坡笔意，精于书画鉴赏，嘉庆时收藏家，著作有《听雨楼诗集》等。廷尉，官署，秦置，为九卿之一，掌刑狱。
⑦ 梁尺波仪部，梁尺波即梁兆榜。梁兆榜，字尺波，号玉圃，广东鹤山县人。清乾隆辛未（1751）三甲八名进士。散馆改礼部主事，历官至湖南盐道。仪部，即礼部，古代官署，南北朝北周始设，隋唐为六部之一，历代相沿，长官为礼部尚书。
⑧ 丁学士芷溪，丁芷溪，学士，乾隆二十六年（1761）进士，由编修改官巡城。李调元在京时，以后进引为忘年交，每与汤先甲、王诒堂、韦谦恒征歌唱和无虚日。
⑨ 曲肱，弯着胳膊做枕头，多用以比喻清贫而闲适的生活。
⑩ 鬅鬙，头发散乱貌。

游锦带园别墅①呈凌禹叔② 二首

(一)

扁舟依柳港,身世两相忘。
雨过竹林翠,风来藕叶香。
群山苍压牖,双塔影垂堂。
便可称渔隐,菰浦别一庄。

(二)

矮檐深树里,鸡犬自成家。
拍岸三篙水,凌霄六月花。
狂吟消永昼,野食侈鲜虾。
潦倒恣沉醉,回桡月已斜。

---

① 锦带园别墅,清代私人园地,亦耕亦居,位于广东顺德大良碧鉴路海旁,面山枕流。现已不存。
② 凌禹叔,人名,作者的堂叔,清初诗人,上文已注。

闭　门

避俗成高卧，闭阶绝点埃。
著书娱老景，铺径任苍苔。
山色墙头入，泉声屋角来。
邻翁敲未得，月下怅空回。

访冯赞与[①]

曲巷衡门窄，萧然隐士居。
蔬畦环橘柚，藜榻满图书。
鸟过残花落，蛙鸣夜雨余。
一灯谈竟夕，俗虑得消除。

舟　夜

雨后江如练，风帆静不张。
岸虫吟露切，新月照波凉。
节序秋将老，怀人夜未央[②]。
故山看渐近，归及菊花黄。

夕　照

缓棹秋风里，千林带夕阳。
归巢鸦影乱，傍驿柳丝黄。
客意愁潮长，樯边坐晚凉。
何人方独立，觅句问苍茫。

[①] 冯赞与，广东顺德大良古楼人，乡贤。
[②] 夜未央，汉代有两座宫殿分别名为"长乐宫""未央宫"。"长乐未央"，意为永远快乐，没有穷尽。

秋日偕杜次山①何士壮②重过静度庵③

重寻山里寺,林壑认依稀。
一径踏红叶,数峰横翠微。
夕阳明筍笠,秋色上荆扉。
寂坐空诸有,天高鸟自飞。

东园书馆④遣兴

讵关性癖恋林泉,野趣萧疏竟自便。
谈剧茶煎调鹤径,酒酣鲜唤钓鱼船。
倚丛怪石蒸云润,绕砌春花浥露妍。
客去主人成独尝,南华⑤谈罢枕书眠。

新 燕

杏叶浓阴拂粉墙,乌衣颉颃掠回塘。
相期似订逢寒食,乍见争如说故乡。
弄影不教沾柳絮,衔泥何惜污琴囊。
双栖并翅雕梁晚,愁杀卢家春画长。

---

① 杜次山,作者的同僚。
② 何士壮,作者的同僚。
③ 静度庵,古庵堂,位于北京恭俭胡同附近,现已失存。
④ 东园书馆,位于顺德大良,作者致仕后读书的地方,现已失存。
⑤ 南华,即南华经,南华经,本名《庄子》,是道家经文。战国早期庄子及其门徒所著,到了汉代道教出现以后,便尊之为《南华经》,且封庄子为南华真人。

初秋访潘滢野①古楼书塾②

寻秋策杖叩经帏,恋胜浑忘夕照微。

万井烟沉行客断,四山月上伴人归。

鸣蛙傍水群争响,饥鹘投林晚倦飞。

差喜老年筋力健,犬声吠处认柴扉。

---

① 潘滢野,广东顺德大良人,乡贤。
② 古楼书塾,书塾,古代青少年真正读书受教育的场所,古楼书塾,是潘滢野在大良古楼村办的书塾。

戊辰①落第②南归③

几年席帽笑痴顽,又策归鞭出汉关④。

万里寄书无雁字⑤,三春忆客梦刀环⑥。

琴弹绿绮音谁赏,剑拂青霄气未删。

抱璞⑦且偕山泽侣,钓竿垂向荔枝湾⑧。

---

① 戊辰,即农历戊辰年,六十年一次,是作者过第一个戊辰年,这一年,作者三十四岁。
② 落第,古代考试发榜,榜上无名,称为"落第"。作者三十四岁(1748)参加京试,没有成功。
③ 南归,作者京试失利,打道回乡。
④ 汉关,古地名,位于现在河南省新安县东,自汉朝后,关中作为帝都,函谷关以东则称为关外。人们都以自己是关中人为荣。楼船将军杨仆,原籍函谷关以东的新安县,别人说他是关外人,他深感不快,就尽捐家资,于汉元鼎三年(184),在新安县城东也修起了一座雄伟的城池,人们称它为汉函谷关。有了这座新关,杨仆也就成了关中人了。汉关早已废弃,现在仅有关门遗址。
⑤ 雁字,指雁群。群雁飞行时常排成"一"或"人"字,故称。出自白居易《江楼晚眺景物鲜奇吟玩成篇寄水部张员外》诗:"风翻白浪花千片,雁点青天字一行。"
⑥ 三春,指春季的第三个月,即暮春。唐岑参《临洮龙兴寺玄上人院同咏青木香丛》诗:"六月花新吐,三春叶已长"。"刀环"一词出自《汉书·李陵传》:"立政等见陵,未得私语,即目视陵,而数数自循其刀环,握其足,阴谕之,言可归还也。"环、还同音,后因以"刀环"为"还归"的隐语。唐高适《入昌松东界山行》诗:"王程应未尽,且莫顾刀环。"
⑦ 抱璞,典故,出自《韩非子·和氏》:春秋战国时期,楚国人卞和在山上获得一块非常奇异的玉璞,将它献给楚厉王。楚厉王叫来玉工进行鉴别,都说它是一块普普通通的石头,楚厉王勃然大怒,砍了卞和的左脚。几年以后,楚厉王死了。武王即位,卞和拄着拐杖,拿着那块玉璞,又献给了楚武王。楚武王让玉工来鉴别,结果玉工仍然识别不了这块奇石,楚武王又让人砍掉了卞和的右脚。失去双脚的卞和认定这是一块稀世之宝。后来楚文王即位,卞和想到自己为献石的遭遇而放声大哭,一连哭了三天三夜,哭得眼里都流出血来。楚文王听说后想,这中间一定有许多委屈,于是派士兵询问卞和,卞和悲愤地说:不是为自己失去双脚痛哭,而是为没人认识这块宝玉痛哭,楚文王的士兵把那块奇石带回宫,把经过告诉给文王。文王召集天下玉匠,剖开石头,这才看到那天下最珍贵的宝玉。为了这块宝玉,卞和丢掉了双脚,所以人们就把它命名"和氏璧"。这个典故比喻怀才不遇,金代元好问的《怀益之兄》就运用了这个典故:"抱璞休奇怪,临觞得缓斟。"
⑧ 荔枝湾,地名,位于广州市荔湾区。荔枝湾已有二千多年历史,相传汉高祖刘邦派遣陆贾来广州游说赵佗归降,陆贾选择在今天的西村一带驻扎,并在驻地的附近,沿着溪湾,种植荔枝,开辟莲塘,从此之后,这一带成了闻名古今中外的荔枝湾。

东园①春暮答何毅夫②吴念中③

小园春晚落花多,日午浓阴客少过。
十亩之间闲荷锸,五湖以长漫抛蓑。
虚堂旧梦回青嶂,草阁新添挂绿萝。
独愧故人频问讯,潜夫事业总蹉跎。

雨泊九江④

乍卸飞蓬舣古壕,寒风萧瑟入征袍。
江吞彭蠡⑤涛声壮,云暗匡庐⑥雨脚高。
柳岸一围停贾舶,荻洲几处泛渔舠。
扁舟我亦思归隐,且破羁愁醉浊醪。

---

① 东园,位于顺德大良,作者致仕后的居所,现已失存。
② 何毅夫,人名,即何懋士。何懋士,字毅夫,号介园,广东顺德县三桂人。乾隆元年(1736)与父亲(何友桐,字敦复,号焦亭)为同榜举人,乾隆十年(1745)乙丑科殿试三甲进士,授广西平乐府昭平县知县,后升永安州知州。
③ 吴念中,广东顺德县人,作者的文友。
④ 九江,古称江州、浔阳、柴桑、汝南、湓城、德化,位于江西北部,有江西北门之称。
⑤ 彭蠡,即彭蠡湖,一说为鄱阳湖古称。鄱阳湖在古代有过彭蠡湖、彭蠡泽、彭泽、彭湖、扬澜、宫亭湖等多种称谓,位于江西省境内,为中国第一大淡水湖。
⑥ 匡庐,即庐山,上文已注。

送冯大埜同年①赴龙游②任

萧然琴鹤载吴艭，计日东风好渡江。
治行共矜追卓鲁③，民风渐喜化淳庞④。
散衙得句吟春昼，入夜倾醪泻玉缸。
更羡压城山色丽，泼天晴翠满书窗。

偕范成斋学博⑤孟孝廉芝圃⑥游王农部晴川⑦静怡园别墅⑧

入门梅柳拥苔坳，夹道竹林刺绿梢。
钓雪亭⑨低渔泊艇，留春坞曲鹤归巢。
十年劳役催吾老，半日疏狂解客潮。
便欲溪南谋尺土，借将花木对衡茆。

---

① 冯大埜同年，即冯慈。冯慈，字大野，广东南海县人，清乾隆辛未（1751）三甲进士。初任龙游县知县，乾隆二十三年（1758）任缙云知县；同年，冯大埜与作者是同榜进士。
② 龙游，地名，即龙游县，位于浙江省西部，金衢盆地中部，历史悠久，英才辈出，素有"儒风甲于一郡"之誉。
③ 卓鲁，即卓茂。卓茂，字子康，南阳宛人。父祖皆至郡守。史载：卓茂，元帝时学于长安，事博士江生，习《诗》《礼》及历算。究极师法，称为通儒。性宽仁恭，乡党故旧，虽行能与茂不同，而皆爱慕欣欣焉。
④ 淳庞，淳厚的意思。
⑤ 范成斋学博，范成斋，人名，作者的同僚。学博，封建王朝府郡置经学博士各一人，掌以五经教授学生。后泛称学官为学博。
⑥ 孟孝廉芝圃，即孟芝圃孝廉。孟芝圃，人名，作者的同僚；孝廉，是汉武帝时设立的察举考试，以任用官员的一种科目。
⑦ 王农部晴川即王晴川农部。王晴川，人名，作者的同僚；农部，清朝政府中的一个行政部门。
⑧ 静怡园别墅，北京的五大名园之一（五大名园：静怡园、精明园、清漪园、畅春园、圆明园）。
⑨ 钓雪亭，作品名，作者，姜夔，原文：阑干风冷雪漫漫，惆怅无人把钓竿。时有官船桥畔过，白鸥飞去落前滩。

都门①送麦兰坡②南还

蓟北③相逢盖少顷,欢然握手话平生。
心胸皂白人伦鉴,齿颊吹嘘月旦评。
鸡黍④后期虽有信,参商⑤轻别得无情。
从今把酒应南望,万里关山伫雁声。

重游月湖⑥感旧与许文度⑦罗学斋⑧同赋

月湖湖畔木兰船,湖上青山片月悬。
胜会再逢仍七夕⑨,故人作别已三年。
花间觅径移新席,竹里行厨汲旧泉。
尘梦短长增感喟,莫教邻笛起苍烟。

---

① 都门,都城的城门,即北京城门,白居易《长恨歌》:"东望都门信马归,归来池苑皆依旧。"
② 麦兰坡,人名,广东顺德人,作者的同窗好友。
③ 蓟北,即蓟北雄关,指黄崖关长城,位于河北蓟县北部山区,雄险奇秀,以年代久、变化多、布局巧、设施全成为长城建筑史上的杰作,和长城博物馆、"水关"、"八卦城"石刻碑林等景点在长城全线称绝。
④ 鸡黍,镇名,位于山东省西南部,东汉泸江太守范式杀鸡煮黍善待其好友张劭而得名。
⑤ 参商,辰星,也叫商星、参辰。参指西官白虎七宿中的参宿,商指东官苍龙七宿中的心宿,是心宿的别称。参宿在西,心宿在东,二者在星空中此出彼没,彼出此没。喻彼此对立,不和睦。这里,作者感慨好友分隔北南两地,相聚无期。
⑥ 月湖,这里指淮安万湖,又称万柳池,位于全国历史文化名城江苏省淮安楚州区南端,西傍大运河,风景秀丽。正德《淮安府志》云:"万柳亭在府城观风门内,桃柳无数。"万柳池八景:月映仙桥、雪封鹤井、柳堤烟雨、茹茨灯光、野寺晚钟、芦汀雁集、远浦归渔、疏林霁雪。
⑦ 许文度,作者的同僚。
⑧ 罗学斋,作者的同僚。
⑨ 七夕,又名乞巧节,民间的传统节日,在农历七月初七。

送沈起南①观察②楚南③

垂橐浮湘④昨岁回,江天重喜节旄开。
已将玉尺⑤量文梓,复拥骓骖宪外台。
冥厄⑥秋风行部去,洞庭⑦春水拍城来。
时平举按无多事,兰杜吟芬仔妙栽。

出都宿长新店⑧

芦沟⑨南去一鞭轻,驿路秋风速客程。
苑店残灯惊旅梦,马头落日动乡情。
倚闾白发空长望,报国丹心敢为名。
差効拊循守素愿,扶犁村外事春耕。

---

① 沈起南,作者的同僚。曾督学湖南。
② 观察,官名,清代对道员的尊称。相当于现在的副省长级别,为从三品或正四品官员。
③ 楚南,指湖南。
④ 垂橐,意思是垂着空袋子,谓空无所有。浮湘,指浮湘阁,古湘湖北面的净土山旁,曾建有浮湘阁,民国时期已毁。
⑤ 玉尺,玉制的尺,比喻选拔人才及评价诗文的标准。
⑥ 冥阨,古隘道名,即今河南省信阳市东南平靖关,古九塞之一。
⑦ 洞庭,即洞庭湖,上文已注。
⑧ 长新店,古镇名,即现在长辛店,位于北京市丰台区永定河西岸,这是一条具有近千年历史的老街。
⑨ 芦沟,地名,即芦沟桥,也称卢沟桥。芦沟桥,始建于金大定二十九年(1189),位于北京市西南丰台区永定河上。因横跨卢沟河(即永定河)而得名,是北京市现存最古老的石造联拱桥。1937年7月7日,日本帝国主义在此发动全面侵华战争。宛平城的中国驻军奋起抵抗,史称"卢沟桥事变"(亦称"七七事变")。中国军队在卢沟桥打响了全面抗战的第一枪。

查灾由北郊至静慧庵①

茅店鸡声日过中,笋舆触热踏荒丛。
读书敢负恫瘝②念,报国惭无尺寸功。
破寺夜谋安榻地,枯田眼觊及秋丰。
独怜入望炊烟冷,普赈难纾万井穷。③

苏州④遇冯大埊⑤张清臣⑥简作霖⑦梁扑亭⑧招饮湖船

澄湖⑨如练水云收,异地联衿兴自幽。
几处柳阴维画舫,谁家花影入朱楼。
半宵歌管怜佳会,过眼风光忆旧游。
醉后匆匆还判袂⑩,满江明月照羁愁。

---

① 静慧庵,古庵名,位于浙江杭州市大蕉弄,现已失存。
② 恫瘝,指关怀人民疾苦。宋苏轼《送张天觉得山字》诗:"余光入岩石,神草出茅菅。何人相指似,稍稍落人寰。能令坠指儿,虬髯苗冰颜。祝君如此草,为民已恫瘝。我亦老且病,眼花腰脚顽。念当勤致此,莫作河东悭。"
③ 普赈,指官府抚恤灾民,先赈一月,叫"正赈",也叫"普赈""急赈"。查明被灾分数、户口后,被灾六分,极贫加赈一月。万井,古代以地方一里为一井,万井即一万平方里。
④ 苏州,地名,上文已注。
⑤ 冯大埊,人名,上文已注。
⑥ 张清臣,人名,作者的文友。
⑦ 简作霖,人名,作者的文友。
⑧ 梁扑亭,人名,作者的文友。
⑨ 澄湖,地名,又名陈湖或沉湖,据说此地原为陆地,后下沉为湖,故名。澄湖北穿吴淞江,与阳澄湖相通,东南通昆山淀山湖。
⑩ 判袂,即分袂,指离别。判,在说文中,叫作分。

赠慧因寺①觉上人②

三摩③妙谛浩无边,老守枯禅得自然。
撒粒鸟驯斋砵下,听经猿跪法堂前。
香坛辟径长留草,社事嫌名不种莲。
尘梦劳劳钟点破,只愁慧业碍生天。

偕何侍御苍水④梁仪部鹤圃⑤西山⑥观瀑

灵源一脉泻云中,入望清泠绝壑通。
磵底暗飞千片雪,林端晴挂半山虹。
缘溪近接平湖外,绕郭遥连御苑东。
思涤俗肠恣茗汲,石潭松月夜朦胧。

饮铜陵⑦张春圃明府⑧署中

片帆才泊大江隈,仙吏逢迎绮席开。
永夕一尊伤往事,⑨ 荒城百里滞雄才。
涛声绕郭喧残夜,诗笔横空见别裁。
治行如君谁得似,征书伫自五云来。

---

① 慧因寺,古寺名,上文已注。
② 觉上人,慧因寺里的僧人,精于佛学的僧侣。
③ 三摩,梵文音译,犹三昧。宋苏轼《宝月大师塔铭》:"师于佛事虽若有为,譬之农夫畦而种之,待其自成,不数数然也。故余尝以为修三摩钵提者。"
④ 何侍御苍水,即何苍水侍御,何苍水,人名,即何日佩,字缙华,号苍水,广东德庆县附城(今德城镇)人。乾隆九年(1744)举人,二十二年(1757)进士。翰林院庶吉士,历任京畿道御史、河南道御史、礼科给事中等职。著作有《何苍水奏疏》八卷、《西游诗集》四卷、《赋》一卷。侍御,官名,侍奉君王的人。
⑤ 梁仪部鹤圃,即梁鹤圃仪部,梁鹤圃,即梁尺波,上文已注。仪部,即礼仪部,上文已注。
⑥ 西山,这里指北京西山,是太行山的一条支阜,古称"太行山之首",又称小清凉山。宛如腾蛟起蟒,从西方遥遥拱卫着北京城。
⑦ 铜陵,地名,位于安徽省中南部,长江中下游南岸,著名的黄山北大门。
⑧ 张春圃明府,张春圃,北京琉璃厂的琴师。明府,尊称,上文已注。
⑨ "永夕一尊伤往事"句,作者自注:春圃在晋曾以牵累下狱。

灵璧山旧寺①小憩

满径松杉夹寺栽，解鞍小坐恋莓苔。
草埋断碣留唐刻，香歇金炉剩冷灰。
野鹤归巢依独树，幽禽觅食下荒台。
诗成濡笔聊题壁，莫问尘踪此地来。

李车桥水心亭②小酌

水心亭畔水云连，倦客幽栖近几年。
渔父晚归深柳港，沙鸥飞过绿萝烟。
风尘牢落余衰鬓，事业迁疏愧昔贤。
荆楚别来倏廿载，一尊共对转凄然。

乞养归里偕叔宪中③兄东曜④访凌禹⑤叔锦带园别墅⑥

寻花结伴叩山扉，竹径留云冷芰衣。
话旧晚斟三径月，尝新春采半峰薇。
俗缘渐向衰年减，宦况今知往日非。
未老悬车宁避熟，旨甘娱乐在庭闱。

---

① 灵璧山旧寺，寺庙，位于安徽灵璧县。
② 李车桥水心亭，建于南宋绍兴年间，横跨晋江安海与南安水头镇之间海面的安平桥，两侧桥头和桥中原建有小亭五座，供行人小憩。桥中心小亭称水心亭，又称中亭。清康熙二十六年(1687)，中亭西侧填海建寺，以亭名寺，即水心亭。
③ 宪中，人名，即龙宪中，作者的堂叔，广东顺德大良人。
④ 东曜，人名，即龙东曜，作者的堂兄，广东顺德大良人。
⑤ 凌禹，人名，即龙凌禹，作者的堂叔，广东顺德大良人。上文已注。
⑥ 锦带园别墅，作者的堂叔龙凌禹的居所，位于顺德大良，一个耕读条件良好的地方，已失存。作者亦有意建一处这样的居所，多次考察后，建成了东园。

武昌^①胡鹤林^②太守招同梁慎斋^③杨筠园^④两大尹饮黄鹤楼^⑤

冥冥飞鹤几时还,尘世仙踪杯酒间。^⑥
檐外青林仍绕郭,槛边能见几元夕^⑦。
一生难得多知己,况是孤身薄宦人。
残梦风沙驿站夜,故乡灯火马行春。
岁华近老偏惊驶,节物他乡倍忆亲。
尊酒鳌山^⑧劳里旅,强随民乐转沾巾。

---

① 武昌,地名,位于长江南岸,与汉口、汉阳隔江相望,"武汉三镇"之一,历史文化名城,始建于战国时期,有丰厚的文化历史底蕴,现为湖北省委、省政府所在地,是全省的政治、文化、信息中心。

② 胡鹤林,清朝官员,作者的同僚。

③ 梁慎斋,清朝官员,作者的同僚。

④ 杨筠园,清朝官员,作者的同僚。

⑤ 黄鹤楼,地名,黄鹤楼位于湖北省武汉市。江南三大名楼之一,黄鹤楼濒临万里长江,雄踞蛇山之巅,挺拔独秀,辉煌瑰丽,很自然就成了名传四海的游览胜地。历代名士崔颢、李白、白居易、贾岛、陆游、杨慎、张居正等,都先后到这里游乐,吟诗作赋。

⑥ "冥冥飞鹤几时还,尘世仙踪杯酒间"两句是引用"神仙人黄鹤"传说,南朝梁代萧子显在《南齐书·州郡下》里说:"夏口城据黄鹄矶,世传仙人子安乘黄鹤过此上也。"据《江夏县志》记载,与萧子显所言的大同小异。县志记叙文《报应录》,原文:辛氏昔沽酒为业,一先生来,魁伟褴褛,从容谓辛氏曰:许饮酒否?辛氏不敢辞,饮以巨杯。如此半岁,辛氏少无倦色,一日先生谓辛曰,多负酒债,无可酬汝,遂取小篮橘皮,画鹤于壁,乃为黄色,而坐者拍手吹之,黄鹤蹁跹而舞,合律应节,故众人费钱观之。十年许,而辛氏累巨万,后先生飘然至,辛氏谢曰,愿为先生供给如意,先生笑曰:吾岂为此,忽取笛吹数弄,须臾白云自空下,画鹤飞来,先生前遂跨鹤乘云而去,于此辛氏建楼,名曰黄鹤。

⑦ 元夕,即元宵节,是夜称元夕或元夜,中国的传统节日。相传,汉文帝(前179—前157)为庆祝周勃于正月十五戡平诸吕之乱,每逢此夜,必出宫游玩,与民同乐,并将正月十五定为元宵节。

⑧ 鳌山,地名,位于太白山以西,秦岭中段太白县境内,陕西的第二高峰。

偕叔宪中①兄东曜②访凌禹③叔锦带园别墅④

经年鸥鹭未寻盟，试叩荆扉快晚晴。
松菊正添闲客兴，烟波原洽主人情。
青山绕屋供今啸，白发倾樽几弟兄。
老我更无他事业，结邻拟共课春耕。

送卢容江⑤公车北上兼寄都中梁尺波仪郎⑥

鉴溪⑦溪畔倚孤篷，高唱骊歌气自雄。
册记北征思往日，鹏搏南海⑧快乘风。
布帆冲破春波绿，驿路鞭敲晚照红。
为报长安⑨旧游侣，莼鲈休念越江东。⑩

村舍题壁

路转溪头野色苍，茆檐傍水认鱼乡。
鸡头叶老连波绿，狗脊花繁绕屋香。
地僻俗还知礼让，时平人各事耕桑。
何当秋入丰年社，持蟹来依压酒床。

---

① 宪中，人名，即龙宪中，上文已注。
② 东曜，人名，即龙东曜，上文已注。
③ 凌禹，人名，即龙凌禹，上文已注。
④ 锦带园别墅，作者的堂叔凌禹的居所，上文已注。
⑤ 卢容江，人名，作者同窗、文友。
⑥ 梁尺波仪郎，作者文友。上文已注。
⑦ 鉴溪，河流名，位于顺德，上文已注。
⑧ 南海，泛指珠江三角洲一带。
⑨ 长安，古都，这里指北京。
⑩ 莼鲈，指家乡风味。后来文人以"莼羹鲈脍""莼鲈秋思"借指思乡之情。江东，即长江在安徽境内向东北方向斜流，而以此段江为标准确定东西和左右。主要指芜湖、南京一带。

与吴立亭①梁莪轩②泊舟石湖③寄梁尺波④楚南⑤

歌骊曾送柳边舟,胜侣团圞忆旧游。
远望衡湘⑥频入梦,书沉鱼雁只成愁。
孤篷促坐寻前约,⑦千骑巡方拥上头。
临水抚舷空极目,暮烟凄暗白苹洲⑧。

水阁⑨小酌次潘礼翘⑩韵

一尊水阁得淹留,坐客相看半白头。
松外溪流光落月,村边风叶故吟秋。
忙中事向闲中悟,今世情偏隔世忧。
听尽更筹灯似豆,飞蛾犹自扑残油。

晚 凉

乍霁斜曛忽射阶,余光映树雨还来。
卷帘快放凉飔入,倚槛凭教懒困催。
绕砌乱萤时自照,惊枝宿鸟暗飞回。
耽闲耽咏平生事,热念何须老始灰。

---

① 吴立亭,人名,作者的同僚。
② 梁莪轩,人名,作者的同僚。
③ 石湖,苏州著名的风景区,太湖的支流。以吴越遗迹和田园风光见称的风景区,历史悠久,相传范蠡就曾带着西施由此入西湖,从此隐居。
④ 梁尺波,人名,上文已注。
⑤ 楚南,地名,上文已注。
⑥ 衡湘,两个地名,即衡阳和湘潭的合称。
⑦ "孤篷促坐寻前约"句作者自注:前与尺波、立亭、义轩(莪轩)同赴石湖议堵崩通水口事久,尺波在都以书敦促,遂偕立亭、莪轩再往详阅形势,时尺波已观察长宝。
⑧ 白苹洲。古代湖州的风景名胜。1500年前的梁吴兴太守柳,作了《白苹洲五亭记》。古代的文人墨客喜欢在白苹洲的舟棹上品酒吟诗,白居易的《江南曲》就是赞白苹洲的。
⑨ 水阁,临水的楼阁,位于作者的东园内。
⑩ 潘礼翘,人名,顺德杏坛人,作者的文友。

槐儿①南宫②报捷感赋

泥金帖③到草堂前，又荷鸿恩自日边。
雁塔④署名寻旧款，榜花⑤单姓得新传。
公车似我劳三上，⑥ 喜信凭谁慰九泉。
膝上授经膝下谈，⑦ 追思诒厥⑧转潸然。

池　上

藤杖徐穿竹径凉，地偏幽称水云乡。
山明屋角螺高耸，蝉噪枝头昼正长。
竿笠钓船邀客去，轩裳热梦看人忙。
书生老计今朝得，十亩香荷着酒狂。

送　春

投闲老得领韶华，暖翠晴岚护碧纱。
曲径日低竹弄影，方池风过柳飞花。
林间绿织莺梭疾，陌上红粘燕剪斜。
我欲饯春春亦住，绯桃吐艳正如霞。

---

① 槐儿，即龙廷槐，作者的长子，详见本诗集作者龙廷槐的简介。
② 南宫，指礼部会试，即进士考试的场所。明阮大铖《燕子笺·入闱》："山岳君恩隆重，主南宫大典，滥及愚蒙。"
③ 泥金帖，即用泥金涂饰的笺帖。唐以来用于报新进士登科之喜。五代王仁裕《开元天宝遗事·泥金帖子》："新进士才及第，以泥金书帖子附家书中，用报登科之喜。"
④ 雁塔，地名，位于陕西省西安市城南大慈恩寺内，全国著名的古代建筑，古都西安的象征。相传是玄奘大法师从印度(古天竺)取经回来后，专门从事译经和藏经之处。因仿印度雁塔样式的修建，故名雁塔。后来，长安荐福寺内修建了一座较小的雁塔，之后，慈恩寺塔叫大雁塔，荐福寺塔叫小雁塔。
⑤ 榜花，意思是礼部取士发榜，每年录取姓氏冷僻者二三人，谓之"色目人"，亦谓之"榜花"。
⑥ "公车似我劳三上"句的意思，公车，指官府专用马车。三上，作者三次上京赴考才高中。
⑦ "膝上授经膝下谈"句的意思，作者十分注重育儿，抱着槐儿坐膝上口授经书。长大了，还父子一起论经。
⑧ 诒厥。见语本《诗·大雅·文王有声》："诒厥孙谋，以燕翼子。"后因以谓留给子孙。

仙女吴彩鸾①庙

拔宅清都②去不还,尚留仙迹在人间。
灵矛岁久香犹发,丹井③功成水自潺。
日转空阶松影瘦,雨余幽径薛痕斑。
云輧鹤驭何曾远,满耳天风响佩环。

夏　夜

夜阑人寂柝声传,坐爱凉风未肯眠。
炉里浓烹初熟茗,阶前香送乍开莲。
栖林野鹤惊还定,傍草流萤暗复然。
新月半规光似水,静筛花影到床边。

---

① 吴彩鸾,人名,吴彩鸾(823—?),河南濮阳县人,才女,传说中的仙女。据载:吴猛之女,夫文箫。家贫,以抄书为业。史书中记在吴彩鸾名下的抄本韵书很多,如《切韵》《玉篇》等。其小楷字体道丽,用笔圆润,笔法纯熟,书写极速且精。有作品《女冠诗》:心如一片玉壶冰,未许纤尘半点侵。霾却玉壶全不管,瑶台直上最高层。唐末道教学者杜光庭改编在《仙传拾遗》里,吴彩鸾又被赋予跨虎女仙的神秘形象:彩鸾是三国时吴西安令吴猛之女。时有得道之士丁义,授吴猛以道法。彩鸾师事于丁义之女秀英,道法亦深。有金陵文箫,寄寓于洪州之帷观。八月十五日为许真君上升之日,该观士女云集,联袂踏歌,谓之"酬愿"。文箫忽见一姝,美艳非常,即吴彩鸾。其所踏歌,含以文箫名姓,且有神仙之语,歌云:"若能相伴陟仙坛,应得文箫驾彩鸾,自有绣襦并甲帐,琼台不怕雪霜寒。"文箫甚觉奇异,遂尾随其后。入松林,所居如官府,侍卫环列,文箫再三问其故,彩鸾曰:"此不可轻泄,吾当为子受祸矣。"言后片刻,果然有黄衣使者降临告曰:"吴彩鸾为私欲泄天机,谪为民妻一纪!"彩鸾遂与文箫结为连理。其后俱乘虎入于越王山中,道成升天,后人誉为"神仙眷属"。
② 清都,神话传说中天帝居住的宫阙。《楚辞·远游》:"集重阳入帝宫兮,造旬始而观清都。"《列子·周穆王》:"清都、紫微、钧天、广乐,帝之所居。"
③ 丹井,地名,位于黄山虎头岩附近,白云溪滨,为巨石上一圆穴。旧志记载:轩辕黄帝曾在此炼丹,故名。

孙东亭①同年招饮珠江②与梁尺波③同赋

才放探奇五尺筇,片帆又挂柳丝风。
鲜鳞酽酒珠江舫④,蜀栈燕台⑤坐客踪。
花陌春游曾几日,天涯萍合更难逢。⑥
欲寻后会知何在,云水迢迢数万重。

鹿门⑦道中书所见

笋舆趁晓踏晴沙,野阔天空入望赊。
水步轻烟笼绿线,山村初日烘桃花。
贩鲜船起江边网,趁市人挑雨后茶。
最羡老农榕树下,埋头促坐话桑麻。

---

① 孙东亭,人名,与作者同是乡试的举人。
② 珠江,水名,即珠江河,上文已注。
③ 梁尺波,人名,上文已注。
④ 珠江舫,船名,供游客饮食之所,相当于现在的水上酒家,游船。
⑤ 蜀栈、燕台,两个地名。蜀栈,古栈道名,又名石牛道、金牛道、剑阁道、南栈,是古代关中通往汉中和巴蜀的要道。故道自今陕西勉县西南行,越七盘岭入四川境,再经朝天驿达剑门关。后代屡加修造,直至元、明始改称南栈,又名蜀栈。燕台,即黄金台,亦称招贤台,位于河北省定兴县高里乡北章村(台上隶属于北章大队,由黄金台在此而得名),战国燕昭王为宴请天下士而筑。据史料考证,燕昭王于公元前311年即位,至公元前279年执政33年。其即位后着手以卑身厚币招徕人才。当时只言筑台而无"黄金"二字,宋鲍明远《放歌行》"岂伊白璧赐,将起黄金台"。后,始见黄金台之名。
⑥ "天涯萍合更难逢"句意思:作者与孙东亭、梁尺波成功地走完了仕宦之路,终于相聚在广州。
⑦ 鹿门,即鹿门山,位于湖北襄阳市东南。原名苏岭山,汉建武时,襄阳侯习郁建庙于山上,刻二石鹿置于庙道口,此庙称鹿门庙,后来称此山为鹿门山,诗人孟浩然曾隐居此山。

遣 兴

老住江城城外村,环溪近市枕蔬园。
逃名早入鸡豚社,避客常关薜荔门。
茶碗棋枰消夏昼,酒杯蜡盏伴吟魂。
尚余结习难抛尽,日拈陈编教稚孙。

访钟常真①花溪②新筑不遇

小渡环溪叩草庐,云深三径③俗尘疏。
青苔昼掩维摩室④,红叶秋生水竹居。
谢客庭空常挂塌,寻僧寺远或停车。
绕林欲问孤飞鹤,何处松岩伴读书。

碧江⑤晚泊与苏迪光⑥夜语

风晴日暖浪花平,一棹凌波镜里行。
薄暮山光多黯淡,近村人语渐分明。
江湖岁月余霜鬓,故旧凋零叹曙星。
今夜倾怀仍促别,不堪戍鼓彻宵听。

---

① 钟常真,人名,常真,遁入空门后起的法号。
② 花溪,地名,全国各地都有,这里的花溪在广东。
③ 三径,亦作三迳。晋赵岐《三辅决录·逃名》:"蒋诩归乡里,荆棘塞门,舍中有三径,不出,唯求仲、羊仲从之游。"后因以三径指归隐者的家园。
④ 摩室,佛语,如摩崖、摩室。摩室,是出家人修行之所。⑤ 碧江,河名,又是村名,即北碧江,位于佛山市顺德区北滘碧江,是中国历史文化名村,该村有座碧江金楼,是岭南水乡豪宅。金楼及古建筑群兴建于晚清。屏门、门枋、檐板、厅壁、天花藻井的木质雕饰均以真金涂髹或镶贴。楼上楼下一片金碧辉煌。村中具宅第、祠堂、书斋、园林等功能,保留着干打垒、蚝壳墙、水磨砖、"镬耳山墙"等岭南特色的古建筑。
⑥ 苏迪光,人名,佛山市顺德区北滘北碧江村人,作者的文友。

元 夜[①]

艳说江城五夜[②]过，鳌山火树灿星河。[③]
满街璧月寒于水，几处银船听缓歌。
为乐近伤同辈少，追欢惟述旧闻多。
更阑烛灺人初散，自约邻翁泛海螺。

留春与温华石陈觐甫冯开泰潘澧翘余北亭[④]同赋分韵得归字

谁道留春春不归，东风别恨恋芳菲。
灯明断雨醒残梦，草色连天怅落辉。
绕树莺仍当晓啭，营巢燕已带雏飞。
欲寻红紫踪何在，花扑湘帘絮扑衣。

偕冯与赞[⑤]重游海幢寺[⑥]用壁间韵

满江浪静暂停船，松柏阴森此地偏。
隔岸峰峦翻晚照，绕城楼阁带晴烟。
僧因梵诵听钟集，客得心闲枕石眠。
独怅半墙鸿爪[⑦]印，羁踪空结胜游缘。

---

① 元夜，即元宵节，又称上元节、灯节，上文已注。
② 五夜，指戊夜，即五更。唐崔琮《长至日上公献寿》诗："五夜钟初动，千门日正融。"
③ 鳌山，属于秦岭的主脉，古称垂山、武功山，中隔跑马梁与拔仙台东西遥遥相望，又称西太白。星河，即银河，上文已注。
④ 温华石、陈觐甫、冯开泰、潘澧翘、余北亭五位，顺德人，作者的文友。
⑤ 冯与赞，人名，作者的文友。
⑥ 海幢寺，佛寺，位于广州海珠区同福中路和南华中路之间，原址：南汉时"千秋寺"。后废为民居，明代成为郭氏花园。明末清初，光牟、池月两位僧人向园主郭龙岳募缘得地建佛堂，依佛经"海幢比丘潜心修习《金刚般若波罗蜜经》成佛"之意，将佛堂取名为海幢寺。之后，规模宏大的海幢寺既是弘扬佛法之所，又是广州旅游胜地。
⑦ 鸿爪，即成语雪泥鸿爪。出自宋苏轼《和子由渑池怀旧》："人生到处知何似，应似飞鸿踏雪泥，雪上偶然留爪印，鸿飞那复计东西。老僧已死成新塔，坏壁无由见旧题。往日崎岖还记否？路长人困蹇驴嘶。"后用"鸿爪"比喻往事留下的痕迹。

初冬即事

散策溪桥坦步行,农家十月爱冬晴。
藤枷竞打开堆稻,石臼旋舂待爨粳。
横径紫残看后菊,隔墙黄绽摘余橙。
秋成似此歌康乐,明岁山田薄也耕。

仲春东郊

海天云散矗群峦,傍水人家负郭攒。
二月莺声过社雨①,一城花信②压春寒。
腥风入市鱼虾满,返照窥林鸟雀欢。
準拟探梅山寺去,侵晨蜡屐印沙干。

新 柳

画桥东畔影初垂,风袅柔丝拂路歧。
高会有期征白社,轻阴无力坐黄鹂。
烟横古渡人千里,绿挂春塍雨一犁。
正苦离愁连岁月,莫教长笛倚楼吹。

---

① 社雨,指社日之雨,社日是古代农民祭祀土地神的节日。汉以前只有春社,汉以后开始有秋社。自宋代起,以立春、立秋后的第五个戊日为社日。
② 花信,按自小寒至谷雨,一百二十日,八个节气,我国古代以每五日为一候,计二十四候,人们在每一候内开花的植物中,挑选一种花期最准确的植物为代表,应一种花信,称之为"二十四番花信"。

题红梅图①寿温登于②

竹外青梢带月欹,红罗亭③畔踏歌时。
分茅④仙杏长春色,别有孤山⑤出世姿。
丹液夜酣林下客,绛云朝拥岭南枝。
风流格调凭谁谱,姑射峰头⑥伴紫芝。

区丽云⑦为余画授经小照却赠

须眉纵脱旧风尘,骨相原来是幸民。
投笔几曾鳞阁画,垫巾恰称腐儒身。
折腰强项终何补,点目添毫却入神。
更爱老怀传纸上,授经环绕正合嚬。

---

① 红梅图,清代画家罗芳淑的国画作品。罗芳淑,清代女画家,字香雪,江苏扬州人,侨居扬州,著名画家罗聘之女,擅写梅,时人称为"罗家梅派"。传世作品有《梅花图》等。
② 温登于,人名,广东顺德人,作者的文友。
③ 红罗亭,南北朝时李后主(李煜)御苑的亭,亭里罩以红罗,装饰着玳瑁象牙,雕镂得极其华丽,内置一榻,榻上铺着鸳绮鹤绫,锦簇珠光,仅可容两人休息。李煜遇到美貌的宫女,便引至亭内,任意宠幸。
④ 分茅,古代帝王分封诸侯的仪式,分封爵位和土地。
⑤ 孤山,位于杭州西湖西北角,四面环水,一山独峙,周围景点文物众多,因位于西湖的里湖与外湖之间,故名孤山。
⑥ 姑射峰头,即姑射山,又名石孔山,上文已注。
⑦ 区丽云,人名,清代岭南画家。

对客漫述 二首

（一）

岂是生平少宦情，迂疏只合谢时荣。
策科幸了诗书债，秃管慵邀著述名。
闾里不须夸昼锦，庭阶差得曝冬晴。
年来胜有儿孙念，听彻灯前夜读声。

（二）

薄酒藜羹笑语哗，惊魂犹怯旧排衙。
磬悬尚辨千人馔，地瘠空栽满县花。
策驷绾符成旧梦，编茆叠蛎称吾家。
老除耕读无他事，一枕陶窗度岁华。

芦 花

晴铺江渚雪绵绵,拂岸萦波远接天。
千顷夕阳渔舍外,十分秋色板桥边。
凉风淅沥吹明月,薄雾冥濛起暮烟。
几片短篷来隔港,灯光遥认趁潮船。

池 上

夜月一尊酒,方塘万柄荷。
偶然成独坐,凉意比秋多。

与声之①弟步月登凤山②

远树迷东郭,疏钟度隔山。
耽吟忘露冷,漏尽未思还。

江 亭

月出暝烟沉,水调芦边起。
沿堤过草桥,惊扑泽中雉。

樵 径

似有入山路,苔茸裹石矶。
不逢负薪叟,林外一僧归。

---

① 声之,人名,即龙声之,上文已注。
② 凤山,地名,位于顺德大良。

煮 茶

自支折脚铛,蟹眼①浮嫩叶。
松下坐凉风,七碗②消尘劫。

甘竹滩③晚泊

荻花铺雪深,晚唱渔家乐。
人忆洞庭④秋,日暮孤帆泊。

滩夜书所见

芦丛鸥作家,结侣鸣还俗。
月上长春潮,飞向前滩宿。

归舟过城北

溪流曲弯环,林密疑无路。
傍水少人家,午蝉吟碧树。

借 宿

风雨溪山借宿,养疴野外陶情。
尽日闭门隐几,隔帘晓听莺声。

---

① 蟹眼,烹茶术语,煮水的温度。古时,没有温度计,更无定温自动控制,只能凭看"蟹眼"来判断水的温度。

② 七碗,出自唐卢仝《走笔谢孟谏议寄新茶》诗:"一碗喉吻润;两碗破孤闷;三碗搜枯肠,唯有文字五千卷;四碗发轻汗,平生不平事,尽向毛孔散;五碗肌骨清;六碗通仙灵;七碗吃不得也,唯觉两腋习习清风生。"言饮茶不须七碗即"通仙灵",极赞茶之妙用。宋苏轼《六月六日以病在告独游湖上诸寺晚谒损之戏留一绝》:"何须魏帝一丸药,且尽卢仝七碗茶。"元耶律楚材《和杨彦广韵》:"探玄浑似三杯酒,清兴何消七碗茶。"

③ 甘竹滩,地名,位于广东顺德杏坛右滩,因甘竹溪流经此,故有此称。昔日甘竹滩"滩石奇耸,声如雷霆,江水、海潮互为吞吐,邑之巨观"。清代康熙、雍正年间,县内文人雅士评定顺德县八景,"甘滩雪涛"其中之一。

④ 洞庭,即洞庭湖,上文已注。

题叶毅庵①中允②所藏王春麓③烟江叠嶂图④ 二首

（一）

绿柳浓阳醮水，青山暖翠浮岚。
持竿渔维钓艇，读书客坐茆庵。

（二）

古寺疏林塔耸，山村断涧烟霏。
唤渡僧来柳岸，隔江几处帆归。

---

① 叶毅庵，即叶观国。叶观国（1720—1792），字家光，一字毅庵，祖籍福建（其高祖起寰，由福清海头徙居闽县）。史载：乾隆辛酉拔贡生，举丁卯乡试，辛未成进士，选庶吉士、授编修。作品：《老学斋随笔》《绿筠书屋诗钞》18卷和《闽中杂记》《秋狝获白鹿赋》等。

② 中允，官名。《汉书·百官公卿表》载詹事掌皇后、太子之事，属官有太子率更、家令丞、仆、中盾。中盾后改称"中允"。

③ 王春麓，历史人物，即宋朝王诜。王诜（1048—1104），字晋卿，太原人。史载：幼好读书，长有才誉，被神宗选中，将英宗的女儿嫁给他，官驸马都尉。王诜好书画，家有宝绘楼，收藏书法名画，苏轼称他"山水近规李成，远绍王维"，"得破墨三昧"，"金碧绯映，风韵动人"。传世作品有《渔村小雪图》《烟江叠嶂图》等。

④ 烟江叠嶂图，国画，作者王诜，详见注③。

田家 四首

（一）

二月趁晴播种，一川细雨扶犁。
卖麦县输秋税，留宾韭剪春畦。

（二）

芸草饲蚕谐妇，苎衫藿食全家。
午饁常携稚子，朝桑不摘闲花。

（三）

几树浓阴昼永，一湾流水门斜。
日暮收耕团坐，鸡豚各自还家。

（四）

日落茆檐烟起，潮放鱼塘水新。
连宵夜雨沾足，稻苗高过行人。

遣兴 二首

（一）

远树遥峰绕郭，杖藜循陇闲行。
日晚凉风细细，溪流松籁声声。

（二）

坐对一湾流水，凉消半枕清风。
晚菘脆添酒盏，断岸声咽秋虫。

楼　上

晓鸠啼雨湿重岚，绕郭千林绿更酣。
倦倚西楼风正嫩，杏花时节似江南。

桥上闻笛

碧云漠漠海天长，夜寂更阑思渺茫。
何处落梅吹一曲，满江清露月如霜。

新　梧

春半枝头绿叶添，浓云送雨洒廉纤。
戌葵渐放荼蘼谢，一院清阴上翠帘。

题赖山人①秋山夕照图②

几林霜叶染新红，平远山低落照中。
欲问人家何处住，小溪桥外一湾通。

胥江③夜泊

卸帆小雨近黄昏，梦醒孤灯竹外村。
一夜离愁似江水，旧痕未消更新痕。

---

① 赖山人，即赖镜，上文已注。
② 秋山夕照图，古国画，作者赖镜。
③ 胥江，人工开凿的河，春秋时吴国名将伍子胥率众开挖，位于古吴国境内。公元前522年，伍子胥避乱于吴国，伍子胥以其雄才大略，深得吴王阖闾重。伍谏吴王"立城郭，设守备，实仓廪，治兵革"，并"相土尝水"，选定苏州古城址。助吴王西破强楚，北威齐晋，南服越人。夫差即位后听信谗言，于公元前484年赐伍子胥自刎，并将其尸投之于江，其尸沿江漂浮至如今的胥口。胥口人民为永远纪念这位吴国忠臣，不仅将他们生活的土地更名为胥口，还相继建起了子胥墓和胥王庙，将由伍子胥率众开挖的江南第一运河命名为胥江，附近的小山命名为胥山，濒临的太湖命名为胥湖。

玉山①登舟

笋舆轻梦玉山边，才卸行縢又上船。
浅绿鸭头新涨满，嫩晴风软晚春天。

丁丑②除夕

更阑爆竹尚轰然，独守残灯未隐眠。
四十③浮生驹过隙，更将片刻挽流年。④

卉木庵⑤与欧阳慎思⑥潘景最⑦同赋

僧舍茶烟绕破扉，绳床小坐静忘机。
竹幽菊淡人无语，听彻孤蝉咽落晖。

偕吴立亭⑧访梁尺波⑨舟中口占

田苗堤草绿芊绵，画出清明三月天。
短棹溪行三十里，一村桑柘一村烟。

---

① 玉山，地名，山水之乡，位于江西省东北部，是江西省的东大门。闽浙赣三省交界处，素有"两江锁钥，八省通衢"之称。唐戴叔伦《送前上饶严明府摄玉山》："家在故林吴楚间，冰为溪水玉为山。更将旧政化邻邑，遥望道人相逐还。"
② 丁丑，农历纪年，即1756年。
③ 四十，即作者丁丑年（1756）四十岁，在山西灵石县任职六载。
④ "更将片刻挽流年"句意思是：作者感慨感慨人已中年，精力有限和光阴宝贵。决心在以后的日子多办一些为国为民的实事。
⑤ 卉木庵，小型佛寺，位于顺德境内，现已失存。
⑥ 欧阳慎思，人名，作者的文友。
⑦ 潘景最，人名，广东顺德人，清代顺德名人，五子五登科（举人）。
⑧ 吴立亭，作者的文友，上文已注。
⑨ 梁尺波，人名，上文已注。

偕彭扑庵①罗履先②吴立亭③梁莪轩④游锦岩东庵⑤ 二首

（一）

岩隈萧寺⑥得跻攀，倚翠评岚兴未删。

只为棋枰无处着，一枝筇杖欸禅关。

（二）

苍苔满径竹猗猗，傍牖花蕉展绿旗。

丈室稳开清寂地，岂容支遁不能诗。

---

① 彭扑庵，人名，广东顺德人，作者的文友。

② 罗履先，人名，即罗天尺。罗天尺，字履先，号石湖，广东顺德大良人，乾隆年间广东著名诗人和文献学家。诗风力矫，20岁即以诗文扬名省城，受到广东学政惠士奇赏识，曾主持南香诗社。与何梦瑶、劳孝舆、吴世忠、苏珥、陈世和、陈海六、吴秋一时并起，有"惠门八子"之称。与劳孝舆等同修《广东通志》。著作有《五山志林》八卷、《瘿晕山房诗钞》六卷、《诗删》十三卷，诗《荔枝赋》和《珠江竹枝词》名播一时。

③ 吴立亭，作者的同僚，上文已注。

④ 梁莪轩，作者的同僚，上文已注。

⑤ 锦岩东庵，即锦岩山东庵书堂。锦岩山，位于顺德大良西北端，山高27.2米，怪石嶙峋，古树参天，草木郁葱。唐代罗隐曾题"稳乐山"三字，故民间又称为"稳乐山"。东庵书堂，锦岩山最初只有观音庙，后经历代扩建，增加北帝、天后两厢庙及东庵书堂等，文化名人陈邦彦，顺德龙山人，少随其父迁居大良，后在锦岩庙东庵设馆授徒。现在锦岩山已建设成锦岩公园。

⑥ 萧寺，即佛寺。相传梁武帝萧衍造佛寺，命萧子云书飞白大字"萧寺"。后世以萧寺为佛寺。

水 边

沿堤红荔映波明，出水园荷贴乱萍。
酒力半消来照影，凉风澹沱鹤梳翎。

春 云

松梢度过复前山，影落天边去不还。
为雨为霖忙底事，争如暂伴野庐间。

午 坐

草沿花径没鞋深，寂寂虚窗藓晕侵。
谈客不来清昼永，野禽啼暝满松林。

三月五日微雨泛舟 二首

（一）

清明才过雨兼风，乍霁春留杳霭中。
草上踏青人怯冷，屐痕湿带落花红。

（二）

云暗天低不肯晴，酿花风暖叫流莺。
一橙粉本襄阳画，墨气溟濛罩眼横。

闭户 二首

（一）

闭户闭居即洞天，沉檀一炷胜龙涎[①]。
垂帘竟日无人到，啼鸟几声来枕边。

（二）

满院桐阴雨乍晴，枝头黄鸟叫声声。
诗简画册闲家具，午倦频翻破懒情。

[①] 沉檀，古代女子用来涂唇的胭脂。龙涎，古人传说中的龙的唾液。

青云松堤①避暑与叔锡日②凌禹③同赋 三首

（一）

入伏城中热倍常，来寻松路觅新凉。

绿侵须鬓风吹袂，隔水荷塘送晚香。

（二）

松风十里午阴多，松外群山涌翠螺。

促坐渔矶人少到，数声烟断采菱歌④。

（三）

日晚归途卷钓缗，棕鞋箬笠净无尘。

水滨秋尽重游约，倚树看他获稻人。

---

① 青云松堤，地名，位于广东顺德大良凤山脚下。
② 锡日，人名，即龙锡日，广东顺德大良人，作者的堂叔。
③ 凌禹，人名，即龙凌禹，广东顺德大良人，清初诗人，上文已注。
④ 采菱歌，诗名，作者白居易，《采菱歌》："菱池如镜净无波，白点花稀青角多。时唱一声新水调，谩人道是采菱歌。"

柳波涌①舟夜

懒晴波色染新蓝,烟坞茅檐屋两三。
明月在山天在水,浮家②我欲住溪南。

题冯潜斋③学舍木芙蓉④

慵妆酣酒夕阳浓,洗尽霜根结绮丛。
绕院簇成红锦障,不知昨夜有西风。

野　梅

占断林家一段春,隔溪茆屋伴幽人。
数枝竹外孤香远,月照荒寒为写真。

题何南庄⑤孤山探梅图⑥

箬篷短棹绕湖唇,鸭绿波澄绝点尘。
月落酒醒天欲晓,一林香雪照诗人。

---

① 柳波涌,小河名,是广州市荔湾河的一条小涌。
② 浮家,指以船为家、在水上生活、漂泊不定的人。
③ 冯潜斋,人名,即冯成修。冯成修(1702—1796),字达夫,号潜斋。广东南海丹灶梅庄人。清乾隆四年(1739)进士,选庶吉士,六十一岁假归,掌教广州粤秀、越华书院,受业数百人,世称"潜斋先生"。著作有《养正要规》《学庸集要》《人生必读书纂要》《文基文式》等。
④ 木芙蓉,冯潜斋的学舍。
⑤ 何南庄,人名,作者的文友。
⑥ 孤山探梅图,国画,作者为何南庄。

题清溪渔父图① 二首

（一）

西塞山②前水浸矶，波澄不见鹭群飞。
老渔换酒寻村店，细雨斜风缓棹归。

（二）

妙镜须从画里求，鳜鱼清梦寄沧州③。
枫红蓼白溪流碧，一抹斜阳落钓舟。

---

① 清溪渔父图，古国画，作者张崟。张崟（1761—1829），字宝岩，号夕庵，祖籍江西，迁居镇江。清代画家。长于画松，常将松树作为山水画中的主体描绘，干直叶茂，充满生机，形成庄严挺秀的独特风貌，被世人誉为"张松"。如藏于镇江博物馆的《草木生云图》。
② 西塞山，名山，又名道士洑矶、矶头山，位于湖北黄石市东部长江南岸，历史上发生在西塞山的战争达一百多次，文人雅士观赏西塞山晨曦暮色述志言情而吟诗填词近百篇，并在悬崖陡壁上留下不少摩崖石刻。
③ 沧州，地名，东临渤海，北靠京津，与山东半岛及辽东半岛隔海相望，全国武术之乡，沧州乃畿辅重地，为历代兵家必争之地。

花田即事 四首

（一）

画船箫管蹴波翻，上巳寻春踏古原。
欲吊芳魂何处所，素馨田畔月黄昏。

（二）

衣香鬓影逐芳尘，柳外花艭满海滨。
日暮倚舷齐度曲，绮情犹有旧时春。

（三）

翠幕珠帘荡桨人，凌波罗袜净无尘。
目成为读陈思赋[①]，错认渔姑是洛神[②]。

（四）

暮烟沉海月弯弓，酒浣罗衫颊晕红。
共赋冶游称绝调，老髯惟唱大江东。

[①] 陈思赋，陈思，人名，即曹植。曹植（192—232），字子建，东汉豫州刺史部谯（今安徽省亳州市）人，是曹操与武宣卞皇后所生第三子，生前曾为陈王，去世后谥号"思"，因此又称陈思王。三国时期曹魏著名文学家。陈思赋，即曹植的《洛神赋》、中国历史辞赋名篇。曹植模仿战国时期楚国宋玉《神女赋》中对巫山神女的描写，叙述自己在洛水边与洛神相遇的故事。

[②] 洛神，人名，即宓妃。洛神：传说古帝宓羲氏之女溺死洛水而为神，故名洛神，因迷恋洛河两岸的美丽景色，降临人间，来到洛河岸边。教会百姓结网捕鱼，还把从父亲那儿学来的狩猎、养畜、放牧的好方法教给百姓。

珠江阁[①]夜

万家碧瓦露初流,岸柳汀蒲已招秋。
入望平波澄似镜,谁人待月在高楼。

次孟明府德齐[②]原韵

才薄居然勇退人,归来廿载谢红尘。
林边竹杖溪边舫,半为湖山半为亲。

---

① 珠江阁,清代广州的一座临江酒楼,现已失存。
② 孟明府德齐,人名,即孟德齐,官明府,即太守之职。

流霞洞①与梁尺波②夜话 二首

（一）

十年京国惜离群，剪韭春园对夕曛。
醉后剧谈心转暇，劳劳苦忆劳旋军。

（二）

风尘扰扰等笼樊，出处襟期得共论。
莫惜流霞今夜醉，偷闲岁月付清尊。

---

① 流霞洞，作者原注：梁尺波幽居之所，位于广东鹤山市。
② 梁尺波，作者的同僚，上文已注。

送别 二首

（一）

渡头潮落晚萧萧，尊酒离筵万里遥。
最是黯然相对顷，夕阳疏柳伏波桥[①]。

（二）

鉴江[②]江树鹧鸪啼，欲挽征袪日已低。
一片箬帆风更紧，迢迢孤影石湖[③]西。

[①] 伏波桥，民间又叫九眼桥，位于广东顺德大良，横跨大良河东西岸。据传，西汉元鼎六年，汉朝伏波将军路博德征南越，南越丞相吕嘉率兵抵抗。后吕嘉败退鉴江西，筑"金陡"（现勒流金斗）、"石筑"（现勒流石涌）两城抗御。路博德追至鉴江边，搭竹木桥渡河，擒获吕嘉，后人在旧址建木桥，取名"伏波"，至明弘治四年(1491)，筑八孔石桥。清代重修时，增建"新月楼"于桥上，又加一孔，故称九眼桥。
[②] 鉴江，河流名，位于广东顺德大良，上文已注。
[③] 石湖，地名，位于广东顺德大良北门。

县署得晤孙兰陔①

鲤庭②昔日接芳尘,卅载鳞鸿③隔海滨。
乍见相惊须鬓改,详看始认对床人④。

客夜与黎太平奎垣⑤

十年尘鞅⑥冷鸥盟,头白归来学钓耕。
话到旧时炊妇况,一灯残焰月二更。

感 旧

小桥柳畔旧游踪,踏月闻歌记笑逢。
今日西风黄叶路,夕阳荒寺听疏钟。

---

① 孙兰陔,人名,作者老师孙文定公子。
② 鲤庭,典故名,指受父训、受家教,典出《论语注疏·季氏》。孔鲤"趋而过庭",其父孔子教训他要学诗、学礼。后因以"鲤庭"为子受父训的典故。
③ 鳞鸿,即鱼雁,指书信或信使。
④ 对床人,指孙兰陔,作者老师孙文定读书时与孙兰陔同房而睡。
⑤ 黎太平奎垣,人名,作者的学友。
⑥ 尘鞅,意思是世俗事务的束缚。

独坐 二首

（一）

流萤绕砌鹊栖枝，听尽更筹睡转迟。
莫笑孤吟无伴侣，蛙声两部叫莲池。

（二）

欹枕高眠俗尘空，夜阑孤月映帘栊。
近来颇得陶公[①]乐，消受窗间淡淡风。

[①] 陶公，即陶渊明，东晋末至南朝宋初期伟大的诗人、辞赋家。上文已注。

沙舟即事

雨后澄川绝点埃，篷窗倚对夕阳开。
遥村暝色连山暗，渔艇收罾①认港回。

题友人默林小照

低摇竹外一枝枝，想见幽情坐对时。
小阁春寒人少到，半帘香雪正敲诗。

石壁②舟中食鲈鱼

泼剌银鳞出水鲜，客盘尊酒足流连。
倦游未易逢登网，小别春江已二年。

舟过紫泥③

林端雨歇耸烟鬟，水抱村扉绿满湾。
风便潮平波似镜，一帆轻过大乌山④。

---

① 罾，用木棍或竹竿做支架的方形渔网。
② 石壁，地名，位于广州番禺钟村镇，与南海、顺德一河之隔，含石一、石二、石三、石四4村，古为充军之地。珠江航道未形成之前，有长约1华里的条状石岩横亘水面，导致石岩侧畔形成大片沉积土层。岩峭如壁，故名石壁。明清时期又叫广东大坝。
③ 紫泥，地名，位于广州番禺。
④ 大乌山，即大夫山，位于广州市番禺区市桥以西三公里。番禺大夫山原叫大乌岗，后因纪念西汉初年的朝中重臣陆贾大夫改称大夫山。（陆贾，楚国人。能言善辩的谋士）来由有二：1.陆贾大夫死后就葬于此山，但史书并无记载。2.陆贾大夫南下说服赵佗时经过此地，有一次路过时，人困马渴，马用前蹄踏地，竟创出了一口甘泉，百姓便改称大乌岗为大夫山，将甘泉称为饮马泉。

慧竺禅院①和何士壮②韵

相依古寺阅昏朝，禅榻秋风伴寂寥。
漏尽无眠听竹鼓，满窗树影雨萧萧。

舟泊烟管③

断渚平沙望渺然，酒旗轻飐晚炊烟。
分明满幅营邱画，绘出江南欲雪天。

遣 兴

徇俗吾宁惯，幽居洽宿缘。
凿池深印月，装树密留烟。
雀为忘机④下，蜂食逐蕊穿。
尘心淘洗尽，何梦到钧天⑤。

倦 午

午倦心无寄，诗卷快在手。
长吟栖隐篇，清味若醇酒。
妙能达我怀，岂必出吾口。
持对松竹间，斯为岁寒友⑥。

---

① 慧竺禅院，佛寺，在广东，早已失存。
② 何士壮，人名，作者的文友。
③ 烟管，古地名，位于珠江三角洲。
④ 忘机，比喻思想纯朴，与人交往没有机心。如唐李商隐《赠田叟》："鸥鸟忘机翻浃洽，交亲得路昧平生。"
⑤ 钧天，意指天的中央。古代神话传说中天帝住的地方。《吕氏春秋 有始》："中央曰钧天。"
⑥ 寒友，指松、竹、梅。

夜 浴

酷热难眠睡，起看宵已中。

繁星珠缀纲，片月玉弯弓。

赋鹍情何有，驱蚊计亦穷。

只应池上浴，消受绿苹风①。

遣 兴

珠江②雨过绿粼粼，竹榭萧然岸葛中。

隔浦烟云开画本，半尊风月伴闲身。

蛋家水调③歌残夜，晓寺钟声醒劫尘。

比较西湖④添韵事，柳边舠载卖花人⑤。

春暮书怀

柳外阴垂一径烟，孤齐兀坐日如年。

春同好友难为别，心逐飞花欲上天。

绿酒下书聊遣闷，黄鹂哢树乍惊眠。

蕉窗检点闲风月，学得忘忧便是仙。

归 樵

归担带寒云，柴门掩清沘⑥。

日暮鹤回巢，惊落数松子。

---

① 苹风，即是吹过水面的风。

② 珠江，江河名，上文已注。

③ 蛋家水调，蛋家，指水上居民，蛋家水调，即咸水歌，咸水歌又称"白话渔歌"，主要流行于珠江三角洲一带，是水上居民中的一种歌谣。一般是男女对唱，多属情歌。抗日战争前，中秋之夜，多次在白云山上举行咸水歌大会，战后停止。

④ 西湖，指杭州西湖，上文已注。

⑤ 卖花人，是一复杂群体，向行人兜售鲜花谋生，这是正当行业。但有人借卖花之名，行卖淫之实，这种人俗称艇妹，艇妹，有的自愿，有的被迫，有的被黑社会操纵。

⑥ 沘，指清澈的水。

废 园[①]

春花落尽画榭空，水榭蛛丝罩绮栊。

只有黄鹂栖宿隐，绕林啼到夕阳红。

北窖口[②]夜泊

月白江气寒，澄波澹客与。

征帆投水村，新雁落荒渚。

惟闻打鱼人，隐约烟中语。

喜 雨

久旱日杲杲，得阴云亦好。

山田裂龟坼，入坐苗枯槁。

亢如十日出，望泽遍虔祷。

午忽雷电风，倾盆显大造。

檐溜挂飞瀑，偕除走横渣。

飘洒树林寒，湿重疑根倒。

窗纸破四围，洞达领清灏。

但令沾大田，何嫌漏屋老。

拍手农满衢，狂呼天雨稻。

谷熟年占丰，米贱人皆饱。

况比雨及时，珠玉逊其宝。

雨罢飒生凉，微风入怀抱。

---

① 废园，即明朝万历丁未（1607）状元黄士俊宅第，黄士俊高中状元，官至礼部尚书、大学士。为了光宗耀祖，于明天启元年（1621），在城南门外的凤山脚下修建了黄家祠、天章阁、灵阿之阁。后黄家衰落，庭院荒废，清乾隆年间卖给作者。

② 北窖口，地名，位于广东顺德区境内。

郊外看云

老能闭眼眼力储,势当用力不敢虚。
向人素弗作青白,入夜懒阅灯前书。
合是看山兼看水,山爱烟岚水波起。
今朝所向更观奇,极目阴云空际弥。
镂岩结岫迭千堆,如狮如象成群来。
云涛风卷大海动,万马阵踏孤城摧。
天边骤抹长龙矫,头角深藏鳞鬣绕。
濛鸿留隙逗斜明,俊鹘高盘翩峨掉。
变化顷刻眩心神,遥空霎尔碧空尘。
荡胸引睇得奇快,过眼稍缓虞失真。
伸纸濡毫急挥扫,欲摸幻态拙辞藻。
莫嗟云海未曾观,是诗是云同浩浩。

送黄玉川①游楚②

客里分歧共黯然,少年裘马自翩翩。
黄金倾囊豪燕市③,白云高歌入楚篇。
波静雁回云梦渚,月明人宿洞庭船。
只今宣室④思才子,献赋还应到日边。

---

① 黄玉川,人名,作者的同僚。
② 楚,地名,两湖一带。
③ 燕市,战国时燕国的国都。出自《史记·刺客列传》:"荆轲,嗜酒,日与狗屠及高渐离饮于燕市。"
④ 宣室,古代宫殿名。汉指未央宫之宣室殿,后指皇帝日常起居之所。

杜鹃行

江风萧萧白波起,杜鹃摧归唤不止。
前声啼来细雨中,后声迸落寒烟里。
汝家旧在东西川①,欲归不归今几年。
蚕丛鱼凫荒蜀国②,蛇盘鸟道连秦天③。
极望迢遥数千里,苍梧云深竹花紫。
清泪春流巫峡④波,羁魂夜度巴江水⑤。
闻汝曾无向北飞,南枝花发长相依。
一朝零落去江浦⑥,苦竹黄芦⑦生事微。
伤心岁岁无家别,纵唤催归何处归。

晚过鱼塘海⑧

波平似镜鸥数群,青山红叶明斜曛。
芦洲⑨渔艇炊烟起,坐睇天角矗层云。
短棹何期得所欣,对景心涤尘俗纷。
开樽独酌酒微醺,此际乐与羲皇分。
近夜维舟依浅濆,挑灯操管云吞云。
七分清醒三分醉,朗吟只许秋山闻!

---

① 东西川,东川,陕西宝鸡一带。西川,成都平原一带。
② 蜀国,是中国古代先秦时期的蜀族在现今四川建立的国家,后被秦国所灭。蜀族是先秦时期一个不同于华夏族群的古老民族。
③ 秦天,指山西、陕西一带。
④ 巫峡,指长江巫峡,又名大峡,以幽深秀丽著称。整个峡区奇峰突兀,怪石嶙峋,峭壁屏列,绵延不断,是三峡中最可观的一段,宛如一条迂回曲折的画廊,美不胜收。
⑤ 巴江水,指四川江河之水。
⑥ 江浦,指南京市一带。
⑦ 苦竹黄芦,引自白居易的《琵琶行》:"黄芦苦竹绕宅生。"
⑧ 鱼塘海,地名,位于江苏泰州。
⑨ 芦洲,地名,位于江苏泰州海陵区鼓楼大桥南头的鼓楼北路西侧,东接东市河,西近市环保局。过去芦洲,水清、鸟多、鱼多、树木多,芦洲水面中间也有房屋建筑,是饮酒、赋诗、弈棋的好地方。

哭刘兰浦①

讣音忽到越江②滨，猿鹤悲号足怆神。
使酒灌夫③名是侠，修文李贺④业仍贫。
生怀白璧无知己，死赠青山有故人。
叹息风流今断绝，幽愁肝胆向谁陈。

将赴灵石⑤与何苍水⑥侍御夜话

客舍长安⑦十丈尘，比邻欣得接华茵。
对抨谢客身同隐，剪烛论心语独真。
霜落蓟门⑧惊作别，云高岭表每思亲。
书生本乏匡时略⑨，遥听封章赞紫宸⑩。

---

① 刘兰浦，上海人，作者的好友。
② 越江，江河名，位于上海。
③ 灌夫，人名，灌夫（？—前130），字仲孺，西汉颍阴（河南许昌）人，初以勇武闻名，为人刚直不阿，任侠，好饮酒骂人。吴楚七国之乱时，与父俱从军，以功任中郎将。汉建元元年（公元前140）任太仆。次年徙为燕相，坐法免官。喜任侠，家财钱数千万，食客日数十百人，横暴颍川。与丞相田蚡不和，后因在蚡处使酒骂座，戏侮田蚡，为蚡所劾。
④ 李贺，人名。李贺（790—816），字长吉，福昌（今河南宜阳）人，祖籍陇西，自称"陇西长吉"。家居昌谷，后世因称他为李昌谷，唐代诗人。
⑤ 灵石，县名，位于山西省中部，晋中盆地南端，距省会太原市150公里。作者曾任灵石知县。
⑥ 何苍水，作者在宫廷中的诗友，上文已注。
⑦ 长安，著名古都城。位于陕西的西安和咸阳之间。先后有十七个朝代及政权建都长安。
⑧ 蓟门，地名，蓟门即蓟门关。在河北省境内，东面是石门镇，西面蓟州城，向西直通北京城，是古时北京东面防卫门户之一。
⑨ 匡时略，是谦虚之词，出自杜甫《追酬高蜀州人日见寄》："叹我凄凄求友篇，感君郁郁匡时略。"
⑩ 紫宸，指西安紫宸殿，位于宣政殿以北95米处，称为"内朝"，群臣在这里朝见皇帝，称为"入阁"。含元、宣政、紫宸组成的外朝、中朝、内朝格局。

海珠寺①风雨吟

珠江②江涛欲倒回,波光惨淡涵风雷。
大鱼拔剌小鱼徙,河伯乘鲤黄金台。③
琉璃千顷波澜开,气象恍惚凌蓬莱。
鳣鲔潜游瘦蛟舞,黑风荡日如山来。
我今登楼叹奇绝,昨晚临留弄明月。
芙蓉似锦长堤平,照见冰轮碾双阙。
此时鱼龙④安窟穴,江妃⑤拾翠哀歌发。
杨柳披襟风力微,安得百灵⑥移溟渤。
惊飙飒飒吹飞沙,日东欲倒扁舟斜。
舟子徒怜好身手,云旗翠羽争相夸。
瞬息波平风雨住,江月照人河汉⑦曙。
我今还记约重游,与尔金樽掠波去。

---

① 海珠寺,明清时代羊城的旅游胜地,海珠寺坐落于海珠岛,因岛得名。海珠岛即著名的海珠石,乃礁岛一座,位于广州海珠广场南边。自宋代起,该岛即为旅游景点,1931年,市政当局为拓宽长堤大马路,将岛与岸之间的江段填平。
② 珠江,俗称珠江河,旧称粤江,上文已注。
③ 河伯,即传说中的黄河之神。原名冯夷,后天帝锡为河伯。"乘鲤"一词出自汉史《列仙传》卷上:"琴高者,赵人也,以鼓琴为宋康王舍人,行涓彭之术,浮游冀州琢郡之间二百余年。后辞入琢水中取龙子,与诸弟子期曰:'皆洁斋待于水傍,设祠。'果乘赤鲤来出坐祠中,旦有万人观之,留一月余,复入水去。"意思是成仙升天。黄金台亦称招贤台、燕台,上文已注。
④ 鱼龙,传说是在恐龙出现之前的二千五百万年就已经称霸海洋的巨型怪兽。
⑤ 江妃,人名,亦叫江斐。传说中的神女。汉《列仙传·江妃二女》载:"江妃二女者,不知何所人也,出游于江汉之湄,逢郑交甫,见而悦之,不知其神人也。"
⑥ 百灵,鸟名。
⑦ 河汉,指银河,上文已注。

与何濂甫潘景最欧阳慎思①过海幢寺②访德上人③

雨歇残阳澹远林,轻摇柔橹傍江浔。

风回孤屿潮初落,寺隐双榕径倍阴。

佛阁灯明醒客梦,经楼秋入怯寒衾。

我来消受禅床隐,卧听晨钟洗俗心。

---

① 何濂甫、潘景最、欧阳慎思,清代广东名人,作者文友。
② 海幢寺即广州海幢寺,该寺坐落于海珠区南华中路和同福中路之间,面积1.97万平方米。南汉时称为千秋寺,明代为祁氏花园,明末改佛寺,称海幢寺。清康熙初大规模扩建,成为广州市佛教"四大丛林"(华林寺、光孝寺、六榕寺和海幢寺)之一。
③ 德上人,是当年海幢寺的高僧。

龙廷槐 一首

作者简介 龙廷槐(1749—1827),字沃堂,号春岩(龙应时长子),清晖园第二代园主,清朝乾隆五十一年(1786)进士,授翰林院编修,历官左春坊赞善、监察御史。诗人兼诗评家。作品有《敬学轩文集》。诗评颇有见地,特别是对岭南历代优秀诗歌,分别作了鞭辟入里的评价,这些评价至今仍为学术界重视。晚年兴建清晖园,为中国十大名园之一,岭南四大名园之首。

座右铭[①]

维谷有兰,默抱幽香。
纯玉蕴璞,缜润不光。
群卉之萎,载感春阳。
气化屈伸,华实肇张。
哲人御宇,克定厥藏。
静涵动直,居泰履臧。
去盈息竞,智绝机张。
皓月光风,怀与之将。
民之靡常,不念其良。
妄毁客誉,夙夜自详。
愚众之罔,有赫彼苍。
载慎乃履,翔与康庄。

[①] 古人写出来放在座位右边的格言,后泛指人们激励、警诫自己,作为行动指南的格言。这是作者以诗的形式写成的格言,读起来朗朗上口,易记。

希云补牢,已叹亡羊①。
藏舟断楫,孰涉巨洋。
行远者车,外圆内方。
触物言鉴,有翳其光。
月盈则亏,易朽非刚。
墉崇其基,堤厚其防。
嗟尔小子,鲜自度量。
譬彼恶木,勿茇其旁。
譬彼朱缨,女自承筐。
尚图乃务,载邑芬芳。
瞻彼令人,示我周行。

---

① "希云补牢,已叹亡羊"句中的补牢、亡羊,即成语亡羊补牢,羊因为羊圈的空缺被狼叼走了再去修补羊圈,还不算晚。

龙元任 《春华斋诗草》 一百二十七首

作者简介 龙元任(1778 — 1837),字仰衡,号莘农,(龙应时之孙,龙廷槐之子,龙家一门三进士,在顺德大良家喻户晓。)清晖园第三代园主,清嘉庆十三年(1808)戊辰科举人,内阁中书,嘉庆二十二年(1817)丁丑科进士。史载:少年得志,能文章,工声律,善书画,是"七步鸣凤凰,弱冠搦柔翰"的全才。著作有《诗钞》《春华斋诗草》。书法现存有:"三年又醒春明梦,万里重挥远道鞭。"风格独特,行中带隶,凝中蕴灵。

· ————————

补题郭使君从军图①

时平不欲远方万里勋,亦不欲碌碌乡党称善人。
但愿投笔一扫桑梓氛,指挥叱咤鞭风云。
天生才智勇艺分,将军好武儒好文。
谁欤二者兼一身,嗟哉惟有郭使君。
使君读书家缙绅,寒毡一坐愁眉颦。
堆盘苣蓿酸且辛,胸中奇气元由伸。
频年米珠桂为薪,虎狼错迹声信狺。
斩蛟截凶君独神,捧檄不受官吏嗔。
请缨但学汉终军②,长枪大剑短战裙。
摇鞭直卷飞来尘,入穴探子长鲸吞。
椎牛病饮夜向晨,相顾不知天地昏。
但见书生杀贼喧,路人争识走目奔。
大府③迎劳笑语温,飞章入奏枫宸④闻。

---

① 郭使君,人名,历史人物,即郭行余,进士,唐太和初年官楚州刺史。史载:五年,移刺汝州,兼御史中丞。九月,入为大理卿。李训在东都时,与行余亲善,行余数相饷遗,至是用为九列,十一月,训欲窃发,令其募兵,乃授邠宁节度使。训败,族诛;使君,刺史的古称。《郭使君从军图》,古国画。

② 终军,历史人物,终军(前133 — 前112),字子云,西汉济南人,少年时代刻苦好学,以博闻强记、能言善辩、文笔优美闻名于郡中。终军一生中,最重要的外交活动,是为国请缨,出使南越,完善汉与南越关系。

③ 大府,官名。明清时亦称总督、巡抚为大府。

金草墨绶⑤拜新恩，花封百里江山春。

忆昔走别浈水⑥滨，八载相思劳梦魂。

耇年京洛一笑亲，相逢握手心欣欣。

往事挑灯仔细陈，出图示我须眉真。

匹马独立荒树根，纸上犹带风沙痕。

我欲题诗停辍频，迟迟两载非无因。

古来龚黄卓鲁⑦皆循臣，彪炳史册流清芬。

君今颉颃才与论，不守故辙德政新。

有盗不治先治民，治民能使民不贫。

解刀掷剑趣耕耘，山枢蟋蟀风一振。

行当擢最朝天阁，八驺五马⑧惊人群。

呜呼！八驺五马惊人群，我将濡染大笔书青筠。

永传令闻垂无垠，区区题句何足云。

---

④ 枫宸，即宫殿，宸，北辰所居，指帝王的殿廷。汉代宫廷多植枫树，故有此称。

⑤ 墨绶，结在印纽上的黑色丝带。

⑥ 浈水，江河名，即浈江，古名为始兴大江，别名东河、东江。发源于江西省信丰县石溪湾，流经广东省南雄、始兴、曲江等县。

⑦ 龚黄卓鲁，四个汉代历史人物，龚，即龚遂，字少卿，山阳郡南平阳县（今山东邹城市平阳寺）人，以明经为昌邑王郎中令。昌邑王刘贺心术不正，龚遂屡屡劝谏，刘贺不但不听，反而"掩耳起走"。汉昭帝驾崩，立昌邑王刘贺为天子。国丧期间，刘贺不履行帝王之责，无哀伤之容，却"日益骄溢，谏之不复听"，龚遂力谏而无效。刘贺即位二十七日，终因荒淫无道而被废，另立刘询为帝，刘贺被废后，原有昌邑王府群臣二百余人受诛，唯龚遂与中尉王阳因屡谏未堕其流而免死，只以髡发示众处置。黄，即黄霸（前130—前51），字次公，淮阳阳夏（今河南太康）人。黄霸幼年时学法，在离国都不远的地方任财粮小史，由于他执法不同于其他官员，彰宽大与教化，受人称颂，先后任陕西境内黄河以东均输长、河南太守丞、廷尉正（掌管刑法）和扬州刺史等职。不久，汉宣帝亲点黄霸任颍川（禹州一带）太守，在颍川任职八年期间，出现了"太平盛世"。公元前55年，黄霸代丙吉为丞相。卓，即卓茂，字子康，南阳宛人。史载：元帝时学于长安，事博士江生，习《诗》《礼》及历算。究极师法，称为通儒。性宽仁恭爱。乡党故旧，虽行能与茂不同，而皆慕欣欣焉。鲁，即鲁恭，字仲康，扶风平陵人。史载：父，建武初为武陵太守，卒官。时恭年十二，弟丕七岁，昼夜号踊不绝声，郡中赗赠无所受，乃归服丧，礼过成人，乡里奇之。十五，与母及丕俱居太学，习《鲁诗》，闭户讲诵，绝人间事，兄弟俱为诸儒所706，学士争归之。

⑧ 八驺，古代大官出行，有八卒骑马在前开导。五马，南齐柳元伯有子五人，五子俱为州官，名满当朝。殷文圭启云："荀家门内罗列八龙，柳氏庭前参差五马。"指仕于南齐的柳元伯志识高远，教子有方。

黄河①东赴海

黄河东赴海，白日西沉轮。
奔波几万里，暮景催重昏。
人生大块肉，纤渺邻埃尘。
长风一飘荡，流落江湖滨。
奈何苦刑役，草草忘其身。
流光惜逝水，世事嗟浮云。
不如饮美酒，可以存吾真。

题某翁索句图

琴书有余暇，兀兀一诗翁。
妙境偶然得，此怀谁与同。
乱山乔木外，流水落花中。
佳句奚囊满，当年词伯②雄。

偶　成

东风动南陌，万绿纷参差。
群鸟趋林鸣，飞啄何自如。
我得静中乐，与物同愉愉。
酌酒聊自慰，生当化日舒。
耕读逐生理，饱暖适安居。
愿无自剥剥，致为天忧虞。
天心本仁爱，培植岂有私。
勖哉慎为履，无使迷莽途。

---

① 黄河，中国第二长河，世界第五长河，上文已注。
② 词伯，称誉擅长文辞的大家，犹词宗。唐朝宋之间《伤王七秘书监》诗："书乃墨场绝，文称词伯雄。"

余摄开平①学篆已三月矣,学使将案临而后授者,至戏题一绝

三月春花桃李蹊,将花桃李未开齐。
如何才说花时好,杜宇②无端向我啼。

松　下

暂解风前带,萧萧松下亭。
花香出众绿,人影坐深青。
明月偶然到,白云时为停。
放怀成俯仰,一卷法华经③。

即　景

十亩方塘水,春来绿上衣。
观鱼凭竹槛,放鸭坐苔矶。
楼外山三面,山山不断青。
帆声落前浦,鸟语出疏棂。

---

① 开平,地名,即广东开平市。
② 杜宇,即杜鹃。人名,古蜀国国王,周代末年,七国称王,杜宇始称帝于蜀,号曰望帝。晚年时,洪水为患,蜀民不得安宁,乃使其相鳖灵治水。杜宇感其治水之功,让帝位于鳖灵,号曰开明。杜宇退而隐居西山,传说死后化作鹃鸟,每年春耕时节,子鹃鸟鸣,蜀人闻之曰"我望帝魂也",因呼鹃鸟为杜鹃。
③ 法华经,即《妙法莲华经》,是佛陀释迦牟尼晚年所说教法,属于开权显实的圆融教法,大小无异,显密圆融,明示不分贫富贵贱,人人皆可成佛,所以《法华经》也誉为经中之王。

戊辰①公车北上，别房师②魏金浦③先生于珠江④舟次，距今将六载矣，今春先生奉委来都，相聚两月，别后追溯离怀，情不能已，作此寄呈

六年两度怅离筵，聚散无端路八千。
春色陇头⑤迎去杖，好风天外送归鞭。
思乡暂返卢耽鹤⑥，入境真成米芾船⑦。
闻道泷州⑧行部近，纷纷重拜宰官贤。

---

① 戊辰，农历纪年，这里指清代嘉庆年间戊辰，即1808年。
② 房师，明清两代科举制度中，举人、进士对荐举本人试卷的同考官的尊称。乡试、会试是要分房阅卷的，应考者试卷须经某一房同考官选出，加批语后推荐给主考官，方能取中，因有此称。
③ 魏金浦，邵武（今属福建省）人，进士。清嘉庆十三年(1808)戊辰科广东乡试考官。
④ 珠江，江河名，上文已注。
⑤ 陇头，村名，位于福建福宁高速公路三沙互通口，依山傍海，风光如画。
⑥ "思乡暂返卢耽鹤"句原注：时拟顺道归闽。卢耽鹤，人名，原叫卢耽，相传晋有南康治中卢耽，少习仙术，善飞升，每夕辄凌空归家，晓则还州。尝于元会至朝，不及朝列，化为白鹤，飞至阙前。见《水经注·浪水》，引晋邓德明《南康记》。唐李白《赠卢司户》诗："借问卢耽鹤，西飞几岁还？"
⑦ 米芾，人名，米芾(1052—1108)，初名黻，字元章，号襄阳漫士、海岳外史等。世居太原（今属山西），迁襄阳（今属湖北），后定居润州（今江苏镇江）。著名书法家。徽宗召为书画学博士，曾官礼部员外郎，人称米南宫。米芾船，有段古，绍圣四年(1097)以太常博士知涟水军，任上，为官清廉、惠政安民，人称"米青天"。二年任满，临走时，把砚台、毛笔在现在的涟水城中五岛公园的"廉池"里洗涤干净，不带走安东（今涟水）的一点点墨，清清白白上路，乘船行至西赤河时，忽然狂风骤起，舟船面临倾覆。米芾稳坐船中，泰然自若，拿过纸笔，即兴题诗一首："千里长淮彻底清，灵英庙下誓其心，二舟一物如来暗，愿向洪流深处沉。"将诗投入水中，风浪顿息。传说这是白鳝精作怪，原来它住的池中，米芾常在此涤墨，将池水染成墨色，使它无法生存，便来到西赤河伺机报复。谁知米芾的诗入水后被河神接到，立即传来白鳝精训斥道："米青天在此，不得无礼！"于是鳝精便停止了兴风作浪，米芾安然远去。米芾走后，涟水百姓为了纪念他，将他涤墨之处取名为"米公洗墨池"，立碑记之。又在池旁建"米公亭"。
⑧ 泷州，古地名，即广东省罗定市的旧称。罗定江罗镜段有泷喉，滩高水急，巨石横截中流，十分险要。南朝梁、陈年间(502—589)开始设立泷州，至北宋开宝六年撤销泷州，设立泷水县。

八闽家世旧缥缃,⑨　北史才人数魏郎。⑩
甲榜泥金⑪标上策,丁年墨绶驻严疆。⑫
盟心秋水冰空朗,入手珊瑚玉尺⑬量。
信史⑭他时看秉笔,文章班马政龚黄。⑮
春到河阳满树霞,捧舆看遍县中花。
农桑比户朝巡陌,诗礼趋庭早放衙。
绛帐传经秦伏胜⑯,元亭问字汉侯芭。⑰
独怜庐谢天涯远,⑱回首春风隔绛纱。

---

⑨ 八闽,地名,即福建省的别称。福建省在元代分福州、兴化、建宁、延平、汀州、邵武、泉州、漳州八路,明改为八府,所以有八闽之称。另一种说法,中原战乱频仍,衣冠南渡,始入闽者,有林、黄、陈、郑、詹、邱、何、胡八姓,本系中原大族,入闽后先在闽北(今南平地区)及晋安(今福州)定居,而后渐向闽中和闽南沿海扩散,史称"衣冠南渡,八姓入闽",故称"八闽"。缥缃,指书卷。缥,淡青色,缃,浅黄色。古时常用淡青、浅黄色的丝帛做书囊书衣,因以指代书卷。

⑩ 北史,记述北朝(386—618),魏、齐(包括东魏)、周(包括西魏)、隋四个封建政权共二百三十三年的历史。魏郎,人名,即魏德深。魏德深,巨鹿(今属河北)人。初为文帝挽郎,迁贵乡长,为政清廉。炀帝出兵辽东,赋役苛重,加以官吏赃贿,民不聊生,而贵乡则较安定,寻转馆陶长,贵乡人请留,两县争讼,断归贵乡,馆陶居民纷迁居贵乡。郡丞元宝藏嫉其能,迫令率千人增援东都,后与李密军交战时阵亡。

⑪ 甲榜泥金,科举时考中通知书,上文已注。

⑫ "丁年墨绶驻严疆"句原注:归装画书盈箧。墨绶,结在印纽上的黑色丝带。唐岑参《送宇文舍人出宰元城》诗:"县花迎墨绶,关柳拂铜章。"

⑬ 玉尺,上文已注。

⑭ 信史,即翔实的史书或记载确切的历史。

⑮ 班马,两个历史人物,即班固和司马迁,班固(32—92),字孟坚,扶风安陵(今陕西咸阳东北)人,东汉著名史学家、文学家。司马迁字子长,夏阳(今陕西韩城南)人。西汉史学家、散文家。龚黄,两个历史人物,即龚遂和黄霸,上文已注。

⑯ 伏胜,人名,伏胜(前260—前161),字子贱。汉朝时济南人。为伏羲的后裔,原秦国的博士,世称伏生。文帝时求能治《尚书》,伏生是时九十余岁,老不能行,文帝便遣太常事史掌故晁错前往求教,得29篇,即传世的《尚书》。自己撰有《尚书大传》。成为文学派的开山祖师。韩店苏家村西原有伏生祠,邹平原有伏生书院,曾设伏生乡。历代文人墨客都赋诗称颂,宋吴澄、明张远登,清蒲松龄、王仕祯等。唐王维画《伏生授经图》现藏日本大阪美术馆。明朝崔子忠画《伏生授经图轴》现藏于上海博物馆。

⑰ "元亭问字汉侯芭"句原注:西宁与广西接壤。句中的元亭,即三元亭,位于广西藤城镇胜西村莲塘,为纪念北宋皇祐年间连中三元的冯京而建。冯京(1021—1094),字当世,祖籍有三种说法,1.宋代宜山龙水(今广西宜州市)人。2.藤州镡津(今广西藤县)凤乡人。3.鄂州江夏(今湖北咸宁)人。宋仁宗皇祐元年(1049)己丑科状元。长大后随父游湖湘,在鄂州应举,乡试、礼围、廷试皆第一,号称三元及第,官至宰相。侯芭,又名侯辅,西汉巨鹿人,著名文学家、哲学家扬雄的弟子。

⑱ "独怜庐谢天涯远"句原注:同门罗公佳时读书先生署中。

赠处士①赵八②

伊人秋水赋蒹葭,竹屋柴门处士家③。
自喜粗衣图笠屐,闲从老圃问桑麻。
一窗细雨听蕉叶,十亩香风送稻花。
幽境自探风味足,应无尘梦到东华④。

题梁青崖⑤仿八大山人⑥墨松自寿图⑦

陡然放笔为直干,游戏因成自寿图。
不知黛色苍皮处,上有千年老鹤无。

---

① 处士,古时候称有德才而隐居不愿做官的人。
② 赵八,人名,作者的文友。
③ 处士家,即作者的文友赵八的居所。
④ 东华,泛指朝廷。清龚自珍《送南归者》诗:"布衣三十上书回,挥手东华事可哀。"
⑤ 梁青崖,即梁霭如,字远文,号青崖,广东顺德人,嘉庆十九年(1814)进士,官内阁中书,好吟咏,善书画,有无懈斋诗集。
⑥ 八大山人,人名,即朱耷,原名统,号八大山人,江西南昌人,为明宁献王朱权九世孙,明末清初画家、书法家,清初画坛"四僧"之一。朱耷为僧名,"耷"乃"驴"字的俗写,八大山人号,乃是他弃僧还俗后所取,明灭亡后,国毁家亡,心情悲愤,落发为僧。"八大山人"含意深刻,"八大"与"山人"紧联起来,即"类哭之、笑之"作为隐痛的寄意,他有诗"无聊笑哭漫流传"之句,以表达故国沦亡,哭笑不得的心情。
⑦《墨松自寿图》,国画,作者梁霭如。

壬辰①之秋，海贼跳梁，居民流离迁徙，龙子②见而哀之，作感秋诗四章

（一）

懒将黄菊问东篱，日暮江头对落晖。
早岁心情如老澹，近年风景信今非。
吴萸③花后秋光减，鲁酒④尊前素愿违。
叹息哀鸿方避弋，满城风雨各分飞。

（二）

万家烟火惨萧骚，一夜关心老鬓毛。
穮稰草肥江稻熟，舳舻风紧舵楼高。
漫天鳄喷千山雨，吼地鲸吞百尺涛。
何日舟师可南下，云霓翘首望应劳。

---

① 壬辰，农历纪年，这里指清代道光十二年（1832）。
② 龙子，即作者自己。
③ 吴萸，一种草药，又叫吴茱萸，原生长在吴国，故称吴萸。关于吴茱萸，有一个民间传说。春秋战国时代，有一年，吴国将吴萸作为贡品进献给楚国，楚王见了大为不悦，不听吴臣解释，将其赶了出去。楚国有位精通医道的朱大夫追去留下了吴萸，并种在自家的院子里。一日，楚王受寒而旧病复发，胃疼难忍，诸药无效。此时，朱大夫将吴萸煎汤治好了楚王的病。当楚王得知此事后，立即派人前往吴国道歉，并号召楚国广为种植吴萸。为了让人们永远记住朱大夫，楚王把吴萸更名为吴茱萸。
④ 鲁酒，山东酿造，薄酒的代称。鲁酒自古在中国的酿酒行业中举足轻重，雄踞前列。山东不仅是孔孟之乡，更是酒的故乡。李白曾称赞鲁酒"玉碗盛来琥珀光"，武松景阳冈醉打猛虎喝的就是鲁酒。

（三）

一夜西风陨将星，将军射虎旧威名。①
沉舟破斧空余恨，②鹤唳风声尽可惊。
出没云帆成阵马，纵横天海任飞鲸。
伏波已去终军死，③慷慨何人为请缨。

（四）

忽传丹诏到边营，十里楼船下濑兵。
早识鱼游糜沸鼎，那教虎踞作长城。
海门浮动旌旗色，露帐凄凉刁斗声。
铜柱④功勋谁更是，越裳⑤翡翠旧升平。

---

① "一夜西风陨将星，将军射虎旧威名"两句作者原注：谓总兵黄标。将军，指黄标，广东南澳县深澳人。清嘉庆四年（1799）任广东左翼镇总兵，受命总统巡洋水师。史载：出身贫苦，幼年丧父，边读书边负薪养母。20岁从军，先当步兵，后当水兵。身材五短，但臂力过人，左右手都射两石弓，人称"矮鬼"，绰号"矮水鬼"。深谙水性，能久伏海底，视物如在陆上。身经百战，屡立战功，曾任把总、千总，嘉庆帝授为武显将军。1803年在一次海上追捕海贼战斗中，与广东都督孙全谋合战，孙妒贤嫉能，未能很好合作，战斗失利，致海贼潜逃，遂愤懑成疾，当年卒于广东省电白县。著作有《测天赋注》《海疆理道图》《广东诸洋说》等。

② "沉舟破斧空余恨"句作者自注：标遇贼，值海上风势不利，标言截流可成，舍而提督孙全谋忌标成功，屡请不许，少顷，贼飓去，标愤恨成疾寻卒，闻者惜之。

③ 伏波、终军，两个人物。汉武帝时，战事频仍，将军广置，伏波将军即是这众多杂号将军中之一号，最著名的伏波将军是东汉光武帝时候的马援。终军，汉代名臣，上文已注。

④ 铜柱，铜制的边界界桩。见《后汉书·马援传》"峤南悉平"李贤注引晋顾微《广州记》："援到交趾，立铜柱，为汉之极界也。"

⑤ 越裳，古南海国名。

古 松[1]

只有千年鹤,相依百尺高。

山中几人世,天半自波涛。

瘦叶长留翠,沧脂久化膏。

应同蜀祠柏[2],写入少陵毫。

得 子[3]

喜闻新雏第一声,呱呱落地恰天明。

得迟未便吾无累,难产那能母不惊。

豚犬骅骝他日事,犀钱[4]玉果此时情。

寄书且博高堂[5]笑,乞为新孙[6]赐小名。

---

[1] 古松,指黄山上的千年松。
[2] 蜀祠柏,蜀祠,即诸葛亮孔明祠庙,蜀祠柏,庙前生长的柏树。
[3] 作者一生事业有成,遗憾的是人丁单薄,37岁才得子,而且又是唯一的儿子,欣喜之际,写下这首诗。
[4] 犀钱,即洗儿钱。我国流传已久的习俗,起源于唐代,安禄山生日那天,被召进宫,唐玄宗和杨贵妃赠给他服装、玉带,杨贵妃在安禄山生日后的第三天,仿效民间生婴后三天洗儿的习俗,用锦缎像包婴儿一样地将比她年龄大得多的义子安禄山裹了起来,命太监、宫女们用轿子抬着在宫内游转。唐玄宗听到众人笑声后问:"这是怎么回事?"太监高力士答道:"是贵妃娘娘在给她的禄儿洗三。"皇帝听后很高兴,就赐给了杨贵妃洗儿的金银开元钱。杨贵妃嬉戏正浓,见太监端来皇帝的赐钱,就撒在地上说:"这是洗儿钱,你们拿去吧。"众人抢捡。就这样,送给新生孩子"洗儿钱"的习俗传了下来。
[5] 高堂,父亲的代称,这里指龙廷槐,作者的父亲。龙廷槐,清代翰林院编修,上文已注。
[6] 新孙,作者的儿子,即龙景灿,下文有注。

新 年

隔墙风影送秋千,道是新年胜旧年。
似水光阴成半百①,如云车马盛三千。
深怀杯酒添颜色,好鸟当窗作管弦。
日照门闾②多喜气,辛盘③谁赋颂椒篇。

题何梦溪④毓麟图⑤

已看麟角生头玉,共羡鸾醪得掌珠。
从此太常⑥破斋律,年年添个戏婴图⑦。

---

① 半百,指作者已50岁,也就是说该诗写于1828年。
② 门闾,意思指家门。
③ 辛盘,指旧俗农历正月初一,用葱韭等五种味道辛辣的菜蔬置盘中供食,取迎新之意。宋吴文英《解语花·立春风雨中饯处静》词:"还斗辛盘葱翠。念青丝牵恨,曾试纤指。"
④ 何梦溪,即何瑞熊。何瑞熊,字梦溪,广东顺德伦教霞石人,清代画家。官光禄寺署正。善画花卉,墨梅道秀。
⑤《毓麟图》,古国画,作者何瑞熊。
⑥ 太常,官名,掌宗庙礼仪等事。
⑦《戏婴图》,古国画,最早出于宋代。

冢　冢①

秦火②烧不尽，一邱③相对青。

文章归小劫，天地惜精灵。

梦断江郎笔，④魂依扬子亭⑤。

空傅修禊帖⑥，玉匣出昭陵。⑦

---

① 冢，多指坟墓，但亦以长字用，如冢子、冢嗣（嫡长子）。冢妇（嫡长子的妻子）。冢息（长子）。以大字用，如冢君（大君，对列国君主的敬称）。冢祀（帝王在宗庙举行的大祭礼）。

② 秦火，即焚书坑儒，中国历史上的重大事件。事件发生在古代的秦朝，秦始皇三十四年（前213），博士齐人淳于越反对当时实行的"郡县制"，要求分封子弟。丞相李斯加以驳斥，并主张禁止百姓以古非今，以私学诽谤朝政。秦始皇采纳李斯的建议，下令焚烧《秦记》以外的列国史记，对不属于博士馆的私藏《诗》、《书》等也限期交出烧毁；有敢谈论《诗》《书》的处死，以古非今的灭族；禁止私学，想学法令的人要以官吏为师。此即为"焚书"。第二年，两个术士（修炼功法炼丹的人）侯生和卢生暗地里诽谤秦始皇之后逃遁。秦始皇派御史调查，得犯禁者四百六十余人，并全部坑杀。此即为"坑儒"。两件事合成焚书坑儒。

③ 邱，人名，即孔丘（邱与丘通），孔丘（前551—前479），字仲尼，世称孔子。春秋时期鲁国人。孔子是我国古代伟大的思想家和教育家，儒家学派创始人，世界最著名的文化名人之一。编撰了我国第一部编年体史书《春秋》。孔子的言行思想主要载于语录体散文集《论语》及先秦和秦汉保存下的《史记·孔子世家》。

④ 江郎，人名，即江淹。江淹，字文通，南朝文学家。年轻时很有才气，到晚年文思渐渐衰退。成语"江郎才尽"就发生在他身上。"梦断江郎笔"句引自一个传说：有一次江淹在冶亭中睡午觉，梦见一个自称郭璞的人，走到他的身边，向他索笔，对他说："文通兄，我有一支笔在你那儿已经很久了，现在应该还给我了吧！" 江淹听了，就顺手从怀里取出一支五色笔来还他。据说从此之后，江淹就文思枯竭，再也写不出什么好的文章了。

⑤ 扬子亭，即子云亭，指扬雄的玄亭，也称"扬子亭"。扬雄（前53—18），字子云。蜀郡成都（今四川成都）人。西汉辞赋家、文学家、哲学家、语言学家。

⑥ 禊帖，字帖，即晋王羲之《兰亭序》。著名行书字帖《兰亭序》。以帖中有兰亭修禊事语故名。晋穆帝永和九年(353)农历三月初三，在会稽山阴的兰亭（今绍兴城外的兰渚山下），举行风雅集会，这些名流高士，有司徒谢安、辞赋家孙绰、矜豪傲物的谢万、高僧支道林及王羲之的子、侄献之、凝之、涣之、玄之等四十二人。吟赋作诗，若吟不出诗，则要罚酒三杯。这次兰亭雅集，有十一人各成诗两首，十五人各成诗一首，十六人做不出诗各罚酒三杯，王献之交不了卷也被罚了酒。诗汇集起来，公推此次聚会的召集人，德高望重的王羲之写一序文，记录这次雅集，于是，王羲之乘着酒兴，用鼠须笔，在蚕纸上，即席挥毫，心手双畅，写下了二十八行，三百二十四字的被后人誉为"天下第一行书"的《兰亭集序》。

⑦ 玉匣，即玉衣，指皇帝和高级贵族死后穿用的殓服。昭陵，即陵墓，据查，目前我国有三座。一、唐朝李世民的陵墓，位于陕西省礼泉县城东北的九嵕山上。二、明朝穆宗朱载垕及其三位皇后的合葬陵寝，位于北京市大峪山东麓。三、清朝太宗皇太极以及孝端文皇后博尔济吉特氏的陵墓，位于沈阳（盛京）古城北约十华里，因此也称"北陵"。

初食江南①枇杷果

一自离家忆荔枝，从今解渴不须思。
骊龙②颌下珠千颗，琥珀盘中蜡一堆。
色味俱佳宐③独胜，韭菘虽美愧同时。
我来更有鲥鱼兴，却为难兼到已迟。

喜家中寄至书籍

缃帙经年委架尘，更劳收拾寄波臣。
丹黄④乍对成陈迹，邂逅相逢似故人。
快眼豁来争月朗，灵心悟处占花新。
消闲此后无多事，一卷重寻未了因。

刘书门⑤光禄奉讳⑥南归，别后以书见寄，赋此答之

珍重双鱼寄远邮，感君离索赋三秋。
关山历尽悲游予，风雨归来感故邱。
已长桑麻劳问讯，重联花萼快登楼。
独怜朔雪西河馆⑦，何日衔杯更对刘。⑧

---

① 江南，指长江以南的地区。
② 骊龙，传说中的一种黑龙。
③ 宐，古同"宜"。
④ 丹黄，旧时点校书籍用朱笔书写，遇误字，涂以雌黄，故称点校文字的丹砂和雌黄为丹黄。
⑤ 刘书门，人名，清代光禄寺的官员，作者的同僚。
⑥ 奉讳，居丧之意。《礼记·曲礼上》："卒哭乃讳。"《陈澔集》说："凡卒哭之前，犹用事之礼，故卒哭乃讳其名。"父母没，孝子不忍言亲之名，故讳之。后人因称居丧为"奉讳"。
⑦ 西河馆：学馆，位于山西河津，春秋时魏文侯建筑，强聘卜子夏为师。南宋初宇文虚中（金代诗人，字叔通（1079—1146），别号龙溪。），成都华阳使金国，亦被扣留为翰林学士，如卜子夏同。卜子夏，即卜商（公元前507—?），春秋时晋国人，孔子的学生，七十二贤之一。少时家贫，苦学而入仕，曾做过鲁国太宰。孔子死后，他来到魏国的西河讲学。授徒三百，当时的名流李克、吴起、田子方、李悝、段干木、公羊高等都是他的学生。
⑧ 衔杯，谓饮酒。刘，即刘书门，上文已注。

寿郭驾舫①明府②五十初度③ 四首

（一）

令公家世少卿④才，奕叶箕裘⑤绍伯台。

早岁英声腾上舍，多年彩笔动中台⑥。

冷官暂拥皋比座，⑦ 髦士曾培鹿洞材。⑧

忽悔埋头向章句，请将长剑靖氛埃。

---

① 郭驾舫，人名，即郭见猷。郭见猷(1770 — 1839)，字得时，号驾舫，广东清远太平镇大埔岗人。（著名御史郭仪长之三公子。郭仪长生有三子，长子郭见超，官至候选布政司经历，诰封奉直大夫。次子郭见阳，官至广西平南县知县。三子郭见猷。）禀贡生(即朝廷供给钱粮的国学生)。自幼跟随其父长驻京城，文韬武略，有"小诸葛"之称。初任广东省惠州府龙川县教谕，后因军功特授山西省襄垣县知县，加三级，诰授奉直大夫，晋赠朝议大夫，著有诗集《槐荫问》和辑有诗集《从军图题咏集》一卷。

② 明府，敬称，即知县，上文已注。

③ 五十初度，即郭见猷五十大寿。

④ 少卿，官名，清朝大卿的副职。品等约在正四品至正五品之间。

⑤ 箕裘：比喻先辈的事业。

⑥ 中台，官名，亦称尚书省。

⑦ 冷官，指地位不重要、事务不繁忙的官职。皋比座，古人坐虎皮讲学，后因以指讲席。

⑧ 髦士，英俊之士。鹿洞，指鹿洞书院，亦称白鹿洞书院，位于庐山五老峰东南，始建于940年。

(二)

短后长缨只骑行,城狐社鼠①竟纷纷。
捡渠夜踏归猿洞②,卷队朝回控鹤军③。
肯使螳车成虎负,不妨牛弩射羊群。
汉廷自上韩增表,④ 墨绶金章早策勋。⑤

---

① 城狐社鼠,成语。比喻依仗权势作恶,一时难以驱除的小人。
② 归猿洞,古寺,位于广东清远峡山。归猿洞,有一个凄恻的传奇故事:唐朝开元年间,峡山寺惠幽和尚饲养的一只聪明可爱的白猿,被人送到长安,献给唐明皇。"安史之乱"时,白猿逃出宫外,化作一袁氏女子,与书生孙恪结为夫妇,诞下二子,度过了一段恩爱情深的日子。后来,孙恪携家南下做官,途经清远峡山飞来寺时,袁氏触景生情,题诗抒怀,复变猿形,逐伴归山,扪萝而去。
③ 控鹤军,古代兵种,鹤意为骑鹤,古人谓仙人骑鹤上天,因此常用控鹤为皇帝的亲兵。
④ 汉廷,即汉朝。韩增,历史人物,汉武帝宠臣韩说之子,少为郎官,袭父爵为龙额侯,昭帝宣帝间官至前将军,汉本始二年(前72),与田广明等四将军及校尉袭击匈奴,将三万骑出云中,唯斩首百余级而还。张安世死后,继为大司马车骑将军,领尚书事。
⑤ 墨绶,结在印纽上的黑色丝带,上文已注。金章,金质的官印,指官宦仕途。策勋,将功劳记在简策上。

（三）

竹马争迎郭细侯，① 颁春人到古韩洲②。
清风海外无遗鲊，③ 落日山前见伏牛。④
父老讴歌频道路，使君琴鹤自风流。
遥知潞酝千壶孰，环向公堂祝海筹。

（四）

酒香花影簿书边，小部笙歌月榭前。
共说余侯官是佛，须知梅尉吏⑤原仙。
榆光喜迁书云节，⑥ 椿算⑦欣逢学易年。
我本君家旧娇客，抽毫遥寄紫芝篇⑧。

---

① 竹马，民间也叫"跑马灯""活马""竹马灯"，表演道具。竹马用竹篾扎成，外糊数层厚纸，彩绘后上涂桐油，马脖系铃铛，下用白布围裙，上画做奔驰状的马腿。竹马舞表演多由打击乐器及笛号伴奏，表演者边演边走，观众边追边看。郭细侯即郭见猷，上文已注。

② 韩洲，地名，位于吉林省四平市梨树县偏脸城。

③ "清风海外无遗鲊"句作者原注：太夫人以年高未就养。

④ "落日山前见伏牛"句作者原注：地名，在襄垣县，相传昔有神女为民除民害，一人逐之入山，不复出故名。

⑤ 梅尉吏，泛称地方官。

⑥ "榆光喜迁书云节"句作者原注：君诞在十一月。

⑦ 椿算，指人高龄。

⑧ 紫芝篇，比喻贤人。出自《淮南子·傲真训》："巫山之上，顺风纵火，膏夏紫芝，与萧艾俱死。"

题吕荔帷①、张清湖②合作梅石图③，为周桂山④农部作

是谁斗笔夸双艳，瘦影描来恰十分。
夜来月明留素壁，一枝香雪一团云。

夜 雨

梦醒诗篇喜雨吟，纳凉人倚碧窗深。
墨云似海雷掀屋，银溜倾檐风搅林。
长绿正添栽竹兴，落红转抱惜花心。
忽思乡语家家乐，道是今宵天雨金。

---

① 吕荔帷，人名，即吕培。吕培，字荔帷，一字植之，顺德大良人，书画家。清嘉庆己卯(1819)科举人。能诗赋，工书法、篆刻，善画。生平嗜酒，醉后作兰竹，顷刻百纸，能写出兰竹的秀劲及风露情态，画其他花草，亦能与其兄吕翔(书画家)比美。广东省博物馆藏有他画的《梅花兰石图轴》《夹竹桃图轴》《花卉册》，香港中文大学文物馆藏有他写的《隶书轴》。

② 张清湖，人名，即张应秋，张应秋(1789—？)，字伯辰，号清湖，嘉庆戊寅年(1818)举人，知安仁县，改德庆州学正。善画山水，间作花卉。极得疏宕恬淡之趣。广州美术馆藏有他画的《竹石图》《菊花轴》及人物扇面。

③《梅石图》，古国画，作者吕培和张应秋。

④ 周桂山，人名，即周其芬，字桂山。清代广东顺德人，曾在京农部任职，史载：邑中孝廉。通医，尝将亲见及手验之方辑为《经验良方》以症类方，附录成药。后由同邑梁玉成、金陵莹轩氏分别增补而成《增刊经验良方》(1829)、《济世良方合编》六卷(1845)。

题吴声之①双竹窗轩②听读书图③

幽人好幽栖，爱子复爱竹。
子贤在肯堂，竹美喜当屋。
吴君兼二妙，照写剡溪幅。
不衿千亩富，但取两竿足。
佳儿说衮师，父书尽能读。
勉力向晨昏，亹亹历寒燠。
琅琅字贯珠，一一韵敲玉。
而翁喜而听，谓是收百福。
一洗浥澦音，远胜水千斛。
双柑听莺鸣，两部起蛙卜。
何如小凤声，砭此俗百俗。
清风吹琅玕，响答四山曲。
三槐景前徽，深柳想贻谷。
春来添子孙，摇影一窗绿。

---

① 吴声之，人名，作者的文友。
② 双竹窗轩，室名，作者的文友的室名。
③ 《听读书图》，国画，吴声之所作，已失传。

题王竹航①芦湾钓月图② 二首

（一）

人海苍茫一叶舟，欲将萧散托羊裘。
中流急处芦花晚，坐对西风理钓鉤。

（二）

笔床茶灶寄烟波，红树青山放棹歌。
同是故乡悬海角，月明长忆钓鱼蓑。

---

①王竹航，人名，即王利亨。王利亨(1763—1838)，字襟量，号竹航，别号寿山老人，清朝梅州松源堡园岭村人。乾隆己酉（1789）举人，嘉庆辛酉（1801）进士，授翰林院编修，后出任山西广灵县知县、忻州知府晚年归书院。擅长诗书画，所做的《龙图》收藏在故宫博物院，著作有《琴籁阁诗钞》。今发现其《题泛槎图》诗书一幅，诗云："化工铸形尽万种，形穷别样生奇牟。瘴雨蛮烟洗忽开，承睫惊人一顾悚。岂是君胸垒块多，撑出青冥作跳踊。诗情词笔皆难到，丹铅刷处云霞竦。横绝海宇逼天开，五岳低头尽惊恐。吁嗟夫，君身游历遍天下，逐日追雷贾神勇。行装此卷携归去，喷薄奇风定数笔。"

②《芦湾钓月图》，古国画，作者王利亨。

寄万英①叔兼示诸弟

我昔来京师,意气颇卓荦。

思登青云阁②,崭然露头角。

三月试春官③,万言奔寸烛。

那知曲未工,拙献卞和玉④。

公车或慰留,谓子⑤售可卜。

子家当未年,往往利科目。

得失事偶尔,此论未必确。

要当争先鸣,岂但升斗粟。

重整旧铩羽⑥,黾勉事场屋。

矮檐风雨惊,夜半鬼神哭。

终怜一荐虚,坐受再败辱。

嗟我少年时,荒废不自觉。

弹指及强壮,日月逝不复。

聪明逐渐非,百忧更振触。

---

① 万英,人名,即龙万英,作者的堂叔。
② 青云阁,位于北京前门大栅栏西街33号,已有两百多年的历史,是一座典型的轿子型建筑,楼有三层,中庭为跑马廊。清代达官贵人消遣的场所。
③ 春官,古官名,颛顼氏时的五官之一,后世为礼部的通称。
④ 卞和玉,即和氏璧,卞和,春秋时楚国人,和氏璧的发现者。
⑤ 谓子,封建制度五等爵位的第四等。
⑥ 铩羽,意指鸟伤了翅膀,毛羽伤残,不能高飞。比喻失意。
⑦ 泰山,名山。我国五岳(嵩山、泰山、华山、恒山、衡山共称五岳)之首,又称东岳。泰山位于山东省中部,有数千年精神文化的渗透和渲染,著名风景名胜有天柱峰、日观峰百丈崖、仙人桥、五大夫松、望人松、龙潭飞瀑、云桥飞瀑、三潭飞瀑等。泰山于1987年被列入世界自然文化遗产。数千年来,先后有十二位皇帝来泰山封禅。孔子留下了"登泰山而小天下"的赞叹,杜甫则留下了"会当凌绝顶,一览众山小"的千古绝唱。
⑧ 培塿,指小土丘。乔岳,指高山。出处《文心雕龙·知音》彦和指出:"阅乔岳以形培塿,酌沧波以喻畎浍。"这里的"乔岳""沧波"是喻指优秀的文章,"培塿""畎浍"是喻指平庸的文章。彦和认为,读者应先观"乔岳""沧波",培养较高的鉴别能力,然后再看"培塿""畎浍",就能区分妍蚩,辨别优劣。与之相反,如果读者仅仅博观"培塿""畎浍",鉴别力不但无法提高,反而下降。久而久之,心态也随之"低俗化",遇到"乔岳""沧波",也不能见其美,甚至"发生拒斥的作用"。

俗缘与书味，十断不一续。
掩卷辄茫然，开卷复畏缩。
身不登泰山⑦，培塿拟乔岳。⑧
目不观沧海⑨，蹄涔拟淮渎。⑩
一旦窥高深，悚然发惭恧。
五经⑪为珍馐，百家亦蔬蕨。
根柢培既深，枝叶光若沃。
曾记前廿年，尔我一家塾。
环坐讲经义，疑窦相辩驳。
趋庭奉严训，藏书搜旧簏。
虽无大进境，工夫颇纯熟。
而今赋别离，屈指几寒燠。
昨得吾弟书，颇称家痴叔。
见贤当思齐⑫，学乃知不足。
努力鹊填海⑬，虚心我师竹。
相期各奋飞，庶几光吾族⑭。
古来朋友交，砥砺输忠告。
矧隔万里遥，至亲如骨肉。
以此眷眷怀，愿为诸弟勖。
点笔偶成诗，质言不雕琢。
当书寄与君，文麟三十六。

---

⑨ 沧海，指大海。
⑩ 蹄涔，指容量、体积等微小。淮渎，指淮河。
⑪ 五经，指儒家的五圣经，即《周易》《尚书》《诗经》《礼记》《春秋》。
⑫ 思齐，诗歌作品，全诗歌颂文王善于修身齐家治国。
⑬ 鹊填海，即精卫填海，《山海经》记叙的一则故事：精卫原来是炎帝宠爱的女儿，有一天她去东海玩，可是突然风暴袭来，她死了，变成了鸟，名字就叫作"精卫鸟"。精卫鸟去西山衔来石头和树枝，一次又一次投到大海里，把东海填平，"精卫填海"后来变成成语，比喻按既定的目标坚毅不拔地奋斗到底。
⑭ 吾族，指广东顺德大良龙氏家族。

题徐星溪①春波洗砚图②

海外推儒将，无双帝早闻。
新恩会稽③节，旧部羽林军④。
腕健风旋笔，波澄墨吐云。
燕然山上石，留取勒殊勋。

送康健斋⑤归岭南⑥

旅邸相亲久，君归可奈何。
十年悲鸟倦，一曲怅骊歌。
庾岭⑦梅花蚤，秋风别恨多。
凄凉南返意，老泪落西河⑧。

---

① 徐星溪，人名，即徐庆超。徐庆超 (1776—1833)，家名敏荣，号星溪，小名徐狗四，广东蕉岭具兴福乡叟乐村人。乾隆六十年 (1795) 武进士。
② 《春波洗砚图》，古国画，作者汤贻汾。汤贻汾 (1778—1853)，字若仪，号雨生，晚号粥翁，江苏武进人，徐庆超的部下，曾任温州镇副总兵，后寓居南京，太平天国攻破金陵时，投池而死。
③ 会稽，古地名，会稽因绍兴会稽山得名。公元前 2198 年，大禹大会诸侯于此。绍兴的会稽山，原来叫作茅山，因为大禹当初召集了全国的诸侯会，"大会计，爵有德，封有功"，禹会后病死而葬于此，为纪念大禹的功绩，诸侯"更名茅山曰会稽，会稽者，会计也"。
④ 羽林军，兵种名，即皇帝禁军，各朝均有，西汉时名"建章营骑"，以警卫建章宫得名，后改为羽林，取其"为国羽翼，如林之盛"之意。
⑤ 康健斋，人名，岭南人，作者在京文友。
⑥ 岭南，地名，上文已注。
⑦ 庾岭，地名，上文已注。
⑧ 西河，地名，又称河西，黄河以西的地区。

题李兰卿①薇垣②归娶图 四首

（一）

晓辞鹓鹭策征骓，活笔传神邵少微③。
共羡承恩许归娶，卷韝先得拜庭闱④。

（二）

雪峰山下锦衣回，曾踏槐厅⑤月影来。
今夕月宫⑥真个到，仙娥⑦亲捧合欢杯。

---

① 李兰卿，人名，即李彦章。李彦章(1794—1836)，字则文、兰卿，号榕园，闽县(今福州市区)人。清代文学家、教育家。清嘉庆十六年(1811)进士，以内阁中书用。嘉庆二十三年(1818)，典江西乡试，后主讲兴化兴安书院。道光二年(1822)任军机章京，翌年，迁内阁侍读，参加宣南诗社。道光五年(1825)，任广西思恩知府，以兴学育人为首务，带头捐银1500两，兴建阳明书院、西邕书院。

② 薇垣，即中书省。封建王朝的机构，古代官署名。魏曹丕始设，为秉承君主意旨，掌管机要、发布政令的机构。唐开元元年改称紫微省。元代称薇垣。明洪武九年改为承宣布政司，亦称为薇省或薇垣。清初也称布政司曰薇垣或薇署。

③ 邵少微，人名，字叔才，宋代郑州人。史载：善画，放旷不羁，不乐从宦，初为马曹，不一月弃官去，则取补官敕牒，尽画飞潜走伏之物，已乃抵于地，笔墨草具而有余意。眉悴厅壁，有烟林窠石，对宋庄所作松石皆存。

④ 庭闱，内舍，多指父母居住处。

⑤ 槐厅，桂和槐隐含"折桂"和"槐厅"之意，即读书，应试，做官。

⑥ 月宫，又名广寒宫，是上界神仙为嫦娥建造的一座宫殿。因为这座宫殿是一个具有宇宙灵性的蟾蜍幻化而成，所以月宫又称作蟾宫。

⑦ 仙娥，即嫦娥，上文已注。

（三）

却扇能吟幼妇辞，绣帏欢爵麝香绨。

一枝薇省书麻笔，暂向妆台试画眉。

（四）

银灯箫管盛繁华，金屋新成萧史①家。

想到画屏春霭处，紫薇郎②对紫薇花。

---

① 萧史，传说中春秋时的人物，汉朝刘向《列仙传》卷上《萧史》中说：萧史善吹箫，作凤鸣。秦穆公以女弄玉妻之，作凤楼，教弄玉吹箫，感凤来集，弄玉乘凤、萧史乘龙，夫妇同仙去。成语"乘龙快婿"的来由。

② 紫薇郎，指的是中书省下官员。白居易诗："丝纶阁下文章静，钟鼓楼中刻漏长。独坐黄昏谁是伴？紫薇花对紫薇郎。"

自 箴

夷齐①忘旧恶，皎然圣之清。

武子②好尽言，卒③败身与名。

饮醇周公瑾④，骂座祢正平。

嗟彼数子者，度量胡迳庭。

世人自坦易，我或私爱憎。

乖崖起骄吝，血气纷相乘。

举首望长天，太虚无留形。

回首照明镜，磊落光莹莹。

此中不箸我，嗔妄何由生。

春风在怀抱，流水观性情。

善哉夫子⑤言，恕可终身行。

---

① 夷、齐，两个圣贤人。《史记·伯夷列传》："伯夷、叔齐，孤竹君之二子也。父欲立叔齐，及父卒，叔齐让伯夷。伯夷曰：'父命也。'遂逃去。叔齐亦不肯立而逃之，国人立其中子。于是伯夷、叔齐闻西伯昌善养老，盍往归焉。及至，西伯卒，武王载木主，号为文王，东伐纣。伯夷、叔齐叩马而谏曰：'父死不葬，爰及干戈，可谓孝乎？以臣弑君可谓仁乎？'左右欲兵之。太公曰：'此义人也。'扶而去之。武王已平殷乱，天下宗周，而伯夷、叔齐耻之，义不食周粟，隐于首阳山，采薇而食之。"

② 武子，即栾武子，就是栾书，又称栾伯即，春秋中期晋国大夫，名将。

③ 卒，意思：终于。

④ 周公瑾，即周瑜(175 — 210)，字公瑾，庐江舒县(今安徽庐江)人。东汉末年东吴名将，因其相貌英俊而有"周郎"之称。周瑜精通军事，又精于音律，公元208年，孙权、刘备联军在周瑜的指挥下，于赤壁以火攻击败曹操的军队，奠定了三分天下的基础。

⑤ 夫子，即孔丘，儒家学派创始人，上文已注。

悼亡① 六首

（一）

六年京国②滞归期，万事凭卿③病骨支。
苦恨东风肆凌虐，无端吹折女萝④枝。

（二）

病竟无名死尚疑，灵符毒草但纷挐。
轻尘梦短遥相慰，泪落高堂⑤一纸书。

（三）

后果夙因一笛风，难将修短问苍穹。
只因抱恨瞿昙⑥忏，误入华严⑦劫数中。

---

① 作者悼念自己的发妻温氏。
② 六年京国，作者廷试折桂后京官六载发生的不幸。
③ 卿，指作者发妻温氏。
④ 女萝，植物名，即松萝。多附生在松树上，成丝状下垂。
⑤ 高堂，指作者父亲龙廷槐。龙廷槐，上文已注。
⑥ 瞿昙，即释迦牟尼佛，古印度迦毗罗卫国（今尼泊尔境内）的太子，属刹帝利种姓。父为净饭王，母为摩耶夫人，佛为太子时名叫"乔达摩·悉达多"，意为"一切义成就者"。
⑦ 华严，即华严经，全名《大方广佛华严经》，是大乘佛教修学最重要的经典之一，被大乘诸宗奉为宣讲圆满顿教的"经中之王"。据称是释迦牟尼佛成道后，在禅定中为文殊菩萨、普贤菩萨等上乘菩萨解释无尽法界时所宣讲，被认为是佛教最完整的世界观的介绍。

（四）

手擘瑶笺①写远思，乡关迢递去鸿迟。
那知灯下缄书日，正是床头易箦②时。

（五）

雨散风飞又一生，昙花过眼即烟尘。
独怜药臼茶铛畔，膝下曾无待病人。

（六）

回首南天动地哀，秦楼月落素帏开。
残脂賸粉飘零甚，肠断温家③玉镜台。

---

① 瑶笺，书札的美称。
② 易箦，春秋时期的典故，源于《礼记·檀弓上》。曾子是孔子的门生，鲁国大夫季孙子送给他一张大夫专门用的竹席。后来，曾子得了重病，卧床不起。他的学生乐正子春前去探望，见他的侍童指着曾子的睡席，好奇地问："这是大夫用的床席吧？多么光泽华美啊！"子春示意侍童不要再说。曾子听后非常吃惊，说："这是季孙赐给我的，我现在坐不起来，无力换去这张席子。"他让儿子帮他换去席子，儿子却说："您病情这样重，身子又不便移动。等天亮再换吧！"曾子对儿子说："你爱我不如侍童啊！君子爱人是用德，小人爱人只顾眼前的舒服。我还要这块席子干什么呢？我能守礼而终，也就足够了。"他儿子只好扶起父亲，换去床席，可是没等身子躺稳，曾子就去世了。"易箦"是用来作病危将死换床席的典故。后民间亦留下此习俗。
③ 温家，作者自注：亡室姓温氏。

寿赵平垣①同年六十初度 二首

（一）

遥指珠江作叵罗，②紫芝③一曲为君歌。

放怀真觉乾坤阔，阅世惟应感慨多。

仰止鳣堂④思旧梦，相期鹏路⑤忝同科。

秋来一片昆山玉⑥，知是当年老卞和⑦。

（二）

壮志风飞赵子柔，悬弧花甲庆初周。

军门录策终青眼，⑧宦海成名已白头。

酒孰合从黄菊醉，身闲还拟赤松游。

六年一别真如梦，回首天涯万里秋。

---

① 赵平垣，人名，即赵均，字国章，号平垣，广东顺德人，官揭阳教谕。著作有《自鸣轩吟草》。作者的同科举人。

② 珠江，河名，上文已注。叵罗，古代酒器，敞口的浅杯。

③ 紫芝，比喻贤人。《淮南子·俶真训》："巫山之上，顺风纵火，膏夏紫芝，与萧艾俱死。" 唐李商隐诗：白石岩扉碧藓滋，上清沦谪得归迟。一春梦雨常飘瓦，尽日灵风不满旗。萼绿华来无定所，杜兰香去未移时。玉郎会此通仙籍，忆向天阶问紫芝。

④ 鳣堂，讲学之所。出自《后汉书·杨震传》："后有冠雀衔三鳣鱼，飞集讲堂前，都讲取鱼进曰：'蛇鳣者，卿大夫服之象也。数三者，法三台也，先生自此升矣。'"

⑤ 鹏路，指远大前程，比喻人奋进如鹏程万里，远大光荣。如杜甫《入衡州》诗："柴荆寄乐土，鹏路观翱翔。"

⑥ 昆山玉，指昆仑山出产的软玉。玉中之高档者。

⑦ 卞和，人名，又作和氏，春秋时楚国人。是和氏璧的发现者。

⑧ "军门录策终青眼"句作者原注：平垣即赵均曾上弭盗策，深为当道称许。

食 笋

故园十亩竹,竹笋随时生。
采之供我馔,使我肠胃清。
淡簿得禅味,招邀来好朋。
自我抵京国,易地声价增。
每食辄不饱,十千才几茎。
秋风卷林籜,乡梦来莼羹。

观温少彭^①所购米元章^②画梅即呈少彭

平生未踏罗浮^③雪,记得岭梅^④春山月。
清吟昨夜忆梅花,今日梅花惊妙笔。
襄阳居士^⑤写生手,传神留墨不留诀。
调脂杀粉一埽尽,笔力所到精神出。
此纸经今五百载,老干倒垂如屈铁。
疏枝冷蕊各意态,天工巧尽人力掘。
就中题句想清新,画品诗情两奇绝。
安雅堂中富卷轴,鉴别真赝穷毫发。
偶从燕市^⑥探骊珠,狂喜真教屐齿折。
我幸频过恣请赏,强作解事纷涂抹。
忍寒呵冻心手追,但得其皮失其骨。
知君对此得蓝本,遣兴应教池水黑。
他时携向东海上,还恐蛟龙妒神物。

---

① 温少彭,人名,即温汝述。温汝述,字少彭。广东顺德龙山人,岭南著名画家。清嘉庆(1796—1820)曾任内阁中书,工山水,岭南著名画家。
② 米元章,人名,即米芾。北宋书法家,画家,书画理论家。上文已注。
③ 罗浮,山名,上文已注。
④ 岭梅,指大庾岭上的梅花。大庾岭上梅花,古来有名。唐·杜甫《秋日荆南述怀》诗:"秋雨漫湘竹,阴风过岭梅。"
⑤ 襄阳居士,人名,即米芾,上文已注。
⑥ 燕市,古国都,此指北京。上文已注。

忆　梅

人向花莳别,花开人未归。
信随春梦阔,心逐冷雪飞。
啄鹤余孤伴,经霜又几围。
故园芳意满,只是翠衣非。

寿薛封①翁

玉宇秋高瑞气浓,寿星高照七星峰②。
河东华胄推三凤,③ 砌下斑衣见二龙。④
鹤发齐眉青玉案⑤,鸾章晋秩紫泥封⑥。
人闲自有神仙福,莫更青山访赤松。

---

① 薛封,人名,作者的长辈。
② 七星峰,俗称"七星砬子",位于松花江南岸,黑龙江集贤县境内,由七座秀丽多姿的山峰组成。七座山峰分别命名为:利剑峰、虎头峰、聚仙峰、宝印峰、骆驼峰、仙女峰、狼牙峰。这里指肇庆七星岩。
③ 河东,指山西,因黄河流经山西省的西南境,则山西在黄河以东,古称河东。华胄,即华夏后代,亦指显贵者的后代。三凤,指三个姓薛人物,薛元敬、薛收和薛德音。薛元敬,唐太宗李世民的太子舍人。薛收,秦王李世民的参军。薛德音,隋朝黄门侍郎。世称河东三凤,其中薛收为长雏、薛德音为鸑鷟、薛元敬为鸐雏。薛元敬,字子诚,蒲州汾阴(今山西万荣西)人,薛收的侄子,唐太宗十八学士之一,长于文学,与薛收及薛收族兄薛德音齐名,高祖武德初(618)曾任秘书郎。秦王李世民召为天策府参军兼值记室,杜如晦称之为"小记室"。李世民为皇太子,任太子舍人。掌军府书檄和朝廷诰令,深得唐太宗之赏识。薛收(591—629),字伯褒。才华出众,年十二能出口成章。因隋炀帝缢死其父而与之不共戴天,遂不仕。唐武德四年(621),李世民率军讨伐占据洛阳的王世充,窦建德率军救援,一时形势紧张,李世民部将纷纷劝其退军。薛收独排众议,建议李世民一鼓作气,消灭王、窦两军。李世民采纳了他的建议,击败了窦建德和王世充,并把他们擒获。之后,李世民入洛阳,看到隋朝的宫室非常奢华,不禁感叹,薛收又乘机谏劝李世民,很为李世民所赞赏,及回师长安,李世民拜封薛收为天策府记室参军。不久,薛收又跟从李世民平刘黑闼,以功封汾阴县男。李世民一度经常游猎,薛收上书谏止,被李世民视为知己,并赐黄金400斤。薛德音(?—621),河东汾阴人。隋文帝命魏澹修魏史,德音佐其事。史成,迁著作佐郎。及越王侗称制东都,王世充称王,军书羽檄,皆出其手。世充为唐太宗所平,德音亦以罪伏诛。德音所著文笔,多行于世。如《隋书薛道衡传》。
④ 斑衣,指汉代虎贲骑士穿的虎纹单衣。二龙,见《世说新语·赏誉》:"谢子微见许子将兄弟曰:'平舆之渊,有二龙焉。'"许子将兄弟,即许靖、许劭,许靖(149—222),字文休,汝南平舆(今河南省平舆县)人。三国时著名人物,年轻时即为世人所知。主持月旦评时皆是布衣,经刘翊推举为孝廉,担任尚书郎。后受到益州牧刘璋邀请,受任为巴郡、广汉太守,刘备入蜀后,担任要职,位列三公。许劭(150-195),字子将,汝南平舆(今河南平舆)人,东汉末年著名的人物评论家。据说他每月都要对当时社会人物进行一次品评,人称为"月旦评"。一次评价曹操:"清平之奸贼,乱世之英雄。"唐李白《送季之江东》:"多惭一日长,不及二龙贤。"
⑤ 青玉案,词牌名,出自东汉张衡《四愁诗》:"美人赠我锦绣段,何以报之青玉案。"又名《横塘路》《西湖路》,双调六十七字,前后阕各五仄韵。
⑥ 紫泥封,即紫泥书,指皇帝诏书。

得家书知海氛①甚恶夜起有感次家大人②韵

一纸家书客枕惊,冥冥氛祲动江城③。
鲸波恐逐寒潮长,狐火繁同春草生。
避地幼安④那有路,远游王粲⑤倍关情。
诸公岂乏筹边策,⑥ 何事民闲也募兵。⑦

烹 雪

玉杯金帐空粗俗,石鼎珠霙味有余。
自喜熟肠浇浣尽,梅花深处读仙书。

---

① 海氛,指海盗侵扰。
② 家大人,指作者的父亲龙廷槐。龙廷槐,清代乾隆年间进士,上文已注。
③ 江城,指凤城,即现在广东顺德大良。
④ 幼安,人名,即辛弃疾。辛弃疾(1140 — 1207),原字坦夫,改字幼安,历城(今山东省济南市历城区遥墙镇四凤闸村)人,南宋爱国词人。我国历史上伟大的豪放派词人、爱国者、军事家和政治家。存词600多首。作品具强烈的爱国主义思想和战斗精神。
⑤ 王粲,建安七子之一。王粲(177 — 217),字仲宣,山阳高平(今山东邹县)人。汉末文学家,建安七子之一,王粲在襄阳作《登楼赋》,名盛一时。
⑥ 诸公,指以龙廷槐为首的顺德文人。边策,指顺德文人制定的防御海盗、保卫家乡的护沙条约。
⑦ "何事民闲也募兵"句作者原注:时贼艘滋扰,官兵不能堵御,乡民自雇丁壮保护村庄而已。

冰 床

水行思得舟，陆行思得车。
舟车不到处，人力资�驱。
盈盈玉河①水，一变成通衢。
我来思骋足，将进还趑趄。
巧匠出新意，斫木构四隅。
衡直互联属，上密而下虚。
形类船沿底，象占幅脱舆。
牵掣籍絚索，滑汰无龃龉。
后劲屏将伯②，当先争一夫。
行若九曲引，坐可三人俱。
得势一撒手，其去仍徐徐。
微影月入地，适意鱼忘湖。
十里不胫走，坐至何安舒。
悯彼趼瘃徒，仆仆何其劬。
嗟予抱微尚，履薄心竟瞿。
捷径防窘步，黾勉慎莽途。
归来一偃息，清梦吾蘧蘧。

---

① 玉河，即北京市宛平县之玉泉 以产玉得名。
② 将伯，意思是别人对自己的帮助或向人求助。出自《诗·小雅·正月》："将伯助予。"

冻 砚

栗冈[①]不见当时珍,窗外快雪花飞银。
凄寒逼户玉蟾[②]冻,元霜忽罩青罗纹。
笔尖频下埒欲秃,墨色屡蘸光生痕。
弃置思作孝肃[③]掷,愤激辄学君苗焚。
砚乎于汝为改素,能勿汝怨而汝恩。
砚似意解砚不语,意所欲语还问君。
请君一一各自反,细参物理吾何云。
天生五材本有用,巧拙优劣随其人。
玉纽金匣尚方品,次者华国推词臣。
摩挲每入燕许手,浩瀚快写苏韩文。
草贤真圣任挥洒,五水十石皆精神。
区区亦比一卷石,戛戛摇动千人军。
胡为寂寞岭南子,不因人热甘酸辛。
元门守墨屋无火,寒毡坐破床封尘。
丹黄摒去文字懒,墨水惯饮多年浑。
冷官两度今十载,砚与人肖何相瞋。
我愧此意深谢砚,转展自咎心忧殷。
有砚如田胡不耕,有砚如铁胡不勤。
不耕不勤坐荒废,飘然人海思藏身。
世闲冷暖谁可保,寒暄一变都非真。
行当抱璞青山去,莫负端溪一片云。

---

① 栗冈,即栗冈砚,墨砚的一种。出自唐李白《殷十一赠栗冈砚》诗:"殷侯三玄士,赠我栗冈砚。"

② 玉蟾,地名,位于四川泸县县城福集镇。其山上有巨石如蟾而得名。原有古庙圆通寺,建于唐,明、清几次重修,山岩石壁上存有五代和宋、明摩崖造像280多躯,名人题字多处,佛像有数珠观音、日月观音、罗汉、地藏王菩萨,其中千手观音高一丈余,造像秀丽精巧,刻、划细腻,比例匀称。岩上有明代杨慎书"金鳌峰"三字,字大四尺余。穿山洞石壁上有"玉蟾"二字,为黄庭坚书。

③ 孝肃,人名,即周太后,明朝英宗妃子,明宪宗生母,昌平人。天顺元年封贵妃。宪宗即位,尊为皇太后。

义仆①行 并序②

贼挥双刀,绕奔而号。

婴刀者死,曳兵者逃。

惟时执戟之卫士,顷刻性命轻鸿毛。

斩门夺关,势若累卵。

一旗当先,入文颖馆。

馆门洞开,贼咆哮来。

馆中人无寸铁,贼杀之满地血。

吁哉!陶君环柱走,一贼操刀尾其后。

刀光闪闪寒迫人,有仆当前挺身受。

贼挥刀,格以手。一刀复一刀,淋漓血满肘。

岂惟手可断,此心任贼剖。

---

① 义仆,即骆升,清代嘉庆年间进士陶梁楳的仆人。
② 作者自序:嘉庆十八年九月十五日,贼匪七十余人突犯禁官弁a,军校仓促遇害,时编修陶君梁b楳入直文颖馆,贼操刀逼之,其仆某以手格贼,贼挥刀断仆手,陶赖得免,贼亦窜去,稍定,陶返,仆已僵卧不起,陶心犹惴惴,虑贼复至,谓与其死于贼,无宁蚤为计,解带欲自轻生。仆开目止之曰:郎君无以为也,仆有七旬老母,郎君活,仆不虚死,若相从,俱死无益,仆不瞑目矣!且官军将至,贼岂能为害乎?陶乃止,越数日,贼平异出,或云已死,或云能饮食可不死,呜呼!有仆如此,可以风矣,作义仆行。

a 嘉庆十八年九月十五日,贼匪七十余人突犯禁官弁全句,意指嘉庆十八年(1813)九月十五日,京城爆发的"癸酉之变",该事件震动全国。"癸酉之变"是天理教在大兴县人林清和河南滑县人李文成等的领导下,以"奉天开道"为旗帜,发动起义,攻入紫禁城。"癸酉之变"年代,作者已致仕回乡,未亲历事件。

b 陶梁楳(1772 — 1857),字宁求,号凫芗,江苏长洲(今苏州)人,清朝官吏。嘉庆十三年(1808)进士,选庶吉士,授编修,纂修皇清文颖。史载:十九年,林清之变,逆党阑入禁城,梁方在馆修书,其仆骆升闻警,匿梁于书橱,自当户立,贼刃之,仆越日事定梁出,救之苏。仁宗回銮闻之,召梁问状,曰:"义仆也!"赐之金

血光射天天为昏，贼气已夺跄踉奔。

陶君痛定还思痛，何可仆死吾苟存。

解带欲死，仆顾而止曰：

死有所主，何出此策。

仆义不苟生，念母七十矣。

旁无弟与兄，复鲜妻与子。

主人幸生还，仆死犹不死。

陶君听说泪潺湲，事平异出归家门。

生固不愧愧不死，既今身死生气完。

我闻此事重咨嗟，世无哥舒③谁左军。

短衣跃马从杀贼，枪横三丈驱群邪。

嗟乎！尔仆生不逢时断支体，死犹做鬼扬尘沙。

君不见狞飙凄凄日色惨，霹雳一声破妖胆。

空拳奋发义击贼，志士不能此人敢。④

---

③ 哥舒，复姓，源于突厥族，出自南北朝时期古突厥族西突厥哥舒部，属于以部族名称为氏。这里的哥舒，指哥舒翰，历史人物，哥舒翰（704—757），安西龟兹（今新疆库车）人。唐朝著名将领、重臣。是大唐王朝起用的诸多少数民族将领中战功最为卓著的名将之一。哥舒翰有个家奴，名叫左车，年龄只有十五六岁，臂力过人。每次出战，他就跟在哥舒翰身边，每当哥舒翰追上敌人，常常以枪搭在敌人肩头，一声大喝，吓得敌人赶忙回头，哥舒翰趁他回头，一枪刺中咽喉，挑起三到五尺高甩到地下，左车跃马上前割下头颅，敌军见了，无不丧胆。

④ "志士不能此人敢"句作者原注：是夕天气晴朗，忽有迅雷起武荧英殿旁。

赠顾秋浦①

游戏人间小谪仙②,羡君楚楚复翩翩。
不辞长醉倾三斗,自喜真狂掷万钱。
花底周郎③频顾曲,座间邹衍④善谈天。
旧游每忆珠江⑤好,十里笙歌夜泛船。

梦中得诗四句固续成之

一夕黄河急鬓边,秋风吹断万里烟。
花因近水疑飞雨,石欲穿云直到天。
幻语岂关身后慧,通灵应有梦中仙。
醒来诗境知何处,读罢微吟一惘然。

书屋销夏

春明五月火云愁,古屋苍藤此地幽。
熟客不来疑世外,雅人相对自风流。
青尊小酌花留醉,白袷高谈雨欲秋。
笑我朝朝鱼队里,何当襆被共床头。

---

① 顾秋浦,人名,清代诗人,作者的文友。
② 小谪仙,谪仙指唐朝大诗人李白,作者将顾秋浦比李白。谪仙一词就是被贬值到凡间的诗人,贺知章呼李太白为谪仙人。
③ 周郎,即三国演义吴国名将周瑜,上文已注。
④ 邹衍,人物,邹衍(前324—前250),齐国人,阴阳家,后于孟子,与公孙龙、鲁仲连是同时代人。齐宣王时,邹衍就学于稷下学宫,先学儒术,改攻阴阳五行学说,然而终以儒术为其旨归。天论与五行学说便是邹衍学说的主要内容。
⑤ 珠江,上文已注。

书李广①传后

将军射虎南山下，夜半归遭亭尉②骂。
今将军尚不得尔，此语岂是真醉者。
古来夜行必有讥，彼司寤氏实主之。
汉家③自有法度在，禁止或关尉职司。
哪知他日快私忿，阶犇骈首无狱词。
我闻亚夫④细柳营，军中但许按辔行。
束缚驰骤若跋扈，敬劳不闻夫子阍。
安国幽囚狱吏侮，死灰复燃彼何人。
苍蕟忽作内袒谢，诚如公等何足云。
眦睚小忿事已矣，惜尉所遇为将军。
嗟乎！将军之勇诚莫比，将军之量乃如此。

---

① 李广，人名，李广（？—前119），陇西成纪（今甘肃省天水市）人，西汉名将，有飞将军之称，其先祖李信为秦国名将，曾率秦军追逐燕太子丹直到辽东。汉文帝十四年（前166）匈奴大举入侵边关，李广少年从军，抗击匈奴。他作战英勇，杀敌颇众，使汉文帝大为赞赏。李广才气过人，胳臂长，善射箭。一次，李广外出打猎，看见草中大石，以为是虎而一箭射去。待他近看时，方知射中的是大石，而那支箭却深深地射入了石中。景帝即位时，提升为将军，曾经与匈奴交战七十多次。

② 亭尉，武职官员，城上四角所设的尉；城上百步一亭，亭设亭尉。

③ 汉家，指汉朝。

④ 亚夫，人物，即周亚夫（前199—前143），沛县（今属中国东南部的江苏省）人。西汉时期著名将军，名将绛侯周勃的次子，汉文帝二十二年（前158），匈奴进犯北部边境，文帝急忙调边将镇守防御，警卫京师，派三路军队驻守长安附近灞上、棘门、细柳营，时任河内太守周亚夫则守卫细柳营。文帝巡视军营，先到灞上、棘门，到细柳营，和先去的两营截然不同，不事前通知，结果，被拦在营寨之外，前边开道的告知天子要来慰问后，守卫都尉却说："将军有令，军中只听将军命令，不听天子诏令。"等文帝到了，派使者拿自己的符节进去通报，周亚夫才命令打开寨门迎接。

题孙节母①传后 并序②

苦节卅余载,冰霜作肺肝。
护雏原力悴,歌鹄倍声酸。
漆室③年华逝,机灯夜照寒。
只求情义尽,生死寸心安。

寿单太孺人

萱庭秋爽集缨裙,玳瑁筵开庆九如④。
双璧于归车挽鹿,⑤三株家世袋垂鱼⑥。
柏舟矢志丁年事,荻管劳心午夜书。
共羡推恩有犹子,九重丹诏下阶除。

---

① 孙节母,浙江省桐乡人,姓程,文人孙锡祚之母。
② 作者自序,节母姓程氏,桐乡人,归同邑孙君锡祚a,六载而寡,投环不死,乃居处小室,虽至戚不得见,出奁具为舅室生叔集圣,宗人不逞者思,毁室破卵以为利,节母坚苦力持,后为昏娶生子吉修抱为子,教以孝经论语,十八补博士弟子员,节母曰:我今可见舅姑与我夫矣,一笑而绝。

a: 归同邑孙君锡祚句中的孙君锡祚,即孙锡祚,清代文人,著作有《义学桥记》(义学桥,俗称惠世庵桥,石拱桥,位于上海青浦区练塘镇,始建于明代天启年间)。

③ 漆室,春秋鲁邑名。这里的漆室,指漆室女,漆室女,姓名失考。史载:鲁穆公时,君老太子幼,国事甚危。漆室有少女倚柱而啸,忧国忧民。见汉刘向《列女传·漆室女》。后用为关心国事的典故。漆室女死前留下了一首诗,诗名为《处女吟》:"菁菁茂木,隐独荣兮。变化垂枝,含蕤英兮。修身养志,建令名兮。厥道不同,善恶并兮。屈身身独,去微清兮。怀忠见疑,何贪生兮。"

④ 九如,祝寿辞。出自《诗经·小雅·鹿鸣之什·天保》:"天保定尔,亦孔之固。俾尔单厚,何福不除?俾尔多益,以莫不庶。天保定尔,俾尔戬谷。罄无不宜,受天百禄。降尔遐福,维日不足。天保定尔,以莫不兴。如山如阜,如冈如陵,如川之方至,以莫不增。吉蠲为饎,是用孝享。禴祠烝尝,于公先王。君曰:卜尔,万寿无疆。神之吊矣,诒尔多福。民之质矣,日用饮食。群黎百姓,遍为尔德。如月之恒,如日之升。如南山之寿,不骞不崩。如松柏之茂,无不尔或承。"后指为祝寿之辞。

⑤ 双璧,指一对完美的人或物。如乐府双璧,指的就是《孔雀东南飞》与《木兰诗》。于归,指女子出嫁。车挽鹿,即挽鹿车,指夫妻共守清苦生活。《后汉书·列女传·鲍宣妻》载:后汉鲍宣从妻父学,父奇其清苦,以女妻之,妆奁甚盛。宣谓妻:"吾实贫贱,不敢当礼。"其妻乃悉归侍御服饰,更着短布裳,与宣共挽鹿车归乡里。这就是"共挽鹿车"的典故。

⑥ 袋垂鱼,唐制度,凡五品以上官员于腰间佩带金银鱼袋为饰。《资治通鉴·唐代宗大历十四年》载:"出则囚服就辩,入则拥笏垂鱼。"

将役 西陵①示子景灿②
（灿儿才九龄，耳亦解赋诗，志可嘉也。）

行役久未经，十载肉生髀。
忽奉西陵③命，逝言指易水④。
视此十日别，远若数千里。
检点新簪毫，补缀旧衣履。
故人顾我笑，携书动盈几。
弟言谨门户，兄言慎行李。
稚子床头眠，未欲强呼起。
起来牵我衣，依依转难已。
感慨出登车，门外雪盈咫。⑤

良乡⑥道中望雪

银涛飞不动，白马劈空来。
影入冷雪尽，天教琼宇开。
寒风吹薄絮，老树落残梅。
未觉征途远，翻愁落日催。

---

① 西陵，清代自雍正时起四位皇帝的陵寝之地，位于河北省易县城西永宁山下。共有14座陵墓，包括雍正的泰陵、嘉庆的昌陵、道光的慕陵和光绪的崇陵。此外还有3座后陵，以及若干座公主、妃子园寝。
② 景灿，作者的儿子，下文有详叙。
③ 西陵，地名，上文已注。
④ 易水，县名，位于河北省。
⑤ "门外雪盈咫"句作者自注：是日大雪。
⑥ 良乡，地名，即现在的良乡镇，位于北京西南，是首都的西南门户。自秦朝建县以来，因"人物俱良"而得名，自古就是商贾云集之地。

题胡芗圃①小照

家住垂杨百尺堤,门前流水似玻璃。
一栏鸭放春沙软,双桨人归夜月低。
故著荷衣成野服,偶听蕉雨得诗题。
烟霞自足供幽赏,时有稻花香过溪。

将抵涞水②口占

日暮寻邨望眼穿,望村遥似隔乡园。
忽逢村树疑堪住,又向前山林外邨。

---

① 胡芗圃,人名,作者的书友。
② 涞水,县名,位于河北省中部偏西,太行山东麓北端,与北京接壤110公里。

饮 酒

人生大块中，造物所戏弄。
扰扰逐臭夫，垂耳就羁鞍。
野人喜蕉鹿，吉士美桐凤。
孰云高者安，焉知醒非梦。
弹指得失闲，俯仰一悲痛。
我爱陶渊明①，不屈五斗俸。
柴桑②赋归来，松菊手栽种。
啸傲手东轩，一觞时复中。
我爱李谪仙③，清班④辞侍从。
满持手中杯，招呼明月共。
清风写我怀，新诗自吟讽。
嗟彼二子贤，岂不堪世用。
当其去尘网，神驹不受控。
矫矫秋云高，浩浩天风送。
勉矣归故山，谢彼蜗角⑤哄。

---

① 陶渊明，人名，东晋末至南朝宋初期诗人、辞赋家。上文已注。
② 柴桑，古地名，即柴桑县城，曾属寻阳郡管治，因此也被称为寻阳古城。
③ 李谪仙，即唐代诗人李白，上文已注。
④ 清班，指清贵的官班侍从。
⑤ 蜗角，指蜗角虚名，比喻微小而没有作用的名声。

题抱琴图①

伊人②在空谷，无事抱琴眠。
偶尔发幽兴，古音③流素弦。
一鼓江水清，再鼓山月圆。
成连④倏已渺，此调无人传。

题胡和轩⑤别驾庐沟送别图⑥

来时二月江南路，一别春光已十年。
今日送君持版去，棠阴行满太湖边。⑦

闻 拆

声动五云沈，严城万户深。
惊时随禁漏，催月上寒林。
秋幌幽人梦，春闺少妇心。
敲诗灯屡剔，为汝罢孤吟。

---

① 《抱琴图》，古国画。
② 伊人，泛指那个人或这个人。今多指女性，常指"那个人"，有时也指意中人。如：怎明白咫尺伊人，转以睽隔不得相亲。
③ 古音，又称上古音，指周秦两汉时代的汉语语音系统。
④ 成连，春秋时名琴师，俞伯牙之师。伯牙从其学琴，三年而成。着重精神情志方面对伯牙进行点拨，伯牙遂为天下妙手。《乐府解题》记载：伯牙学琴于成连先生，三年不成，至于精神寂寞，情之专一，尚未能也。
⑤ 胡和轩，人名，广东顺德人，官至通守（通判），著作有《陔馀丛录》。
⑥ 《庐沟送别图》，清代国画。
⑦ 棠阴，即棠阴镇，位于江西省宜黄县东南部，江西省历史上四大名镇之一，始建于北宋天圣九年（1031），初名陂坪，后改棠阴。太湖，位于江苏、浙江两省交界处，长江三角洲的南部。中国东部近海区域最大的湖泊，也是中国的第二大淡水湖。

何葆亭①同年索书，以菊花尊酒见惠，作此谢之，并示崔二侍御②

花酒居然道士鹅③，换羊书例仿东坡。④
故人情重凭舟载，健仆分携胜马驮。
篱下秋深存晚节，瓮头春满注香醪。
愿招佳客开筵赏，伫有吟怀付醉哦。

感 怀

一夜西风动柳梢，出墙枝影鸟交交。
鹪栖本自安蚊睫，鸠占何曾碍鹊巢。
不竞每因池水静，无营⑤转爱俗尘抛。
山人妙想行安乐，退步名窝当解嘲。

---

① 何葆亭，人名，广东人，作者乡试同榜举人。
② 崔二侍御，人名，即崔侍御，崔，是姓，侍御，为监察之官，作者的同僚。
③ 道士鹅，典故，出自《晋书·王羲之传》：山阴道士养好鹅，羲之因求市之。道士云，为写《道德经》，当举群相赠。羲之欣然写毕，笼鹅而归。后因以为典实。唐孟浩然《寻梅道士》诗："彭泽先生柳，山阴道士鹅。"
④ 换羊书，典故，宋赵令畤《侯鲭录》卷一载："鲁直戏东坡曰：'昔王右军字为换鹅书，韩宗儒性饕餮，每得公一帖，于殿帅姚麟许换羊肉十数斤，可名二丈书为换羊书矣。'坡大笑。"（意思：有位叫韩宗儒的人认识苏东坡，知道苏东坡的字值钱，便经常与苏东坡通信。由于他喜欢吃羊肉，每得到苏东坡的回信，便拿到殿帅姚麟许那儿换十几斤羊肉。这件事苏东坡一直都不知道。直到有一次，苏东坡的朋友兼弟子、"苏门四学士"之一的黄庭坚将此事告诉他，并和他开玩笑说："昔时有晋人王羲之以字换鹅，称'换鹅书'，如今先生的字可以叫作'换羊书'了！"坡听了之后不但没有生气，反而开怀大笑。）。东坡，人物，即苏东坡，上文已注。
⑤ 无营，意思是无所谋求。出自汉蔡邕《释诲》："安贫乐贱，与世无营。"和晋束皙《补亡》诗之二："堂堂处子，无营无欲。"

题顾渚茶①天山积雪图②

朔风猎猎吹天山，雪花掌大天弥漫。
山行人在青天上，雪积山留万古寒。
才人③自昔此迁谪，长沙夜郎④犹等闲。
数奇君独遭此厄，短衫策蹇辞长安⑤。
丈夫投笔意慷慨，挥手那愁行路难。
穷庐驿堠经几许，茹冰啮雪忘诸艰。
朝廷一朝霈雨露，手诏万里趣君还。
廿年前忆吟红药⑥，佃直追陪草制班。⑦
一自雪泥鸿爪⑧隔，嗟君宦海翻波澜。
归来久别喜相对，精神愈健头毛斑。
今幸蒙恩转清秩，我亦讲幄新除官。⑨
公余出图满题咏，强和执笔雕心肝。
敢说惊人得好句，徒述往事增长叹。
君恩深重莫忘报，相期努力劝力餐。

---

① 顾渚茶，茶名，又名紫笋茶，产于浙江长兴顾渚山，唐肃宗年间起被定为贡茶。陆羽（茶山御史）在湖州隐居期间，听闻长兴山中有好茶，就慕名而来，在顾渚山前遇上了一个老僧，喝了老僧奉上的顾渚山茶，陆羽一下子怔住了。良久之后，才回过神来，连呼好茶。后来在《茶经》中把此茶命名为紫笋茶，意谓上品之茶。这里的顾渚茶，隐喻顾秋浦，作者的文友。

② 《天山积雪图》，清代国画，作者华岩。华岩（1682—1756），一写作华嵒，字德嵩，更字秋岳，号新罗山人、东园生、布衣生、白沙道人、离垢居士等，老年自喻"飘蓬者"，福建上杭白砂里人，后寓杭州。工画人物、山水、花鸟，草虫，脱去时习，力追古法，写动物尤佳。善书，能诗，时称"三绝"，为清代杰出绘画大家，扬州画派的代表人物之一。

③ 才人，指唐朝诗人王昌龄，王昌龄（698—757），字少伯，河东晋阳（今山西太原）人，盛唐著名边塞诗人，后人誉为"七绝圣手"。

④ 长沙、夜郎，两地名。长沙，即湖南省省会；夜郎，古国名，上文已注。

⑤ 长安，上文已注。

⑥ 红药，花名，即芍药花。宋代词人姜夔《扬州慢·淮左名都》："二十四桥仍在，波心荡，冷月无声。念桥边红药，年年知为谁生。"

⑦ "佃直追陪草制班"句作者自注：余与君同官中书舍人。

⑧ 雪泥鸿爪，成语，意思是融化着雪水的泥土，大雁在雪泥上踏过留下的爪印，比喻往事遗留的痕迹。上文已注。

⑨ "我亦讲幄新除官"句作者自注：君由中书迁起居注主事，余亦备员讲官。

寿郭春浦①

十载长安②赋壮游,龙山③回望白云秋。
天涯客子诗千首,岭外慈亲雪满头。
暂把当归④酬远志,长依萱草⑤证忘忧。
只鸡⑥他日登堂祝,也为林宗⑦进一筹。

买　花

晨起买花去,仗策城西路。
花农赪两肩,紫绿纷无数。
道旁多少趁花人,相与招呼聊一顾。
农来日在东,行行西挂树。
此花固依然,又被东风误。
问农家何许,远在丰台⑧种花处。
忍饥火急赴花期,每到花期敢虚度。
花出不待曙,花归倏已暮。
腰闲却少卖花钱,卧病妻儿犹待哺。

---

① 郭春浦,人名,广东顺德龙山镇人,作者的文友,曾任京官十年。
② 长安,古国都,上文已注,但这里指北京。
③ 龙山,地名,即现在的广东顺德龙山镇。
④ 当归,草药名,古人娶妻为生儿育女,当归调血是治疗女性疾病的良药,有想念丈夫之意,因此有当归之名。
⑤ 萱草,植物名,亦称忘忧草,传说食萱草能令人忘忧。
⑥ 只鸡,指古人携鸡酒到墓前行礼、祭亡友。出自曹操《祀故太尉桥玄文》:"殂逝之后,路有经由,不以斗酒只鸡过相沃酹,车过三步,腹痛勿怪。"
⑦ 林宗,人名,林宗,字思孝,号世梅,明朝常熟(今江苏常熟)人。与弟林完,俱隐居事学,并善楷隶,世称"二林先生"。
⑧ 丰台,地名,即现在的北京市丰台区,位于北京市西南,为北京4个近郊区之一。

青　镫

兰膏桂烛久消沉，似豆寒光逼漏深。
书卷十年窗下味，芭蕉一夜雨中心。
触屏倦仆惊新梦，隐几骚人照独吟。
可是儿时光景在，不堪回首忆从今。

即事有感

铸铁分明聚九州①，群儿撼树等蚍蜉。
早知命里逢磨蝎，始信人闲有休猴。
掉首漫回怜破甑，扪心差稳是虚舟。
持身转赖风涛恶。莫遣张衡只赋愁。②

题某翁课孙图③

以经教子启后昆，有子克家兼望孙。
谓父为师严且尊，惟师是祖尊可亲。
群英嬉嬉老人笑，绕常呫哔赓同调。
春花秋月满书堂，此中乐意谁能忘。
他年磨砻并成器，述祖应称谢公义④。

---

① 九州，中国的古称，不同时代有不同州名版本，一般指《禹贡》中冀州、兖州、青州、徐州、扬州、荆州、豫州、梁州、雍州。
② 张衡，历史人物。张衡（78—139），字平子，南阳西鄂（今河南南阳市石桥镇）人，东汉时期伟大的天文学家、数学家、发明家、地理学家、制图学家，诗人，汉朝官员。"张衡祇赋愁"，指张衡的文学作品，代表作"二京赋"，即《西京赋》《东京赋》两篇，张衡的诗作中，《四愁诗》是代表作。写于东汉顺帝永和二年（137）。
③《课孙图》，国画，内容教育下一代。此题材十分广泛。
④ 谢公义，历史人物。谢公义（385—433），字灵运，小名"客"，人称谢客。又以袭封康乐公，称谢康公、谢康乐。浙江会稽人，原为陈郡谢氏士族，东晋名将谢玄之孙，著名山水诗人。主要创作活动在刘宋时代，中国文学史上山水诗派的开创者。（山水诗，中国文学史上的一大流派。）

题友人杖策看山图①

品山如品人,贵选形与色。
看山如看文,不喜平与直。
谁欤获真赏,先生境亲历。
一枝老衲筇,几两谢公屐②。
踏破万点青,散得两眼碧。
衣振千仞冈,迳转百重石。
仙花解笑迎,白云落巾帻。
浩然乘长风,凌空生羽翼。
青山自古今,此兴今犹昔。
是谁写生手,剡纸不盈尺。
状君萧散心,触我烟霞癖。
庾岭③忆梅花,峡山④记鸿迹。
遥遥天外峰,廿载隔鸾掖⑤。
他日从君游,故山应可识。

---

① 《杖策看山图》,明代国画。作者蓝瑛,蓝瑛(1585—1664),字田叔,号蝶叟,晚号石头陀、山公、万篆阿主者、西湖研民,又号东郭老农,所居榜额曰"城曲茅堂",钱塘(今浙江杭州)人,明代杰出画家。浙派后期代表画家之一。工书善画,长于山水、花鸟、梅竹,尤以山水著名。其山水法宗宋元,又能自成一家。史载:师画家沈周,落笔秀润,临摹唐、宋、元诸家,师黄公望尤为致力。晚年笔力蓊苍劲,气象峻,有人许其与文徵明、沈周并重。
② 谢公屐,指谢公义(谢公义,上文已注)登山时穿的一种木鞋。鞋底安有两个木齿,上山去其前齿,下山支其后齿,便于走山路。
③ 庾岭,地名,即梅岭,上文已注。
④ 峡山,地名,中国有许多地方称峡山,这里指长江三峡两岸的山。
⑤ 鸾掖,宫殿边门,借指宫殿。南朝梁江淹《齐太祖高皇帝诔》:"襫缠鸾掖,悲赴紫扃。"

试院偶作

松声谡谡隔窗闻,锁院寒灯剔夜分。
过去敢忘辛苦地,清真①谁与正斯文。
双眸有力空千卷,三晋②多才自一军。
看到赏心人籁寂,满天明月净无云。

离晋省③作

束装晨发马萧萧,送客秋风水又凋。
挥腕残棋成半局,满怀山色是中条④。
来时路想人情厚,卸事官怜仆从骄。
独有感恩兼惜别,青衿无数拥星轺⑤。

---

① 清真,人名,即周邦彦。周邦彦(1056—1121),字美成,号清真居士,汉族,钱塘(今浙江杭州)人,北宋末期著名的词人,历官太学正、庐州教授、知溧水县等。精通音律,曾创作不少新词调。作品多写闺情、羁旅,也有咏物之作。格律谨严,语言典丽清雅,长调尤善铺叙,为后来格律派词人所宗,旧时词论称他为"词家之冠",著作有《清真居士集》。
② 三晋,山西省的别称。俗话说:三湘多杰,三秦多士,三晋多才,两广两江多物产。
③ 晋省,即山西省。
④ 中条,山名,即中条山,位于中国山西省西南部,黄河、涑水河之间。
⑤ 星轺,即使者所乘的车,亦借指使者。

庭有双燕来巢，询知土人曰拙燕也，感其命名因而赋之

缅彼翩翩燕，来自江海湄。
依我堂前帘，止我门上楣。
营巢力云瘁，哺子形亦疲。
世人名汝茁，语妙谁能窥。
天生物号万，智力无细微。
当其嗜好殊，有若跖与夷。
鸿鹄翔千仞，鹪鹩栖一枝。
凤凰择饮啄，鸡鹜争毫厘。
物情互趋舍，时论因高卑。
嗟尔任运心，讵类巧者为。
岂无孔雀舞，奋翼生光辉。
岂无鹦鹉言，舌巧身日肥。
而你独守拙，耻傍朱门飞。
双双秋社去，对对春风归。
鸱鸮不及吓，鹰隼不见危。
似亦得拙效，岂恤旁人非。
幸承主人爱，素心期莫违。

枝杨张氏妇妯娌皆食苦杏仁殉夫死，张翰山①前辈嘱作双烈诗

枝杨满芳杏，结实大如李。
下有烈妇张，茕茕妯与娌。
妇容与杏花，妇心如杏子。
子中之仁味何苦，妇食而甘期一死。
死者良足悲，彤死辄兴起。
吁嗟一门内，后武接前轨。
谁钦董狐笔②，采风补彤史③。

重阳日黄爱庐④铨部招同陶然亭⑤登高，余适有从弟之丧未能赴，爱庐有诗，因次其韵

佳节愁中强自宽，知君爽气满笔端。
才长漫说题糕怯，鬓短应怜落帽寒。
海雁⑥远来偏翼折，原鸰⑦感逝倍心酸。
瘦筇未得相随去，黄菊红茱眼倦看。

---

① 张翰山，历史人物，即张岳崧。张岳崧（1773—1842），字子骏，又字翰山、澥山，号觉庵、指山。广东定安人，今海南省定安县龙湖镇高林村人。清代探花，海南在科举时代唯一的探花，官至湖北布政使（从二品）。任职期间，革除各种陋规，四次受到皇帝召见，倡导并协助林则徐严禁鸦片。

② 董狐笔，董狐，人名，春秋晋国太史，亦称史狐。周太史辛有的后裔，因董督典籍，故姓董氏。据说今翼城县东的良狐村，即其故里。董狐秉笔直书的事迹，实开我国史学直笔传统的先河。

③ 彤史，古代宫中女官名。掌记宫闱起居等事。

④ 黄爱庐，人名，即黄乐之。黄乐之，字爱庐，广东顺德人。清嘉庆壬午年（1822）进士，铨部（主管盐官吏的部门）主事，出为贵州遵义府知府。善山水、兰竹，工花卉，笔意高雅。

⑤ 陶然亭，清代名亭，位于北京慈悲庵西部，现为中国四大历史名亭之一。清康熙三十四年（1695），工部郎中江藻奉命监理黑窑厂，构筑了一座小亭，取白居易诗《与梦得沽酒闲饮且约后期》"更待菊黄家酿熟，与君一醉一陶然"句中的"陶然"二字为亭命名。

⑥ 海雁，指家书，翼折，指作者从弟新丧。

⑦ 鸰，水鸟名，即脊令，亦称鹡鸰、原鸰。《诗·小雅·常棣》："脊令在原，兄弟急难。"喻兄弟友爱，急难相助。

烈女冯姑者，粤西苍梧①人也，年十六字②同邑罗生，未嫁而夫死，女闻丧哭，奔夫家，夫家故贫不纳，且请改字，女曰：吾何归，湘君招我矣，乃投江水死，家人求其骸不得，邑人哀之乃请旌焉

天教正气属钗裙，凤卜③才谐忽镜分。
泪冷苍梧愁帝子④，月寒江水溯湘君⑤。
芳兰⑥委地根犹浅，彤管⑦书名事蚤闻。
独恨贞魂长不返，暮潮终古咽斜曛。

题熊璧臣⑧自画团扇白牡丹⑨

最爱枝头白玉英，写生闲借墨勾成。
胭脂浣尔真无赖，风韵宜人却有情。
影入冰纨春自满，香流彩笔梦俱清。
芳华不竞羞时艳，雅淡何伤富贵名。

---

① 粤西苍梧，古地名，即现在的广西苍梧县。
② 字，意思是嫁。后文"且请改字"中的"字"同义。
③ 凤卜，指占卜佳偶，出自《左传·庄公二十二年》："初，懿氏卜妻敬仲。其妻占之。曰：吉。是谓凤凰于飞，和鸣锵锵。"
④ 帝子，即尧帝女娥皇、女英。古代传说中尧的两个女儿，也称"皇英"。长曰娥皇，次曰女英，姐妹同嫁帝舜为妻。舜父顽，母嚚，弟劣，曾多次欲置舜于死地，终因娥皇女英之助而脱险。后舜至南方巡视，死于苍梧。娥皇、女英往寻，泪染青竹，竹上生斑，因称"潇湘竹"或"湘妃竹"。娥皇、女英也死于湘江。自秦汉时起，湘江之神湘君与湘夫人的爱情神话，被演变成舜与娥皇、女英的传说。后世因附会称娥皇、女英为"湘夫人"。
⑤ 湘君，即湘夫人。详见注④。
⑥ 芳兰，植物，即兰花。古人常以喻君子。晋陆机《拟涉江采芙蓉》诗："上山采琼蕊，穹谷饶芳兰。"
⑦ 彤管，指文房四宝的笔，杆身漆朱，古代女史记事用，亦指女子文墨之事。
⑧ 熊璧臣，人名，即熊荩。熊荩，字璧臣，湖北天门市人。清朝官刑部主事。与许楗纂辑《刑部比照加减成案》一书，著作有《寄情草堂诗钞》。代表诗作：《送戴兰江观察赴任南河》："绣衣持节赋将离，几载秋曹得所师。治狱争夸于定国，浚渠还借邵当时。栽培南国棠千树，惆怅西风酒一卮。瓠子安澜频奏续，好凭双鲤寄相思。"
⑨ 团扇白牡丹，中国画的传统规格，对联、条幅、中堂等最常见，而扇画是其中一种。

题朱芝圃观察①芸馆集仙图②

忆昔十八登瀛③时，玉堂春暖吟新诗。
西清雅集续佳话，李侯④索我题图词。
弹指星霜逾廿载，几许风流与文采。
升沉聚散等浮萍，故人幸健须眉改。
朱君⑤念旧笃同年，看花记上大罗天⑥。
间从旧稿翻新本，二十三人如神仙。
传神一一识真面，月地云阶起缣寸。
班马同推柱下才⑦，渊云并属金闺彦⑧。
诸公勋业着旂常，中外敡历生辉光。
相期努力佐明圣，岂徒报国惟文章。
愧我中流引舟退，蓬山⑨偶到分鱼队。

---

① 朱芝圃，人名，即朱桓，字海谷，号芝圃，清广西临桂人。乾隆解元、进士。官为观察使。著作有《自适吟草》。观察，官名。
② 《芸馆集仙图》，古国画，作者朱芝圃。
③ 瀛，古地名，即瀛州，北魏太和十一年（487）于赵都军城（河北河间市）置瀛州，辖河间、高阳、章武三郡。
④ 李侯，人名，作者的文友。
⑤ 朱君，人名，即朱芝圃，上文已注。
⑥ 大罗天，道教三十六天最高一层，称大罗天。
⑦ 柱下才，官名，即御史。《史记张丞相列传》："苍，秦时为御史，主柱下方书。"
⑧ 金闺彦，指朝廷杰出的才士。出自南朝梁江淹《别赋》："金闺之诸彦，兰台之群英。"
⑨ 蓬山，即蓬莱山，是中国神话传说中的神山，常泛指仙境，是仙人居住的地方。《史记·封禅书》："自威、宣、燕昭使人入海求蓬莱、方丈、瀛洲，此三神山者，其傅在勃海中。"

谱末科名忝后尘，图中朋旧成前辈。

一从小谪向西曹⑩，坐迂守拙嗟徒劳。

自笑虞翻屯骨相⑪，容易冯唐⑫老鬓毛。

羡君持节七闽⑬路，回首仙山旧游处。

咫尺真堪万里论，一室时有群贤晤。

侧闻天子重高年，祕殿新图十五贤⑭。

此卷装池花嚆矢⑮，伫看襄鄂⑯摹凌烟。

---

⑩ 西曹，古官名。太尉的属官，执掌府中署用吏属之事。

⑪ 虞翻，人名，虞翻(164—233)，字仲翔，会稽余姚(今浙江余姚)人。三国时期吴国学者、官员。原会稽太守王朗部下功曹，后投奔孙策，自此仕于东吴。经学颇有造诣，尤其精通《易》学。骨相，指人的头部与人命运关系极大的九种骨相。相书《月波洞中记》曰："所谓九骨者，一曰颧骨，二曰驿马骨，三曰将军骨，四曰日角骨，五曰月角骨，六曰龙宫骨，七曰伏犀骨，八曰巨鳌骨，九曰龙角骨。"相学认为，此九骨丰隆耸起者为贵相之人。《后汉书·光武帝纪》谓光武帝刘秀："身长七尺三寸，美须目，大口，隆准，日角。"日角，即九骨之一。

⑫ 冯唐，人名，西汉时赵国中丘(今邢台内邱)人，后徙居西汉代郡(今张家口蔚县)，王勃的《滕王阁序》：冯唐易老，李广难封。"苏轼的《江城子·江神子·密州出猎》："持节云中，何日遣冯唐。"

⑬ 七闽，地名，指古代居住在今福建省和浙江省南部，因分为七族，故称。

⑭ 十五贤，佛教中十五位菩萨。

⑮ 嚆矢，指响箭。因发射时声先于箭而到，比喻事物的开端，犹言先声。

⑯ 襄鄂，古州名，襄，即湖北襄阳；鄂，湖北省的别称。

秋斋抒怀

十年飞鸟竟忘归,坐对庭莽树长围。
宦薄蚤知①随分足,才疏终觉与时违。
买田筑室谋应蚤,逆水牵船计本非。
况是故乡滋味好,秋风江上鲤鱼肥。

水 居

水国人家乐事偏,一官抛却笑年年。
灵均兰芷曾遗佩,社老桑麻尚有田。
潮长波桥虾入市,月明神步蚬飞天。
江头数尽斜阳渡②,又过前溪焙鸭船。

---

① 蚤知,意思是先知、预见。蚤,通"早"。《管子·七法》:"故事无备,兵无立,则不蚤知。"《史记·乐毅列传》:"蚤知之士,名成而不毁,故称于后世。"
② 斜阳渡,作者自注:渡,土语呼夜航船为渡。

禾 稻

晓闻人语出溪烟,二月水秧水浸田。
落日潮归三板艇,好风遥送一犁鞭。
登场几见闲鸡犬,入室还乡剩米钱。
漫说老农吾不若,雨晴心在稻粱先。

花 木

戎子何时别月支,南方草木状多奇。
长年暖见青青叶,镇日香生处处枝。
千尺木棉云似火,满林梅蕊雪侵肌。
菊城酒与花田月[①],共道繁华胜旧时。

饮 馔

日食何须侈万钱,村居时得餍馋涎。
霜刀缕切银鲈细,夜火闲煨玉笋鲜。
苦茗啜来春草岸,香醪醉罢菊花天。
欣然一饱成高卧,可物浮云过我前。

嘉 果

杨梅庐橘漫争长,崖密输甜是蔗浆。
五月荔枝悬小绿,三秋龙眼剥黄皮。
金梳熟透芭蕉雨,玉脑园闻橘柚香。
瘴海蛮烟风土旧,红潮满颊醉槟榔。

[①] 菊城、花田,广东地名,菊城,中山市小榄镇,又名菊城,位于珠江三角洲中部,省中心镇,历来栽种菊花传统。花田,即花地,位于广州城区西南,属芳村区,原是河滩草坦地。从明代起居民开荒植花,初名"花埭"(埭、地同音),后称花地。

海 船①

楼船万斛虎门②东，被发侏俪尽绿瞳。
望气久依中国日，宣威谁制外夷风。
三千海市珊瑚窟，十二琼楼锦绣丛。
为道圣朝轻宝物，不须珠泪泣鲛宫③。

山 川

信美湖山奈远何，南云回首旧游多。
罗浮④翠羽梅花梦，珠海⑤银灯竹叶歌。
峡寺钟寒猿洞月，⑥ 江楼风揭鼎湖波。⑦
登临有兴成追忆，聊把新诗入醉哦。

石壁舟次⑧

水石居然小画图，晚烟凉月一舟孤。
津亭旅泊经多少，乡梦今宵得似无。

---

① 海船，指洋船，从欧美开来的商船、战舰。
② 虎门，地名，位于东莞市西南，珠江口的东岸。
③ 鲛宫，即鲛室。鲛，鲛鱼，即鲨鱼。鲛人，神话传说中生活在海中，其泪珠能变成珍珠。
④ 罗浮，即罗浮山，上文已注。
⑤ 珠海，即珠江河，上文已注。
⑥ 峡寺、猿洞，即清远的古迹和景点，上文已注。
⑦ 江楼，即三十六江楼，位于三水河口魁岗文塔南面北江边，建于清道光四年（1824）正月。当时，两广总督阮元驻梧州，而肇庆、广州皆有行署。他乘船经过三水，登楼览胜，题名为"三十六江楼"，并写《登三十六江楼》诗。（三十六江是指北江支流9条及西江支流27条）。鼎湖，即肇庆鼎湖，七星岩。上文已注。
⑧ 舟次，意思是指在乘船的路上。

过依绿小园① 四首

(一)

骚客何年置钓矶,② 萧萧黄叶半江飞。
春风骑马长安③去,闲却渔竿挂夕辉。

(二)

上苑④看花忆故乡,头衔那羡校书郎⑤。
烟蓑雨笠生涯好,三泖⑥重寻旧日庄。

---

① 依绿小园,一所特别的私家园林。
② 骚客,指严子陵,即严光。严光,字子陵,浙江会稽余姚(今宁波余姚市)人,东汉著名隐士。少年时很有才气,与刘秀(汉光武帝)是同学好友。刘秀后来登基,想起严子陵,便多次征召其为谏议大臣。严子陵实在推诿不过去了,终于来到洛阳。为当朝宰相侯霸所嫉,导演了一出所谓"夜客星犯帝座"事件,严子陵目睹到小人的倾轧,官场的险恶,便执意不再留下,悄然离开洛阳,隐居于富春山下,终老于林泉间。钓矶,位于富春江。出雁荡山西洞,经幽深之九曲岭,下来便是鸣玉亭。亭前矴步边溪岩上,有"锦水流丹"四个隶书。一侧,有一块10多平方米的大磐石,高出水面约5米,近水处刻有"钓矶"二字,历代名人题咏颇多。这就是严子陵的钓台。
③ 长安,古国都,上文已注。
④ 上苑,即上林苑,位于长安城,汉武帝刘彻于建元二年(前138)在秦代的一个旧苑址上扩建而成的宫苑,规模宏伟,宫室众多,有多种功能和游乐项目。
⑤ 校书郎。官名,职能:掌校典籍,订正讹误。东汉朝廷藏书于东观,置校书郎中。后魏秘书省始置校书郎,唐秘书省与弘文馆皆置,宋秘书省,辽属秘书监著作局,金、元属秘书监。元并掌鉴定书画。
⑥ 三泖,即泖湖,古湖名,位于上海市松江区西部,有上、中、下三泖。现已淤积为田。清邵在衡《江南行》:"江南地本神皋区,吴淞三泖似画图。"

(三)

一带垂杨水阁寒,渔樵近与酒杯宽。
雕菰饭滑蓴丝孰,四十鲈鱼齐上竿。

(四)

远山点点翠如螺,秋水依然鸭绿波。
何日南湖①同泛棹,拍残铜斗②和高歌。

---

① 南湖,湖名,这里指嘉兴南湖,位于浙江省嘉兴市城东南部,古代名滮湖、马场湖,又名东湖、东南湖。近代雅称鸳鸯湖。后晋天福年间(936 — 941),吴越国王钱镠第四子广陵王钱元镣任中吴节度使时,在湖畔筑"登眺之所"后,才逐渐成为游览胜地。历代著名文学家、诗人,都慕名来游,吟咏不绝。

② 拍残铜斗,铜斗,铜制的方形有柄的器具,用以盛酒食。"拍残铜斗"一语出自唐孟郊《送淡公》诗之三:"铜斗饮江酒,手拍铜斗歌。"

题云客①老前辈塞外从军遗照 三首

（一）

桂馆②分符踏瘴云，长缨短后更从军。
貔貅万灶灶鸿渚，待食人争拜使君。

（二）

净埽欃枪斩巨鳌，安边伟略出词曹③。
归来重点兰亭④笔，自蘸龙煤注豹韬。⑤

（三）

词馆⑥文章忆旧型，五羊曾见一麾⑦停。
郎今父老思遗爱，喜得棠阴在鲤庭。⑧

---

① 云客，云游四方的人，指隐者或出家人。
② 桂馆，汉宫馆名，在古都长安。汉武帝造以迎神。后以桂馆泛称道观。
③ 词曹，指文学侍从之官，亦借指翰林。
④ 兰亭，位于浙江省绍兴市西南的兰渚山下，东晋著名书法家王羲之的寄居处，这一带崇山峻岭，风景秀丽。相传春秋时越王勾践曾在此植兰，汉时设驿亭，故名兰亭。
⑤ 龙煤，指龙脑香焚烧后的余烬。豹韬，古代兵书《六韬》篇名之一。相传是周朝吕尚(号太公望)所撰。
⑥ 词馆，即翰林院。
⑦ 一麾，古时外任的代称。
⑧ 棠阴，地名，即棠阴镇，位于千年古邑的宜黄县东南山区，始建于宋仁宗天圣九年(1031)。唐末五代时，四川节度使吴氏宣后裔吴竦定居此地，遍植甘棠树，茂然成荫，故名棠荫。鲤庭，《论语·季氏》载：孔鲤"趋而过庭"，遇见其父孔子，孔子教训他要学诗、学礼。后因以"鲤庭"谓子受父训之典。上文已注。

读李又泉①晚香馆诗集②有见怀之作，追念昔游感而成咏即寄又泉

焚香把酒诵君诗，一卷清新绝妙辞。
廿载雪泥③成往梦，三秋云树④寄遐思。
滥竽⑤人海空苍鬓，负笈生徒几素丝。⑥
忆昨扁舟劳过访，江风留客送帆迟。

浮香馆⑦赏菊示舍弟仰桓⑧

水竹村居特地幽，万花荄处又深秋。
归来此景宜陶令⑨，唱和何人似子由⑩。
佳色定从缣素写，淡香还向锦囊收。
独惭老我双丝鬓，未肯随人强插头。

---

① 李又泉，人名，清代岭南诗人，作者的文友。
② 《晚香馆诗集》，古书籍，作者李又泉。
③ 雪泥，成语，即雪泥鸿爪，比喻往事遗留的痕迹。上文已注。
④ 三秋云树，比喻朋友阔别思隔。唐白居易《早春西湖闲游怅然兴怀寄微之》诗："云树分三驿，烟波限一津。翻嗟ьь步隔，却厌尺书频。"
⑤ 滥竽，成语，即滥竽充数，指不会吹竽的人混在吹竽的队伍里充数。比喻无本领的冒充有本领。出自《韩非子·内储说上》："齐宣王使人吹竽，必三百人。南郭处士请为王吹竽，宣王说之，廪食以数百人。宣王死，湣王立，好一一听之，处士逃。"
⑥ 负笈，古语词，谓背笈（书箱）游学。生徒，古代的科举制度中，考生一般有两个来源，一个是生徒。另一个是乡贡。由京师及州县学馆出身，而送往尚书省受试者叫生徒。素丝，比喻白发。出自唐李贺《咏怀》之二："日夕着书罢，惊霜落素丝。"
⑦ 浮香馆，私家馆所，位于广东顺德大良，已不存。
⑧ 仰桓，人名，即龙元份。龙元份（1801—1881），字仰桓，号均如，龙廷槐六子，广东顺德大良人，资政大夫。顺德县学贡生，儒学教谕，奉直大夫，光录寺署正加二级，貤封文林郎，太常寺博士，貤封儒林郎，叠封奉政大夫，布政使司理问，提举衔，詹事府主簿，晋赠资政大夫，福建候补同知、运同衔加五级。书法家，书法作品行书七言联现藏广东省博物馆，2004年广东历代书法展展出该作品。
⑨ 陶令，即陶渊明，上文已注。
⑩ 子由，人名，即苏辙。苏辙(1039—1112)，字子由，眉州眉山(今属四川)人，宋朝著名散文家，唐宋八大家之一，与父洵、兄轼齐名，合称三苏。嘉祐二年(1057)与其兄苏轼同登进士榜。宋神宗时，为制置三司条例司属官。因反对王安石变法，出为河南推官。宋哲宗时，召为秘书省校书郎。元祐元年为右司谏，历官御史中丞、尚书右丞、门下侍郎，因事忤哲宗及元丰诸臣，出知汝州、再谪雷州安置，移循州。徽宗立，徙永州、岳州复太中大夫，又降居许州，致仕，自号颍滨遗老。卒，谥文定：子由诗，是苏轼借寄子由之名，抒发自己对社会政治不满的作品，有的体现苏轼旷达的人格；有的描写兄弟之间的情意，数量不少。

东坡①有集渊明②归去来辞③诗，余读桃花源记④喜其语，聊复效之得诗 八章

（一）

异境忽然得，相忘晋魏⑤前。

溪山此开豁，草树自芳鲜。

种竹初缘舍，开花欲作田。

不知源口外，仿佛尚通船。

---

① 东坡，即苏东坡，上文已注。

② 渊明，即陶渊明，上文已注。

③ 归去来辞，辞赋作品名，作者东晋陶渊明，作于作者辞官归田之初，属述志作品，文中着重表达了作者对黑暗官场的厌恶和鄙弃，赞美农村的自然景物和劳动生活，也显示了归隐的决心。

④《桃花源记》，作品名，作者东晋陶渊明，作于永初二年(421)，即南朝刘裕弑君篡位的第二年。以武陵渔人进出桃花源的行踪为线索，按时间先后顺序，把发现桃源、小住桃源、离开桃源、再寻桃源的曲折离奇的情节贯串起来，描绘了一个没有阶级，没有剥削，自食其力，自给自足，和平恬静，人人自得其乐的社会，是当时的黑暗社会的鲜明对照，是作者及广大劳动人民所向往的一种理想社会，它体现了人们的追求与向往，也反映出人们对现实的不满与反抗。《桃花源记》原文：晋太元中，武陵人捕鱼为业。缘溪行，忘路之远近。忽逢桃花林，夹岸数百步，中无杂树，芳草鲜美，落英缤纷。渔人甚异之。复前行，欲穷其林。林尽水源，便得一山。山有小口，仿佛若有光。便舍船，从口入。初极狭，才通人。复行数十步，豁然开朗。土地平旷，屋舍俨然，有良田美池桑竹之属。阡陌交通，鸡犬相闻。其中往来种作，男女衣着，悉如外人。黄发垂髫，并怡然自乐。见渔人，乃大惊，问所从来。具答之。便要还家，设酒杀鸡作食。村中闻有此人，咸来问讯。自云先世避秦时乱，率妻子邑人来此绝境，不复出焉，遂与外人间隔。问今是何世，乃不知有汉，无论魏晋。此人一一为具言所闻，皆叹惋。余人各复延至其家，皆出酒食。停数日，辞去。此中人语云："不足为外人道也。"既出，得其船，便扶向路，处处志之。及郡下，诣太守，说如此。太守即遣人随其往，寻向所志，遂迷，不复得路。南阳刘子骥，高尚士也。闻之，欣然规往，未果，寻病终。后遂无问津者。

⑤ 晋魏，中国历史上的两个时期。

（二）

俨得高人乐，桑田自种之。
有家还汉土，出世远秦时。
市邑随所往，山林欲自怡。
花开花落处，不遣外人知。

（三）

闻道来渔者，山前日落初。
为欣林有果，不叹食无鱼。
避世人何远，随家地有余。
舍船从此去，花草自纷如。

（四）

行行远林尽，草屋出花溪。
寻步初惊犬，相邀各具鸡。
垂髫来小子，行酒得山妻。
此日通芳讯，焉知津路迷。

（五）

一惊还一乐，相见各欣欣。
世外无穷语，山中得具闻。
往来何数数，酒食太纷纷。
此日论交地，人闲不足云。

（六）

酒后忽言去，相辞源外行。
路穷知水近，山尽见林平。
草陌闲停步，花溪自落英。
弄时从问讯，知有世人惊。

（七）

为言桃尽处，中有太平人。
衣食土田足，往来男女亲。
问花先得路，指树即知津。
便欲寻源去，相随避世尘。

（八）

欣从源口入，不复得山光。
此境知何处，渔人相与忘。
花还开远岸，路忽隔南阳①。
一叹人闲世，无言草自芳。

---

① 南阳，地名，位于河南省西南部、豫鄂陕三省交界地带，因地处伏牛山以南、汉水以北而得名。

题胡彤阶①柳波春饯图②

春波渺渺杨柳青，行人系缆桥东亭。
一江明月照瑶席，千觞美酒翻银瓶。
龙渊夜作冲斗气，鹏翼③远刷摩云翎。
明年我亦思买棹，九江④风起潮扬舲。

感　秋

重来添得满头霜，白发丝丝尔许长。
自是感秋同一例，黄鸡催晓为谁忙。

---

① 胡彤阶，人名，广东顺德人，清代画家。
② 《柳波春饯图》，国画，作者胡彤阶。
③ 鹏翼，比喻仕途显达者。
④ 九江，地名，指广东南海九江。

送凌东园①同年出守浙江② 二首

（一）

久从鱼队战谈锋，领郡新看五马雄③。
上第蚤登杨子④阁，颁春又到越王宫⑤。
湖山胜合来仙吏，侍从人犹惜长公⑥。
怅我远来君复去，谁将雪爪问飞鸿。

---

① 凌东园，人名，即凌泰封。凌泰封（1783—1856），字瑞臻，号东园，安徽省定远县人。幼时聪颖，九岁能诗，十四岁入郡庠，清嘉庆九年（1804）举人，清嘉庆十年（1805）进士，廷试一甲第二名，授编修，官至翰林院侍读、侍讲。道光年间，初任宁波，后补湖州。

② 浙江，地名，即浙江省。

③ 五马雄，地名，指温州市五马街，古时五马街日夜都听见一阵阵"得得得"马蹄音。原来这里住着一个打草鞋的老人。老人屋外有一块石头，他把草放在这块石头上捶软。石头青色，捶得长久了，光溜溜，蛮好看。一日，来了一位采宝客，用五两银子要买下这块石！老人舍不得卖。采宝客走了。老人不放心，怕石头被人偷去了，就把石头搬到屋里来。过了三日，采宝客又登门求买，还带来更多的银两，当他见到石头，大吃一惊："完了！"原来这是块五马石，石头放在外面，马日日有露水喝，又吃了日日捶的草，所以长得活泼健壮。把石头搬到屋里，五匹马没喝没吃，死了。采宝客把石头一翻，石头上果真有五匹马的影子，只是不动了。之后，人们称老人住过的这条街为五马街，直到现在。

④ 杨子，人名，即杨朱，字子居，战国时期魏国（今河南开封市）人，先秦哲学家。反对儒墨，尤其反对墨子的"兼爱"，主张"贵生""重己"，重视个人生命的保存，反对他人对自己的侵夺，也反对自己对他人的侵夺。

⑤ 越王宫，古宫殿，位于泉州市惠安县辋川古城东北侧，烟楼山下。

⑥ 长公，人名，即苏轼（苏东坡），苏轼是长子，其诗文浑涵光芒，雄视百代，当时尊之为长公。

(二)

萧然琴鹤①自之官,满载行李半赠言。
害马须除先太甚,哀鸿望抚济宜宽。
玺书伫待征龚遂,②骥足何妨屈士元。③
他日朝天劳过访,故人多少尚金门④。

---

① 琴鹤,史载:宋朝赵抃的心爱之物。赵抃(1008—1084),字阅道,宋衢州西安(今浙江衢州市)人。景祐元年(1034)进士,任殿中侍御史,弹劾不避权势,时称"铁面御史"。平时以一琴一鹤自随。
② 玺书,古代以泥封加印的文书。龚遂,人名,古代名臣,上文已注。
③ 骥足,比喻高才。士元,人名,即庞统。庞统(179—214),字士元,襄阳(治今湖北襄阳)人。东汉末年刘备帐下谋士,官拜军师中郎将。才智与诸葛亮齐名,道号"凤雏"。在进围雒县时,率众攻城,不幸被流矢击中去世。
④ 金门,地名,这里指苏州市金门,位于城西,阊门之南,苏州市文物保护单位。

成兰生①同年守宁夏②，有记恩诗，次韵赠行

当年上考着循声，剧郡今看再典城。③
敢把乌私陈李密，④ 佇堪边事付杨荣⑤。
西湖⑥故老思遗爱，东观⑦群公识旧名。
此去秋田农事急，好将刀剑换锄耕。

---

① 成兰生，人名，即成世瑄。成世瑄（1790—1842），字师薛，号琨圃，亦号兰生，清朝贵州石阡府人，嘉庆九年（1804）府试第一名，院试考取生员，旋补廪生。嘉庆十八年（1813）选拔贡并乡试中举人。嘉庆二十二年(1817)赴京会试，中第14名进士，入翰林院进修为庶吉士。嘉庆二十四年（1819）授翰林院编修，供职司空署。道光二十年（1840）任江宁（今南京）布政使司。

② 宁夏，即宁夏回族自治区。

③ 剧郡，即大郡，政务繁剧的州郡。宋苏轼《送钱藻出守婺州》诗："老手便剧郡，高怀厌承明。"典城亦作典成，主掌诉讼案件。《韩非子·难三》："不任典成之吏，不察参伍之政，不明度量，恃尽聪明，劳智虑，而以知奸，不亦无术乎？"

④ "敢把乌私陈李密"句作者自注：谢恩，日上问从亲年并能迎养否。李密，人名，李密（224—287），字令伯，一名虔，犍为武阳（今四川省眉山市彭山县）人，西晋文学家。初仕蜀汉，后仕西晋。李密有《陈情表》流传于世，被传颂为孝道的典范。

⑤ 杨荣，人名，杨荣（1371—1440），初名子荣，字勉仁，建安（今福建建瓯）人。建文二年（1400）进士，被授予翰林院编修。永乐十六年（1418）当朝首辅。史载：其性警敏通达，善于察言观色。在文渊阁治事三十八年，谋而能断，老成持重，尤其擅长谋划边防事务。然而由于其恃才自傲，难容他人之过，与同事常有过节，并且还经常接受边将的馈赠，因此往往遭人议论。杨荣既以武略见重，又有文才，著作有《训子编》一卷、《北征记》一卷、《两京类稿》三十卷、《玉堂遗稿》十二卷。

⑥ 西湖，即杭州西湖，上文已注。

⑦ 东观，东汉洛阳南宫内观名。明帝诏班固等修撰《汉记》于此，书名：《东观汉记》。章和二帝时为皇宫藏书之府。后称国史修撰之所。

偕李梦韶①饯黄星溪②侍御于徐仲升③寓斋，壁上有东波④残帖四十字，各集一诗，赠行同席毛苻邨⑤、许藕舲⑥两同年

我来孤月生，尊酒为君浮。
君似东西水，湖天一夜舟。

兰生⑦将出都辱承惠赠，再次前韵赋谢

秋风吹送唱骊声，旧雨苔岑感渭城。⑧
未许兼金⑨辞北郭，也依广厦向南荣⑩。
买花沽酒从今日，载石还珠自昔名。
索米长安知不易，特分清俸当躬耕。

---

① 李梦韶，人名，即李钧。李钧，字梦韶，河北省河间人，初守洛阳，后移开封，擢监司，升廉使，官至刑部左侍郎，顺天府尹。
② 黄星溪，人名，作者的同僚。
③ 徐仲升，人名，即徐广缙。徐广缙(1786—1858)，字仲升，又字靖侯。河南鹿邑人，清朝大臣。嘉庆进士。历任编修、御史、陕西榆林知府、福建按察使、顺天府尹官、四川布政使、广东巡抚等职。著作有《思补斋自订年谱》。
④ 东波，人名，即苏东坡，上文已注。
⑤ 毛苻邨，人名，即毛树棠。毛树棠，字苻邨，河南武陟人。嘉庆十年(1805)翰林，官盐场侍郎。工书，有临醴泉铭。著作有《瓯钵罗室书画过目考》。
⑥ 许藕舲，人名，即许宗濂，号藕舲，江苏省丹阳人，清代进士。
⑦ 兰生，人名，即成兰生，上文已注。
⑧ 苔岑，词，出自晋郭璞《赠温峤》诗："人亦有言松竹有林。及余臭味异苔同岑。"后以"苔岑"指志同道合的朋友。渭城，地名，位于陕西省咸阳市南部，关中盆地中部，秦都以东，渭河以北。
⑨ 兼金，词，古代金银铜通称金，兼金的价值倍于常金，亦指多量的金银钱帛。
⑩ 南荣，指南方之地。《楚辞·王褒〈九怀·思忠〉》："玄武步兮水母，与吾期兮南荣。"

得旨降二阶以中允补用叠前韵示毛苇邨①李郁堂②保兰阶③三学士

音孤谁敢泛枯桐④，御笔亲裁较拙工。
宦海波沉怜旧雨⑤，仙山云散感秋风。
文章尚许迁瀛岛⑥，身世依然寄阆蓬。
莫笑倒绷⑦嗟困顿，夺标曾到九霄中。

大考翰詹⑧余列三等引见后旨感赋

钧天一奏竞丝桐，挟瑟徒怜曲未工。
树老逢秋惊落叶，⑨花飞无力挽回风。
官凭改去同吟草，人合归来叹转蓬。
记否梦婆当日语，真仙也在劫尘中。

---

① 毛苇邨，人名，上文已注。
② 李郁堂，人名，即李煌。李煌(1792—1848)，字郁堂，昆明人。嘉庆二十一年（1816）进士，历官户部左侍郎。书法米元章而变之，行笔飞舞，有龙腾之势。
③ 保兰阶，人名，作者的同僚。
④ 枯桐，乐器名，即焦尾琴，《后汉书·蔡邕传》："吴人有烧桐以爨者，邕闻火烈之声，知其良木，因请而裁为琴，果有美音，而其尾犹焦，故时人名曰'焦尾琴'焉。"后以"枯桐"为焦尾琴。
⑤ 旧雨，即词组旧雨重逢，杜甫《秋述》："卧病长安旅次，多雨……常时车马之客，旧，雨来，今，雨不来。"比喻老朋友。
⑥ 瀛岛，即瀛洲，古代神话中仙人居住的地方。
⑦ 倒绷，成语，接生婆把初生婴儿裹倒了。比喻一向做惯了的事因一时疏忽而弄错了。
⑧ 翰詹，翰林、詹事的合称。
⑨ "树老逢秋惊落叶"句作者自注：大考题为落叶赋。

遣怀 二首

（一）

世事随流水，吾生信道穷。
积薪饴脱颖，阵桥剑藏丰。
漫说悬秦镜①，相看失楚弓②。
文章真小技，自首悔雕虫。

（二）

最是楼台好，三霄③得月多。
新妆惊嫫母④，旧曲厌嫦娥⑤。
竟说升天句，空闻斫地歌。
寸心千古事，岂为惜蹉跎。

---

① 秦镜，亦作"秦鉴"。传说秦始皇有一方镜，能照见人心的善恶。
② 楚弓，详看《西郭子与蜀杰元论楚弓》：楚共王出猎而还，察遗弓，左右请返求之。共王曰："止。楚人失之，楚人得之，又何求焉？"孔子闻之曰："惜乎其不大。人失之，人得之，何必楚也。"老聃闻之曰："尚小。去其人可也。失之，得之，尽自然也。"惠施闻之，曰："亦有不足。失之，得之，有胸怀，然又何必说！"
③ 三霄，即仙女三霄娘娘，传说很久以前，云霄、碧霄、琼霄三位仙女在碣石山上的碧霞宫里修行。她们采天地灵气，集日月精华，不仅练就了一身好武艺，还炼成了两件宝贝，一件是金蛟剪，一件是混元金斗。
④ 嫫母，又名丑女，封号。五千年前，黄帝为了制止部落"抢婚"事件，专门挑选了品德贤淑、性情温柔、面貌丑陋的丑女（封号嫫母）作为自己第四妻室。黄帝说："重美貌不重德者，非真美也，重德轻色者，才是真贤。"
⑤ 嫦娥，仙女，上文已注。

潘小衰①比部以比目鱼见惠率成长句致谢

我闻岭南人，②嗜鱼十八九。

东坡纪粤俗，③鱼虾处处有。

我家鉴水④滨，窟宅蛟龙薮。

五年返乡国，烟波成钓叟。

晨羞饫河豚，夕膳甘海母。

脍鲻啖其腴，羹鱐去其丑。

自从京邸来，冯谖弹铗⑤久。

莫解饥鳄馋，空伸染鼋手。

分甘故人意，晨饷腮贯柳。

云是比目鱼，一一细分剖。

东海厥名鲽，瑞立出不苟。

别号为王余，比行若匹耦。

兹鱼岂其俦，锐尾而丰首。

---

① 潘小衰，人名，即潘楷。潘楷（1793—1862），号小衰，广东顺德人，嘉庆二十三年（1818）举人，道光九年（1829）进士，历官刑部官员。咸丰九年（1859）致仕，主讲凤山书院，著作有《驯鹤墅文集》《驯鹤墅诗钞》。
② 岭南，地名，上文已注。
③ 东坡，即苏东坡，上文已注。粤，广东的别称。
④ 鉴水，河流名，在顺德，上文已注。
⑤ 冯谖弹铗，冯谖，人名，孟尝君门客。冯谖弹铗，成语，即冯生弹铗，据《战国策·齐策四》载：齐人冯谖为孟尝君门客，不受重视。冯三弹其铗而歌，一曰："长铗归来乎！食无鱼！"二曰："长铗归来乎！出无车！"三曰："长铗归来乎！无以为家！"

身长尺有咫,布指厚于拇。
颇类吾粤产,水中贴沙走。
方言各有名,名同实则否。
可以钓于渊,未易取诸笱。
偶从燕市得,献之为君寿。
余闻感且惭,珍馈等琼玖[6]。
搜得复精核,笺注详某某。
嗟余赖于鱼,水府但株守。
顷者京辅饥,生计窘升斗。
而我窃廪禄,甘芳不脱口。
熊鱼竟许兼,莼鲈乃得偶。
胡为负将军,美意辜良友。
拜登付厨人,起斫忙灶妇。
汤泉[7]洁鼎铛,盐豉发罂瓿。
烹成不遽餐,且复归谋酒。

---

[6] 琼玖,指美玉。《诗·卫风·木瓜》:"投我以木李,报之以琼玖。"
[7] 汤泉,即温泉。宋苏轼《咏汤泉》:"郁攸火山裂,䎹沸汤泉注。"

题李梦韶①同年小照

一别春光已十年，披图故我尚依然。
江天景色随行步，须鬓风流拟谪仙②。
剖竹东都今召伯③，浮槎南海昔张骞④。
忆曾满把江亭盏⑤，恨不同登载酒船。

咏 梅

记得罗浮⑥种，挥毫吐玉英⑦。
幽兰有真契，添尔岁寒盟。
对雪朝吟日，围炉夜话时。
诗情兼酒意，只有此花知。

① 李梦韶，人名，上文已注。
② 谪仙，意思是被贬值到凡间的诗人，这里指李白，李白，唐代大诗人，上文已注。
③ 召伯，人名，召伯，即姬奭。姬奭，世称召伯（其采邑在召），亦曰邵公，召康公，周文王之子，周武王、周公旦之同父异母弟。周朝的一个好施德政的政治家。他曾佐周武王灭商，周成王时，召公任太保，周朝三公（太师、太傅、太保）之一，也是文、武、成、康四朝元老，曾同周公旦一起平定武庚之乱，他常巡行乡邑，曾在甘棠树下决狱治事，在他的治下，"自侯伯至庶人各得其所，无失职者"。《诗·召南》有《甘棠》篇记其事，后因以"召棠"为颂扬官吏政绩的典故。
④ 张骞，历史人物，张骞（前164—前114），字子文，汉中郡城固（今陕西省城固县）人，中国汉代卓越的探险家、旅行家与外交家。著名的活动是通西域，从西域诸国引进了汗血马、葡萄、苜蓿、石榴、胡桃、胡麻等。
⑤ 江亭盏，指王勃的诗《江亭夜月送别》："乱烟笼碧砌，飞月向南端。寂寞离亭掩，江山此夜寒。"作者王勃。王勃（650—676），字子安，绛州龙门（今山西万荣）人，唐代诗人。与于龙以诗文齐名，并称"王于"，亦称"初唐二杰"。
⑥ 罗浮，地名，即罗浮山，上文已注。
⑦ 玉英，花之美称。

题听涛仙馆图[①]

一夕蛟龙走,萧萧风满林。
寒声天外落,幽意静中深。
并坐有佳客,兴来成短吟。
披图起清籁,触我故园心。

[①] "听涛仙馆图",国画,作者谢退谷,福建人,南庠教谕。听涛仙馆,别墅,主人叫伍元华,字良仪,号春岚,清代南海(今广州)人,候选道员,善画能诗,著作有《延晖楼吟稿》。筑听涛楼于万松山麓(今广州前进路)。收藏甚富。

龙元僖 一首

作者简介 龙元僖（1809—1884），字仰为，号兰簃，龙应时之孙、龙廷槐之侄，广东顺德大良人，清朝道光十二年（1832）壬辰科举人，道光十五年（1835）进士，选庶吉士，授翰林修编。历官国子监祭酒、大常寺卿、贵州乡试主考官。史载：咸丰七年（1857）冬，与罗惇衍、苏廷魁，奉旨督办广东团练，执掌广州地区各县反侵略武装领导权。著作有《介石斋文钞》《顺德团练团碑》等。

大良义仓①成立志喜

（一）

昆虫务重已多年，镜里头颅也皓然。
于我何求徒竭蹶，干卿何事强并肩。
崎岖谬揽澄清辔，汗漫虚乘大愿船。
自笑迂疏还自慰，天仓今照五峰巅。

---

① 大良义仓，大良，地名，位于广东顺德区。大良义仓，史载：龙元僖热心公益，曾借用青云文社公款设立顺德团练总局，以备战争之需。此外，修筑破旧堤围，疏通河道，不遗余力。光绪十年，他经营多年的大良义仓成立，这是他花费晚年最大心血的公益事业，因此他在当天赋诗志喜。

龙景劢 一首

作者简介 龙景劢（1805—1870），字赞英，号石琴，第三代园主龙元任之侄，举人。贡生，道光甲午（1834）科举人，议叙国子监监丞，截选知县，加同知衔，诰授奉政大夫。著作有《龙景劢诗钞》。

题渊明采菊图[1]

烈士如苍松，高人比修竹。
苍松耐岁寒，修竹远尘俗。
晚节古人心，渊明[2]独爱菊。
落落东篱花，孤芳赏幽独。
三径彭泽[3]居，五柳先生[4]屋。
平生重出处，高尚隐深谷。
淡泊爱吾庐，折腰[5]却食肉。
柏台[6]笔一枝，秋容秀可掬。
万里写相思，素心在尺幅。
珍重此丹青，我当离骚[7]读。

---

[1] 作者原序：先祖春岩公（即龙廷槐，上文已注。）居官介正，时权相欲置门下不就，因以告养，筑小方园奉母。彰其孝也。悬车南归日，门人蒋侍郎持画渊明采菊图以赠，今越卅载，重展此帧有怀。《渊明采菊图》，国画，龙廷槐门人蒋侍郎赠送给龙廷槐。
[2] 渊明，人名，即陶渊明，东晋末期南朝宋初期诗人、文学家、辞赋家、散文家。上文已注。
[3] 三径彭泽，意思是：陶渊明淡泊功名，为官清正，不愿与腐败官场同流合污，再次出任彭泽县令。到任八十一天，碰到浔阳郡派遣督邮来检查公务，浔阳郡的督邮刘云，以凶狠贪婪闻名远近，每年两次以巡视为名向辖县索要贿赂，否则栽赃陷害。陶渊明不为五斗米折腰，挂冠而去，辞职归乡。
[4] 五柳先生，人名，即陶渊明。陶渊明，字符亮，号五柳先生。
[5] 折腰，出自陶渊明，在贪婪的督邮刘云面前，陶渊明叹道："我岂能为五斗米向乡里小儿折腰。"
[6] 柏台，御史台的别称。汉御史府中列植柏树，常有野鸟数千栖其上。事见《汉书朱博传》。后因以柏台称御史台。清时亦称按察使（臬台）为柏台。
[7] 离骚，诗名，作者屈原，上文已注。

龙景灿 一首

作者简介 龙景灿(1815—1881),字赞宣,号小农,龙廷槐之孙、龙元任之子,清晖园第四代园主,荣禄大夫。贡生,通政使司经历,诰赠奉政大夫,分部郎中,晋赠荣录大夫三品衔加四级。史载:为人乐善好施,捐田瞻族,接济贫困。

恭读大人①从役西陵之作

黾勉于王役,遄征敢告劳。
宫花②迎翠辇,禁柳③拂青袍。
小雨因春发,微云近日高。
幸趋庭训暇,侍笔纪诗毫。

---

① 大人,作者父亲,即龙元任,上文已注。道光四年(1824)龙元任作《将役,西陵示子景灿》,作者回书作该诗。
② 宫花,指皇宫庭苑中的花木。
③ 禁柳,指宫中或禁苑中的柳树。

龙景欢 二首

作者简介 龙景欢（1837—1907），字赞宸，号笙陔，龙元僖长子，举人。广州府学附贡生，清朝同治三年(1864)甲子科举人，候选道尹加二级，赏戴花翎，通议大夫。

读跃衢①兄凤城小识录②感赋 二首

（一）

一卷编年具史才，红羊白马事堪哀。③
座中谁是东方朔④，认取昆明旧劫灰⑤。

（二）

誓扫天骄⑥快请缨，大旗云拥认花城⑦。
当年幕府⑧人垂尽，卧听寒更梦不成。

---

① 跃衢，人名，即龙葆诚。龙葆诚（1826—1907），字跃衢，广东顺德大良人，举人。清朝道光二十九年(1849)拔贡，咸丰元年(1851)举人。同治年间随叔父龙元僖领导各地团防事务。文作丰富，著作有《凤城小识录》传世。

② 《凤城小识录》，书名，作者龙葆诚，上文已注。

③ 红羊，即红羊劫，古代的谶纬之说，代指国难。古人以为丙午、丁未是国家发生灾祸的年份。以天干"丙""丁"和地支"午"在阴阳五行里都属火，为红色，而"未"这个地支在生肖上是羊，每六十年出现一次的"丙午丁未之厄"，后便被称为"红羊劫"。白马，即典故白马非马，中国古代伟大的逻辑学家公孙龙提出的一个著名的逻辑问题，出自《公孙龙子·白马论》。

④ 东方朔，历史人物，东方朔（生卒年不详），本姓张，字曼倩，西汉平原郡厌次县（今山东省德州市陵县）人。西汉时期著名的文学家。

⑤ 昆明旧劫灰，即昆明灰，劫火的余灰。指战乱。出自北周庾信《奉和阐弘二教应诏》："无劳问侍诏，自识昆明灰。" 武帝初，穿昆明池，得黑土。帝问东方朔，朔曰："西域胡人知之。"乃问胡人，胡人曰："烧劫之余灰也。"亦作昆明劫灰。

⑥ 天骄，代词用，汉朝称北方匈奴单于为天之骄子，后来称某些北方强盛的民族或其君主。

⑦ 花城，广州的美称，每一年一度的迎春花市，已为世人所瞩目。春节前夕，广州的大街小巷都摆满了鲜花、盆橘，各大公园都举办迎春花展，特别是除夕前三天，各区的主题街道上搭起彩楼、花架，四乡花农纷纷涌来，摆开阵势，售花卖橘，十里长街，繁花似锦，人海如潮，一直闹到初一凌晨，方才散去。

⑧ 幕府，指将帅在外的营帐。后亦指军政大吏的府署。

龙唸苓 三十七首

作者简介 龙唸苓（1841—1904），室名蕉雨轩，女史，龙元任之孙女，龙令宪四姐。书不离手，才高八斗，学富五车。在清晖园，敬称四小姐，在学界，素有龙家李清照之称，生平著作颇多，光绪三十四年（1908）由其弟龙令宪出版诗集《蕉雨轩稿》。

述 怀

寂寂池塘，蒙蒙烟雨。
怅然怀人，神往形阻。
独倚危栏，寸心自抚。
好风西来，白云延伫。
士夫处世，何计枯荣。
凰皇燕鹊，岂能同情。
心怀国恩，奋力征战。
曹沫[①]忍辱，能成大名。
狂飙四起，云水汹蒙。
感彼舟楫，济我大江。

[①] 曹沫，历史人物。曹沫，鲁国人，鲁国将军。与齐国交战。三战皆败，鲁国公割地求和。但并不责怪曹沫，齐桓公答应和鲁在柯地会盟。正当达成屈辱协议之时，曹沫手执匕首冲上前去，劫持了齐桓公。桓公侍卫恐伤到主公，不敢动作。桓公问："你想怎样？"曹沫说："齐强鲁弱，您恃强凌弱太过分了。大王您认为该怎么办呢？"桓公被迫答应尽数归还侵夺鲁国的土地。得到承诺后，曹沫扔下匕首重新站在群臣之中，面不改色，辞令如故。桓公恼羞成怒，想毁约食言，被管仲劝止。于是，不费吹灰之力，曹沫三战所失的土地又都被全数归还。

岁寒三友[2]，寄傲北窗。

黜陟[3]不闻，诗酒乐从。

参天茂树，东枝西柯。

根本相连，志同气和。

樵欲伐木，斧痕良多。

丁丁无已，质坚奈何。

---

[2] 三友，植物，即竹子、梅花、松树。松、竹经冬不凋，梅花耐寒开放，因此有"岁寒三友"之称。岁寒三友典故：北宋神宗元丰二年，苏轼遭权臣迫害，被捕入狱。经王安石等人营救，始得从轻定罪，安置黄州管制。向黄州府讨来了数十亩荒地开垦种植，改善生活。筑园围墙，造房起屋。房屋取名"雪堂"，四壁都画上雪花；园子里，则遍植松、竹、梅等花木。某年春天，黄州知州徐君猷来看望他，见此情景，大为不解。苏轼手指院内花木，爽朗大笑："风泉两部乐，松竹三益友。"指风声和泉声就是可解寂寞的两部乐章，枝叶常青的松树、经冬不凋的竹子和傲霜开放的梅花，可伴冬寒的三位益友。

[3] 黜陟，指人才的进退，官吏的升降。出自《书·周官》："诸侯各朝于方岳，大明黜陟。"黜陟不闻，出自唐韩愈《送李愿归盘谷序》："理乱不知，黜陟不闻。"

古 峡①

古峡何嶷峨，叠嶂万状积。
孤峰挈霄汉，残烟瞑碉壁。
乱筱迸岛岷，骈岩杂枳棘。
瘦蚊泣丛壑，饥鹰盗秋麦。
古萝缦枯树，青藓抱幽石。
细颈喧交枝，沈鳞翻汐碧。
塔坏冷禽声，桥断荒人迹。
魍魉所由居，魑魅于焉息。
幽谷生悲风，皎日寒无色。
俯览培塿小，仰视天地窄。
团熊向我啼，悄然碎心魄。
龙气嘘成云，回风动陂泽。
林木为之摧，沙砾互相击。
近山失天青，远水卷浪白。
雨声挟万山，势与波涛敌。
巨雷破地鸣，訇然两崖擘。
天低压孤岭，去人不盈尺。
怪石类伏虎，远树状行客。
我欲跻其巅，懔懔不可陟。
须臾返登舟，波涛弄秋夕。

---

① 古峡，即古龙峡，位于广东省清远市，清代诗人袁枚就以"云开古龙峡，浪腾万丈崖"以及"万山如浪涌，泉鸣溪涌流。浮云脚下踩，松涛景色殊"来描述古峡的奇特。

贺瑶舫①业师秋闱②报捷

夙擅才华拟谪仙③,桂香新折④一枝鲜。
十年灯火成功候,百尺云梯捷足先。
镜匣芙蓉知有兆,宫墙桃李⑤白增妍。
遥知宴罢荣归日,夹道飞花衬锦鞯⑥。

简蕉檽⑦姊

铁马⑧丁东良夜永,纱窗掩映残灯影。
晚妆慵整玉钗斜,沉水不焚金鸭⑨冷。
两字相思写不成,万重幽恨转凄清。
侬生尝尽离中苦,寄语他人莫种情。

---

① 瑶舫,人名,即龙增寿。龙增寿(1832—1886),原名景琳,字赞莹,号瑶舫,广东顺德大良人,广州府学贡生,咸丰辛酉(1861)科并补戊午科举人,拣选知县,韶州仁化县学训导,封川府县学教谕,四会县训导任职十年,内阁中书衔,文林郎。
② 秋闱,科举制度中乡试。龙增寿参加咸丰辛酉科乡试,也就是说,该作品写于1861年。
③ 谪仙,指李白,李白,唐朝著名诗人,上文已注。谪仙之称最早使用的是贺知章。
④ 桂香新折,指折桂,折桂的意思:此喻科举及第。
⑤ 桃李,比喻老师辛勤栽培的学生。
⑥ 锦鞯,指用锦制的衬托马鞍的坐垫。出自唐岑参《卫节度赤骠马歌》:"红缨紫鞚珊瑚鞭,玉鞍锦鞯黄金勒。"
⑦ 蕉檽,人名,即作者自己,蕉雨,广州话雨檽同音,作者的室名蕉雨轩。
⑧ 铁马,指配有铁甲的战马。有时亦指雄师劲旅。
⑨ 金鸭,日用品,鸭形香炉,金属铸造。

漫兴 四首

（一）

心逐浮云懒卷舒，芬芳花气绕庭除。
清风入座诗成候，红囤侵帘梦醒余。
弄曲楼中甞倚笛，学吟窗下半堆书。
而今领得幽娴趣，且听人间任毁誉。

（二）

晓色凄凄雀噪檐，相思渐觉小腰纤。
树声如雨侵瑶枕①，花气因风入绣帘。
寻梦有情还琢句，怀人含恨懒窥奁。
阿侬心事知何似，长与春潮夜夜添。

（三）

折得花枝换酒钱，醉来林下且酣眠。
雾云过眼皆成幻，风月无心可悟禅。
得破愁城安乐地，误沉苦海奈何天。
日来一觉庄周梦②，独对炉香一缕烟。

（四）

偶仃机杼已三更，如豆孤檠半灭明。
解恨落花风为帚，消寒煮茗雪同烹。
只缘读史知兴废，每到论交辩浊清。
入户蟾光愁不寂，坐听邻院夜钟声。

---

① 瑶枕，日用品，玉制的枕头。亦用为石枕、瓷枕的美称。唐王翰《古娥眉怨》诗："灯前含笑更罗衣，帐里承恩荐瑶枕。"
② 庄周梦，出自《庄子·齐物论》，庄子认为：生与死、祸与福、物与影、梦与觉等，都是自然变化的现象，圣人任其自然，随之变化。后比喻虚幻的事物。

春　昼

寂寂春昼永，徘徊东篱畔。
篱东木香花，清芬自幽焕。
忆昔来远地，数载手栽灌。
美辰独珍玩，伫立愁肠转。
仰首见浮云，云中有飞雁。
雁鸣一何哀，行行重回缓。
善彼双羽翮，翔翱寻侣伴。
我有尺素书，欲寄他乡县。
书中致何辞，一笔复三叹。
上写平安字，下言久离怨。

新　月

一片青天月，浮云未许遮。
眉弯抱秋恨，影瘦闷春花。
倩女愁无赖，新诗寄若耶①。
料知三五夜，清比玉无瑕。

---

① 若耶，溪名，即若耶溪。出自若耶山，北流入运河，溪旁旧有浣纱石古迹，相传西施浣纱于此。

广州故靖藩府①前石狮歌

府前石狮何峥嵘,登门一见千人惊。
张眸钩爪卧当道,英姿雄态风云生。
我来广州问花屋,到此下车为一哭。
黄猛狰狞气若虎,白光闪烁质如玉。
传闻当日靖南王②,端州③刳石肆威福。
圈民头,茧民足,朝不得食,暮不得宿。
呜呼!浮云富贵理则然,昨日碧海今桑田。
况复高明召鬼瞰,旧宅新主多历年。
惟有石狮屹相向,眼看来去经千官。

题昆湖④姑母别墅

何嫌矮屋小于舟,隔浦烟光一望收。
远树每疑人影立,寒泉时和鸟声幽。
谈风窝可名安乐,临水湖如住莫愁⑤。
他日卜邻能似此,却同萱草两忘忧。

---

① 靖藩府,清代王府,清初三藩之一的耿继茂府第。
② 靖南王,即耿继茂,上文已注。
③ 端州,古地名,位于广东省中部偏西,粤西与珠江三角洲汇处,有"中国砚都"称号,星湖景区是全国重点风景名胜区。
④ 昆湖,人名,自梳女(终身不嫁之女),作者父亲(即龙景灿,上文已注)的堂姐。
⑤ 莫愁,人名,女,古乐府中所传女子。洛阳人,幼年丧母,文静,聪明,好学,能采桑、养蚕、纺织、刺绣,通诗文,跟父亲学了一手采药治病的本领。十五岁那年,父亲在采药途中不幸坠崖身亡,莫愁卖身葬父。建康卢员外见莫愁纯朴美丽,帮助莫愁料理了爹爹后事,带她来到建康,从此,莫愁嫁进卢家,成了员外的儿媳。第二年生下了儿子,取名阿候。梁武帝(萧衍)到卢家庄园赏花,只见牡丹花交错如锦,夺目如霞,梁武帝得知是莫愁所栽,见到莫愁如花容貌,不禁怦然心动,于是毒死卢公子,传旨选莫愁进宫为妃。莫愁得知,悲愤交加,决心宁为玉碎,不为瓦全,投石城湖而死。人们为纪念莫愁,将石城湖改名为莫愁湖。梁武帝闻讯,自感惭愧,写下《河中水之歌》:"河中之水向东流,洛阳女儿名莫愁。莫愁十三能织绮,十四采桑南陌头,十五嫁为卢家妇,十六生子字阿候。卢家兰室桂为梁,中有郁金苏合香,头上金钗十二行,足下丝履五文章,珊瑚桂镜难生光,平头奴子擎履箱。人生富贵何所望,恨不早嫁东家王。"

咏昭君①

汉关②一别路漫漫，手抱琵琶泪暗弹。
莫怨当时人③画错，承恩转虑报恩难。

与蘅湘④兄夜谈别后作

星驰云散可如何，月影横斜暗绿莎。
窗外鹧鸪窗里我，声声同是唤哥哥。

初　夏

轻烟袅袅隔罗帏，雨歇黄梅剩落晖。
花影上帘知午过，蝉声依树送春归。
青荷出水擎香盖，翠竹吟风乱舞衣。
九十韶华容易过，几番芳讯到荼薇。

---

① 昭君，人名，即王昭君，中国古代四大美人之一。
② 汉关，地名，位于河南省新安县东。
③ 人，指宫廷画师毛延寿。汉元帝后宫多宫女，不得常见，乃使画工图形，按图召幸之。毛延寿给宫女画像的时候，宫女们送点礼物给他，他就画得美一点。王昭君不愿意送礼物，所以毛延寿没有把王昭君的美貌如实地画出来，还在她的画像上点上丧夫落泪痣，所以一直不得召幸。后匈奴入朝，求美人为阏氏，上案图以昭君行。及去召见，貌为后宫第一。帝悔之，而名籍已定。汉元帝一气之下，把毛延寿杀了。宋朝王安石《明妃曲》诗："归来却怪丹青手，入眼平生几曾有。意态由来画不成，当时枉杀毛延寿。"
④ 蘅湘，人名，即龙锡畴。龙锡畴（1839—1880），字乃叙，号蘅湘，广东顺德大良人，朝议大夫。国子监学生，詹事府主簿，奉直大夫、朝议大夫，广西候补巡检，奉政大夫，候选同知。

次子惠①棣②原韵

吾生嗟碌碌，驹隙又当秋。
风定荷香澈，人闲兰意幽。
远霞书雁字，新涨试鱼钩。
蓠菊劝我醉，阳春不可酬。

夜雨感怀

半壁残灯夜寂时，空阶淅沥雨声迟。
有心蜡烛无心我，双泪垂垂两不知。

呈瑶舫③叔

人生天壑间，劳逸自取之。
旷士多达观，娱志酒与诗。
君胡自束缚，日为情所羁。
羊城与鸭岭④，身心分两歧。
君去五羊城，有人数归期。
君归五岭⑤宅，有人怨复訾。
去住成两难，东西恣犇驰。
何如运慧剑，断此情中丝。
还我圆明性⑥，毋为尘垢淄。

---

① 子惠，人名，即龙令宪。作者的同父异母弟弟。下文有注。
② 棣，即弟。
③ 瑶舫，人名，即龙增寿，上文已注。
④ 羊城、鸭岭，两地名。羊城，即广州，上文已注。鸭岭，古地名，位于粤北。
⑤ 五岭，指大庾岭、骑田岭、都庞岭、萌渚岭、越城岭（或称南岭）。
⑥ 圆明性，佛语，意味着完美和至善。

送笙陔①习之②两叔北赴礼闱③

仆夫催促公车发，骅骝就道神激越。
碧桃花下情依依，叮咛早寄平安书。
长安④二月花如绮，二宋⑤才华最清美。
乘风奋翮图南溟⑥，会披宫锦荣闾里。
新秋当待迎归鞍，西窗剪烛重盘桓。⑦
夜阑酒醒月初堕，说尽人生行路难。

幽　居

卜筑幽居负郭城，短篱修竹自陶情。
云封药路尘都绝，日照藤床影乍横。
山鸟钩辀岂对语，野花历乱不知名。
逍遥悟得闲中乐，莫问沧桑几变更。

---

① 笙陔，人名，即龙景欢。上文已注。
② 习之，人名，即龙景悦。龙景悦（1844—1897），字赞新，号习之，广东顺德大良碧鉴房人，清朝同治六年(1867)丁卯科举人，江苏候补知县，奉直大夫。
③ 礼闱，指古代科举考试之会试，礼部主办，故称礼闱。
④ 长安，古京城，这里指北京。上文已注。
⑤ 二宋，指兄弟两个人，即宋庠与弟宋祁。宋庠(996—1066)，字公序，原名郊，入仕后改名庠。安州安陆(今湖北安陆)人，乡试、会试、殿试都是第一的三元状元。初仕擢大理评事，通判襄州，召直史馆，历三司户部判官、同修起居注，后被刘太后看中，破格升为太子中允，再迁为左正言。太后病逝，宋庠为知制诰；宋祁（998—1061），字子京，安州安陆（今属湖北）人，后迁开封雍丘（今河南杞县）。天圣初与兄庠同举进士，排名第一。奏名第一，章献太后以为弟不可先兄，乃擢郊为第一，置祁第十，时号"大小宋"。著作有《新唐书》列传（部分）、《宋景文公集》《湖北先正遗书》《宋景文公长短句》等。
⑥ 南溟，地名，最早出现于庄子的《逍遥游》："北溟有鱼，其名为鲲。化而为鸟，其名为鹏。是鸟也，海运则将徙于南溟。南溟者，天池也。"
⑦ 西窗剪烛，指亲友聚谈。出自唐朝李商隐《夜雨寄北》诗："何当共剪西窗烛，却话巴山夜雨时。"盘桓，指游乐。宋朝陆游《老学庵笔记》卷四："予参成都议幙……时凌云山、安乐园皆盛处，纠曹何预元立、法曹蔡迨肩吾皆佳士，日相与同盘桓。"

惜花词

无赖东风恶，飞花逐水流。
恐遭藩溷①劫，怜极转担愁。

寄桂籣②妹

涛声雷声小楼东，对影兀坐忧来中。
时事阴晴朝暮变，世情寒暖古今同。
乍苏竹长凌云碧，含润花添昨日红。
聊借玉壶涤肝肺，凭栏一笑千觞空。

端午清晖园③即事

瘦损腰围恨未休，每逢佳节懒登楼④。
事妨有变频形梦，心已如痴总是愁。
绿叶成荫春又去，清波依旧水长流。
时光感触多惆怅，独倚阑干思更悠。

听 雨

连朝滴滴复潇潇，一缕炉烟篆半消。
幸喜如今尘梦觉，不妨窗外有芭蕉。

---

① 藩溷，指篱笆和厕所。
② 桂籣，人名，女，广东顺德大良人，自梳女，作者同父异母姐妹。
③ 清晖园，即广东顺德大良清晖园。中国十大名园之一。
④ 楼，即顺德大良清晖园内的小姐楼，第二代园主龙廷槐所建。该楼仿照清代珠江河上的紫洞艇建成的"船厅"。分船头、船舱和船尾，这在我国建筑设计上是唯一的派例。初衷：家人居住，到了第四代，园主龙景灿，有八个女儿，成了小姐们活动场所，由于小姐们出出入入，故称"小姐楼"。

有　感

萧萧寂寂袅炉烟，卍①绿丛中听断蝉。
池有残荷晴乍雨，月明深院夜如年。
花香恋蝶情何限，絮去因风恨眇然。
斜倚熏笼独惆怅，偷将因果问青天。

腊月②念九夕③作

一本金经④一卷书，挑灯细读夜窗虚。
怪他小妹私相问，可晓明宵是岁除。

漪漪亭⑤玩月怀蝶蘧⑥妹

倚栏罢读对嫦娥⑦，万籁萧萧夜半过。
不识客窗今夜月，诗情乡思又如何。

---

① 卍，藏语叫作"雍仲"。雍仲"卍"是佛祖的心印。在汉语中该符号标志读作"万"。
② 腊月，指农历十二月，古时候这个月是用腊肉祭拜祖先的日子；正月叫征月，是为了避讳秦始皇的名字嬴政的"正"音。
③ 九夕，中国传统节日，即元宵节。
④ 金经，佛教著作，指《金刚般若经》或《金刚般若波罗蜜经》。
⑤ 漪漪亭，园林亭名，又名澄漪亭，位于广东顺德大良清晖园方池西边，是一座伸向池中的水榭。亭两边檐角比较开扬，似有展翅欲飞之态。在此观池，景象最为开阔，是清晖园中部景区最明朗最亮丽的去处。
⑥ 蝶蘧，人名，女，广东顺德大良人，自梳女，作者同父异母姐妹。
⑦ 嫦娥，人名，女，传说中月宫仙女，上文已注。

野　望

日月胡迭微，^① 岁序瞬驹隙。

憩杖眺郊舍，众观参动寂。

远山草青媚，曲渚水溪碧。

老樵荷雅锄，艾童倚牛篴。

旷歌慕庄老^②，达庄^③破情惑。

嗣宗^④枉愚虑，恸哭穷途客^⑤。

丙辰^⑥除夕

声声爆竹万家连，独对残灯未忍眠。

十六浮生空度过，断肠春色又今年。

---

① 日月胡迭微，出自《诗·邶风·柏舟》："日居月诸，胡迭而微。"（诗句意思：天上的太阳和月亮，为啥时而不放光芒？心中的忧愁抹不掉。）一般指光阴的流逝。

② 庄老，两个名人，即庄子和老子。庄子，我国先秦时期伟大的思想家、哲学家和文学家。原系楚国公族，楚庄王后裔，因乱迁至宋国蒙邑（今安徽蒙城县），是道家学说的主要创始人。老子，即李耳（前571 — 前471），字伯阳，又称老聃，楚国苦县厉乡曲仁里（安徽涡阳，河南鹿邑互有争论）人，我国古代最伟大的哲学家和思想家之一，被道教尊为教祖，世界文化名人。后人称其为"老子"（古代"老""李"同音）。

③ 达庄，即《达庄论》，作者阮籍，他有两篇著名的论文《通老论》《达庄论》。

④ 嗣宗，人名，即阮籍。阮籍（210 — 263），字嗣宗。陈留尉氏（今属河南）人，三国魏诗人。建安七子阮瑀的儿子。曾任步兵校尉，世称阮步兵。崇奉老庄之学，政治上则采谨慎避祸的态度。与嵇康、刘伶等七人为友，常集于竹林之下肆意酣畅，世称竹林七贤。

⑤ 穷途客，出自王勃的《滕王阁序》，阮籍生逢乱世，狂放不羁，出游时走到尽头就大声哭泣，王勃讥讽阮籍猖狂，岂效穷途之哭。

⑥ 丙辰，农历年记，即清朝咸丰六年（1856）。

晚　泊

宿雨开残照，余霞送晚晴。
蛙吟溪月上，犬吠野云生。
惜别孤舟梦，怀人此夜情。
舵楼飓正急，倚枕听潮声。

小芳圃

晴云散天末，好鸟鸣山阁。
春光人不见，野花自开落。

赠谏韶^①弟

宿年壮愿坱穹途，麟阁勋名许共驱。
万里长征策疲马，八方多事误疑狐。
黄飙惨惨沉霄日，白木萧萧下井梧^②。
可是寂寥将腊尽，更酤绿蚁对红炉。

---

① 谏韶，人名，即龙锡镛，龙锡镛（1852 — 1895），字乃登，号谏韶，广东顺德大良人，举人。
② 井梧，即《井梧吟》，诗名，作者薛郧和薛涛，薛涛，唐朝著名女诗人，薛郧是父亲，薛涛八九岁时，父女俩坐在院子里，父亲指着井旁挺拔的梧桐古树，随口吟出一联："庭除一古桐，耸干入云中。"要薛涛续成一首诗。薛涛应声回答："枝迎南北鸟，叶送往来风。"续成《井梧吟》。

游林泉仙馆①

苦雨久淹晴，晚霁开暮天。
白景丽高峰，淡霞明远村。
倚树眺郊舍，熙熙湛和暄。
日暖花气润，凤软禽声喧。
弱柳揖游人，芳草媚清涟。
林壑敛暝色，夕嶂生寒烟。
徙倚更何往，倦随飞鸟还。

誾子惠棣②南园③酬唱

碧溪池馆驻文旌，醉唤花筹④月斝倾。
连璧⑤才名家学富，奚囊⑥诗卷宦游情。
笔垂秋露毫端润，思涌春潮纸上声。
胜会喜君叨骥附，愧侬惟订鹭鸥盟⑦。

---

① 林泉仙馆，龙氏家族的避暑山庄，位于顺德大良郊区。
② 子惠棣，人名，即子惠弟，指龙令宪。
③ 南园，园名，位于清晖园内南面。
④ 花筹，即花筹令，酒令，明代文人杨慎、杨升庵所创。杨慎旅居泸州时，一次与歌伎饮酒取乐，他将席上的歌伎按其品貌气质各比拟为某一种花，加以评注，制作了"评花筹令"。"评花筹令"的令词，共有二十四筹，都诗意甚浓。
⑤ 连璧，指才华并美的朋友。出自《晋书·夏侯湛传》："湛美容观，与潘岳友善，每行止，同舆接茵，京师谓之连璧。"
⑥ 奚囊，代词，出自《新唐书·李贺传》："每旦日出，骑弱马，从小奚奴，背古锦囊，遇所得，书投囊中。"后称诗囊为"奚囊"。
⑦ 鹭鸥盟，谓与鸥鸟为友，比喻隐退。

谒凤山庙①

四记偏安业，忠魂痛脊鸰。

西山终古碧，遗庙至今青。

老石盘龙角，长松带雁屏。

最怜拒曹②日，风雨读麟经③。

踏　青

倦繡窗前启碧纱，问春消息在谁家。

添香新炷龙文鼎，汲水闲烹雀舌茶④。

晓枕梦回三弄笛⑤，午栏晴放一枝花。

踏青欲赴西邻约，半局棋残日已斜。

寓　目

岸矮水平桥，溪痕长夜潮。

怒雷破短昼，苦雨压长宵。

燕雀魂先冷，蛟鼍气自骄。

白云遮欲断，极目碧山椒。

---

① 凤山庙，寺庙，即西山（凤山，俗称西山）庙。位于广东顺德大良凤山。始建于明朝嘉靖二十年（1541），供奉三国名将关云长的寺庙。
② 拒曹，指关羽拒绝曹操的故事，曹操赞赏关羽为人，关羽陷落曹营时，曹操一心挽留，关羽重情守义，立功报答曹操厚待后，重新投奔刘备。
③ 麟经，书名，即《春秋》，据载：孔子写《春秋》时，猎人打死了一只野兽，他不认识，去请教孔子。孔子一看就哭了，哀叹道：这是麒麟啊。麒麟代表幸福、太平，孔子认为麒麟一死，天下大乱。《春秋》再也写不下去。后世指《春秋》为麟经。关羽一生研读《春秋》，关羽画像对联："日理荆楚万件事，夜读春秋一本书。"
④ 雀舌茶，茶的一种品牌，该茶牙尖细如条，色泽绿中带黄，白毫特多，茶水甘爽、清香。
⑤ 三弄笛，音乐作品，作者桓伊。桓伊，字叔夏，小字子野。谯国铚县（今安徽宿州）人。东晋军事家、音乐家。

龙祝龄 《龙佩荃诗集》一百八十八首

作者简介 龙祝龄 (1844 — 1911)，原名锡泪，字乃瀚，号佩荃，龙元份之孙，第五代园主龙令宪的堂兄，举人。清朝光绪元年 (1875) 乙亥恩科举人，择选知县，十载京官，著作有《龙佩荃诗集》。

秋 雁

一声长别塞垣秋，羁旅无端悔倚楼。
倦羽定疲南北路，哀鸣为拙稻粱谋①。
寒沙黯淡芦花岸，晓月荒凉杜若洲。
忽忆玳梁②双燕子，卢家少妇③亦分愁。

马上望西山④

匹马暮天色，千崖新雨痕。
树从青嶂挂，人讶白云吞。
平楚开全赵，⑤浮岚接孟门⑥。
戒坛⑦何处是，钟声起黄昏。

夜 深

云淡月弥回，秋深夜渐凉。
乱猿催落木，残菊傲清霜。
异地增萧瑟，归途苦渺茫。
空余万里梦，绕遍海天长。

---

① 稻粱谋，意思是为了自己的生计，弄口饭吃。
② 玳梁，即玳瑁梁，画梁的美称，南朝梁 沉约《八咏诗·登台望秋月》："九华玳瑁梁，华榱与璧珰。"
③ 卢家少妇，即莫愁，上文已注。
④ 西山，这里西山指北京西山，上文已注。
⑤ "平楚开全赵"全句意思：站在高处，可以看到赵国（春秋诸侯国）全境。
⑥ 孟门，指春秋战国时期赵国的蔺邑。战国时期，为争夺蔺地（即今孟门），秦、魏与赵国之间多次发生战事。
⑦ 戒坛，出家的俗人受戒之地。

寄蜀客① 四首

（一）

尊鲈②久别故乡秋，万里波涛悔远游。
笑我孤鸿寄辽海③，羡君匹马向巴州④。
愁非蔓草芟还长，骨岂真钢练更柔。
今日上林⑤无狗监，茂陵⑥风雨尽离忧。

（二）

好将心事忏瞿昙⑦，香冷烟消佛一龛。
贫贱于人原错计，风雨相士竟空淡。
乱蛙凉雨菰蒲垾，饥鼠寒檠薜荔庵。
同是深秋萧瑟惨，并归夜里更难堪。

---

① 蜀客，是作者苏州籍的同僚。
② 尊鲈，即莼鲈，莼羹和鲈脍，苏州的两道名菜，莼菜，亦作蒪、水葵、凫葵，是多年生宿根性的湖沼草本植物。在异乡做官的西晋吴人张翰，有一年秋风刚起，突然想起家乡的鲈鱼和莼菜，于是叹道："人生贵得适志。"便官也不做了，驾一叶扁舟回老家。
③ 辽海，位于北方农牧交汇地带。
④ 巴州，即今四川省巴中市，地处四川东北部，是四川与陕西的交界地区，四川北部门户。
⑤ 上林，即长安上林苑。古代园林建筑，汉武帝刘彻于建元三年（前138）在秦代的一个旧苑址上扩建而成的宫苑，规模宏伟，宫室众多，有多种功能和游乐内容。今已无存。
⑥ 茂陵，西汉武帝刘彻的陵墓，位于西安市西北的兴平市。
⑦ 瞿昙，佛教人物，即释迦牟尼佛，古印度迦毗罗卫国（今尼泊尔境内）的太子，属刹帝利种姓。

（三）

沦落愁绪登隗台①，残秋砧杵北风哀。
疏狂定拙谋生计，辞赋何关济世才。
燕市酤屠轻宋夏②，梁园宾客让邹枚。③
酒垆卜肆无消息，衰草寒烟几劫灰。

（四）

铁笛吹残意惘然，落江难借柳丝牵。
越台④路远迷么凤，巫峡⑤云深怨杜鹃。
庾信自伤枯树赋，⑥薛涛不寄浣花笺。⑦
逃名我欲浮家去，烟雨秋江一钓船。

---

① 隗台，即郭隗台，亦称招贤台，位于河北省定兴县，战国燕昭王为宴请天下士而筑。
② 宋夏，两个国家，两国前后有一个半世纪的直接接触，期间大部分时间处于敌对和交战状态，和平共处、友好往来的时间较短。正是如此，双方剑拔弩张的对峙、刀光剑影的厮杀以及充满人情味的民间友好往来，构成了复杂而悲壮的宋和西夏关系的历史篇章。
③ 梁园，地名，又名梁苑、兔园、睢园、修竹园，俗名竹园，西汉梁孝王刘武所营建规模宏大、富丽堂皇的游赏之园，位于河南省商丘市（古为睢阳县）东，开封城东南，明朝时建禹王庙，现已辟为旅游胜地。邹枚，两个历史人物，即邹阳和枚乘，西汉时期很有名望的文学家、散文家。
④ 越台，指春秋时越王勾践登眺之所。位于浙江绍兴种山。唐李白《送友人寻越中山水》诗："东海横秦望，西陵绕越台。"
⑤ 巫峡，地名，自巫山县城东大宁河起，至巴东县官渡口止，全长46公里，有大峡之称。巫峡绮丽幽深，以俊秀著称天下。
⑥ 庾信，人名。庾信（513—581），字子山，小字兰成，祖籍南阳新野（今属河南）。梁代诗人庾肩吾之子，南北朝文学家，曾任梁湘东国常侍等职。枯树赋，作品题目。《枯树赋》，庾信所作的诗赋，为其暮年感伤之作。
⑦ 薛涛，人物，薛涛，女，唐代诗人。浣花笺，又名薛涛笺，古笺纸名。薛涛居浣花溪上，以溪水自造桃红色的十色小彩笺，用以写诗。后人仿制，称为"薛涛笺"。

伏波将军①玉印歌为潘莲舫②丞赋

东西汉京两将军,先后俱以伏波间。③

男儿封侯万里外,炎天瘴地垂功勋。

忆昔武皇④并南域,乃诏邳离受斯职。

扫除瘴疾开蛮荒,儋耳珠崖⑤置郡邑。

百余年后马文渊⑥,大击骆越乘楼船。

白虎殿前玺书下,梅花岭外铙歌旋。

两京遗物信堪爱,知是当年谁所佩。

---

① 伏波将军,人名,即马援(前14—前49),字文渊,扶风茂陵(今陕西兴平东北)人,东汉著名的军事家。因军功累官伏波将军,封新息侯。马援的祖先是战国时赵国名将赵奢,赵奢曾在阏与之战中大败秦军,功勋卓著,被赵惠文王赐号为"马服君",自此,赵奢的后人便以马为姓。

② 潘莲舫,人名,即潘斯濂。潘斯濂(1820—1880),字兆端,号莲舫,广东南海西樵百西黎村人,进士。清道光十九年(1839),以辞赋受知于学使戴熙,清道光二十四年(1844)举人,清道光二十七(1847)年进士,选庶吉士,授职编修,充武英殿协修官、国史馆纂修官。不久,以养母请假归。值红巾事起,出资五千募勇办团练,叙功得旨赏花翎五品衔。

③ "东西汉京两将军,先后俱以伏波间"两句意思:两将军,指路博德和马援,路博德,西河平州(今山西省离石)人,西汉名将。汉武帝元狩四年(前119),路博德跟随霍去病北征匈奴,立下战功,官拜邳离侯。武帝元鼎六年(前111)官拜伏波将军(这是西汉有史可查的第1位伏波将军),率军参加了对南越国的讨伐,平定了南越。武帝元封元年(前110),路博德率军攻下海南岛,在此设立珠崖、儋耳两郡。伏波,即马援,上文已注。

④ 武皇,即汉武帝刘彻。刘彻(前156—前87),字通,汉朝第7位皇帝,中国古代伟大的政治家、战略家、诗人、民族英雄。汉景帝刘启的第十个儿子,在位五十四年,建立了西汉王朝最辉煌的功业。

⑤ 儋耳、珠崖,两个古郡邑,元封元年(前110)在海南岛设置珠崖郡、儋耳郡。

⑥ 马文渊,人物,即马援。马援,字文渊,上文已注。

蛛丝系纽蛟螭盘，宝刀琢字琼瑶碎。
银钩铁画何淋漓，土花血渗交纷披。
想见行军草羽檄，籍此指挥千熊罴。
石穴珠襦久黄土，⑦荆山块玉独千古。⑧
西风落叶茂陵⑨秋，金碗飘零惜未睹。
先生爱古重琳琅，秦珠汉璧争辉煌。⑩
珍奇直夺五都市，光怪何殊七宝箱。
人生大名苟自保，片瓦留传足珍宝。
碌碌无间谁肯收，万载千秋系怀抱。

---

⑦ 石穴即石洞。《后汉书·南蛮传·巴郡南郡蛮》："巴氏之子生于赤穴，四姓之子皆生黑穴。未有君长，俱事鬼神，乃共掷剑于石穴，约能中者奉以为君。"珠襦：古代南方用珠缀串成的短衣。

⑧ 荆山，山名，亦名覆釜山，位于河南省灵宝市阌乡南。《史记·封禅书》："黄帝采首山铜铸鼎于荆山下"。块玉，即和氏璧，春秋时期，楚国人卞和，在荆山采到一块玉璞，便把这块玉璞献给楚厉王，经历过被砍两条腿后，三献美玉，直到武王之子文王继位，才鉴定是一块稀世玉璞，后称和氏璧。上文已注。

⑨ 茂陵，西汉武帝刘彻的陵墓，上文已注。

⑩ 秦珠，指秦地出产的珠饰。汉壁，犹孔壁。孔子故宅的墙壁，据传古文经出于壁中，故著称。

题春燕桃花画扇戏赠 二首

（一）燕子

春来燕子竟如斯，不记从前哺乳时。
饱食却忘归旧垒，呢喃飞在最高枝。

（二）桃花

齐纨①制扇月同园，合配桃花燕子笺。
萧瑟秋风捐弃骸，可能重记熟时缘。

---

① 齐纨，指齐地产的白色细绢，异常精美，自古有名。

重九日游慈仁寺①

良辰吉日山门开,一骑青骢令我来。
红墙剥落碧瓦裂,断檐漏雨生莓苔。
阶下双松复枯槁,拔地参天安社哉。
由未大材遭物忌,矧乃磨灭经劫灰。
是时秋云净天宇,衰草荒烟遍野哀。
蝉抱危叶鸱立檐,寒蝉凄惨最受害。
渔洋诗人去不返,岸帻②雄后渺何许。
我生不及追前游,再忆前朝无舅亲。
吊古悲秋犹闻道,曾来此地俯微尘。
说偈甫参大千界,示梦已有伽蓝神③。
宝塔庄严铎,铃宝香界空。
濛泷训遂令,殿宇焕金碧。
只今残碑犹嶙峋,义胆忠心守节操。
吁嗟!人生朝露不自保,富贵无情逼人老。
君不见汉家外戚恩泽侯④,一朝零落随秋草。
华屋山邱⑤气煞人,青苔白骨愁怀抱。
羡尔悟彻清净身,芒鞋破钵证缘早。
况复结庐松树林,庝庩院宇长阴深。
梵响能令白鹤下,经声远续苍龙吟。
年深雨塌思庐阁,绣蟒银鱼久寂寞。
挂锡名僧何处寻,指点戒坛尚如昨。
我来载酒芳华游,万里登临当九秋。
席罢诗成主客倦,驱车出门星满头。

---

① 慈仁寺,即北京报国寺,位于北京市西城区报国寺前街1号,报国寺始建于辽代,但规模很小,有寺无额,世称小报国寺,明初塌毁。成化二年(1466)重修,改名慈仁寺,俗称报国寺。
② 岸帻,意思是推起头巾,露出前额。形容态度洒脱,或衣着简率不拘。典故汉孔融《与韦端书》:"闲僻疾动,不得复与足下岸帻广坐,举杯相于,以为邑邑。"
③ 伽蓝神,梵语,"僧伽蓝摩"的简称,佛教寺院护神的通称。
④ 恩泽侯,指出于皇帝私恩而获封为侯爵者,如帝舅后父等。
⑤ 华屋山邱,原意壮丽的建筑化为土丘。比喻兴亡盛衰的迅速。

过副将军①阿公墓有感 二首

（一）

寂寞铜龙第②，崔巍石马坟③。

饰终恩礼洽，尽瘁死生分。

岳撼威风播，彭亡④谶语纷。

由来星陨地，目断蜀江⑤云。

---

① 副将军,指温福(？—1773),费莫氏,字履绥,满洲镶红旗人,文华殿大学士温达之孙,清朝将领,为定边右副将军。乾隆三十八年春,温福率师平乱,至噶尔拉,温福中枪死。

② 铜龙第，指副将军阿公生前的将军府。

③ 石马坟，指副将军阿公墓。

④ 彭亡,古地名,亦名彭望、彭模、平模、坪无、坪望,位于四川彭山县,《后汉书·岑彭传》载：建武十一年,岑彭攻公孙述至武阳,营地名彭亡,彭闻而恶之,欲徙,会日暮而止,蜀刺客诈为亡奴降,夜刺杀彭。

⑤ 蜀江，指四川省境内的长江。

(二)

丘垄①松揪古,春秋俎豆②新。

岂真金虎据,那有玉凫③陈。

捷奏思飞将④,时艰仗老臣。

只今无卫霍⑤,天下满胡尘⑥。

---

① 丘垄,即坟墓,很大的墓。
② 俎豆,原指祭祀、宴客用的器具。《史记·孔子世家》:"常陈俎豆,设礼容。"喻水中的裸女。
③ 玉凫,出自汉灵帝沉湎淫乐,建裸游馆,日夜乘船游漾。选玉色宫人掌篙楫,故使舟覆,乃奏《招商》之歌,曰:"惟日不足乐有余,清丝流管歌玉凫。"
④ 飞将,人物,即李广,陇西成纪(今甘肃静宁)人,西汉名将。
⑤ 卫霍,两个人名,即汉朝的两个将军,卫青与霍去病。卫青,字仲卿(?—前106),河东平阳(今山西临汾市)人,西汉军事家,中国历史上为人熟知的常胜将军。因击匈奴有功,封为长平侯。卫青是私生子,生来就是奴仆的身份。母亲卫媪是平阳侯家的女奴,生有四男三女,即长子卫长君,长女卫君孺,次女卫少儿,三女卫子夫,次子卫青,三子卫步,四子卫广。父亲是在平阳侯家中做事的县吏郑季,卫青年幼时随父亲生活,名叫郑青,但郑季和他的夫人孩子只把这个私生子当作牧羊的奴隶,从不把他当作自己的家人。一次,卫青随别人来到甘泉宫,一位囚徒看到他的相貌后说:"你现在穷困,将来定为贵人,官至封侯。"卫青笑道:"我身为人奴,只求免遭笞骂,已是万幸,哪里谈得上立功封侯呢?"霍去病(前140—前117),河东郡平阳县(今山西临汾西南)人,卫青的外甥,中国西汉武帝时期名将,任大司马骠骑将军,杰出的军事家。好骑射,善于长途奔袭。经典之战:决战漠北。以800人歼2028人,俘获匈奴的相国和当户,并杀死匈奴单于的祖父和季父,勇冠全军,受封冠军侯。
⑥ 胡尘,原指长城外的游牧民族。这里也指外国人和外国军队。

烟九节①偕李苾园②侍讲游白云观③
今年入春来京遇到大雪,深数尺,实罕见

入春春水补地裂,都门乃重咬春节。
晨星未没车如雷,雷帽影鞭丝去飘。
瞥李侯豪兴不可,当约我骑驴踏春。
郊原新晴争入眼,远望西山④若眉列。
弹控一径趋灵宫⑤,松柏青苍却幽绝。
重门洞开集士女,宝烛华灯半明灭。
真人⑥当年骑雁去,鸿都道士⑦尚能说。
入门下马申虔恭,溪水频繁尽清洁。
纷纷金钱桥下掷,邀福诬神吾岂盾。
遁世渐思方外游,肯为五十便腰折。
金门大隐徒解嘲,客泪经年上眉缬。
何当扑破归罗浮⑧,数椽茅屋此间结。

---

① 烟九节,北京白云观的传统节日,每年正月十九日,又叫燕九节,燕九节的风俗却已相沿七百多年。当年白云观自元旦开庙,其间以十八日会神仙,十九日纪念丘处机,堪称盛况空前。但是,不快之事,往往都在最后一天发生。故北京民间有"残灯破庙"之说。灯既残,庙已闭,新正之盛,到此中止。

② 李苾园,人名,即李端棻,李端棻(1833—1907),字苾园(一作号),又字信臣。贵州贵筑人(祖籍湖南清泉),同治二年(1863)联捷成进士。历官编修、云南学政、内阁学士、刑部侍郎曾四为乡试考官,一为会试副总裁。支持康、梁变法。光绪二十四年(1898)又荐举康有为、谭嗣同。百日维新中授礼部尚书。政变后被革职,戍新疆。光绪二十七年(1901)赦归,主讲贵州经世学堂。病逝于贵阳。

③ 白云观,这里指北京白云观,位于北京西便门外。始建于唐,名天长观。金世宗时,大加扩建,更名十方大天长观,是当时北方道教全真道派十方大丛林制宫观之一。藏有《大金玄都宝藏》。

④ 西山,即北京西山。上文已注。

⑤ 灵宫,用以供奉神灵的宫阙楼观。

⑥ 真人,指丘处机(1148—1227),字通密,道号长春子,中国金朝末年全真道道士。为金朝和蒙古帝国统治者敬重,因远赴西域劝说成吉思汗减少杀戮而闻名。在道教历史和信仰中,丘处机被奉为全真道七真之一,以及龙门派的祖师。

⑦ 鸿都道士,鸿都指长安,白居易诗:"临邛道士鸿都客,能以精诚致魂魄。为感君王辗转思,遂教方士殷勤觅。"当代学者新释,指两个人,临邛道士和鸿都客。

⑧ 罗浮,指罗浮山,上文已注。

题区静舆①牧守②于绘尊甫西谷遗像③

区生④才调古无伦，彩墨经年意态新。
中散琴弦摩诘画，⑤千秋绝艺有人传。

和友人湘中⑥怀古

左徒⑦遗恨忍重论，枫暗兰衰⑧白昼昏。
一自湘累为逐客，至今楚地解招魂。
风高衡岳闻回雁，⑨月冷空舻叫夜猿。
共说长沙哀怨地，千秋凭吊有余冤。

---

① 区静舆，人名，广东人，清代画家。清代宫廷画家。
② 牧守，州郡的长官。州官称牧，郡官称守。《汉书·翟方进传》："持法刻深，举奏牧守九卿，峻文深诋，中伤者尤多。"
③ 西谷遗像，西谷，人名，即蒋廷锡。蒋廷锡 (1669—1732)，字扬孙，号西谷，江苏常熟人，清代宫廷画家。官至大学士。善花鸟、草虫，清初画风中自成一派。西谷遗像，即蒋廷锡的遗像。
④ 区生，即区静舆，上文已注。
⑤ 中散，人名，即嵇康，嵇康 (224—263)，字叔夜，谯国铚县 (现安徽宿州境内) 人，任郎中、中散大夫。嵇康在正始末年与阮籍等竹林名士共倡玄学新风，主张"越名教而任自然""审贵贱而通物情"，成为竹林七贤的精神领袖之一。嵇康是著名的琴艺家，精通音律，古代大型琴曲《广陵散绝》体现的是嵇康作为一个伟大音乐家的悲剧；摩诘，即王维。王维 (701—761)，字摩诘，号摩诘居士。河东蒲州 (今山西运城) 人唐朝著名诗人、画家。
⑥ 湘中，地名，指湖南省中部地区。
⑦ 左徒，古代官名。战国时楚国设置。爱国诗人屈原曾任此职。后世称屈原为左徒，屈原，上文已注。
⑧ 枫暗兰衰，比喻贤人亡故。
⑨ "风高衡岳闻回雁"全句意思，湖南衡山有回雁峰，北来的大雁南飞至此处便不再南飞了，只等来年春天再飞回北方，故在此常闻到雁的叫声。

又题西谷①画册静舆②所藏 二首

（一）

穷岩绝壁土花斑，豚栅鸡栖十亩闲。
他日粤江③重泛棹，仿君图画买溪山④。

（二）

一代丹青顾野王⑤，六书⑥妙敏熏香光。
重装锦箧藏纨扇⑦，我爱芝兰属谢郎⑧。

---

① 西谷，人名，上文已注。
② 静舆，即区静舆，上文已注。
③ 粤江，指珠江河，上文已注。
④ 溪山，指《溪山图》，古国画，作者是燕文贵。燕文贵(967—1044)，又名燕文季。吴兴(今浙江湖州)人，北宋画家。擅画山水、屋木、人物。本隶军籍，曾任县主簿，阶从九品。太宗(976—997)时游汴京(今河南开封)，于天门道上卖画，为待诏高益所见，荐画相国寺壁，遂入图画院，所作山水，不专师法，极富变化，独立一家规范。人称"燕家景致"。存世作品主要有《溪山楼观图》(现藏台湾"故宫博物院")、《江山楼观图》(现藏日本大阪市立美术馆)、《烟岚水殿图》及《溪谷图》等。
⑤ 顾野王，历史人物。顾野王(519—581)，字希冯，吴郡吴县光福人。南朝梁、陈年间文字训诂学家、史学家。工诗文，善书法、丹青，擅长人物，尤工草虫。宣城王陈顼为扬州刺史，建官舍，请他绘《古贤像》于壁，又请琅琊王褒题赞，时人称为"二绝"。宋徽宗赵佶曾得其《草虫图》，称为精工之作，录于《宣和画谱》。
⑥ 六书，指汉字的造字方法，即"象形、指事、会意、形声、转注、假借"。
⑦ 纨扇，古扇名。细绢削成的团扇。亦称"团扇""宫扇"。因形似圆月，且宫中多用之，故称。
⑧ 谢郎，指南朝宋谢庄。谢庄（421—466），字希逸，陈郡阳夏（今河南太康县）人，南朝宋文学家。七岁能作文，二十岁左右入仕，在东宫任过洗马、中舍人。稍后，在江州任庐陵王刘绍南中郎谘议参军。元嘉二十六年（449），又随雍州刺史随王刘诞去襄阳，领记室。次年，北魏使者在彭城和刘宋谈判，曾经问起谢庄的情况，可见其声名远播。以《月赋》闻名。

漫 兴

簪绂多屠狗,[①] 衣冠半沐猴[②]。
喜闻纶綍下,一洗缙绅[③]羞。
考识饮虞典[④],蠲金陋汉侯。
郎官[⑤]谁滥厕,早晚好归休。

绝 句

碧桃花下午晴初,风定帘栊画不如。
一种幽怀向谁诉,独调鹦鹉剪春蔬。

[①] 簪绂即冠簪和缨带,古代官员服饰。喻显贵,仕宦。唐李颀《裴尹东溪别业》诗:"始知物外情,簪绂同刍狗。"屠狗,在古代几乎成了隐于市者的招牌职业。有许多"屠狗"名士,例如荆轲、高渐离,他们都是在街头以屠狗为业,人莫敢近。

[②] 沐猴,即猕猴,楚人管猕猴为沐猴。

[③] 缙绅,称有官职的或做过官的人。

[④] 虞典,即虞书。《尚书》的一个部分。记载着唐尧、虞舜、夏禹等的事迹。

[⑤] 郎官,古代对议郎、中郎、侍郎、郎中等官员的统称。

送谭叔裕①太史督学四川②

蜀山秦栈路茫茫，③使者征途趁急装。
两袖清风笼玉尺④，一鞭残照下铜梁⑤。
卧龙祠⑥畔寒燕直，司马桥⑦边猎火荒。
勋业文章千古事，不须凭吊对斜阳。

试效渔洋⑧咏史小乐府⑨晋书⑩十六国载记

九曲宴

太息阳，平阳⑪祸，胡笳遍地愁。
谁知宴九曲，已兆乱并州⑫。

---

① 谭叔裕，名宗浚，广东南海人，原任太史，后督学四川，著作有《辽史纪事本末诸论》等。
② 四川，地名，即四川省。位于我国西南地区、长江上游，以两宋益、梓、利、夔，"川峡四路"而得名，四川地大物博，人杰地灵，历史悠久，自古享有"天府之国"之美誉。
③ 蜀山，在四川境内，是峨眉山附近一带的山脉统称。蜀山一词最早见于《蜀山剑侠传》。秦栈指自陕入蜀的栈道。
④ 玉尺，衡器，上文已注。
⑤ 铜梁，地名，位于重庆市西北部，四川盆地东南，川中丘陵与川东平行岭谷交接地带。
⑥ 卧龙祠，祠宇，供奉三国时期蜀国军师诸葛亮的祠宇。
⑦ 司马桥，指四川省道206线白马镇司马桥，此桥为石板平桥，相传始建于东晋。
⑧ 渔洋，人名，即王士禛，王士禛（1634—1711），字子真，一字贻上，号阮庭，又号渔洋山人。山东新城人，清顺治十二年（1655）进士，官至刑部尚书。一生创作诗歌三千余首，分别载于其所编渔洋集等诸书中。《渔洋精华录》是在康熙三十九年编写的，全书十卷，前四卷所载古体诗，后六卷所载是今体诗。
⑨ 小乐府，指篇幅短的诗，常为五言四句，比绝句灵活。
⑩ 晋书，记载了从司马懿开始到晋恭帝元熙二年为止，包括西晋和东晋的历史，并用"载记"的形式兼述了十六国割据政权的兴亡。晋书作者，房玄龄（579—648），名乔，字玄龄，以字行。唐代齐州临淄（今山东济南）人，唐朝初年名相。
⑪ 平阳，是个封号，曹寿（？—公元前131），平阳侯，汉初丞相曹参的曾孙。曹寿娶武帝姊阳信长公主。时汉武夜间改装出行，常冒称平阳侯；宠幸侯家歌女卫子夫，后立为皇后，种下祸根。
⑫ 并州，山西太原旧称，其地约当今河北保定和山西太原、大同一带地区。

识胡雏①

少日闲鼙鼓，胡雏②杀气生。
洛门③长啸复，十八骑④横行。

比汉祖⑤

狐媚嗤曹魏⑥，机权究不如。
可知逢汉祖⑦，逐鹿⑧语真虚。

---

① 胡雏，这里指胡人(蒙古人)。
② 胡雏，上文已注。
③ 洛门，地名，陇东南商埠重镇。位于甘肃省天水市西部，距武山县城14公里。镇域地势平坦，土壤肥沃，水源丰富，光照充足，物产丰富。陇海铁路、316国道纵贯全境，省道洛礼路横穿南北，素有"旱码头"之称。
④ 十八骑，指石勒早期所纠集收揽的同族或者平时好友，如，王阳、夔安、支雄、冀保、吴豫、刘膺、桃豹、逯明等八人小势力，号为"八骑"。后来，"八骑"相互引荐，又引来了郭敖、刘征、刘宝、张噎仆、呼延莫、郭黑略、张越、孔豚、赵鹿、支屈六等十人，号为"十八骑"。
⑤ 汉祖，即汉高祖刘邦，刘邦(前256—前195)，字季，沛郡丰邑中阳里(今江苏丰县)人，秦朝时曾担任泗水亭长，起兵于沛县反秦。后成为汉朝开国皇帝，庙号为太祖，史称太祖高皇帝。兴帝之前又称沛公、汉中王。对汉民族的统一、中国的统一强大，汉文化的保护发扬有决定性的贡献。
⑥ 曹魏，指三国时期的魏国，中国汉朝末期三国之中最强大的一个政权。始于220年曹丕逼迫汉献帝刘协禅让帝位，改汉为魏。
⑦ 汉祖，即汉高祖刘邦。上文已注。
⑧ 逐鹿，意思是竞争天下，出自《史记·淮阴侯列传》："秦失其鹿，天下共逐之，于是高材疾足者先得焉。"

两贞臣①

庾珉②痛行觞，宰宾悲执盖。
回首金镛城③，卫瓘④真非醉。

掩臧扎⑤

元真有令子，垂德九雄猾。
我最爱玄恭⑥，贤名掩臧扎。

两雄门

劲敌压重城，戎杯酌未醒。
洛阳兵，火已败，空忆石王盟⑦。

---

① 两贞臣，一、庾珉，二、卫瓘。庾珉，字子琚，（庾峻子，庾敳兄）史载：性淳和好学，行己忠恕。少历散骑常侍、本国中正、侍中，封长岑男。怀帝之没刘元海也，珉从在平阳。元海大会，因使帝行酒，珉不胜悲愤，再拜上酒，因大号哭，贼恶之。会有告珉及王俊等谋应刘琨者，元海因图弑逆，珉等并遇害。初，洛阳之未陷也，珉为侍中，直于省内，谓同僚许遐曰："世路如此，祸难将及，吾当死乎此屋耳！"及是，竟不免焉。太元末，追谥曰贞。卫瓘，历史人物，卫瓘(220—291)，字伯玉，河东安邑(今山西夏县北)人。三国时期魏国、西晋的大臣，魏国侍中卫觊之子，年轻时在魏国仕官，担任廷尉、镇西将军。西晋时历任青州、幽州刺史、征东大将军及司空。晋惠帝即位后，与贾后对立。不久，卫瓘与其子孙共九人在"八王之乱"中被贾后以计相诛杀，终年72岁。卫瓘出身书法世家，父卫觊长于书法。卫瓘擅长隶书、章草，师承张芝书法传统，自称得张芝之筋，风格流畅秀美。

② 庾珉，字子琚，上文已注。

③ 金镛城，古城堡，为曹魏明帝所筑，宫殿宏丽，城池坚固。位于汉魏故城西北角，在今日孟津县平乐乡金村一带。贾皇后废皇太后杨氏为庶人，徙于金墉城，第二年迫害致死。

④ 卫瓘，字伯玉，上文已注。

⑤ 掩臧扎，少数民族用语。

⑥ 玄恭，历史名人，即慕容恪(？—366)，字玄恭，昌黎棘城(今辽宁义县西北)人，鲜卑族，十六国时期前燕杰出的政治家、军事家、统帅。前燕王慕容皝的第四子，《晋书·慕容恪载记》：慕容恪"幼而谨厚，沉深有大度"，因其母高氏不被宠爱，所以一直不为慕容皝所注意。慕容恪十五岁时，又载："身长八尺七寸，容貌魁杰，雄毅严重，每所言及，辄经纶世务，皝始异焉，乃授之以兵。"

⑦ 王盟，人名。王盟，字子仵，明德皇后（东汉明德皇后马氏(38—79)，汉明帝刘庄唯一的皇后，伏波将军马援的三女儿）之兄。

双伪后①

毛女②完贞节,刘娥上谏书③。
胡奴④宫闱肃,羊后⑤尔何如。

饥鹰⑥逝

一自渑池⑦渡,饥鹰逝不归。
阳平⑧原未立,谁解邺城⑨围。

---

① 双伪后,即贾南风和羊献容。贾南风(256—300),平阳襄陵(今山西襄汾)人,西晋晋惠帝司马衷的皇后,史称惠贾皇后。历史上鼎鼎有名的丑女人。据史书上记载,惠贾皇后身材矮小(约1米4左右),面目黑青鼻孔朝天,嘴唇保地,眉后还有一大块胎记。贾南风是西晋的开国元勋贾充的三女,贾南风干政,导致八王之乱,使西晋"宗室日衰",大一统的中国,从此陷入了三百多年的分裂割据局面。羊献容(？—322),晋朝时泰山南城人。晋惠帝司马衷的第二任皇后,也是前赵末帝刘曜的皇后。祖父羊瑾,父羊玄之。一生坎坷,五废六立。
② 毛女,即古仙女,字玉姜,形体生毛,在华阴山中。自言秦始皇宫中人,秦亡入山。食松叶,遂不饥寒,身轻如飞。这里指贾南风。
③ 刘娥上谏书,刘娥,皇帝刘聪的皇后,刘娥(？—314),西晋建兴元年(313),刘聪立贵嫔刘娥为皇后,欲建金屋藏娇,劳民伤财。廷尉陈元达谏阻,刘聪大怒,要杀陈元达。刘娥得知,急密敕左右护卫停刑,亲手书表,谏书曰:"今宫室已备,无烦更营,四海未壹,宜爱民力。陈廷尉之直言,正是社稷之福也,陛下正宜加封赏,而今却欲诛之,四海之内将谓陛下何?!忠臣进谏而不顾身,可留身后美名;人主拒谏亦不顾身,则留身后骂名!陛下今为妾营殿而杀谏臣,授忠良之士以口舌是因为妾,远近怨怒于陛下是因为妾,因私而使公困弊因为妾,社稷岌危因为妾,天下之罪皆归于妾,妾身将何以当之!且妾观自古败国丧家,多因于妇人,故每每为之警惕,以免蹈其覆辙,不意今日身自为之,使后世视妾亦为祸国殃民之妇人!妾诚无面目复奉陛下巾栉,愿赐死此堂,以塞陛下之过!"刘聪见过即改。314年刘娥怀孕了,生了一个不成人形的怪胎,刘娥也因此惊吓而亡。刘聪十分宠爱刘后,免不了过度悲伤,葬仪格外隆重。
④ 胡奴,古代对胡人的贱称。(胡,中国古代称北边的或西域的民族)。
⑤ 羊后,即羊献容,上文已注。
⑥ 饥鹰,引自成语:饥鹰饿虎,比喻凶残贪婪。出处《魏书·宗室晖传》:"侍中卢昶,亦蒙恩眄。"故时人号曰:"饿虎将军,饥鹰侍中。"
⑦ 渑池,地名,即渑池县,位于河南省西部,渑池之名来源于古水池名,本名黾池,以池内注水生黾(一种水虫)而得名。
⑧ 阳平,古地名,位于河南省灵宝市阳平镇北阳平村西500米处。
⑨ 邺城,古城,在今河北临漳附近,位于漳水南岸。有"三国故地、六朝古都"之美誉。曹魏、后赵、冉魏、前燕、东魏、北齐六朝都城,成为黄河流域政治、经济、军事、文化中心,长达四个世纪。公元580年,隋文帝杨坚下令焚烧邺城,千年名都夷为废墟。

诋伊周①

奇论诋伊周，史亦称佳虏。
不遇辕固生②，谁驳非汤武③。

扪虱谈④

将相符⑤秦咸，阳平一代雄。
何如扪虱者⑥，英气压桓公⑦。

---

① 伊周，两个历史名人，即商朝伊尹和西周周公旦。伊尹，商初大臣，名伊，一说名挚，今洛阳人。生于伊洛流域古有莘国的空桑涧(今洛阳市嵩县莘乐沟)，奴隶出身。因为其母亲在伊水居住，以伊为氏。为商朝理政安民50余载，治国有方，权倾一时，世称贤相，三代元老。周公旦(？—公元前1043)，姓姬，名旦，亦称叔旦，西周时期的政治家、军事家、思想家、教育家，被尊为"元圣"，周文王的第四子，周武王的同母弟。因采邑在周，称为周公。而且还是个多才多艺的诗人、学者、儒学先驱。文王奠基、武王定鼎、周公主政。为周朝制定了礼乐等级典章制度，使得儒家学派奉周公、孔子为宗，之后历代文庙也以周公为主祀，孔子等先贤为陪祀。

② 辕固生，人物，汉齐人，曾与黄生争于景帝前。时窦太后好老子书，固曰："此家人言耳。"为太后所怒，赖帝援之得免。廉直，为清河王。

③ 汤武，即商汤(？—前1588)子姓，名履，庙号太祖，为商太祖。军事统帅，商朝的创建者(前1617—前1588年在位)，在位30年，其中17年为商国诸侯，13年为商朝国王。今人多称商汤，又称武汤、天乙、成汤、成唐。

④ 扪虱谈，典故，即扪虱而谈，出自东晋，前秦符坚的丞相王猛，尚未发达时，雄才大略、权倾人主的大司马桓温率军入关，王猛"被褐而诣之，一面谈当世之事，扪虱而言，旁若无人"。经此一"谈"，以及王猛后来的生猛生涯，"扪虱而谈"成为美谈。

⑤ 符，即符坚。符坚(338—385)，字永固，一名文玉，氐族，生于邺城，原籍略阳临渭(今甘肃天水东北)，十六国时期前秦皇帝，在位二十九年。初封东海王，357年在氐、汉豪贵支持下，杀暴虐的符生(符健子)，自立为大秦天王。即位前结纳人才，以图经国济民。即位后用人唯贤，励精图治。无才能的宗室外戚都遭摒弃，而王猛、吕婆楼、强汪、梁平老等人有文武之才，均授以高官，对王猛尤委以"军国内外万机之务"。符坚博学多才艺，汉文化修养较深，擅长谋略。在位期间致力于修明政治，统一中国北方，政绩显著，是十六国时期许多封建帝王中的杰出人物。

⑥ 扪虱者，上文已注。

⑦ 桓公，历史人物，即齐桓公，姜姓，吕氏，名小白(前685年—前643年在位)，春秋时代齐国第十五位国君。春秋五霸之首。任管仲为相，推行改革，实行军政合一、兵民合一的制度，齐国逐渐强盛。打出"尊王攘夷"的旗号，北击山戎，南伐楚国，桓成为中原霸主，受到周天子赏赐。

鱼羊谶

烟举咸阳城[1]，人语光明殿。
蛟龙岂能驯，鱼羊终为变。

凤凰谣[2]

白日浮云蔽，伤心赵整[3]歌。
塘蒲终喙尽，可奈凤凰何。

惊唳鹤

立第宾降主[4]，凄凉鹤唳声。
不须淝水战[5]，胆落寿春城[6]。

---

[1] 咸阳城，中国著名古都之一。位于关中平原中部，渭河北岸，九嵕山之南，因在山水之阳，故名咸阳。秦始皇统一全国后，咸阳成为全国政治、经济、交通和文化中心。现在咸阳是陕西省第3大城市。

[2] 凤凰谣，凤凰，人名，即慕容冲。慕容冲（359—386），小字凤皇，十六国时期西燕国君主，鲜卑人，前燕帝慕容俊之子，慕容暐之弟。前燕时期慕容俊在位时曾被封为中山王、大司马。凤凰谣，古代歌谣。

[3] 赵整，人名。赵整，一名正，字文业，十六国时洛阳清水（今属河南）人，一说济阴（今山东定陶西北）人，初为著作郎。历秘书郎、武威太守。谏苻坚勿使氐族镇四方。苻坚死，出家事佛，更名道整。遁迹商洛山。后随郗恢游。年六十余卒于襄阳。有诗传世。

[4] 宾降主，意思是在淝水之战中，前秦是主，东晋是宾，结果，宾降主。

[5] 淝水战，即淝水之战，发生于公元383年，当时中国北方的前秦欲灭南方的东晋，并于淝水（今安徽省寿县的东南方）交战，最终东晋仅以八万军力大胜八十余万前秦军。

[6] 寿春城，古县城，位于淮南岸的八公山下，肥水饶城而过，古称寿春、寿阳、寿州，公元前241年楚考烈王自陈迁都于此，成为军事重镇，现名寿县。是我国历史文化名城之一。

吕安①西

晦暝黑龙②见，将军③顾盼雄。
姑臧④徒割据，何似窦安丰⑤。

姚平北⑥

景国威名著，英年比狝儿⑦。
谁人开衅隙，致丧北征师。

外一首

龙骧⑧不假人，失计畀仇乱。
遗恨新平城⑨，千秋悲蔫棘。

---

① 吕安，人名。吕安（？—262），字仲悌，山东东平人。魏晋时名士，恃才傲物，蔑视礼法，与"竹林七贤"之一的嵇康是至交好友。著作有《隋书》《唐书经籍志》。
② 黑龙，即姑臧，该城呈龙形，详见注④。
③ 将军，指沮渠蒙逊。沮渠蒙逊（366—433），即北凉武宣王，临松卢水（今甘肃张掖）人，匈奴族，十六国时期北凉的建立者，军事统帅。
④ 姑臧，古地名，姑臧也称盖臧，故址在今甘肃武威市。姑臧，是少数民族用语。在中国历史上曾经作为五胡十六国中，前凉、后凉的首都。原名盖臧，为匈奴所筑，后音讹为姑臧。城呈龙形，故又名"卧龙城"。
⑤ 窦安丰，历史人物，即窦融。窦融（前16—62），字周公，扶风平陵（今陕西咸阳西北）人，东汉中兴名臣，官至大司马，封安丰侯，故称窦安丰。
⑥ 姚平北，即姚襄。姚襄（321—357），字景国，五胡十六国前期人物，羌人，后秦武王。是姚弋仲的第五子，也是后秦开国君主姚苌之兄。原随其父归后赵，史载："年十七，身长八尺五寸，臂垂过膝，雄武多才艺，明察善抚纳，士众爱敬之。"因此众人请求姚弋仲立为继承人。姚弋仲起初以姚襄不是长子，并不允许，然请求的百姓很多，姚弋仲才开始给姚襄带兵，后归东晋，与殷浩不合，判而北归，被桓温击破。后在逃亡途中被部下所杀。
⑦ 狝儿，亦喻年少勇猛的人。
⑧ 龙骧，人名，即沮渠蒙逊，沮渠蒙逊曾封为大将军龙骧。上文已注。
⑨ 新平城，古地名，晋人谓之小平城。吴忠俘房符坚，押送到新平城。

杀飞龙①

避祸奔秦陇②，泉州③岂旧封。

曾言国土报，转眼杀飞龙。

岁 月

岁月怜飘海，风尘猷滞留。

十年曾几日，一病已经秋。

水调吴侬④怨，离骚⑤楚客愁。

南云望不极，心折木兰舟。

法源寺⑥石坛唐太宗⑦征高丽⑧回葬战骨处

十台五尺古墓荒，佛舍无人遍野棠。

白骨一丘怜故鬼，青磷千载伴空王。

风霜半蚀残碑字，花鸟安知旧战场。

太息兴亡成底事，唐家⑨陵树失青苍。

---

① 飞龙，指符坚，建元十九年（383）五月，符坚下达了进攻东晋的命令。东晋在谢安统领下，上下齐心，同仇敌忾，主动在淝水决战。符坚急于求胜，在未经核实敌情，不听部将的劝阻，盲目同意退军决战。结果，中了东晋的圈套，导致淝水惨败。不仅前锋统帅符融被杀，符坚自己也被流矢射中，落荒而逃。被缢死在新平佛寺。
② 秦陇，秦岭和陇山的并称。南朝梁江淹《秋至怀归》诗："楚关带秦陇，荆云冠吴烟。"
③ 泉州，又称鲤城（市区地图似鲤鱼）、刺桐城（古时据说遍布刺桐树）、温陵，位于福建东南部，与台湾隔海相望，是福建省下辖的一个地级市。
④ 吴侬，江浙一带方言，侬作"人"解。
⑤ 离骚，即屈原的诗作，上文已注。
⑥ 法源寺，位于北京西城区教子胡同南端的法源寺前街。建于唐太宗贞观十九年（645），是北京最古老的名刹，唐时为悯忠寺，清雍正时重修并改为今名，中国佛学院、中国佛教图书馆的所在地。1983年被国务院确定为汉传佛教重点寺院。2001年被国务院批准为第五批全国重点文物保护单位。
⑦ 唐太宗，即李世民。李世民（598—649），祖籍陇西，唐高祖李渊和窦皇后的次子，唐朝第二位皇帝，杰出的政治家、战略家、军事家、诗人。
⑧ 高丽，古国名，即现在的朝鲜。
⑨ 唐家，指唐朝李家。

新衔 二首

（一）

恩命出城闉一骑，青丝九陌尘琴鹤。
清正廉洁贤太守①，珠玑吐属旧诗人。
三江作郡官应雅，两世论交谊更亲。
他日匡庐②翘首望，欣看民物庆和春。

（二）

闽晋③持衡南北征，十九前已列蓬瀛④。
皇华⑤两度翔鸾翩，棣萼⑥连枝负骏声。
入惜萧公⑦权外郡，帝嘉黄霸洞群情。
御屏⑧姓氏留宸翰，定识臣心白水盟⑨。

---

① 贤太守，指曹朗川，上文已注。
② 匡庐，即江西庐山，上文已注。
③ 闽晋，地名。闽，福建简称；晋，山西简称。
④ 蓬瀛，即蓬莱，上文已注。
⑤ 皇华，《诗·小雅》中的篇名。《序》谓《皇皇者华》，君遣使臣也。送之以礼乐，言远而有光华也。为赞颂奉命出使或出使者。
⑥ 棣萼，指喻兄弟同享美名，多指友爱、才华而言。《诗·小雅·常棣》："常棣之华，鄂不韡韡；凡今之人，莫如兄弟。"
⑦ 萧公，人名，即萧伯轩。史载：龙眉蛟发，美髭髯，面如童。少年为人刚正自持，言笑不苟，善善恶恶，里咸为之质平。殁于宋咸淳间，遂为神，附童子，先事言祸福，中若发机。乡民相率为立庙江西临江府新干县之太洋洲，保舡救民，有祷必应，福泽十方。大元时，以其子萧祥叔死而有灵，合祀于庙。皇明洪武初，尝遣官谕祀于此，诏封为水府灵通广济显应英佑侯，大着威灵于九江八河五湖四海之上。
⑧ 御屏，古代皇帝用的屏风。
⑨ 白水盟，出自成语"白水盟心"，指着水起誓。泛指对人盟誓。

九日与诸同仁宴集陶然亭① 三首

（一）

青山红树点秋光，远影黏天雁数行。
斜日晚风南陌路，菰蒲②声里过重阳。

（二）

酒人憔悴醉江亭，兰若秋深草不青。
无那复寻鹦鹉冢，寒烟半没瘗花铭。

（三）

黑窑厂③畔夕阳迟，踠地垂杨剩几枝。
向晚独归鬆马勒，西风拂面酒醒时。

---

① 陶然亭，位于北京慈悲庵西部，中国四大历史名亭之一。上文已注。
② 菰蒲，指湖泽（湖泊沼泽）。
③ 黑窑厂，北京市地名，位于西城区陶然亭虎坊路。

杂诗 四首

（一）

秋至不摇落，郁郁庭中树。
峭欲凌云霄，浓如扶烟雾。
忆昔三月春，桃李芬芳吐。
相与竞姿媚，此树无人顾。
一旦凉秋至，凡卉嗟迟暮。
寒蝉吸秋风，相对泣幽素。
卓哉此佳植，青苍独如故。
乃知不凡材，盘错见不具。
不有繁霜下，安识植根固。

（二）

转蓬随飘风，须臾行千里。
偶成风刀微，即堕泥尘里。
从此嗟零落，一蹶不复起。
亮无凌风翼，高举安足恃[①]。
佛氏重夙根[②]，达人[③]鉴知止。
宁为古井沉，不随逝波靡。
逝波去不回，无情竟如此。

[①] 安足，用来承托棋盘的用具，锻造于春秋战国时期。
[②] 夙根，谓前生的灵根。
[③] 达人，是指在某一领域非常专业、出类拔萃的人物。

（三）

少小不读书，生平喜游侠。

交倾稚季①广，量笑应侯狭。

恭谨愧季心，放纵过原涉。

燕市②昼狂歌，歌灞亭行猎。

虱生苏季裘，尘天祢衡③帖。

客已如鸟散，家更嗟壁立。

始著扬云经，欲竟桓荣④业。

时哉不再来，悔笑何嗟及。

（四）

美酒能消愁，香草能忘忧。

忧愁借物解，无乃假外求。

游戏天地间，何如一闲鸥。

沙汀独来去，烟渚时沉浮。

钦啄啄纵天，机相与春秋。

嗟彼南来雁⑤，仆仆稻粱谋⑥。

弋入张网罟，翔集空夷犹。

---

① 稚季，即知己。

② 燕市，战国时燕国的国都，上文已注。

③ 祢衡，人名。祢衡，字正平，东汉狂士。竟当着百官面前击鼓骂曹操。

④ 桓荣，人名。桓荣，字春卿（前24—17）。谯国龙亢（今安徽省怀远县龙亢镇北）人。东汉经学大师。太子少傅，封关内侯。

⑤ 南来雁，指作者自己。

⑥ 稻粱谋，即生计。

岁暮郊行

暖气摧残蜡，春光到软沉。
病多衣带减，雪压帽檐低。
荒径少人迹，枯林无鸟啼。
何如越台①路，芳草绿萋萋。

频 岁

频岁无秋获，村原少夕炊。
可怜兵燹复，又是旱荒时。
国赋何尝急，民生亦已疲。
赈贫奚待②奏，汲黯动人思。

登瑶台③

匹马走中原④，五年客京邸⑤。
莫问茂陵⑥书，徒索长安⑦米。
日落登荒台，笳声动地起。
悲风从北来，吹断桄榔水。
南望家山路，悠悠隔万里。
门户网蛸蟏，墓田长棘枳。
欲作书问讯，清泪溢寸纸。
凄绝闾倚人，极目望游子。

---

① 越台，这里指汉时南越王赵佗所建之越王台。故址在今广州越秀山。宋代诗人杨万里《明发青塘芦包》诗："回望越台烟雨外，万峰尽处五羊城。"
② 奚待，即不待的意思。
③ 瑶台，神话传说中神仙所居之地。
④ 中原，指黄河中下游地区。
⑤ 京邸，指北京。
⑥ 茂陵，西汉武帝刘彻的陵墓。上文已注。
⑦ 长安，古城。上文已注。

拟杜工部①诸将 五首

（一）

闻道唐家②洗甲兵，令公③单骑又寻盟。
貔狄队伍琱戈④戬，虎豹韬铃羽扇轻。
纵使胡儿知李牧，⑤只闻敌虏畏岑彭⑥。
滇池⑦月黑桄榔暗，胆落愁闻鹤唳声。

---

① 工部，中国封建时代中央官署名，为掌管营造工程事项的机关，六部之一，长官为工部尚书，曾称冬官、大司空等。
② 唐家，指唐朝。
③ 令公，古代对中书令的尊称。《魏书·高允传》说："于是拜允为中书令……高宗重允，常不名之，恒呼为令公。"唐郭子仪为中书令，亦被称为令公。
④ 琱戈，指刻镂之戈，亦为戈的美称。
⑤ 胡儿，即胡人，多用为蔑称。李牧（？—前229），战国时期赵国人，战国时期赵国杰出的军事家、统帅，官至赵国相，大将军衔，受封赵国武安君。与白起、王翦、廉颇一同被后人称为"战国四大名将"。
⑥ 岑彭，历史人物。岑彭（？—35），字君然，南阳棘阳（今河南南阳新野）人，东汉中兴名将。"云台二十八将"排第六，官至征南大将军，封舞阳侯。
⑦ 滇池，亦称昆明湖、昆明池，位于昆明市西南，中国云南省大湖。连同湖西侧的西山是著名游览、疗养胜地。

（二）

峭阁危楼彻夜灯，城狐社鼠肆凭陵①。
放衙②非复王侯第，开府居然左右丞。③
西海④有人朝戏马，北平无吏画呼鹰。⑤
汉皇⑥今日卢前席，持节苏卿⑦问孰能。

---

① 凭陵，意思是侵犯，欺侮。出自《左传·襄公二十五年》："今陈忘周之大德，蔑我大惠，弃我姻亲，介恃楚众，以凭陵我敝邑。"
② 放衙，古代属吏早晚参谒主司听候差遣谓之衙参。退衙谓之放衙。宋苏轼《入峡》诗："放衙鸣晚鼓，留客荐霜柑。"
③ 开府，古代指高级官员（如三公、大将军、将军等）建立府署并自选僚属特权。左右丞，官名。自汉至金有尚书左丞、尚书右丞。
④ 西海，古地名，即青海，古称西海、鲜水海、卑禾羌海，自十六国时期称青海。
⑤ 北平即北京。呼鹰，指行猎。
⑥ 汉皇，指汉朝皇帝。亦借指唐朝皇帝。唐白居易《长恨歌》："汉皇重色思倾国。"
⑦ 苏卿，指苏武。苏武（前140—前60），字子卿，杜陵（今陕西西安）人，西汉大臣。天汉元年（公元前100）奉命以中郎将持节出使匈奴，被扣留。匈奴贵族多次威胁利诱，欲使其投降不就；后将他迁到北海（今贝加尔湖）边牧羊，扬言要公羊生子方可释放他回国。苏武历尽艰辛，留居匈奴十九年持节不屈，至始元六年（前81），方获释回汉。

（三）

刁斗无声甲胄擐，元戎千骑度阴山。①
白羊城②廓连云暗，朱雀旌旗闪日殷。
曾募流离耕绝塞，伫看亭障列阳关。③
营平自有屯田策④，不靖羌⑤零肯便还。

---

① "元戎千骑度阴山"句，作者自注：当年陕甘总督（杨岳斌(1822—1890)，原名载福，字厚庵。湖南善化（今长沙）人，晚清湘军水师统帅。行伍出身，清咸丰三年(1853)，曾国藩创建湘军水师，调任右营营官。曾随曾国藩镇压太平天国革命，累官湖北提督、福建陆师和水师提督、陕甘总督。中法战争中，率湘西苗兵协助左宗棠作战，再立战功。死后，追赐太子太保。阴山山脉横亘于内蒙古自治区中部，中国十大山脉之一，蜚声海内外的秦始皇修筑的长城就在阴山之巅，著名的阴山岩画，穿过阴山仿佛可以看到昭君出塞那当年的景象。

② 白羊城，古地名，位于北京市昌平区西北部。

③ 亭，军事设施。先秦时代一种军事防御哨所堡垒，具有守望、斥堠、报警、防卫等多种功能，如常称的徼亭障塞、亭障、亭燧等。阳关，地名。位于甘肃省敦煌市西南的古董滩附近。中国古代陆路对外交通咽喉之地，是丝绸之路南路必经的关隘。

④ 屯田策，最早提倡的算赵充国（前137—前52），字翁孙，陇西上圭今甘肃清水县人，三朝元老（经历汉武帝、昭帝、宣帝三代）。元康年间，西羌扰乱边疆，并与匈奴勾结企图占领河西走廊，切断西汉通往西域的道路，宣帝派光禄大夫义渠国安平羌，被羌人击败。赵充国主动请缨平羌，公元前61年，77岁高龄的赵充国率兵西进，讲究战略战术，诸羌多降。为了彻底解决羌乱问题，赵充国三上屯田奏，请求在河湟地区实行屯田，寓兵于农。为西汉王朝的强盛、边疆的巩固古丝绸之路的畅通建立了不朽的功勋。

⑤ 羌，指中国古代西部的民族。

（四）

自从寇盗弄隍池①，喜见昆明②习水师。
禁旅新开都护府，名王特领羽林儿。
云麾大纛飞星宿，天策神军尽虎貔。
诸将饱谙孙武③略，可能蒿目拯时危。

（五）

回首干戈靖十年，秦淮④洗尽旧腥膻。
雨花台⑤畔云梯散，细柳营⑥中露布传。
绝岛庐循无战舰，大江王濬⑦有楼船。
至今凭吊青塘水⑧，韦粲⑨孤军最可怜。

---

① 隍池，指没有水的护城壕。
② 昆明，即云南省会。
③ 孙武，历史人物。孙武（前535—？），字长卿，春秋时期齐国乐安（今山东省广饶县）人，后人尊称其为孙子、孙武子、百世兵家之师、东方兵学的鼻祖。曾以《兵法》十三篇见吴王阖闾，受任为将。领兵打仗，战无不胜，与伍子胥率吴军破楚，五战五捷，率兵6万打败楚国20万大军，攻入楚国郢都。北威齐晋，南服越人，显名诸侯。所著《十三篇》是我国最早的兵法，被誉为"兵学圣典"，置于《武经七书》之首。
④ 秦淮，秦淮河，南京第一大河。
⑤ 雨花台，位于南京市中华门堡南，自公元前472年，越王勾践筑"越城"起，雨花台一带就成为江南登高览胜之佳地。
⑥ 细柳营，即汉朝名将周亚夫的细柳营，上文已注。
⑦ 王濬，作者注：王濬，字士治，随陕督杨岳斌、前侍郎彭玉麟巡阅长江。
⑧ 青塘水，地名，位于建康（即现在的南京市附近）。
⑨ 韦粲，人名。韦粲，字长茜，原籍京兆杜陵（今西安东南）人，车骑将军睿之孙，北徐州刺史放之子。好学仗义，身长八尺，容貌甚伟。初为云麾晋安王行参军，俄署法曹，迁外兵参军，兼中兵，援建康之役捐躯。

题太夫子小汀①相国重宴鹿鸣图集杜少陵② 四首

（一）

王国称多士，如公复几人。
南宫载勋业，北极捧星辰。
开辟乾坤大，调和鼎鼐新。
相门韦氏③在，自昔有经纶。

（二）

学并庐王敏，名因赋颂雄。
词华倾后辈，出入冠诸公。
更识将军树④，仍骑御史骢。
乌台⑤俯麟阁，华馆辟秋风。

---

① 小汀，即全庆，全庆（？—1882），叶赫纳喇氏，字小汀，满洲正白旗人，尚书那清安子，清朝大臣。道光九年（1829）进士，选庶吉士，授编修，累迁侍讲。

② 杜少陵，即杜甫，唐代诗人，上文已注。

③ 韦氏，指韦贤、韦玄成父子丞相，显赫一时。韦贤（前148—前67），字长孺，西汉时鲁国（今山东邹城东南）人。韦孟第5代孙。被召而举家迁入长安（今西安未央区）做官。性质朴，善求学，精通《诗》《礼》《尚书》，号称邹鲁大儒。以经书致仕，征为博士、给事中，进宫授昭帝《诗》，迁光禄大夫、詹事、至大鸿胪。汉宣帝时，赐爵关内侯，徙为长信少府。以为人主师，本始三年（前71）代蔡义为丞相。韦玄成（？—公元前36），字少翁，西汉时杜陵（今陕西省西安市雁塔区曲江乡三兆村南）人。韦贤第四子，位至丞相。

④ 将军树，树名，位于江南水乡古镇乌镇市河西岸，旧剧场的北面，因参天耸立在一座名叫乌将军庙的古庙内而得此名。唐宪宗元和年间，有位骁勇善战的将军，姓乌名赞，人称乌将军。乌赞在平乱战争中捐躯，后世为纪念他，建了一座乌将军庙。

⑤ 乌台，指御史台，汉代御史台外柏树有很多乌鸦，所以人称御史台为乌台。

（三）

通籍①蟠螭印，差池弱冠年。

骅骝开道路，雕鹗位秋天。

勋业青冥上，簪裙紫盖边。

神仙才有哉，福地语真传。

（四）

言禁经纶密，风云际会期。

退潮花底散，折桂十年知。

虚历金草华，长怀湛露诗②。

淮王门有客，作颂纪恩师。

---

① 通籍，籍，是二尺长的竹片，上写姓名、年龄、身份等，挂在宫门外，以备出入时查对。通籍，谓记名于门籍，可以进出宫门。因此后来便称做官为通籍。

② 湛露诗，即唐杜甫的作品《夔府书怀四十韵》："遂阻云台宿，常怀湛露诗。"

登通州①城楼 四首

（一）

东北②当冲路，燕云③扼要州。
莽深迷乱蝶，塔峭失危楼。
络绎月驼铃，萧疏雁羽遒。
我来秋已暮，登眺触离忧。

（二）

白马寻遗寺④，无人闭寂寥。
山川连赵代⑤，图版忆金辽⑥。
古戍津梁⑦断，清秋砧杵遥。
数株新杨柳，摇落更魂销。

---

① 通州，地名，这里指北京市通州区，位于北京市东南部。
② 东北，指黑龙江省、吉林省、辽宁省。
③ 燕云，地名，燕指幽州，云指云州，燕云指华北地区。
④ 遗寺，指河南白马寺，位于河南省洛阳老城以东12公里处，创建于东汉永平十一年(68)，是佛教传入中国后兴建的第一座寺院，有中国佛教的"祖庭"和"释源"之称。
⑤ 赵代，指赵代王(前250—？)，名为赵嘉，战国时期赵国最后的君主，秦破邯郸后，赵公子嘉等数百人，逃往代郡，自立代王。
⑥ 金辽，即南宋时期的金国和辽国。
⑦ 津梁，即桥梁。

（三）

天阔疑无树，云深更有城。

孤帆随日远，归鸟着风轻。

寥落伤身世，登临忆弟兄。

杜家三杰①在，中季②最知名。

（四）

久客无乡梦，重来动旅愁。

可怜江树隔，不见岭南③云。

暮雁若无侣，寒蝉悲及秋。

嫁衣为人作，何事数淹留。

---

① 杜家三杰，指杜审言、杜甫、杜牧。杜审言（645—708），字必简，襄州襄阳人，是大诗人杜甫的祖父。高宗咸亨元年（670）进士，与李峤、崔融、苏味道齐名，称"文章四友"，是唐代"近体诗"的奠基人之一，作品多朴素自然。其五言律诗，格律谨严。杜甫，唐朝著名诗人，上文已注。杜牧（803—852），字牧之，号樊川居士，京兆万年（今陕西西安）人，唐代诗人。牧人称"小杜"，以别于杜甫。与李商隐并称"小李杜"。（杜氏家族显赫，杜悰，字允裕。唐中叶宰相杜佑之孙，晚唐诗人杜牧之堂兄也。杜陟，襄州襄阳人，唐朝状元。杜诗礼，襄州襄阳人，唐朝状元。）

② 中季，即杜甫，上文已注。

③ 岭南，指广东，上文已注。

望雪和曹吉三①侍郎

入冬三月苦无雪，怪底朔风耿寒烈。

青山老去头未皤，绿畴涸尽土如铁。

昔年雪泽何缤纷，大地仿疑银海翻。

今年雪花苦稀少，泥痕元复办鸿爪。

昨夜庭阶似集散，群讶天公尘白战。

散花仙女回灵车，步入清虚眇不见。

即今西土民流离，相与引领望云霓。

胡为风姨肆其虐，灵旗一展开阴霾。

况复家山水如注，使我悠悠望乡树。

忧时愧乏贾生②篇，积素空思惠连③赋。

玉宇琼楼安在哉，欲下不下何徘徊。

得非天心故难测，留兹雨露滋春荄。

我欲揉碎玉龙甲，滚下层霄万千叠。

又欲剪破华鬘鬙，化为玉蝶飞人间。

淋漓遍地大千界，布护肯让瞿昙云。

---

① 曹吉三，人名，即曹秉浚，字朗川，广东番禺人，上文已注。
② 贾生，即贾谊（前20—前168），又称贾太傅、贾长沙。洛阳（今河南洛阳市东）人。西汉初年著名的政治家、文学家。著作主要有散文和辞赋两类。散文：《过秦论》《论积贮疏》《陈政事疏》（一称《治安策》）等；辞赋为《吊屈原赋》《鵩鸟赋》等。
③ 惠连，即谢惠连（397—433），祖籍陈郡阳夏（今河南太康）人，南朝宋文学家。代表作《雪赋》和谢庄的《月赋》并称为六朝小赋代表，后人把他和谢灵运、谢朓合称"三谢"。

古意 二首

(一)

妾貌如莲花，妾心如莲藕。
郎勿拗莲枝，枝芒刺郎手。

(二)

买得蜀江锦，为郎作绣裆。
对衣如对妾，中有睡鸳鸯。

秋夜作 三首

(一)

我慕张季鹰①，忽起秋风思。
我爱陶彭泽②，不作折腰吏。
富贵身外荣，渺若浮云逝。
复壁堪埋名，藜床可避世。
兴来饮一斗，颓然便就醉。
刼免黄门郎③，呵无霸陵④尉。
愚哉殷深源⑤，咄咄书怪事。

---

① 张季鹰，人名，原名张翰，西晋著名的文学家，时人称之为"江东步兵"，和阮籍齐名。
② 陶彭泽，人名，即陶渊明，陶渊明曾担任过江西彭泽县县令，上文已注。
③ 黄门郎，官名，又称黄门侍郎，秦置，汉沿设，即给事于宫门之内的郎官。
④ 霸陵，即汉文帝陵寝，亦写作灞陵。灞，即灞河。因霸陵靠近灞河，因此得名。位于西安东郊白鹿原东北角，即今灞桥区席王街办毛西村事，当地人称为"凤凰嘴"。
⑤ 殷深源，人名，即殷浩。殷浩（303—356），字渊源，陈郡长平（今河南西华）人。史载：殷深源，名士也，不幸而执政，身败名裂。曾为庾亮记室参军，累迁司徒左长史。

（二）

东家有老女，日效西施①颦。

初心犹愧怍，对镜涕潺湲。

如何轻薄子，反以嚬为妍。

相典群戏谑，谓我见犹怜。

彼乃闻窃喜，自诩艳色传。

顾盼倾城姿，不数号与韩。

誉之稍不至，艴然颜不欢。

吁嗟人好谀，遂令白发元。

众女嫉蛾眉②，应爱比婵娟③。

（三）

树梢挂凉月，庭前积微霜。

泥涸草欲萎，帘烘花吐芳。

寒螀泣露冷，流萤逐烛光。

盛衰亦有时，喧寂何无常。

孤客④长太息，触物增感伤。

长安⑤难久留，不如归故乡。

---

① 西施，原名施夷光，春秋末期浙江诸暨苎萝村人。天生丽质。中国古代四大美女之首，是美的化身和代名词。
② 蛾眉，指漂亮的女子。
③ 婵娟，美女、美人的代称。
④ 孤客，指作者自己。
⑤ 长安，地名，先后有十七个朝代及政权建都，这里指北京，作者有十载京官生涯。

唐花①和潘椒堂②太史

飘飘丝鬓刘郎③占,画尽青华散异香。
未必枝柯傲冰雪,果然颜色解炎凉。
若逢冷眼休相笑,莫忍冬心为底忙。
知否色衰终爱弛,名花美女最堪伤。
风定帘栊散锦初,天功人巧两何如。
岂真得势葩先吐,毕竟趋炎色好舒。
昼日繁华空复尔,及春凋谢最怜渠。
金刀一剪剧无赖,休怨花神护惜疏。

---

① 唐花,一种植物,又名堂花,植于密室里用加温法使其早开的鲜花,腊月供新年用。
② 潘椒堂,人名,即潘宝镠,字椒堂。广东番禺人,清代太史。光绪二年(1876)进士,翰林院编修,主粤秀、禺山两书院讲席,墨梅师汤贻汾,亦能画牡丹,著作有《剪淞阁随笔》等。
③ 刘郎,相传东汉明帝永平五年刘晨、阮肇入山采药,迷不得出,遇二女子,邀至家留居半年才还,后人以此典喻艳遇。上文已注。

许筠庵[①]阁学以前二诗唐花故作语。殊煞风景，诗家固有尊题之法，再赋二首以呈

（一）

作态争妍信丽华，谁分香种入侯家。
帘垂玳瑁烘新蕊，炉拨狻猊酿嫩芽。
扶荔昔传温室树，夭桃今发耐冬花。
绿娇红小宜珍护，春事娉婷未有涯。

（二）

万劫修成绿萼胎，是谁熏染试低回。
不须天女瑶瓶散，肯籍花奴羯鼓催。
如火如荼争灿烂，乍寒乍暖费栽培。
人间只有司香尉[②]，寄语东风且莫猜。

[①] 许筠庵，人名，即许承宣，字力臣，号筠庵，江苏江都人，康熙丙辰年（1676）进士。许承宣入仕后，有一段连升三级的佳话。官至工科给事中，著作有《青岑文集》。
[②] 司香尉，内侍官名，多由宦官担任，负责烧香等事宜。

读史（前汉书）杂诗 十八首

（一）

颍上佣奴竟揭竿，①焚坑空笑祖龙残。②
何如忏悔儒冠弱，扫尽群雄聘叔孙③。

（二）

回首韩越④事可怜，故应辟谷⑤访神仙。
不偕红粉偕黄石，何似西湖范蠡船。⑥

（三）

髡钳衣褐困絮囚，⑦一诺声名震九州⑧。
片语顿消高祖⑨恨，将军终赖汝阴侯⑩。

---

① 颍上，地名，即安徽省颍上县，地处淮河与颍河交汇处、黄淮平原最南端。佣奴竟揭竿，指秦末农民起义。
② "焚坑空笑祖龙残"句，指秦朝发生的焚书坑儒事件：祖龙，即秦始皇。
③ 叔孙，即叔孙通（？—前194），又名叔孙何，鲁地薛（今山东枣庄）人。西汉初期儒家学者，曾协助汉高祖制订汉朝的宫廷礼仪，为维护和发扬儒学做出重大贡献，先后出任太常及太子太傅。
④ 韩越，人名，西汉将军、功臣，因功高震主，与韩信、英布等惨遭杀害。
⑤ 辟谷，道家术语，辟谷又称"却谷""断谷""绝谷""休粮""绝粒"等，即不吃五谷，方士道家修炼成仙的一种方法。道教认为，人食五谷杂粮，要在肠中积结成粪，产生秽气，阻碍成仙的道路。为了清除肠中秽气积除掉三尸虫，必须辟谷。
⑥ 西湖，即浙江省杭州西湖，上文已注。范蠡，（前536—前448），字少伯，春秋时期楚国（今河南淅川县滔河乡）人。春秋末著名的政治家、军事家、经济学家和道家学者。范蠡船，范蠡的船和庄周的马，都是同一种意象。
⑦ "髡钳衣褐困絮囚"句意思：讲汉高祖刘邦与夏侯婴的往事，有一次，高祖因为开玩笑而误伤了夏侯婴，被人告发。当时高祖身为亭长，伤了人要从严惩罚，高祖申诉本来没有伤害夏侯婴，夏侯婴也证明自己没有被伤害。后来这个案子又翻了过来，夏侯婴因受高祖的牵连被关押了一年多，挨了几百板子，而高祖免于刑罚。
⑧ 九州，中国古代的称呼。
⑨ 高祖，就是祖父的祖父，也就是曾祖父的父亲。这里指汉高祖刘邦，上文已注。
⑩ 汝阴侯，官名，即夏侯婴。夏侯婴（？—前172），西汉沛县人。刘邦起义后，跟随他转战各地，历任太仆。西汉建立后，封汝阴侯，夏侯氏因而以"汝阴"为堂号。

（四）

新丰重驻翠华春，倚瑟悲歌最怆神。
汉寝只今无麦饭，南山空锢慎夫人。①

（五）

关中名望数袁丝，② 汉史曾闻盗侍儿。
他日酬恩吴壁里，醇醪二石脱么危。

（六）

贾生③才调竟沉沦，两传骄王④寄散身。
湘水若知怜逐客⑤，忍听凭吊楚灵均⑥。

---

① 南山，指秦岭山的终南段。因为秦岭山脉在唐长安都以南，故称为南山。慎夫人，生卒及家世不详，邯郸（今河北邯郸）人，汉文帝刘恒的宠妃。
② 袁丝，历史人物，即袁盎（前200—前150)，字丝，汉朝楚人，被时人称为"无双国士"。汉文帝时名震朝廷，因数次直谏，触犯皇帝，被调任陇西都尉，后迁徙做吴相，吴王优厚相待。汉景帝"七国之乱"时，曾奏请斩晁错以平众怒，结果，七国之乱平定后，被封为太常。
③ 贾生，即贾谊，上文已注。
④ 两传骄王，指长沙王和梁怀王，贾谊曾为长沙王的太傅和梁怀王太傅。
⑤ 客，指贾谊，贾谊曾被贬谪长沙。
⑥ 楚灵均，即屈原。因屈原是楚人，字灵均，故称。屈原，上文已注。

（七）

郡国贤才贡庙廊,[①] 石渠选士汉元光。[②]
独怜谲谏东方朔[③],终老长扬执戟郎[④]。

（八）

宣室[⑤]庭前寿宴开,董君犹带醉颜回。
灞陵[⑥]他日陪公主,几斛明珠换得来。

（九）

营中壁垒武刚车[⑦],骠骑军经百战余。
勒石连祁临瀚海[⑧],不知子孙有兵书。

---

① 郡国,汉代行政区域名和诸侯王封域名。郡直属朝廷,国是诸侯王的封地,两者地位相等,所以"郡""国"并称。贡庙,意思是向寺庙捐献财物,通过贡庙来消灾。

② 石渠,字西谷,归安(今浙江湖州)人,书画家,史载:善分隶,工人物写照,时来吴、淞间,颇有声誉。其点簇人物,写意虫鱼,得生动之致。尝摹方薰太平欢乐图,有出蓝之誉。道光十七年(1837)作米颠拜石图,仿赵孟𫖯仙山楼阁图。汉元光,年号,汉元光元年是公元前134年。

③ 东方朔,历史人物,东方朔(前162—前93),字曼倩,平原厌次县(今山东省陵县神头镇)人。西汉辞赋家。汉武帝即位,征四方士人。东方朔上书自荐,诏拜为郎。后任常侍郎、太中大夫等职。他性格诙谐,言词敏捷,滑稽多智,常在武帝前谈笑取乐,"东方朔一生著述甚丰,写有《答客难》《非有先生论》《封泰山》《责和氏璧》《试子诗》等,后人汇为《东方太中集》,收入《汉魏六朝百三家集》中。

④ 执戟郎,指古代警卫宫门的官员。

⑤ 宣室,即汉宣帝的寝殿宣室。

⑥ 灞陵,即汉文帝陵寝,上文已注。

⑦ 武刚车,即古代战车名。

⑧ 瀚海,这里指蒙古大沙漠。

（十）

琴心一曲解温存，赢得文君①夜里奔。
酤酒临邛②千古事，杜门空笑卓王孙③。

（十一）

廿载餐毡困房庭④，鬓毛如雪泪如水。
可怜一样还家梦，谁向荒台吊李陵⑤。

（十二）

帐里姗姗帐步迟，甘泉⑥图画狂相思。
椒房恩宠须臾梦，目断阳关李贰师⑦。

---

① 文君，即卓文君。卓文君（前175—前121），原名文后，西汉时期蜀郡临邛（今四川邛崃）人，汉代才女。中国古代四大才女之一、蜀中四大才女之一。卓文君姿色娇美，精通音律，善弹琴，有文名。
② 临邛，古地名，即四川邛崃，历史上，邛崃有三个奇女子：即汉代卓文君、五代黄崇嘏和唐代薛涛。
③ 卓王孙，指卓文君，卓文君是临邛大富商卓王孙女。
④ 房庭，地名。房庭，中国古代对少数民族所建朝廷的蔑称。这里指汉代匈奴的首都。困房庭者，指李陵。李陵（？—前74），字少卿，陇西成纪（今甘肃静宁南）人，西汉将领，李广之孙。曾率军与匈奴作战，战败投降匈奴，汉朝夷其三族，致使其彻底与汉朝断绝关系。其一生充满国仇家恨，对其评价一直存在争议。
⑤ 李陵，历史人物，上文已注。
⑥ 甘泉，指汉武帝的甘泉宫，全句意思是汉武帝宠妃李夫人病逝，汉武帝日夜思念。尽管后宫佳丽成百上千，没有一个人的美丽容颜能够取代，汉武帝只好令宫廷画师画了一张李夫人的图像，悬挂在甘泉宫内，日日观看。
⑦ 阳关，地名，上文已注。李贰师，历史人物，即李广利（？—前88），中山（今河北定县）人，西汉时期将领，汉武帝宠妃李夫人之兄，是昌邑哀王（刘髆）的舅舅。武帝曾以李广利为贰师将军，封海西侯，征和三年，李广利出征匈奴前与丞相刘屈氂密谋推立刘髆为太子，后事发，刘屈氂被杀，李广利投降匈奴。李广利投降匈奴后，亦被杀。

（十三）

枕中鸿宝①秘难攀，漫向尘嚣觅九还②。

鸡犬尚随仙化去，淮南③何竟落人间。

（十四）

长平少小困人奴④，四十孙宏尚牧猪。

东阁遥遥连幕府，⑤元光将相有谁知。⑥

（十五）

五柞长扬数幸游，金张⑦频赐黑貂裘。

富平⑧公子微行惯，鄠杜⑨安知有秺侯。

---

① 枕中鸿宝，泛指珍秘的书籍。出自《汉书·刘向传》："上(宣帝)复兴神仙方术之事，而淮南有枕中《鸿宝》《苑秘书》。书言神仙使鬼物为金之术，及邹衍重道延命方，世人莫见。"

② 九还，道家修炼学的专有名词，又称七返九还，是用易数来比喻内修之道。按照易学《河图》的说法，五行生成之数为：天一生水，地二生火，天三生木，地四生金，天五生土，地六成水，天七成火，地八成木，天九成金，地十成土。

③ 淮南，是一本书名，即《淮南子》，又名《淮南鸿烈》《刘安子》，是我国西汉时期创作的一部论文集，由西汉皇族淮南王刘安主持撰写，故而得名。该书在继承先秦道家思想的基础上，综合了诸子百家学说中的精华部分，对后世研究秦汉时期文化起到了不可替代的作用。

④ 人奴，指卫青，历史人物，上文已注。

⑤ 东阁，古代称宰相款待宾客的地方。幕府，指卫青开幕府。

⑥ 元光，汉武帝使用的年号。将相，指大将军卫青、丞相郦吉。

⑦ 金张，两个历史人物，即金日䃅、张安世。金日䃅（前134—前86），字翁叔。是驻牧武威的匈奴休屠王太子，汉武帝因获休屠王祭天金人故赐其姓为金，深受汉武帝喜爱。后元二年（前87），汉武帝病重，托霍光与金日䃅辅佐太子刘弗陵，并遗诏封秺侯。是我国历史上一位有远见卓识的少数民族政治家。张安世（？—前62），字子儒，杜陵（今陕西西安东南）人，张汤之子，西汉大臣。擢为尚书令，迁光禄大夫。汉昭帝即位，拜右将军，以辅佐有功，封富平侯。昭帝死后，他与大将军霍光谋立宣帝有功，拜为大司马。

⑧ 富平，人名，即张安世。上文已注。

⑨ 鄠杜，地名，西汉长安附近的县，当时这里的地价最贵。

（十六）

玉阶露冷怨秋声，梦见君王涕泪横。
长信宫①中落自绿，伤心更有卫平平②。

（十七）

邛郲③叱驭发冲冠，少日曾经蜀道难。④
待罪河东⑤沉白马，金陵从此庆安澜。⑥

（十八）

去官云敞⑦仍亏节，却聘龚生竟夭年。
梅尉⑧一朝弃妻子，谁知吴市有神仙。

---

① 长信宫，汉代太后在长乐宫中所住的宫殿称为长信宫。位于西汉长安城内东南隅。始建于汉高祖五年（前202），两年后竣工。
② 卫平平，人名，卫平平（？—前91），字子夫。西汉平阳（今山西临汾）人，汉武帝刘彻的第二任皇后，大司马大将军卫青的姐姐。
③ 邛郲，地名，位于四川省中部，成都平原西南。
④ 少日，数日的意思。蜀道，即四川的道路。
⑤ 河东，指山西。黄河流经山西省的西南境，则山西在黄河以东，古称河东。
⑥ 金陵，南京市的别称。庆安澜，意思是水波平静，比喻太平。
⑦ 云敞，人名。云敞，字幼儒，平陵人，汉代谏议大夫。云敞师从一代名儒吴章学习儒学，吴章是《尚书经》的博士，追随他求学的学生达一千多人之多。西汉末年王莽专政，引起全国上下的不满。吴章亦遭毒手，云敞对老师非常尊敬，冒死葬师。此举令平陵人莫不敬重，后来，召为御史大夫。不久因病辞官，终老于家。
⑧ 梅尉，人名，即梅福，字子真，九江郡寿春（今安徽寿县）人。《尚书》和《谷梁春秋》专家，西汉南昌县尉。后去官归寿春。经常上书言政。梅福料知王莽必篡政，乃隐居于南昌西郊飞鸿山学道，遁避尘世。梅福死后，有人还说其未死，称他已经成为"神仙"。后人赞赏梅福的高风亮节，将飞鸿山改称梅岭（即今国家级森林公园——梅岭），并立梅仙观、梅仙坛、梅尉宅以祀之。

次韵和周咏风①农部 四首

(一)

琴韵嵇中散②,诗怀孟浩然③。
但传流水意,讵藉尝文钱。
腹笥④饱千卷,谈锋惊四筵。
不知田窦⑤贵,我慕灌夫⑥贤。

---

① 周咏风,人名,广东番禺人,进士。作者的诗友。
② 嵇中散,即嵇康。嵇康,字叔夜,安徽临涣人,三国时魏末文学家、思想家、音乐家,魏晋玄学的代表人物之一,善于音律。创作有《长清》《短清》《长侧》《短侧》,合称"嵇氏四弄",与东汉的"蔡氏五弄"合称"九弄"。隋炀帝曾把"九弄"作为科举取士的条件之一。其留下的"广陵绝响"的典故被后世传为佳话,《广陵散》更是成为我国十大古琴曲之一。他的《声无哀乐论》《与山巨源绝交书》《琴赋》《养生论》等作品是千秋相传的名篇。
③ 孟浩然,人名,孟浩然(689—740),襄州襄阳(今湖北襄樊)人。世称"孟襄阳",唐朝山水田园诗人。与另一位山水田园诗人王维合称为王孟。未曾入仕。
④ 腹笥,出自《后汉书·边韶传》:"边为姓,孝为字,腹便便,五经笥。"笥,书箱。意思:学识丰富,这里指肚子里的学问。
⑤ 田窦,两个历史人物,田蚡和窦婴。田蚡(?—前131),长陵(今陕西咸阳)人。汉景帝皇后王娡同母异父弟,汉武帝的舅舅。天资聪明,很有口才,汉建元二年(前139),刘彻登基,田蚡被封为武安侯,五年后,当丞相。得势后非常专横跋扈,汉元光三年(前131)春,暴毙于床榻之上。窦婴(?—前131),字王孙,西汉观津(今武邑)人,是窦太后的侄子,以功封魏其侯,汉武帝时封为丞相。反对道表法里的黄老学说,推崇儒术,为窦太后贬斥,汉元光三年(前131),受皇威新贵田蚡诬陷,被汉武帝杀害。(田、窦均为皇戚,常相争雄于皇庭。)
⑥ 灌夫,历史人物,灌夫(?—前130),字仲孺,西汉颍阴(今河南许昌)人,初以勇武闻名,为人刚直不阿,任侠,好饮酒骂人。吴楚七国之乱时,与父俱从军,以功任中郎将。建元元年(前140)任太仆。次年徙为燕相,坐法免官。喜任侠,家财钱数千万,食客日数十百人,横暴颍川。与丞相田蚡不和,后因在蚡处使酒骂座,戏侮田蚡,为蚡所劾,以不敬罪族诛。

（二）

独擅如椽笔，词坛拜下风。

传经秦博士①，纂注汉司农②。

寄托烟霞外，栖迟仕隐中。

射鹰人不识，一战奏奇功。

（三）

新制琴河曲，柔柔更有情。

诗奴萧颖士③，吟婢郑康成④。

游侠樗蒱⑤戏，宾朋剑履明，

肆言轻剧孟⑥，吴王⑦太沽名。

---

① 秦博士，秦汉时以儒生为主体的博士。
② 汉司农，官名。《汉官》云：初秦置理粟内史，掌谷货，汉因之。景帝更名大农令，武帝更名大司农。
③ 萧颖士，历史人物。萧颖士(717—768)，字茂挺，曲阿人。4岁能作文，10岁补太学生。唐开元二十三年(735)，考进士第一。天宝初年(742)补秘书正字。时为裴耀卿、张钧、韦述等名士所器重，名扬天下，从业学生众多，世称"萧夫子"。唐天宝年间，受召任集贤校理。李林甫曾想召见，萧置之不理。他按《春秋》义类编年，写《传》百篇，又作《伐樱桃赋》以刺李林甫。后经史官韦述推荐任史馆待制。因不屈于李林甫而调任河南府参军事。时安禄山得宠，萧颖士托病隐于太室山。禄山反，萧走访几个镇守史，陈述守御之计。永王璘召请他，不应。后客死于汝南。门人共谥"文元先生"。萧高才博学，著作有《萧茂挺集》。
④ 郑康成，历史人物。郑康成，东汉人，曾经当过农官，名籍失传，其人性恬静，不愿做官，曾教授于长学山，山中岩石题有长学书院，屋址尚存。
⑤ 樗蒱，樗蒱也作"摴蒲"，又名掷卢、呼卢、五木，是在六博游戏的基础上予以改进与变异而形成的，类似后来的掷骰子（色子），随机性很大，主要靠运气取胜，但樗蒱的游戏规则比掷骰子要复杂得多。
⑥ 剧孟，人名，雒阳（今陕西）一带有名的豪侠。爱打抱不平，扶弱济贫，藏活豪士，不求报酬，因此而显扬于诸侯。他的母亲去世，前来送葬的车达千乘之多。
⑦ 吴王，即刘濞。刘濞（前216—前154），沛县（今江苏省沛县）人，汉高祖刘邦的侄子，刘邦封为吴王。刘濞性极为剽悍、勇猛且有野心，景帝前元三年丁亥（前154），带领楚、赵等七国公开叛乱，史称七国之乱，后被汉军主将周亚夫击败，刘濞兵败被杀，封国被中央废除，吴国至此灭亡。

(四)

游踪如泛梗，苦叶类尝匏。

幸忝刘卢①谊，多惭管鲍②交。

壮心驹伏枥，归梦燕辞巢。

极目越台③远，诗成更懒钞。

---

① 刘卢，两个历史人物，刘因和卢挚。刘因(1249—1293)，字梦吉，号静修，初名骃，字梦骥。雄州容城(今河北徐水县)人。元代诗人。3岁识字，过目即能记诵，6岁写诗，7岁作文，落笔惊人。年刚20，才华出众，性不苟合。因受诸葛亮"静以修身"之语的影响，将自己居所为题"静修"。元世祖至元十九年(1282)应召入朝，为承德郎、右赞善大夫。不久借口母病辞官归。母死后居丧在家。至元二十八年，忽必烈再度遣使召，他以疾辞。死后追赠翰林学士。卢挚(1242—1314)，字处道，一字莘老，号疏斋，又号蒿翁。元代涿郡(今河北省涿州市)人。至元五年(1268)进士，任过廉访使、翰林学士。著作有《疏斋集》(已佚)，传世散曲一百二十首，有的写山林逸趣，有的写诗酒生活，而较多的是"怀古"，抒发对故国的怀念。今人有《卢书斋集辑存》，《全元散曲》录存其小令。刘卢两家是世亲。

② 管鲍，两个历史人物，管仲和鲍叔牙。管仲(前716公—前645)，名夷吾，谥曰"敬仲"，中国春秋时期齐国颍上(今安徽颍上)人，史称管子。春秋时期齐国著名的政治家、军事家。周穆王的后代，管仲少时丧父，老母在堂，生活贫苦，为维持生计，与鲍叔牙合伙经商，后从军。经鲍叔牙力荐，为齐国上卿(即丞相)，被称为"春秋第一相"，辅佐齐桓公成为春秋时期的第一霸主。管仲的言论见于《国语·齐语》，另有《管子》一书传世。鲍叔牙(前716—前644)，亦称"鲍叔""鲍子"，是鲍敬叔的儿子。颍上(今属安徽)人，春秋时代齐国大夫，时齐国内乱，管仲则随公子纠出奔鲁，鲍叔牙随公子小白出奔莒，小白返国继承君位之后，公子纠被杀，管仲被囚车运送回国。鲍叔牙推荐管仲当上了宰相，被时人誉为"管鲍之交""鲍子遗风"。管仲和鲍叔牙，相知很深，交谊甚厚。旧时常用以比喻交情深厚的朋友。

③ 越台，指春秋时越王勾践登眺之台。上文已注。

除 夕

频年踪迹客金门[①]，又见屠苏[②]酒半温。
文可送穷贻鬼笑，土无避债畏人喧。
庭前麻楷摧残腊，岭外梅花忆故园。
痛饮狂呼聊达旦，衣冠传来不须论。

秋 风

牢落天涯感数奇，惊沙飞藿北风吹。
洞庭[③]波起叶木微，汾水[④]萧横歌更悲。
枫叶荻花司马泪[⑤]，菰米季鹰[⑥]思故人。
故人憔悴燕台[⑦]暮，携手河梁[⑧]又别离。

秋 砧

敲钱卷石泪涔涔，力尽闺中空外音。
夜静独余虫语答，风高还杂漏声沉。
关河万里征人梦，刀尺千家少妇心。
腕弱不胜寒露冷，美绵捣遍怨难任。

---

① 金门，这里指富贵人家。
② 屠苏，一种草名，用屠苏酿成的酒，叫屠苏，亦作"屠酥"。古代风俗，于农历正月初一饮屠苏酒。
③ 洞庭，即洞庭湖，上文已注。
④ 汾水，即汾河，在山西省中部，黄河第二大支流。
⑤ 司马泪，引自白居易的《琵琶行》所描写的离别所产生的伤感。
⑥ 季鹰，人名，即张翰。张翰，字季鹰。典故：晋朝人张翰，在洛阳做官，见秋风起，想到家乡美味的鲈鱼，便弃官回乡。
⑦ 燕台，即黄金台，上文已注。
⑧ 河梁，地名，这里借指送别之地。

余抱病数月，杜门不出，适吉三①侍御以诗见赠，即用原韵占二律奉和

（一）

抱屙恰值困阴霾，我亦愁心宕不开。
未学葛洪②寻药去，又传张鲁③画符来。
异乡久滞羸蓬鬓，佳节重逢负酒杯。
卧病经年长谢客，不知庭院有苍苔。

（二）

一觉黄粱梦已虚，牢愁最是酒醒余。
解衣腰觉围初减，引镜心惊貌不如。
六载京华④方朔米，三秋风雨茂陵书⑤。
何当陶令⑥归来日，老树扶疏绕敝庐。

---

① 吉三，即曹吉三，上文已注。
② 葛洪，道教学者，上文已注。
③ 张鲁，历史人物。张鲁（？ — 216），沛国丰县（今江苏省丰县）人。东汉末年割据汉中的军阀，五斗米道教祖张陵的孙子。后投降曹操，官拜镇南将军，封阆中侯。作者注曰：侍郎以疟疾请入画符而治，后果奏效，适有张先生（不是张鲁，因他姓张，又精于道术）亦工于此术，区盍兄枢曹笃信之，特来治余病。
④ 京华，指北京，京华是京城之美称。京城是文物、人才汇集之地，故称。
⑤ 茂陵书，书名，《茂陵书》记载"瞫都"（海南省）为珠崖郡治相关材料。已失传。
⑥ 陶令，指陶渊明，曾经做过彭泽县令，故名陶令。上文已注。

赠陶然亭①静明上人② 二首

（一）

写罢楞严咒③，翻来贝叶书④。
化身原马祖⑤，妙谛证牛车⑥。
镜幻尘何拂，钟清梦亦疏。
蒲团跌坐夜，万籁已全虚。

（二）

静者参元妙⑦，飘风任动幡。
种畦锄月影，补衲掇云根。
芳草绿于水，远山青到门。
城南有幽趣，禅院证无言。

---

① 陶然亭，清代名亭，位于北京，上文已注。
② 静明上人，某佛家的法号。
③ 楞严咒，佛家术语，据载：《楞严经》来源于其因缘为阿难被摩登伽女用邪咒所迷，在阿难的戒体快要被毁坏时，佛陀令文殊菩萨持楞严咒前往救护阿难，阿难才被救醒归佛。故楞严咒乃《楞严经》之主体，没有楞严咒的因缘，就没有《楞严经》。楞严咒是咒中之王，佛经上说："这个咒关系整个佛教的兴衰。世界上只要有人持诵楞严咒，就是正法存在。"
④ 贝叶书，缅甸人用贝多罗树的叶子（即贝叶）刻写成的书。在刻好的贝叶上涂上煤油，字迹即可显现。用细绳串联即成。在古代的印度，佛教徒将经文刻写在贝多罗树叶上，装订成册，称为"贝叶书"。传说贝叶书虽经千年，其文字仍清晰如初，可以流传百世。
⑤ 马祖，即妈祖，又称天妃、天后、天上圣母、妈祖，是历代船工、海员、旅客、商人和渔民共同信奉的神。古代在海上航行经常受到风浪的袭击而船沉人亡，船员的安全成航海者的主要问题，他们把希望寄托于神灵的保佑。在船舶起航前要先祭天妃，祈求保佑顺风和安全，在船舶上还立天妃神位供奉。
⑥ 牛车，据《史记》记载，西汉刚建立时，因为多年战争的原因，马匹奇缺，皇帝出行都找不到四匹毛色相同的马拉车，一些官员被迫改乘牛车。
⑦ 元妙，佛家术语，亦即玄妙，深奥微妙的意思。

秋 闺

流黄①织罢漏初残，银汉苍凉北斗殷。②
袖里西风团扇咏，山头明月大力环。
空闻络纬啼金井③，可有衣裳到玉关④。
枕畔梦魂河畔骨，隔生犹望凯歌还。

漫 兴

无限伤心事，都归一纸书。
竟令燕市⑤客，长弃武陵⑥渔。
命薄文章拙，身间礼数疏。
何堪风雨夕，愁杀病相如⑦。
每到清明节，凄然动越吟。
飘零原指计，激烈岂初心。
自叹妻拏尽，谁怜逋负深。
欲言还噤口，长啸碧瑶岑⑧。

---

① 流黄，褐黄色的物品，这里指绢。《乐府诗集·相和歌辞九·相逢行》："大妇织绮罗，中妇织流黄。"
② 银汉、北斗，是宇宙空间的两个星系，即银河系和北斗。银河，民间又称"天河""天汉"。北斗，指大熊座中排成勺形的7颗星。北斗是由天枢、天璇、天玑、天权、玉衡、开阳、摇光七星组成的。古人把这七星联系起来想象成为古代舀酒的斗形。
③ 金井，古时诗家用以描述井栏雕饰华美之井。如王世贞《秋宫怨》，有句云"谁怜金井梧桐露"。
④ 玉关，即玉门关。汉武帝置，因西域输入玉石时取道于此而得名。故址在甘肃敦煌西北小方盘城。玉门关，曾是汉代时期重要的军事关隘和丝路交通要道。
⑤ 燕市，地名，上文已注。
⑥ 武陵，地名，位于湖南北部、常德中部偏北，地处洞庭湖西部，湘西北的一座历史文化古城，是常德市政府所在地。
⑦ 相如，即司马相如，西汉大辞赋家。上文已注。
⑧ 瑶岑，指积雪的山或美丽的山丘。

饮酒有怀陈一山① 八首

（一）

青丝绳系双玉壶②，不数汉州③鸾凤雏。

雪白橙香好颜色，使我如对黄公垆④。

（二）

痛饮不见魏犀首⑤，唱喁唱于拍铜斗⑥。

满斛却负银留犁⑦，惆怅醉乡失良友。

（三）

仕宦几人至令仆⑧，甲第由来献粱肉。⑨

人生中年哀乐多，淘情曷不借丝竹⑩。

---

① 陈一山，广东人，清朝首任驻美公使陈兰彬之弟子。时陈一山在曾（国藩）处任使幕，以军机报罢南归。
② 双玉壶，名器，即青花芭蕉竹石玉壶春瓶，亦称"三友瓶"，乾隆朝官窑早期作品，清宫陈设之经典。
③ 汉州，即四川省广汉市。
④ 黄公垆，"黄公酒垆"的略称，指朋友聚饮之所，抒发物是人非的感叹。
⑤ 魏犀首，历史人物，即公孙衍。公孙衍号犀首，魏国阴晋（今陕西华阴东）人，战国时期纵横家、魏国将军，后又担任魏相。主张合纵抗秦，公元前323年发起并联络燕、赵、中山、韩、魏五国对抗秦国。
⑥ 铜斗，亦作铜枓。铜制的方形有柄的器具，用以盛酒食。《唐孟郊《送淡公》诗之三："铜斗饮江酒，手拍铜斗歌。"
⑦ 留犁，匈奴人使用的饭匕。
⑧ 令仆，官名，指尚书令与仆射。亦泛指股肱重臣。《晋书·殷浩传》："浩有德有言，向使作令仆，足以仪刑百揆，朝廷用违其才耳。"清袁枚《随园随笔·官职》："唐时左右仆射二人，从二品，掌统理六官，为尚书令之二，令缺则总省事，所谓令仆是也。"
⑨ 甲第，古代科举，考上了称为及第，最高等级的进士，发榜时，分三甲录取，第一甲赐进士及第，第二甲赐进士出身，第三甲赐同进士出身。粱肉，指美食佳肴。粱，通粱。《管子·小匡》："九妃六嫔，陈妾数千，食必粱肉，衣必文绣。"
⑩ 丝竹，弦乐器与竹管乐器之总称。亦指音乐。《礼记·乐记》："德者，性之端也。乐者，德之华也，金石丝竹，乐之器也。"

（四）

我游湖海知元龙①，坎坷柳塞②将毋同。
丈夫失意亦偶尔，虎头燕颔焉能穷。

（五）

孔璋③笔扎谁与俦，翩翩文采珊瑚钩④。
十年浪迹客燕赵⑤，征南幕府曾参谋⑥。

（六）

万里无声壁门⑦寂，汝独狂歌拓金戟。
时平屏退蓝田山⑧，谁识将军旧宾客。

---

① 元龙，人名，指陈登。陈登，字符龙，汉代徐州人。机敏高爽，博览载籍，雅有文艺。曹操时为广陵太守，参与平吕布之役。后拜伏波将军。
② 柳塞，古代关塞名，即汉五原郡之榆柳塞。
③ 孔璋，历史人物，即陈琳。陈琳（？—217），字孔璋。广陵射阳（今江苏淮安县东南）人。汉魏间文学家。"建安七子"之一。汉灵帝末年，任大将军何进主簿。何进为诛宦官而召四方边将入京城洛阳，陈琳曾谏阻，何进不纳，事败被杀。陈琳避难至冀州，入袁绍幕。袁绍使之典文章，最著名的是《为袁绍檄豫州文》。建安五年(200)，官渡一战，袁绍大败，陈琳为曹军俘。曹操爱其才而不咎，署为司空军师祭酒，后又徙为丞相门下督。建安二十二年(217)，与刘桢等同染疫疾而亡。
④ 珊瑚钩，书名，即《珊瑚钩诗话》三卷。作者：北宋张表臣，书名取杜甫"文采珊瑚钩"句，书中多记杂闻、琐事，不尽论诗之言。
⑤ 燕赵，地名，上文已注。
⑥ 曾参谋，指陈一山，上文已注。
⑦ 壁门，即军营的门。见《史记·绛侯周勃世家》："亚夫乃传言开壁门。"
⑧ 蓝田山，地名，位于陕西蓝田县东南，白居易曾写成《游蓝田山卜居》诗。

(七)

晋昔海棠艳如绮,并骑看花两游子。
一春三访耶律坟[①],帽影鞭丝画图里。

(八)

今来归隐罨画溪[②],门前三径蓬蒿迷。
报道故园好风景,罨水春深啼子规[③]。

---

① 耶律坟,元朝大臣耶律楚材的坟。耶律楚材(1190—1244),字晋卿,号玉泉,法号湛然居士。政治家、蒙古汗国大臣。耶律楚材死后,元世祖中统二年(1261),忽必烈遵照耶律楚材的遗愿,将他的遗骸移葬于其故乡玉泉以东的瓮山,即今北京颐和园的万寿山。

② 罨画溪,位于江苏省宜兴市汤渡镇,这里有一段荆溪河,曲曲折折,两岸多朱藤花,桃红柳绿,飞絮片片,碧流荡漾,辉映如画,故名"罨画溪"。宜兴古称阳羡,宜兴曾是我国首屈一指的阳羡贡茶产地,也是目前江苏省最大的有机茶生产基地,为历代诗人所咏吟,如宋代陆游就有《寄题邵云隐二首》,其中一首云:"尚嫌句漏养丹砂,况种刘郎去后花。罨画溪头云万迭,不知何处是君家。"

③ 子规。鸟名,即秭归鸟。相传为屈原妹妹屈么姑的精灵所化,每年农历五月,此鸟叫声"我哥回呦!我哥回呦!"以提醒人们做粽子、修龙舟,准备迎接端午佳节,祭祀屈原。

清明时节偕同乡诸公谒袁大将军墓① 四首

（一）

当年宿将共推袁②，名将孙卢③死更冤。
不有九重圣天子，一生心迹忍重论。

（二）

范增死后项王亡，④ 覆辙分明最可伤。
万里长城⑤三作坏，不堪回首问思皇。

---

① 袁大将军墓，位于北京东城区东花市斜街，墓主袁崇焕。袁崇焕（1584-1630），字元素，号自如，祖籍广东东莞，后落籍广西藤县。明万历中进士，初授福建邵武知县。他心系辽疆，关心国家安危，毅然投笔从戎，官至兵部尚书，蓟辽督师，大破清军，立下赫赫战功，崇祯皇帝中清军反间计，遭冤杀。

② 袁，指袁崇焕，上文已注。

③ 孙卢，两位历史人物，即明朝名将孙承宗和卢象升。孙承宗（1563—1638），字稚绳，号恺阳，北直隶保定高阳（今属河北）人，明末最伟大的军事战略家、忠贞的爱国者，民族英雄。万历二十二年（1594）举人。万历三十二年（1604），中进士第二名（榜眼），授翰林院编修，入翰林十年。明光宗朱常洛、明熹宗朱由校的老师。卢象升（1600—1638），字建斗，号九台，又字斗瞻、介瞻，明常州宜兴人，天启（1621）进士。明末著名将领、民族英雄。授户部主事，擢员外郎，死后追赠兵部尚书南明福王时追谥"忠烈"，清朝追谥"忠肃"。著作有《卢忠肃集》《卢象升疏牍》。

④ 范增、项王，两位历史人物。范增（前277—前204），秦末居巢（今巢湖市）人，秦末农民战争中为项羽主要谋士，被项羽尊为"亚父"。公元前206年随项羽攻入关中，劝项羽消灭刘邦势力，未被采纳。后在鸿门宴上多次示意项羽杀刘邦，又使项庄舞剑，意欲借机行刺，终未获成功。汉三年，刘邦被困荥阳（今河南荥阳东北），用陈平计离间楚君臣关系，被项羽猜忌，范增辞官归里，途中病死。项王，即项羽，原名项籍（前232—前202），字羽，秦下相（今江苏省宿迁市宿城区）人，古代著名将领。秦末时被楚怀王熊心封为鲁公，公元前207年决定性战役巨鹿之战中统率楚军大破秦军。秦亡后自封"西楚霸王"，统治黄河及长江下游的梁楚九郡，楚汉战争中为汉高祖刘邦所败，在乌江（今安徽和县）自刎。项羽的勇武古今无双，中华数千年历史上最为勇猛的将领，"霸王"一词，专指项羽。

⑤ 万里长城，古代中国在不同时期为抵御塞北游牧部落联盟侵袭而修筑的规模浩大的军事工程的统称。长城东西绵延上万华里，因此又称作万里长城。

(三)

漫论名将死非辜,自坏长城计已愚。
浪咎诸臣尽亡国,黄泉相见汗颜无。

(四)

参天松桧倚斜曛,坏土千秋并岳坟①。
社酒纸钱春有约,年年寒食吊将军。

---

① 岳坟,指岳飞之坟。岳飞(1103—1142),字鹏举,汤阴(今河南省安阳市汤阴县菜园镇程岗村)人。中国历史上著名军事家、民族英雄、抗金名将,南宋中兴四将(岳飞、韩世忠、张俊、刘光世)之一。二十岁投军抗金。绍兴十一年(1141)十二月二十九日,秦桧以"其事莫须有"的罪名将岳飞治罪,在临安大理寺狱中被狱卒拉肋(猛击胸肋)而死(也有人说是赐毒酒而死),时年三十九岁。绍兴三十二年(1162)高宗退位,孝宗即位,为岳飞平反。乾道五年(1170),宋孝宗诏复飞官,以礼改葬,建庙于鄂。六年,赐岳飞庙曰忠烈。淳熙六年(1179),谥武穆,嘉泰四年(1204)宋宁宗追封高宗时朝抗金诸将为七王,岳飞封为鄂王。宋理宗宝庆元年(1225)定谥号忠武。

盍簪以和吉三①盆菊见示属，余和韵并呈吉三 二首

（一）

碧玉栏杆白玉盆，不教风雨泣黄昏。

幽香暂别陶公②径，素影真销楚客③魂。

久寄槛蒿悲旧梦，得栽瓶钵异凡根。

纸窗绣幕重重护，忍折芳枝露爪痕。

（二）

分来彭泽④一枝鲜，散作金钱万点圆。

帘卷西风人共瘦，镜摇疏影蜡初燃。

漫愁老圃新霜重，独殿群芳晚节坚。

多少名花世不识，飘零幽谷自年年。

---

① 吉三，人名，即曹吉三，上文已注。
② 陶公，人名，这里指陶弘景。陶弘景(456—536)，字通明，号华阳隐居，南朝梁时丹阳秣陵(今江苏南京)人，南朝梁时期的道教思想家、医药家、炼丹家、文学家，人称"山中宰相"。著作有《本草经集注》《集金丹黄白方》《二牛图》等。
③ 楚客，泛指历代被贬谪南行而经过湘水的人。
④ 彭泽，地名，即彭泽县，位于江西省最北部，九江市东北角上，北濒长江，东邻安徽冬至县，南抵鄱阳、都昌毗邻，西连湖口县，北与安徽宿松、望江隔江相望，素有"七省扼塞""赣北大门"之称。

即事 庚辰年①作 四首

（一）

白草黄云外，迢迢下使星②。
为还侵鲁地③，竟远蹑秦庭④。
劫客无曹刿⑤，边才失卫青⑥。
燕山⑦铭待勒，谁震汉皇⑧灵。

（二）

他族⑨竟潜逼，群公谁隐忧。
凭城狐绝狡，忌器鼠难投⑩。
铜柱⑪天边渺，灵槎⑫海外浮。
华夷⑬应有界，闻道划鸿沟。

---

① 庚辰年，即清光绪庚辰年（1880）。
② 使星，出自《后汉书·李合传》："和帝即位，分遣使者，皆微服单行，各至州县观采风谣。使者二人当到益郡，投合候舍。时夏夕露坐……合指星示云：'有二使星向益州分野。'"后因称使者为"使星"。
③ 鲁地，指山东一带。
④ 秦庭，指春秋战国时期秦国的宫廷。
⑤ 曹刿，历史人物，即曹沫，一作曹翙，春秋时鲁国大夫，著名的军事理论家。
⑥ 卫青，历史人物，上文已注。
⑦ 燕山，地名，位于河北平原北侧。由潮白河谷到山海关，大致呈东西向。北侧接七老图山、努鲁儿虎山，南侧为河北平原，高差大。滦河切断此山，形成峡口——喜峰口，潮河切割形成古北口等，自古为南北交通要道，在军事中也很有地位，古代与近代战争中，常常是兵家必争之地。
⑧ 汉皇，原指汉朝皇帝，亦指唐朝皇帝。如白居易《长恨歌》："汉皇重色思倾国。"
⑨ 他族，指西方列强。
⑩ "忌器鼠难投"全句意思，即成语投鼠忌器，见《汉书·贾谊传》："里谚曰：'欲投鼠而忌器。'此善谕也。"
⑪ 铜柱，指铜制的作为边界标志的界桩。上文已注。
⑫ 灵槎，即船。
⑬ 华夷，指国家的疆域。

（三）

间使归河急，私交罪莫原。

不成申显戮①，何以警辜恩。

隐恶宽严助，踌躇却吐蕃②。

乱臣非贷死，休浪上书论。

（四）

鞭影冲寒日，笳声入暮秋。

虎牙新掌节，龙额旧封侯。

喻蜀相如壮，③和戎魏绛优。④

相门遗烈⑤在，慎勿忝箕裘⑥。

---

① 申显戮，引自《旧唐书》载："时议者归罪于胡人，将申显戮，又恐取笑夷狄，法遂不行。"

② 吐蕃，古代王国。7—9世纪时古代藏族建立的政权，是一个位于青藏高原，由松赞干布到达摩延续两百多年，是西藏历史上创立的第一个政权。

③ 喻蜀，古地名，位于四川南面。相如，人名，即司马相如。司马相如（约前179—前118），字长卿，蜀郡成都人，祖籍左冯翊夏阳（今陕西韩城南），侨居蓬州（今四川蓬安），西汉辞赋家。

④ 和戎，指封建王朝与边境少数民族统治者结亲交好。魏绛，姬姓，魏氏，名绛，谥号为庄，故史称魏庄子，春秋时晋国卿。晋国相邻的北方少数民族，时常与晋发生战争，数为边患，晋悼公四年（前369），魏绛向悼公提出一项重大主张，即和戎。魏绛从国家大局出发，冲破传统偏见的束缚，积极主张和戎，开创了我国历史上汉族争取团结少数民族的先例。和戎政策实施后大见成效，到晋悼公十二年（前562），仅短短的八年时间内，便取得了晋国与戎狄和睦相处的局面。

⑤ 相门遗烈，指历史上的坚贞不屈的刚强之士。

⑥ 箕裘，出自成语"克绍箕裘"，《礼记·学记》："良冶之子，必学为裘；良弓之子，必学为箕。"后世省称"箕裘"，比喻前辈事业。

山寺夜宿

斜月寒山外,扶筇绝顶登。
夜虫慰孤客,山鬼笑愁僧。
虚籁清如此,幽栖怅未能。
断崖有猿啸,哀响到残灯。

耶律文正公墓①下作

裂帛湖边耶律坟,纸钱谁省吊王孙。
多情最是垂杨柳,岁岁飞花落墓门。

李舍人②约中元夕③游灯市因抱病未往

凤凰楼④阁晚霞残,灯市喧阗竟夕欢。
琼岛⑤月明鸳瓦细,金台⑥风劲翠裘寒。
红牙紫玉云端奏,⑦火树银花夜里看。
独有茂陵愁病客,布衾自拥听更阑。

---

① 耶律文正,人名,即耶律楚材。蒙古汗国大臣。上文已注。耶律文正公墓,位于北京市昆明湖东岸。
② 李舍人,作者的友人。舍人,官名,但又称呼权贵子弟。
③ 元夕,即元宵节。上文已注。
④ 凤凰楼,这里指北京的凤凰楼。
⑤ 琼岛,指北京北海公园琼岛,"堆云""积翠"的两座彩绘牌坊,迎面就是全园的中心——琼华岛,简称琼岛。
⑥ 金台,指北京的金台,现在北京仍有金台路,位于朝阳区。
⑦ 红牙、紫玉,两件乐器名。红牙,即红牙拍板,唱曲用以整饬节奏。紫玉,即箫,箫多用紫竹制成,故称"紫玉箫"。

过东城①有感

高牙大纛控皇州②,门外狻猊③闪碧眸。

榻侧肯容人鼾睡,冢中翻笑鬼骷髅。

陆机入洛④年华少,贾谊陈书⑤涕泪流。

将不省略过卫霍⑥,问谁分得主君忧。

紫竹林⑦东何康甫⑧

轻东初卸胧征衣,紫竹林边暑气微。

红日潮随鸦背远,黄花犹逐马蹄飞。

酒浇傀儡愁无赖,路近邯郸⑨梦亦非。

寄语楼兰同戍士,⑩锦貂未赐莫言归。

---

① 东城,指北京的东城,现在是东城区。
② 皇州,指帝都,即北京。南朝宋鲍照《侍宴覆舟山》诗之二:"繁霜飞玉闼,爱景丽皇州。"
③ 狻猊,传中龙生九子之一,排行老四,是一种猛兽。形如狮,喜烟好坐,佛祖见它有耐心,便收在胯下当了坐骑。这里狻猊是石雕。
④ 陆机入洛,陆机(261—303),字士衡,吴郡华亭(今上海松江)人,西晋文学家、书法家,吴亡后出仕西晋,太康十年(289),陆机兄弟来到洛阳,文才倾动一时,受太常张华赏识,此后名气大振。时有"二陆入洛,三张减价"之说。与其弟陆云合称"二陆"。历任平原内史、祭酒、著作郎等职,世称"陆平原"。
⑤ 贾谊陈书,贾谊,西汉初年著名政论家、文学家,上文已注。贾谊陈书,贾谊因陈书汉文帝受大臣周勃、灌婴排挤,谪为长沙王太傅。
⑥ 卫霍,两个历史人物,即卫青和霍去病,上文已注。
⑦ 紫竹林,地名,位于南京市鼓楼区新模范马路北侧,因紫竹林禅寺而得名。
⑧ 何康甫,人名,守卫在西北边防的将士。
⑨ 邯郸,地名,上文已注。
⑩ 楼兰,西域古国名,地处新疆巴音郭楞蒙古自治州若羌县北境,罗布泊的西北角,孔雀河道南岸的7公里处。楼兰名称最早见于《史记》,曾经为丝绸之路必经之地,现只剩遗迹。戍士,指守卫边防的将士。这里指何康甫。

奉答曹待御吉三①见赠和原韵

五年京国识荆州,满目琳琅叠案头。
李杜②诗才光万丈,班杨③史笔垂千秋。
论文共许心如发,促膝何妨屋似舟。
忽忆士衡天未去,几时筵酒互相酬。

漫 兴

碣石邹生馆,④黄金郭隗台。⑤
雕龙游士逞,⑥市骏霸图开⑦。
基址余荒草,兴亡付劫灰。
归风怀二子,燕地正思才。

---

① 曹待御吉三,即曹吉三,上文已注。
② 李杜,两位大诗人,即李白和杜甫,上文已注。
③ 班杨,两位史学家,即班固和杨终。班固,汉朝史学家,上文已注。杨终,字子山,后汉蜀郡成都人,史学家,显宗时期,为校书郎。汉永元十二年(100),病故。整编《太史公书》。
④ 碣石,指燕昭王专为邹衍修建的一座碣石宫。邹生,即邹衍(前324—前250),齐国人。战国时期哲学家。唐代诗人陈子昂诗:"南登碣石馆,遥望黄金台,丘陵尽乔木,昭王安在哉!"
⑤ 黄金,即黄金台,上文已注。郭隗,战国时燕国(今河北省定兴县内村)人,燕昭王客卿,燕昭王"筑台而师之"。为燕国招来许多奇人异士,终于使得燕国富强。
⑥ 雕龙,即公孙龙(前320—前250),字子石,传说字子秉,战国时期赵国人,诡辩学创始人之一,曾经做过平原君的门客。其主要著作:《公孙龙子》,西汉时共有14篇,唐代时分为三卷,北宋时遗失了8篇,到目前只残留6篇,共一卷。其中最重要的两篇是《白马论》和《坚白论》,提出了"白马非马"和"离坚白"等论点,是"离坚白"学派的主要代表。是著名的诡辩学代表著作,提出了逻辑学中的"个别"和"一般"之间的相互关系,但把它们之间的区别夸大,割断二者的联系,是一种形而上学的思想体系。与他齐名的是另一名家惠施。游士,即游说谋划之人士。源于刘向《战国策叙录》,刘向对该书的评论:"战国时,游士辅所用之国,为之策谋,宜为《战国策》。"
⑦ "市骏霸图开",指燕昭王用千金购千里马骨以求贤兴国的故事。

春　感

碧沙帘外长苔痕，寒雨阑栅又夕昏。
蜡旧催残春腕晚，钟声惊破梦温存。
断无帘幕能窥影，可有熏香更返魂。
省识女儿坟畔草，萋萋犹是怨王孙。

重有赠

赠君一对玉连环，宛转红绿结合欢。
醉后休教如意击，断时容易续时难。

和友人戏赠

皓齿明眸艳冠时，不须傅粉好丰姿。
怜卿日对菱花镜①，靦面偏逢薄幸儿。

---

① 菱花镜，古代铜镜名。铜镜多为六角形或背面刻有菱花。

有感 十二首

（一）

郡国方多难，封章入告频。
甫闻靖关陇①，人纪斗星辰。
颖邑须黄霸，② 河东借寇恂。③
山枢勤俭俗，谁令日忧贫。

（二）

大吏犹歌舞，哀黎迭死亡。
空储河内粟，翻借海陵仓。④
遍地丛荆枳，谁家足稻粱。
如何司牧⑤者，相忍讳言荒。

---

① 关陇，指甘肃，作者自注：时甘肃红旗（指清代八旗制中的红旗）奏捷。
② 颖邑，地名，即颖川。黄霸，历史人物。汉代廉官、西汉名臣。上文已注。
③ 河东，地名，指山西等地。寇恂（？—36），字子翼，上谷昌平（今属北京市）人，东汉名将，"云台二十八将"之一。作者自注：侍郎（即曹吉三）督办山西、河南赈务。
④ 河内指河南，海陵指江苏省中部，"空储河内粟，翻借海陵仓"两句意思，作者自注：河南历年积有九万担余粮，不必借贷他省。
⑤ 司牧，指管理经济的官吏。

（三）

抱歉禁州郡①，催科纵吏胥②。
竟成沉命法③，那见课农④书。
野有罹罦雉⑤，人嗟涸辙鱼⑥。
只余哀痛诏⑦，宵旰念穷闾。⑧

（四）

问讯河南郡⑨，翻疑绝塞行。
愁云低旷野，苦雾压芳城。
米价春潮长，民生草芥轻。
腐儒空有恨，谁听不平鸣。

---

① 禁州郡，引自元初政治气象，成吉思汗入主中原，天下新定，未有号令。所在长吏，皆得自专生杀。百姓稍有忤意，则刀锯随之，至有全家被戮，襁褓亦不放过。名臣耶律楚材闻之泣下，立请成吉思汗"禁州郡非奉玺书不得擅征发，囚当大辟者必待报，违者罪死"。于是贪暴之风稍戢。
② 吏胥，指地方官府中掌管簿书案牍的小吏。上两句意思，作者自注：御史奏河南太史不恤民，隐报九州岛灾情。
③ 沉命法，一种法纪，汉武帝最先实行，规定太守以下大小官吏对辖区内的农民起义不能及时发觉镇压者处死。
④ 课农，指督责务农。
⑤ 罹罦雉，指落难之鸟。
⑥ 涸辙鱼，亦作"涸辙枯鱼"。比喻穷困的境地。
⑦ 痛诏，始见于唐朝，德宗兴元元年（784），淮西节度使李希烈叛乱，奸相卢杞趁机借李希烈之手杀害颜真卿，派其前往劝谕，被李希烈缢死。闻听颜真卿遇害，三军将士纷纷痛哭，德宗皇帝痛诏废朝八日，举国悼念。德宗亲颁诏文，追念颜真卿的一生是"才优匡国，忠至灭身，器质天资，公忠杰出，出入四朝，坚贞一志，拘胁累岁，死而不挠"。
⑧ 宵旰，借指帝王。穷闾，穷人所居的里巷。
⑨ 河南郡，即现在的河南省。

（五）

历乱人鬼哭，苍茫天地昏。
野狐争饿殍，怪鸟逐饿魂。
饱已无糠核，餐应尽草根。
填沟多壮者，赢老不堪言。

（六）

纵见妻孥尽，吞声罔敢号。①
荒坟愁剥骨，新儿痛煎膏。
岂有人相食，其如地不毛。
何堪垂手毙，无计复逋逃。

（七）

疮痍连数郡，此去更何依。
失母无家别，思乡有梦归。
野餐燻鼠穴，露宿裹鹑衣。
极目流离惨，惊心村落非。

（八）

武库刚焚后，轰天焰火来。②
祝融朝吐火，旱魃昼为灾。
嘻出神雅叫，仓皇鬼伯催。
无辜伤赤子，一炬尽成灰。

---

① "吞声罔敢号"，作者自注：时晋豫饥民相食，纵遭死丧不敢哭，恐饥民闻哭声知有人死相争夺尸供饱。

② "武库刚焚后，轰天焰火来"。两句作者自注：丙子天津军器局焚械，损失白银三十余万两。丁丑十月焚粥厂，共毙男女三千余人。

（九）

几竭太仓①粟，频颁内府②金。

皇仁无弗届，天道竟难谌。

仓促救荒策，老成谋国心。

求言劳圣主，无乃近臣喑。

（十）

忽漫传烽火，欃枪照晋都。③

虽云迫冻馁，孰敢纵萑苻。④

角音青磷聚，营屯白草枯。⑤

西望堪太息，可有避兵符。

---

① 太仓，指古代京师储谷的大仓。

② 内府，皇宫内负责监管制造器具的部门。

③ 欃枪，比喻叛乱、动乱。晋都，今山西一带。作者自注：时逆匪熊六，在大青山挟饥民五六千，肆行劫掠。

④ 萑苻，也作"萑蒲"，春秋时郑国沼泽名，据记载，那里密生芦苇，盗贼出没。指贼之巢穴或盗贼本身。

⑤ 角音青磷聚，营屯白草枯。这两句源自明夏完淳《哭吴都督》诗："白草荒春月，青磷大泽烟。"又见清顾炎武《莱州》诗："郊垒青磷出，城阴白骨枯。"

（十一）

血战曾擒虎①，威名仰射雕②。

肯令狐鼠辈，又煽圣明朝。

镇静资安石③，驱除仗马超④。

果然收杀运，师出扫群妖。

（十二）

闻道贤良吏，倾囊助赈蠲。⑤

频增虞诩⑥灶，群散郑攸⑦钱。

陇⑧待登秋获，家馋枭夕烟。

降康原不易，悔祸乞苍天。

---

① 曾擒虎，历史人物，即曾国荃。曾国荃（1824—1890），字沅浦，号叔纯，又名子植，湖南双峰县荷叶镇人，湘军主要将领之一。咸丰二年（1852）取优贡生。咸丰六年（1856），攻打太平军"有功"赏"伟勇巴图鲁"名号和一品顶戴。同治三年（1864），以破城有"功"加太子少保，封一等伯爵。同治间，与郭嵩焘等修纂《湖南通志》。光绪元年（1875）后历任陕西、山西巡抚，署两广总督。光绪十年（1884）署礼部尚书、两江总督兼通商事务大臣。光绪十五年（1889）加太子太保衔。翌年卒于位，谥"忠襄"。因善于围城有曾铁桶之称。清朝著名大臣曾国藩的九弟。

② 射雕，历史人物，指成吉思汗。成吉思汗（1162—1227），庙号元太祖，孛儿只斤氏，名铁木真，蒙古族。1206年，被推举为蒙古帝国的大汗，统一蒙古各部。在位期间多次发动对外征服战争，征服地域西达西亚、中欧的黑海海滨。毛泽东诗句曾评价他：只识弯弓射大雕。

③ 安石，历史人物，即王安石。王安石（1021—1086），字介甫，号半山，封荆国公。临川（今江西省抚州市区荆公路邓家巷）人，北宋杰出的政治家、思想家、文学家、改革家，唐宋八大家之一。官至宰相，主张改革变法。诗作《元日》《梅花》等最为著名。有《王临川集》《临川集拾遗》等存世。

④ 马超，历史人物，即马超。马超（176—222），字孟起，扶风茂陵（今陕西兴平）人。东汉初年伏波将军马援的后代，三国时期蜀汉名将。这里指提督，作者自注：提督某手擒熊六，是役武员死者六七人。

⑤ 闻道贤良吏，倾囊助赈蠲。两句意思，作者自注：徐中丞宗瀛、黎果使兆棠、冯太守端木各捐银赈饥，均有旨嘉奖。

⑥ 虞诩，历史人物。虞诩，字升卿，陈国武平（今河南鹿邑西北）人，东汉名将。安帝时，始为朝歌（今河南汤阴西南）长，后任武都太守。顺帝时，官至尚书仆射。虞诩祖父虞经，长期担任郡县狱吏，执法断案，公正平允，且心存宽恕。每到冬月上报案卷他往往哭泣流泪。虞诩"增灶"退敌，三千人吓退羌族大军。

⑦ 郑攸，人名，晋人也。有弟早亡，惟有一儿，曰遗民。时值动乱，胡人入侵京师，掠牛马。郑攸挈妻子逃亡。食尽，贼又迫，谓妻曰："吾弟早亡，但有遗民，今担两儿，尽死。莫若弃己儿，怀遗民走。"妻涕如雨。攸慰之曰："毋哭，吾辈尚壮，日后当有儿。"妻从之。

⑧ 陇，古地名，即甘肃省。

夜阑曲 效长吉体①

凉蟾西入秋虎吐,花气空蒙散红雨。
金牢不锁通天猿,八蚕茧丝密织组。
骊龙颔下垂古涎,鲤鱼风送珊瑚筊。
贝阙桂宫②不相望,鲛人③泪泣珍珠圆。
香饵无情绿波老,荠叶莲心判甘苦。
兽环微触金钩栏,惊起帘栊碧鹦鹉。
孤竿百尺栖神鸟,灵旗不动风有无。
双成乘云冉冉下,青虬白凤交相扶。
二八蟾蜍蚀精魄,蓼花溅红芦花白。
蜻蜓翼薄花露寒,凄绝微波割秋色。
红云鬖鬙嫦娥④鬟,蟠桃重结三千春。
白石丹砂为谁捣,梁间燕子哀流尘。
羲和⑤逐日骋六辔,玉鞭打折凤凰翅。
恨无复堑耕瑶烟,羞织相思字相寄。
麝兰芬芳金蠹枯,伤心莫过鸳鸯湖。
湖上鸳鸯三十六,玉溪应为柳枝哭。

---

① 长吉体,唐代诗人李贺的诗体,作品独有的风格、意境,自成一体。李贺,字长吉,故名长吉体。
② 桂宫,宫名。汉武帝太初四年(前101年)建。故址在今陕西省西安市西北。也指月宫。
③ 鲛人,古代记载,鲛人即是西方神话中的人鱼,生产的鲛绡,入水不湿,哭泣的时候,眼泪会化为珍珠。
④ 嫦娥,神话人物,后羿之妻。上文已注。
⑤ 羲和,太阳女神,东夷人祖先帝俊的妻子,生了十个太阳。羲和又是太阳的赶车夫,有不同寻常的本领。上古时代,羲和又成了制定时历的人。

九日蔡侣舫①农部曹朗川②吉三两太史招同仁天宁寺③登高

敬带梵王门，秋高爽气轩。
浮屠通碧汉，临眺极高平。
原云影群山，涛声万马奔。
俯瞰人似豆，此际合称尊。

雨后郊行

旬日伤愁霖，郁郁罢游屐。
兹晨值清旷，晴郊喜遍历。
沿溪寻逝湍，乱藓抱幽石。
槲叶曲岸翻，榆荚浅洼积。
芳树子满枝，无言独垂碧。
轻风破麦浪，清臁娟苔席。
横塘连左右，蛙声遥相隔。
林峦含宿雨，日午晴翠滴。
孤塔浮春晖，层城明雾色。
时闻樵音远，忽漫入语寂。
萧然涤尘襟，清梵入云直。
向来腰脚健，岂虞蹊径窄。
会当纵幽兴，青苔湿履舄。④

---

① 蔡侣舫，人名，作者诗友。
② 曹朗川，人名，同乡，上文已注。
③ 天宁寺，这里指北京天宁寺，始建于北魏孝文帝年间，当时叫"光林寺"，是北京最古老的寺院之一。
④ 履舄，指鞋子。

春日游圆静寺[①]

万绿秘灵境，幽径通一线。
松柏蜿蜒排，路尽山门见。
土埋前代碑，尘凝空王殿。
瓴甋巢鼪鼯，宗庿飞雀燕。
苔藓千年深，石罅抱葸茜。
孤塔凌碧空，一壶阴晴变。
几转达僧寮，绿槐荫小院。
日午鸟声寂，风动花光颤。
诗赋何人题，妙词追黄绢。
老僧坐空翠，古尘萃眉面。
岂真降尊宿，色相藏不现。
从师吾未能，空羡白云倦。

[①] 圆静寺，位于北京瓮山南坡的中央。

何惠泉①水部邀同曹吉三②编修、潘干卿、郑小盦③两公子往丰台④看芍药

水部平生宦情懒，不减当年嵇中散⑤。
华省为郎经十春，退食司曹事却简。
长安客居亦岑寂，君乃借花伴孤馆。
今春约我丰台游，未到花时预折柬。
宁知主宾有奇兴，约伴看花趁春暖。
入门似怪主人在，坐久香风两袖满。
有酒不饮花应嗔，四座高谈互飞盏。
兴酣起视轻红姿，胜似蔷薇露初盥。
天公似亦怜酒人，故遣江芳争入眼。
人生百年贵尽欢，未必浮名能留恋。
频年哀乐损真趣，胜游每苦良会短。
今来剧喜罗群贤，尝花互门新诗本。
羡君逸气凌沧州⑥，腕底龙蛇走寸管。
枯肠愧我诗思悭，吟迟自甘罚百盏。

---

① 何惠泉，人名，作者同僚。
② 曹吉三，人名，上文已注。
③ 潘干卿、郑小盦，人名，作者诗友。
④ 丰台，地名，位于北京市西南，为北京4个近郊区之一。丰台区旅游资源丰富。旅游景点众多，如驰名中外的卢沟桥、宛平城等名胜古迹。
⑤ 嵇中散，即嵇康，上文已注。
⑥ 沧州，地名，位于河北省东南，东临渤海，北靠京津，与山东半岛及辽东半岛隔海相望。又指滨水的地方。古时常用以称隐士的居处。

羊城①怀古 十首

（一）

百粤②炎蒸地，群雄割据都。

江山感刘赵③，辟垒忆孙卢④。

翠羽何寂谡，丹小尚有无。

浮邱飞渡处，惟见白云孤。

（二）

万古虞翻⑤宅，千金陆贾⑥装。

至今悲谪宦，何处觅降王。

座上衣冠肃，祠前草木荒。

登临一回首，浩劫莽苍茫。

---

① 羊城，广州市的别称。上文已注。
② 百粤，地域名，古指夷越，即长江中下游以南众多部落，又称"百越"或"百粤"。
③ 刘赵，历史人物，即抗倭名将赵炳然。赵炳然(1507—1569)，字子晦，号剑门，剑州（今四川广元市剑阁县）人，兵部尚书。嘉靖十四年（1535）进士。史载：监司杨锐，指挥冯世彪等一百七十七人侵冒罪，坐谪有差。条上备边十二事。历按云南、浙江。擢大理寺丞，进少卿。寻改右佥都御史，巡抚湖广。进左副都御史，协理院事。
④ 孙卢，两个历史人物，即孙承宗和卢象升，明末著名将领、民族英雄，上文已注。
⑤ 虞翻，历史人物，虞翻(164—232)，字仲翔，会稽余姚（今浙江余姚）人。三国时候吴国的学士，官至功曹，在交州期间，讲学不倦，门生常数百人。
⑥ 陆贾，历史人物，陆贾（前240—前170），楚人。西汉政治家、文学家，有口才，善辩，常派出使诸侯各国。汉高祖十一年（前196），奉命出使南越（今两广一带），招谕故秦南海尉赵佗臣属汉朝，立为南越王，汉高祖死后，吕后擅权。陆贾参与诛灭诸吕，迎立文帝刘恒，出力颇多。文帝即位后，再次出使南越，劝说自称南越武帝的赵佗废去帝号，重新恢复与中原的臣属关系。

（三）

满目凄凉事，川原异曩时。

草深杨仆①垒，月上吕嘉②祠。

蕉鹿③真成梦，莼鲈④别有思。

十年归故国，忍负菊花期。

（四）

重镇今开府，雄藩旧羊城⑤。

建王南越郡，曾驻朔方兵。

逆竖降吴濞⑥，侯封失富平。

辽阳⑦归未得，呜咽暮江声。

（五）

仿佛长春觐，筹边镇海门。

南来惭马援⑧，西去失张骞⑨。

甘作秦庭虏，难归楚客⑩魂。

至今延祸水，遗恨忍重论。

---

① 杨仆，历史人物，西汉时期宜阳人。南越反时，拜为楼将军，有功，封将梁侯。
② 吕嘉，历史人物，汉武帝时南越国相。老家在今大良西南的金斗、石涌一带，为越族人首领。元鼎六年（前111）杀掉主张归汉的南越王赵兴，与中央朝廷抗衡。同年，被汉军击败擒杀。
③ 蕉鹿，意思是恍惚如梦的糊涂事儿。《列子·周穆王》卷三："郑人有薪于野者，遇骇鹿，御而击之，毙之。恐人见之也，遽而藏诸隍中，覆之以蕉，不胜其喜。俄而遗其所藏之处，遂以为梦焉。顺途而咏其事，傍人有闻者，用其言而取之。"
④ 莼鲈，两道菜名，即莼菜羹和鲈鱼脍。
⑤ 羊城，广州的别称，上文已注。
⑥ 吴濞，历史人物，吴王刘濞的省称。汉景帝时，刘濞曾发动吴楚等七国之乱，为周亚夫所平。
⑦ 辽阳，地名，位于辽东半岛。
⑧ 马援，历史人物，上文已注。
⑨ 张骞，历史人物。张骞（前164—前114），字子文，汉中郡城固（今陕西省城固县）人，中国汉代卓越的探险家、旅行家与外交家，对丝绸之路的开拓有重大贡献，开拓了汉朝通往西域的南北道路，并从西域诸国引进了汗血马、葡萄、苜蓿、石榴、胡桃、胡麻等。
⑩ 楚客，人名，作者自注，姓叶，湖北汉阳人。

（六）

俗竞羞秦赘①，家乡礼越巫②。

旧疆通象郡③，新语笑猪都。

岁歉稀橙客，荒村散橘奴④。

海滨秋获少，叹息未蠲租⑤。

（七）

越秀山⑥头望，楼高迥接天。

秋深稀落木，地暖饱闻蝉。

西北两江⑦合，东南五岭⑧连。

时清鼙鼓息，传道罢防边。

---

① 秦赘，春秋时秦俗家富子壮即分户，家贫子壮即出赘。后因称赘婿为秦赘。该诗情景，作者自注：是岁粤东饥。
② 越巫，古书名，作者方孝孺，《越巫》讲述了越巫假称能驱鬼治病，到处向人夸耀，骗人并取人钱财。
③ 象郡，地名，秦在岭南所置郡，辖今广西西部，越南北部、中部。
④ 橘奴，果木名称，橘树或橘子的别称。唐杜甫《驱竖子摘苍耳》诗："加点瓜薤间，依稀橘奴迹。"
⑤ 蠲租，免除租税。
⑥ 越秀山，地名，位于广州市北。据传，远在周夷王时期，越秀山南面就建立了楚庭，秦末汉初，这里始建了任嚣城，后扩展为赵佗城。南越王赵佗以番禺为都，因此越秀山别称为越王山。明永乐年间，都指挥花英在山顶建造观音阁，俗又称为观音山。越秀山海拔仅七十余米，冈峦起伏，与白云山相接，构成广州北边屏蔽。该诗情景，作者自注：是时刚撤海防。
⑦ 西北两江，即珠江流域的西江和北江。
⑧ 五岭，指白云山、越秀山、瘦狗岭、番山、禺山。

(八)

京国东归日,维舟傍海涯。

帆樯千估客,烟火万人家。

羊石①留仙迹,鹅潭②老月华。

玉钩斜畔路,零落素馨花。

(九)

蝶乱山环廓,江寒暮长潮。

名泉蒲涧寺③,港别柳坡槁。

越女翻新髻,蛮姬斗小腰。

海珠明月夜,心折木兰桡。

(十)

别酒当遥夜,羁人感暮天。

管弦江叶舫,灯火绿篷船。

踏臂珠娘曲,瀍头姹女钱。

旧游浑似梦,愁煞杜樊川④。

---

① 羊石,广州有五羊城之称,在越秀山上有五羊石像。

② 鹅潭,即广州白鹅潭,位于荔湾区沙面岛的珠江河面,是珠江三段河道的交汇处,此处上承西北两江之水,潮汐畅通,淤积不烈,河面宽阔浩渺,烟波荡漾,风景秀丽怡人。

③ 蒲涧寺,广州白云山上的文物,为了纪念郑安期而建,(郑安期,琅琊人,一千多年前的人物,为采药济世死于白云山,传说成了仙。)郑安期坠崖的地方称为郑仙崖,那条小溪涧,称为蒲涧,建了一座寺庙,称为蒲涧寺。

④ 杜樊川,即晚唐著名诗人杜牧。上文已注。

冬日齐①中偶作

余少婴忧患，性质嗟尊劣。
矧复绝人徒，见闻两寂灭。
幽室寡欢娱，诗书信所悦。
达生愿少违，寡欲事穿缺。
澄心澹百虑，安知吾所拙。
食实凤常饥，饮露蝉自洁。
东陵瓜②犹蔓，商山芝③岂歇。
感物理或参，怀古心偏折。
逝将永疏散，息影谢时哲。
穷巷难迴车，休停待饥渴。

---

① 齐，古地名，指山东北部和河北东南部。
② 东陵瓜，又称"青门瓜"。《史记·萧相国世家》记载："召平者，故秦东陵侯。秦破，为布衣，贫，种瓜于长安城东，瓜美，故世俗谓之'东陵瓜'，从召平以为名也。"
③ 商山芝，商山，地名，位于陕西商山(今商县东南)，商山盛产芝，俗称商山芝。商山芝又指"商山四皓"，商山四皓是秦朝的四位博士：东园公唐秉、夏黄公崔广、绮里季吴实、甪里先生周术。他们是秦始皇时七十名博士官中的四位，分别职掌：一曰通古今；二曰辨然否；三曰典教职。后来他们隐居于商山，曾经向汉高祖刘邦讽谏不可废去太子刘盈（即后来的汉惠帝）。后人又用"商山四皓"来泛指有名望的隐士。

醉司命日①董云舫②比部招饮

朔风凛冽雪霜逼，冻云满天欲昏黑。
咚咚腊鼓摧残冬，岁云暮矣转凄恻。
敝裘百结如悬鹑，别家三载无消息。
南望乡园路万里，妻拿已尽归不得。
佳辰已近醉司命，冷灶不见炊烟直。
幸有故人率真招，痛饮狂歌破抑寒。
无端罢酒空归来，独拥布衾泪横臆。
人生得志须少年，嗟余何为困京国。
起来拔剑鸣不平，与子相期要努力。
西望关陇③满烽火，马上谁人能杀贼。
行辕邓禹④笑何人，未飞且敛翼鸿鹄。
由来大器多晚成，肯学飞腾尚不惜。
五陵⑤游侠长楸日，垂老江郎⑥彩笔枯。

---

① 醉司命日，民间年终祭灶神的一种习俗。
② 董云舫，人名，即董麟。董麟（1830—1881），字祥甫，号云舫。祖籍山西省临汾市洪洞县，中国当代书画大师董寿平的叔公。道光二十九年（1849）中乙酉科拔贡，为学使龙兰移（即进士龙元僖，上文已注。）赏识，并入京攻读。次年参加朝考，被取为二等，以候选知县用，后任比部官员。
③ 关陇，古代地名，今陕西、甘肃一带。
④ 邓禹，历史人物。邓禹（2—58），字仲华，南阳新野（今河南省新野）人，东汉中兴名将，"云台二十八将"之首。建武十三年（37），天下平定，光武帝加封邓禹为高密侯。
⑤ 五陵，古地名，即五陵原，位于咸阳市北部，西起兴平市，东到高陵县，北接泾阳县，南达渭河北岸，西汉王朝在这里设立五个陵邑而得名。
⑥ 江郎。即江淹，南朝著名文学家、散文家。上文已注。

十里河①古松歌

吾闻泰山②之松郁嵯峨，风摧霜剥曾经过。
今之老干岂是何，支离夭矫撑枝柯。
玃髯蛟脊脊宛相，瘦硬仿佛青铜磨。
盘空直上三百尺，似有云物相荡摩。
长夏阴森变晴昼，日影沉沉一线漏。
飒然天外生长风，疑是沧溟老龙吼。
此树云是金元物，皱疱至今挺孤秀。
顾视杞梓皆凡材，岂有鬼神默相佑。
吁嗟乎！历劫千年非徒然，不有精气焉能存。
况复美材造物忌，使人陨涕半山巅。
君不见骊山掘出秦皇墓，③ 上木先拔又不见。
邺宫④开，铜雀⑤来，漳南老，树神哀。
得作栋梁亦匪易，土木安能逃劫灰。
此松腹空干不直，人方抚松重叹息。
不知千年独免斧，斤厄乃，在材之，不复中绳墨。
呜呼！材之不复中绳墨，恐亦终为人所得。
以有灵脂化琥珀，松兮松兮世路险。
重为告曰难以留，何不老鳞化长虬。
风雨冥晦之灵湫，使人望之不可求。
我亦永随赤松子⑥，千秋万岁与汝相终始。

---

① 十里河，位于山西省左云县，古称武周川水，发源于左云县城南、城北玉泉山丘沟壑之中。
② 泰山，即东岳泰山，上文已注。
③ 骊山，位于秦岭北侧，远望山势如同一匹骏马，故名骊山。秦皇墓，即秦始皇陵，位于临潼区城东5公里，距西安市约37公里，南倚骊山，北临渭水。
④ 邺宫，指魏王世子曹丕所居之宫。
⑤ 铜雀，即铜雀台，位于河北临漳县境内，古称邺，古邺城始建于春秋齐桓公时，在三国时期，曹操击败袁绍后营建邺都，修建了铜雀、金虎、冰井三台。
⑥ 赤松子，又名赤诵子，号左圣南极、南岳真人、左仙太虚真人，秦汉传说中的上古仙人。相传为神农时雨师。能入火自焚，随风雨而上下。

寄从弟谏韬① 四首

（一）

携手河梁②后，惊心音问疏。
为贫轻弟妹，多难废琴书。③
乱绪争蚕茧，浮生困蜗鱼。
桃花复零落，那忍武陵④居。

（二）

落拓空怀刺，穷愁耐苦吟。
经秋仍傲骨，久客失乡音。
春草咋宵梦，山茱何日簪。
凤楼⑤应独造，著作尽璆琳⑥。

---

① 从弟谏韬，从弟，即堂弟。谏韬，人名，即龙锡镛，上文已注。
② 河梁，借指送别之地。出自旧题汉李陵《与苏武》诗之三："携手上河梁，游子暮何之？……行人难久留，各言长相思。"
③ "多难废琴书"句，作者自注：余自丁外艰，复不事吟咏两年有奇。
④ 武陵，地名。上文已注。
⑤ 凤楼，这里指五凤楼（即午门），是紫禁城正门，上有崇楼五座，以游廊相连，东西各有一座阙亭，形如雁翅，俗称"五凤楼"。明朝永乐年间始建。
⑥ 璆琳，指美玉。《尔雅·释地》："西北之美者，有昆仑虚之璆琳、琅玕焉。"

（三）

佳语阿连①赏，清才褚炫②传。

频年迟握手，少日镇随肩。

秦越北南路，关山离别篇。

天涯一雁唳，到耳更凄然。

（四）

昆仲联中表，③ 生平共戚欢。

定知将毋乐，决胜远游难。

似舅何无忌，④ 依人管幼安。⑤

相期齐努力，掷笔泪汛澜。

---

① 阿连，人名，即谢惠连。谢惠连（397—433），南朝宋文学家。祖籍陈郡阳夏（今河南太康）人。谢方明之子，谢灵运族弟。10岁能文，深得谢灵运的赏识，见其新文，常感谢惠连行止轻薄不检，原先爱幸会稽郡吏杜德灵，居父丧期间还向杜德灵赠诗，大为时论所非，因此不得仕进。他的乐府诗，则颇有牢骚不平之气。《诗品》将其诗定为中品。后人把他和谢灵运、谢朓合称"三谢"。宋王安石《寄四侄旊》诗："春草已生无好句，阿连空复梦中来。"

② 褚炫（443—483），字彦绪，河南阳翟（今禹州）人，南朝齐官吏。史载：宋义阳、王昶为太常，以炫补五官。累迁太子舍人、司徒左长史。升明初年，炫与刘俣、谢绲、江敩入殿侍文义，号为四友。迁黄门郎、太祖骠骑长史、侍中。永明元年（483）任吏部尚书。居官清廉，曾患病无钱买药。后改授散骑常侍，领安成王师、国学建，以本官领博士。

③ 昆仲，称呼别人兄弟的敬辞，昆，指哥哥，胞兄；仲，指弟弟。中表，指与祖父、父亲的姐妹的子女的亲戚关系，或与祖母、母亲的兄弟姐妹的子女的亲戚关系。出自汉蔡邕《贞节先生陈留范史云铭》："君离其罪，闭门静居，九族中表，莫见其面。"

④ "似舅何无忌"句，作者自注：舅氏藕舡方伯工诗，何小宋、陈兰埔均推为迩来吾粤诗人翘楚，余客京亦爱吟咏，盖先逐谓，酷似其舅，而不知吾弟较余也胜十倍也。

⑤ 依人，形容对人（心上的人）的一种牵挂心态。幼安，人名，即辛弃疾，南宋爱国词人。上文已注。

戊寅七夕追悼①

一别应无再见缘,漫漫碧海与青天。
只今歌尽成长恨,从此宵皆号可怜。
浊酒痕深浓似泪,秋衫影簿冷于烟。
玉谿锦瑟成追忆,② 旧梦飘零已十年。

香河③夜宿

异地乡音少,荒村客梦孤。
林深鸣怪鸟,月黑聚妖狐。
故舞铁如意④,惜无金仆姑⑤。
蓬门虎爪攫,苍迹共模糊。

---

① 戊寅七夕追悼:戊寅七夕,即光绪戊寅年(1878)七月初七;追悼,作者京官期间,发妻丧未,七夕之际,怀念之甚。

② 玉谿,人名,即李商隐。李商隐(约813—约858),字义山,号玉谿生,怀州河内(今河南沁阳市)人。晚唐著名诗人。唐文宗开成三年(847)进士。曾任弘农尉、佐幕府、东川节度使判官等职。擅长骈文写作,诗作文学价值也很高,与杜牧合称"小李杜",与温庭筠合称为"温李",因诗文与同时期的段成式、温庭筠风格相近,且三人都在家族里排行第十六,故并称为"三十六体"。其诗构思新奇,风格浓丽,尤其是一些爱情诗写得缠绵悱恻,为人传诵。锦瑟,作品名称,《锦瑟》是李商隐的代表作,最享盛名。全诗如下:"锦瑟无端五十弦,一弦一柱思华年。庄生晓梦迷蝴蝶,望帝春心托杜鹃。沧海月明珠有泪,蓝田日暖玉生烟。此情可待成追忆,只是当时已惘然。"

③ 香河,县名,位于京津之间,隶属河北省廊坊市,香河城有"小北京"之称,素有"京畿明珠"之美誉。从明朝到清朝,香河县都属朝廷直管,无论多大官来,香河知县一律不接不送。

④ 铁如意,兵器,铁制的爪杖。南朝宋刘义庆《世说新语·汰侈》:"武帝,恺之甥也,每助恺。尝以一珊瑚树高二尺许赐恺,枝柯扶疏,世罕其比。恺以示崇:崇视讫,以铁如意击之,应手而碎。"

⑤ 金仆姑,箭名。左传,乘邱之役,公以金仆姑射南宫长万。典故:鲁人有仆忽不见,旬日返,道:臣之姑得道,白日升天,召臣饮于泰山,极欢,不觉旬日,临别赠臣金矢一乘,曰此矢不必善射而准,试之果然,因以金仆姑名之。自后鲁之良矢皆以此名。

夜　深

东墙月影照花枝，宝鸭沉香欲尽时。①
不寐却愁清簟冷，独摇铃索弄猧儿②。

---

① 宝鸭，菜谱名称，全称：招财进宝鸭。我国北方惯例：饺子一般要在年三十晚上12点以前包好，待到半夜子时吃，这时正是农历正月初一的伊始，吃饺子取"更岁交子"之意，"子"为"子时"，交与"饺"谐音，有"喜庆团圆"和"吉祥如意"的意思。饺子形如元宝，人们在春节吃饺子一是取"招财进宝"之音；二是饺子有馅，便于人们把各种吉祥的东西包到馅里，以寄托人们对新的一年的祈望。配上鸭子营养更加丰富鲜美。沉香，是一种药材名。
② 猧儿，又称猧子，即小狗。

邯郸①道中作

昔走邯郸道，榴花光闪烁。

今出芦沟桥②，垂杨尽摇落。

日月去如流，江山宛如昨。

呜咽桑干河③，四望渔阳城④。

龙盘更漠漠，九门卫神京⑤。

万户犬牙脱，日射铜龙埆⑥。

朝绚金雀明，龙虎气磅礴。

形脉陋关潮起后，西山⑦万仞芙蓉髻。

云从雨，岩岩峣，玉泉涕喷薄。

天际无流云，飞鸟去寥廓。

回望黄金台，⑧郭隗⑨不可作。

西山日将夕，游子更安适。

驭马策不前，戚戚心转迫。

人生纵百岁，倏如驹过隙。

何不效嵇阮⑩，狂呼浮大白。

胡为席不安，碌碌风尘客。

---

① 邯郸，位于河北省南端，上文已注。
② 芦沟桥，桥梁，亦叫卢沟桥，古桥梁，上文已注。
③ 桑干河，永定河的上游，是海河的重要支流，位于河北省西北部和山西省北部。相传每年桑葚成熟时河水干涸，故得名。
④ 渔阳城，古地名，战国时置郡，至明洪武初年撤渔阳县入蓟州。秦朝末年，陈胜吴广率众赴渔阳戍边，中途遇雨误期，揭竿起义。渔阳郡，秦汉时代是个大郡。
⑤ 九门，明朝刘伯温修建北京城，共设了九个城门，就是人们常说的北京"内九城"。即正阳门、崇文门、安定门、宣武门、德胜门、东直门、西直门、朝阳门、阜成门。神京，即北京。上文已注。
⑥ 铜龙埆，铜器文物，原属圆明园珍品，1860年"火烧圆明园"后被掠夺并流失海外，现收藏于法国枫丹白露宫。
⑦ 西山，这里指北京的西山，上文已注。
⑧ 黄金台，地名，上文已注。
⑨ 郭隗，人名，上文已注。
⑩ 嵇阮，两个历史人物，即嵇康、阮籍，西晋竹林七贤。上文已注。

续 篇

郁郁上谷郡①，漫漫滹沱湄②。

垒垒荒冢高，飒飒秋风悲。

欲渡无津梁③，哀蝉拂征衣。

苍隼逆风来，鸣镝贯其颐。

谁人南山④猎，云是幽并儿⑤。

马头饰金勒，马尾络青衣。

结束缨曼胡，指顾生英姿。

意态雄且杰，何不随贰师⑥。

远涉黎靬城⑦，虏其名王⑧归。

好令虎狼伏，毋逐鸡鹜飞。

---

① 上谷郡，古地名，始建于战国燕昭王二十九年（前283），今河北省张家口市宣化区，因建在大山谷上边而得名。当时，燕昭王派曾在东胡做人质归来的大将秦开击败东胡，使东胡北退千余里，将燕国的北部疆土拓展至辽东。其后，沿北部边界修筑长城，置上谷、渔阳（治今北京密云一带）、辽东（治今辽阳市）、辽西（治今辽宁义县西）、右北平（治今河北平泉县）五郡，上谷郡是燕国北疆西部第一郡。

② 滹沱湄，即滹沱河，发源于山西省繁峙县泰戏山、孤山一带，东流至河北省献县臧桥与子牙河另一支流滏阳河相汇入海。

③ 津梁，即通向彼岸的桥梁。出自于《国语》："津梁之上，天又难急也。"

④ 南山，泛指在南边的山，这里指秦岭的终南山。因为秦岭山脉位于唐代长安都以南，故称为南山。

⑤ 幽并，两个古地名，幽州和并州。约当今河北、山西北部和内蒙古、辽宁一部分地方。幽并儿，幽并二州自古俗习骑射，多豪侠之士，故用以喻侠客，扶危解难、报效国家为己任。

⑥ 贰师，一种杂号将军，又称贰师将军，古代武职官衔的一种统称，始于汉代，盛行于南北朝，唐以后逐渐衰微。这里贰师将军，指汉将李广利。天汉二年（前99年），汉武帝派贰师将军李广利带兵三万，攻打匈奴，打了个大败仗，几乎全军覆没。

⑦ 黎靬城，古国名，汉代史籍中记载的西域"大国"。

⑧ 名王，指古代少数民族声名显赫的王。《汉书·宣帝纪》："匈奴单于遣名王奉献，贺正月，始和亲。"

连日阅仲则①诗集,见其咏怀诸什感伤身世,缠绵委婉,不禁触绪兴怀得诗四首(己卯仲春)

(一)

似水年华又早春,不堪回首话前尘。
名心惭与灰俱冷,瘦骨还疑镜未真。
化蝶蒙庄②初悟梦,食鲑小庾③敢言贫。
此生休怨儒冠误,故旧飞腾有几人。

(二)

阮郎④门第本崔嵬,半世飘零亦可哀。
冰雪天仍撑傲骨,幽并⑤气尽助诗才。
建瓴空说卢龙道,⑥积莽难寻市骏台。
我自短歌歌当哭,桃花笑靥为谁开。

---

① 仲则,历史人物,即黄仲则。黄仲则(1749—1783),名景仁,字汉镛,自号鹿菲子,江苏武进(常州)人,自称黄庭坚后裔。十六岁参加常州府童子试获第一名秀才。然"生于盛世运偏消",时乖命蹇,落拓平生,年仅三十五岁就贫病而终。

② 蒙庄,古代人物。蒙庄,即庄子,先秦时期伟大的思想家、哲学家和文学家。是道家学说的主要创始人。上文已注。

③ 小庾,历史人物,即庾杲之。庾杲之,字景行,新野人,雍州刺史。史载:父粲,司空参军。杲之少而贞立,学涉文义。起家奉朝请,巴陵王征西参军。郢州举秀才,除晋熙王镇西外兵参军,世祖征房府功曹,尚书驾部郎。清贫自业,食唯有韭、䔲韭、生韭杂菜或戏之曰:"谁谓庾郎贫,食鲑常有二十七种。"指生活清贫。金元好问《追录田诗二首》之一:"相马自甘齐客瘦,食鲑谁顾庾郎贫。"

④ 阮郎,指晋阮咸。阮咸,西晋陈留尉氏(今属河南)人,字仲容。与嵇康、阮籍、山涛、向秀、刘伶、王戎并称"竹林七贤"。阮籍之侄,与籍并称为"大小阮"。著名的音乐家,历官散骑侍郎,补始平太守。生平放浪不羁,精通音律,有一种古代琵琶即以"阮咸"为名。作有《三峡流泉》一曲。(《三峡流泉歌》李季兰引《琴集》曰:"《三峡流泉》,晋阮咸所作也。")

⑤ 幽并,古地名,即幽州、并州。上文已注。

⑥ 建瓴,谓倾倒瓶中之水,形容居高临下、难以阻挡的形势,形容速度极快。卢龙,地名,位于河北省东北部。

（三）

夜鸟伊哑曙鸡啼，北斗栏杆晓月低。

贪看异书忘蜡尽，掘寻曲径诧花迷。

仲卿①卧病仍慷慨，臣朔②长饥更滑稽。

借酒消愁已多事，何妨不饮醉如泥。

（四）

无端心事厌双眉，燕子窥帘总未知。

芳树有情烟黯黯，纸窗何意日迟迟。

耽书干蠹餐空饱，缠茧春蚕计已痴。

燕市花朝今六度，③教人那不鬓垂丝。

---

① 仲卿，即焦仲卿，《孔雀东南飞》的主要人物，他与刘兰芝的爱情故事，流传千古。结局，焦仲卿、刘兰芝殉情而死。

② 臣朔，历史人物，东方朔的省称。东方朔，西汉文学家，字曼倩，平原厌次（今山东惠民）人。武帝时，为太中大夫。他性格诙谐滑稽，爱好喝酒

③ 燕市，地名，指北京市，上文已注。六度，佛语，"度"梵语是波罗蜜多，字义是"到彼岸"，就是从烦恼的此岸度到觉悟的彼岸。

吴星楼①比部②购得丁云鹏③群仙图④即为其太翁祝寿属题绝句 四首

（一）

灵椿丹桂⑤八十岁，玉宇琼楼⑥十二层。
方朔再来王母笑，⑦碧桃花树有孙曾。

（二）

泛槎鞭石⑧渺无缘，汉武秦皇⑨几见仙。
何似移家图尽里，朱颜华发总依然。

---

① 吴星楼，人名，作者的同僚。
② 比部，清政府的机构，职掌稽核簿籍的部门。
③ 丁云鹏，人名，字南羽，号圣华居士，休宁（今安徽休宁）人。明代隆庆、天启年间画家、绘墨名手，书法钟、王。画善白描人物、山水、佛像，无不精妙。万历八年（1580）作《江南春扇》，天启元年（1621）作《伏溪渔隐图》。
④《群仙图》，古国画，作者丁云鹏。
⑤ 灵椿丹桂，关于窦禹钧（窦禹钧，五代后晋时期人，改恶从善，教子有方的典范）的故事，《宋史·窦仪传》："仪学问优博，风度峻整。弟俨、侃、偁、僖，皆相继登科。"冯道（882—954），字可道，景城人。中国大规模官刻儒家经籍的创始人。初为刘守光参军历仕后唐、后晋（契丹）、后汉、后周四朝十君，拜相二十余年，人称官场"不倒翁"。好学能文，主持校订了《九经》文字，雕版印书，世称"五代蓝本"，为我国官府正式刻印书籍之始。赠窦禹钧诗："燕山窦十郎，教子有义方。灵椿一株老，丹桂五枝芳。"
⑥ 玉宇琼楼，成语：玉宇琼楼，神话中仙人居住的宫殿。明·何景明《嫦娥图》诗："玉宇琼楼闭早秋，金蟾玉兔啼寒夜。"
⑦ 方朔、王母，两个传奇人物。方朔，即东方朔，相传为寿星化身。上文已注。王母，传说中的女神。原是掌管灾疫和刑罚的怪神，后于流传过程中逐渐女性化与温和化，而成为年老慈祥的女神。相传王母住在昆仑山的瑶池，园里种有蟠桃，食之可长生不老。
⑧ 鞭石，原自《三齐略记》："始皇作石桥，欲过海观日出处。于时有神人，能驱石下海，城阳一山石，尽起立。嶷嶷东倾，状似相随而去。云石去不速，神人辄鞭之，尽流血，石莫不悉赤，至今犹尔。"后遂以"鞭石"为神助的典故。
⑨ 汉武、秦皇，中国两个著名皇帝。汉武，即刘彻，汉朝第7位皇帝，上文已注。秦皇(前259—前210)，嬴姓，赵氏，名政（正），杰出的政治家、军事统帅。战国末期秦国君主、首位完成中国统一的秦王朝的开国皇帝，又称秦始皇帝。秦始皇是中国历史上第一个使用"皇帝"称号的君主，对中国和世界的历史均产生了深远而重大的影响，被明代思想家李贽誉为"千古一帝"。

（三）

粉墨淋漓旧剪裁，而今借作紫霞杯①。
十千买画吴公子，②那数斑衣戏老莱③。

（四）

老人寿相占南极④，宝婺瑶光⑤绕彩云。
难得双星⑥齐朗夜，少微⑦更傍紫辰君。

---

① 紫霞杯，中药。史载：刘景辉因遭瘠瘵，于太白山中遇一老仙，亲授处方，服之果愈。
② 十千，即一万。吴公子，即吴星楼，上文已注。
③ 老莱，人名，即老莱子。春秋末年楚国隐士。相传居于蒙山之阳，自耕而食。有孝行，年七十，常着五色彩衣为婴儿状，以娱父母。楚王诏其出仕，不就，偕妻迁居江南。《史记·老子列传》曰："老莱子亦楚人，著书十五篇，言道家之用，与孔子同时。"
④ 南极，指南极仙翁。南极仙翁是古代神话传说中的老寿星，又称南极真君、长生大帝、玉清真王，为元始天王九子。因为他主寿，所以又叫"寿星"或"老人星"。传说经常供奉这位神仙，可以使人健康长寿，这位神仙其实是道教追求长生的一种信仰。
⑤ 宝婺瑶光，两颗星座名称。宝婺，即婺女星，常借指女神。瑶光，北斗七星的第七星名，古代以象征祥瑞。
⑥ 双星，天文术语，现指两颗绕着共同的重心旋转的恒星。这里指寿星。
⑦ 少微，星座名。共四星，在太微垣西南。

吉三^①校定掘集兼题四诗于后,因作长句以谢

时日不见黄叔度^②,几斗俗尘障眉宇。
袖中示我诗数篇,清气飞来自元圃^③。
独运神斤与月斧,昌谷^④曷黎失奇古。
兴酣落笔疑有神,想见横空盘硬语。
会稽^⑤孔头颢,前程经风雨。
无文名乃得,宣城^⑥独推许。
平生爱才若饥渴,不愧置身群玉府^⑦。
忆昔相逢珠海滨,^⑧ 华岳^⑨秋隼已高举。
金眸玉爪^⑩何藏昂,十载冰天励毛羽。

---

① 吉三,人物,即曹吉三,上文已注。
② 黄叔度,历史人物。黄叔度,名宪,后汉汝南慎阳(今河南正阳)人,东汉名士。出身贫贱,以德行著称,牛医的儿子。少年好学,成为饱学之士,满腹经纶,学富五车,名动官府,连朝廷的三公周藩,都钦佩他,奉为圣贤,公开承认他的人品和学品在自己之上,推荐他到洛阳去做官,待一段时间后便弃官回家。
③ 元圃,又名悬圃,帝君的行宫后花园,在离帝君的昆仑行宫四百里外的槐江之山上。
④ 昌谷,人名,即唐代诗人李贺,字长吉、福昌昌谷人,后世因称"李昌谷",上文已注。
⑤ 会稽,古地名,吴越一带。上文已注。
⑥ 宣城,历史悠久,人文荟萃,自古便有"南宣北合"一说。自西汉设郡以来已有2000多年的历史,为中国文房四宝之乡。
⑦ 群玉府,即帝王藏书之处。
⑧ 珠海滨,地名,即广州珠江两岸。
⑨ 华岳,指西岳华山。我国著名的五岳之一,位于陕西省西安以东秦岭支脉分水脊的北侧,属花岗岩山。凭借大自然风云变幻的装扮,华山的千姿万态被有声有色地勾画出来,是国家级风景名胜区。
⑩ 金眸,明灿如金的眼珠,多指鹰眸。"金眸玉爪"一词出自唐杜甫《见王监兵马使说近山有白黑二鹰》诗之二:"万里寒空只一日,金眸玉爪不凡材。"

爱君侠气老不除，长歌短曲音激楚。
骐骥坠地无齐燕，[11] 蛟龙潜渊待雷雨。[12]
铗中有剑鸣不平，酒酣耳热为君舞。
长安侏儒饱欲死，我知不如瘦杜甫。[13]
纷纷冠盖何足数，且向平原倾肺腑。
诗成大笑冠缨绝，无乃雷门掺布鼓。[14]

---

[11] 骐骥，即千里马。齐燕，古地名，上文已注。
[12] "蛟龙潜渊待雷雨"句，作者自注：君以道员专用久未外放。（君，指曹吉三。）
[13] 杜甫，唐朝大诗人，上文已注。
[14] 雷门掺布鼓，出自《汉书·王尊传》："毋持布鼓过雷门。"颜师古注："雷门，会稽城门也，有大鼓。越击此鼓，声闻洛阳……"后以"布鼓"为浅陋之典。

区盍先①农部耽于诗其仆常嗤之余以其言颇有至理因衍为歌

有客有客七八躯,苦吟入定声喁喁。

厨下老奴顾之笑,叉手僵立君何愚。

古今诗人每落拓,口不谈诗乃台阁。

不见长安公卿生,② 白髭大冠如印箕。

时来便作八州督,李杜苏黄③知是谁。

石景山④观云

乱山奔欲前,突然耸崩石。

狰狞类猛虎,磨牙势腾掷。

安得蜀五丁⑤,破空开石碎。

不然巨灵掌,亦足快一擘。

世无拔山人,任尔肆崩拆。

天际吹断云,峰峦忽相隔。

驻足叹奇观,茫茫千里白。

乃知造物意,狡狯良难测。

---

① 区盍先,人名,作者的同僚。
② 长安,古国都,上文已注。公卿,三公九卿的简称。三公指司马、司徒、司空。九卿指太常、光禄勋、卫尉、太仆、廷尉、大鸿胪、宗正、大司农、少府。
③ 李杜苏黄,指唐宋四大诗人,分别是李白、杜甫、苏东坡、黄庭坚。李白、杜甫、苏东坡,上文已注。黄庭坚(1045—1105),字鲁直,自号山谷道人,晚号涪翁,又称豫章黄先生,洪州分宁(今江西修水)人。北宋诗人、词人、书法家,盛极一时的江西诗派开山祖。英宗治平四年(1067)进士,历官叶县尉、北京国子监教授、校书郎、著作佐郎、秘书丞,涪州别驾、黔州安置等。
④ 石景山,位于北京市西山风景区南麓,石景山因"燕都第一仙山石经山"而得名。
⑤ 蜀五丁,蜀王本纪:蜀五丁,力士,能徙山。秦献美女于蜀王。蜀王遣五丁迎之。还至梓潼。见一大蛇入山穴中。五丁共引蛇,山崩,五丁皆化为石。

赠吴秋曹① 二首

（一）

酒阑扦剑暮云平，豪宕元龙②四座倾。
肝胆照人真不愧，须眉似戟漫相轻。
汉庭老吏③无疑狱，谢氏诸郎④有令名。
胜似士龙⑤多笑疾，飘零洛下⑥可怜生。

（二）

衣袖曾沾荀令⑦香，看花人羡紫薇郎⑧。
十年旧梦空华省，一笑相看各异乡。
燕垒春风归薛素，⑨兔园夜月伴邹阳。⑩
踏青记否携双屐，细雨轻烟护海棠。

---

① 吴秋曹，人名，作者在京的同僚。
② 元龙，历史人物，即陈登。上文已注。
③ 汉庭老吏，俗语，出自明朝朱权《太和正音谱》评论明初以王子一为首曲家十六人的文风："风神苍古，才思奇瑰，如汉庭老吏判词，不容一字增减。"
④ 谢氏诸郎，指陈郡谢氏。陈郡谢氏历经西晋、东晋、宋、齐、梁、陈六朝，前后十二世，世世进取，名人有谢鲲、谢尚、谢安、谢玄、谢琰、谢混、谢灵运、谢晦、谢朓、谢庄、谢胐、谢瀹、谢览、谢举、谢经、谢蔺、谢贞等，入仕于西晋，鼎盛于东晋，稳定于宋、齐、梁、陈，三百余年冠冕不绝，其袭不堕。魏晋著名人物："江左八达"玄学名士谢鲲，豫州刺史谢尚，江左名相谢安，"淝水之战"主将谢玄，"玉人"晋末名士谢混。
⑤ 士龙，代词，指在科场名成利就的学子。
⑥ 洛下，地名，即洛阳，位于河南省西部、黄河南岸，建于公元前12世纪，由周公营建，中国八大古都之一。洛阳因地处古洛水之北岸而得名，华夏文明的发祥地。从夏朝开始，有105位帝王在洛阳定鼎九州岛，是华夏民族的精神故乡，是最早的中国。
⑦ 荀令，历史人物，即荀彧。荀彧（163—212），字文若，颍川颍阴（今河南许昌）人。东汉末年曹操帐下首席谋臣，杰出的战略家。曾任尚书令，故称荀令。官至侍中，谥曰敬侯。据说他嗜爱香气，身带之。所坐之处，香气三日不散。
⑧ 紫薇郎，指中书省下官员。唐时中书省执掌军国政令，紫薇郎管文书机要。
⑨ 燕垒，指娼馆妓院。薛素，即薛素素，女，字素卿，又字润卿，江苏苏州人，寓居南京，多才多艺，棋、诗、书、画、弓、歌、舞、琴、箫、绣等无所不能。被誉为"明代十能才女"。工小诗，能书，作黄鲁坚小楷。尤工兰竹、花卉、草虫，各具意态，工刺绣。又喜驰马挟弹，百不失一，自称女侠。后为李征蛮所娶。所著诗集《南游草》。
⑩ 兔园，也称梁园。在河南商丘市东。汉梁孝王刘武所筑。游赏与延宾之所。邹阳，齐人，是西汉时期很有名望的文学家。文帝时，为吴王刘濞门客，以文辩著称于世。吴王阴谋叛乱，邹阳上书谏止，吴王不听，因此与枚乘、严忌等离吴去梁，为景帝少弟梁孝王门客。邹阳"为人有智略，慷慨不苟合"，后被人诬陷入狱，险被处死。他在狱中上书梁孝王，表白自己的心迹。梁孝王见书大悦，立命释放，并尊为上客。邹阳有文七篇，现存两篇，即《上书吴王》《于狱中上书自明》。

三月三日吉三①招盍簪②星楼③咏风集陶然亭④修禊 四首

（一）

薄寒天气冻云收，帽影鞭丝好纵游。
无懒壶觞孰宾主，不多庭院自清幽。
笙歌北里谁家伎，杨柳东风何处楼。
鹦鹉冢⑤边春欲尽，最怜烟景似残秋。

（二）

长松飒飒鼓奔涛，三月风仍似剪刀。
未必暮春宜白袷，几曾芳草斗青袍。
野塘水长凫鱼乐，废寺⑥人来燕雀高。
已过花期寒食⑦近，芳心迟吐笑夭桃。

---

① 吉三，人名，即曹吉三，上文已注。
② 盍簪，亦作盍戠。《易·豫》："勿疑，朋盍簪。"王弼注："盍，合也；簪，疾也。"陆德明释文："簪，虞作戠。戠，丛合也。"孔颖达疏："群朋合聚而疾来也。"后以指士人聚会。
③ 星楼，又称魁星楼，全国各地都建有，这里指北京星楼。上文已注。
④ 陶然亭，清代名亭，上文已注。
⑤ 鹦鹉冢，原意是葬鹦鹉的坟。这里指唐杨贵妃葬其宠物白鹦鹉的坟。明范濂《云间据目抄·记祥异》："开元帝时，华清御有白鹦鹉，上与玉妃，俱呼为雪衣娘，寻为苍隼所毙，玉妃伤之，赐瘗苑中，名鹦鹉冢。"
⑥ 废寺，源自杜甫《废寺》诗："殿角已成栖蝠处，江头犹有拜鹃人。邃殿惊心栖鸟雀，寒江注目笑鸡虫。"
⑦ 寒食，即寒食节，亦称"禁烟节""冷节""百五节"，上文已注。

（三）

故国风光在眼前，^① 珠江^②潮涨绿于烟。
越禽久别家山路，蓟树真辜祓禊天。
杜牧^③莺花悲旧梦，谢公丝竹感中年。^④
卖锡声散瑶台^⑤暮，几处儿童逐纸鸢。

（四）

丰台^⑥芍药绽苞初，兰若春刚到绿无。
柳陌缓归多倦客，花晨痛饮独独奴。
蒙茸碧草黏丝屦，剥落红墙肖画图。
幸有故人能醉我，瓮头香熟不须沽^⑦。

---

① "故国风光在眼前"句作者自注：用渔洋句。（渔洋，人名，即王士禛，上文已注。）
② 珠江，河流，我国四大河之一，上文已注。
③ 杜牧，人名，唐代诗人，上文已注。
④ 谢公，即谢灵运。谢灵运（385—433），因从小寄养在钱塘杜家，故乳名为客儿，世称谢客。又因他是谢玄之孙，晋时袭封康乐公，故又称谢康乐，陈郡阳夏（今河南太康）人，南朝宋诗人。晋末曾出任为琅琊王德文的大司马行参军，豫州刺史刘毅的记室参军，北府兵将领刘裕的太尉参军等。文学成就：确立了山水诗的地位。成为中国诗歌发展史上的一个流派。丝竹，弦乐器与竹管乐器之总称。亦泛指音乐。
⑤ 瑶台，神话传说中神仙所居之地，上文已注。
⑥ 丰台，地名，上文已注。
⑦ "瓮头香熟不须沽"句作者自注：是日归饮咏风垒中刚星楼移与同居吉三赠以美酒。

苦雨 五十韵

虎年建申月，阴凝阳气否。
涉波舞商羊①，封穴奔蝼蚁。
重霾肆喷薄，淫雨遂不止。
天宇清须臾，旋复黑云起。
輣轧声未终，砰訇势更驶。
或垂如乱麻，或飞如疾矢。
雷雹交攻击，谁敢仰空视。
我时心胆裂，潜身斗室里。
讵知黎床上，竟与鸣檐似。
积潦泞泞下，已尽湿衣被。
补漏迫未皇，户庭复入水。
顶踵难兼顾，几席何暇徙。
僮仆走彷徨，苔滑泥没履。
咫尺呼不闻，雨声乱其耳。
伊昔长安宅，四壁尽糊纸。
暴雨一朝来，飘摇可立俟。
我宅垣墉坚，尽室犹曹毁。
城外十万家，恐皆受斯累。
风定雨亦歇，余声仍未已。
檐溜泻淙淙，沟水流弥弥。
开轩眺前村，汪洋似河涘。
得非翻长江②，毋乃决瓠子。

---

① 商羊，鸟名。商羊飞舞定有大雨。比喻重大变故发生之前的预兆。
② 长江，中国第一大河，发源于"世界屋脊"——青藏高原的唐古拉山脉各拉丹冬峰西南侧。干流流经青海、西藏、四川、云南、重庆、湖北、湖南、江西、安徽、江苏、上海11个省、自治区。

此岂昆阳战，屋瓦胡飞坠。
又疑蛟龙门，窟宅倏迁改。
乳燕慝檐间，不敢问故垒。
蹇驴没泥中，甘受仆夫棰。
大声动地来，喧传邻壁圮。
嗟彼夫若妻，相对泪盈眦。
担石若无储，数椽又难恃。
今日雨不晴，明晨饿且死。
我闻重叹嗟，倾囊缺薪米。
是时日将夕，冷灶无烟起。
老仆嘘松煤，湿衣浑未解。
忍饥吾未能，受惊腹更馁。
况复天阴森，冷气泛骨髓。
孤灯惨不明，破棂净如洗。
无床可偃息，欲寝且隐几。
兀坐独沉吟，胡为客京邸。
南方虽卑湿，风味未尝此。
连年左辅灾，天变曷胜纪。
太白昼夫舍，狼星光吐紫。
恢台变其节，百草为之靡。
曰肃时雨若，休征殊难企。
西望太行山③，贫民背乡里。
闽越④水溢城，关陇⑤田无籽。

---

③ 太行山，山名。太行山，又名五行山、王母山、女娲山。横跨北京、河北、山西、河南。北起北京西山，南达豫北黄河北崖，西接山西高原，东临华北平原，绵延400余公里，华北平原进入山西高原的要道。
④ 闽、越，地域简称。闽，福建省。越，古国名，也称"于越"，古代会稽一带。
⑤ 关陇，地域简称。上文已注。

刘向⑥论五行，天人互相倚。
胡乃圣明朝，灾情遽有是。
我读洪范传⑦，殊未明其理。
安得羲和鞭⑧，逐日出东海。
一扫阴气蒸，重使离明启。

---

⑥ 刘向，历史人物。刘向（前77—前6），原名更生，字子政，沛县（今属江苏）人。西汉经学家、目录学家、文学家。刘向的散文主要是奏疏和校雠古书的"叙录"，较有名的有《谏营昌陵疏》和《战国策叙录》。

⑦《洪范传》，文章题目，作者，北宋王安石，是王安石的重要哲学著作。收入《临川集》。《洪范》，《尚书》篇名。旧传为箕子向周武王陈述的"天地之大法"。今人或认为是战国后期儒者所作，或认为作于春秋。《汉书·五行志》曰："禹治洪水，赐《洛书》，法而陈之，《洪范》是也。"

⑧ 羲和鞭，羲和，中国的太阳女神，上文已注。"鞭"是诗人发挥的想象，羲和嫌太阳跑得慢，用鞭子打着它跑，出自李白《长歌行》："大力运天地，羲和无停鞭。"

送曹吉三①观察兰州② 四首

（一）

天涯朋旧怆离群，③ 贯酒长亭又送君。
远宦心惊榆寒笛，思乡目极穗城云。
文章报国曾封事，棨戟专征好策勋。
最喜玉关④烽火熄，免教白发忆从军。

（二）

青丝络控紫骅骝，使者旌旗出蓟州⑤。
岂屑上书频乞郡，何须掷笔始封侯。
王门子弟龙变质，秦地⑥深山鸟鼠秋。
万里远行君莫叹，有人横海问瀛洲⑦。

---

① 曹吉三，作者的同乡，上文已注。
② 兰州，甘肃省省会，中国西北区域中心城市，位于中国陆域版图的几何中心。兰州是唯一黄河穿城而过的省会城市，市区依山傍水，山静水动，形成了独特而美丽的城市景观。南北群山对峙，东西黄河穿城而过，蜿蜒百余里。
③ "天涯朋旧怆离群"句作者自注：京华朋旧年，来风流云散。
④ 玉关，即玉门关，上文已注。
⑤ 蓟州，地名，在天津市之北，燕山脚下，春秋时期称无终于国，隋代为渔阳郡，唐代称蓟州，1913年改为蓟县。
⑥ 秦地，指秦国所辖的地域。
⑦ 瀛洲，传说中的神山，神仙居住的地方，瀛洲与蓬莱、方丈并称东海三神山，上文已注。

（三）

云黄月黑朔风高，伫助诗人意气豪。
荒余苜蓿凉州酒[①]，熟醉葡萄北庭都[②]。
护新持旨节西域，老臣名王旧带刀。
一路桃花逐腰袅，不冲冰雪度临洮[③]。

---

① 凉州酒，凉州是国内酿造葡萄酒最早的地区之一。东汉时凉州葡萄已负盛名，凉州葡萄酒也以味美醇厚驰名遐迩，显赫于京师。《汉书·地理志》载，凉州"酒礼之会，上下通焉"。

② 北庭都，唐代镇名。唐玄宗先天元年(712)始设，辖境在伊州以西，故称伊西【伊州地处瓜州（今甘肃安西东南）、沙州（今甘肃敦煌市城西）与西州之间】。治所在北庭都护府，节度使例兼北庭都护，故通称北庭，亦称伊西北庭。统辖伊、西、庭三州以及北庭都护府境内诸镇。开元后与碛西四镇节度使时分时合。贞元六年（790）并入吐蕃。

③ "不冲冰雪度临洮"句作者原注：以仲春启行。临洮，地名，位于甘肃省中部，定西市西部，兰州的南大门。

(四)

九天诏下拜思回,士马河湟①幕府开。
那忍永违丹凤阁②,却教远走白龙堆③。
玺书何日征侯霸④,锁钥当年付寇莱⑤。
便道若逢南响雁,好将尺素寄邹枚⑥。

---

① 河湟,古地名,湟水流域及与黄河合流的一带地方称河湟。
② 丹凤阁,即《丹凤阁记》,文章题目。作者傅山(1606—1684),初名鼎臣,字青竹,改字青主,又有真山、浊翁、石人等别名,山西太原人。明末清初思想家,被称为"清初六大师",当时学界评价"学究天人,道兼仙释""博览群书,时称学海"。在书法绘画艺术甚至医学方面也有非凡的造诣。
③ 白龙堆,地名,位于罗布泊东北部,罗布泊三大雅丹群之一,是一片盐碱地土台群,炎热的气候,环境十分恶劣,渺无人烟,在莫贺延碛的尽头与若羌县的交界处,蜿蜒起伏着一条长长的身躯,仿佛一条白龙朝着罗布泊方向而去。拱起的土山丘形成很长的脊梁和沟槽。古代著名的水利学家郦道元著作《水经注》中称为"龙城"。后来,人们看到龙城的颜色是白色的,就呼之为"白龙堆"。
④ 侯霸,历史人物。侯霸(?—37),字君房,河南密县人,东汉初大臣。史载:以宦者有才辩,任职元帝时,佐右显等领中书,号曰大常侍。成帝时,任霸为太子舍人。霸矜严有威容,家累千金,不事产业。笃志好学,师事九江太守房元,治《谷梁春秋》,为元都讲。王莽初,王咸司命陈崇举霸德行,迁随宰。更始元年,遣使征霸,百姓老弱相携号哭,遮使者车,或当道而卧。皆曰:"愿乞侯君复留期年。"民至乃戒乳妇勿得举子,侯君当去,必不能合。使者虑霸就征,临淮必乱,不敢授玺书,具以状闻。会更始败,道路不通。
⑤ 寇莱,历史人物,即北宋寇准。寇准(961—1023),字平仲,华州下邽(今陕西渭南)人。北宋政治家、诗人、北宋丞相。进士及第,授大理寺评事,知归州巴东、大名府成安县。累迁殿中丞、通判郓州。召试学士院,授右正言、直史馆,为三司度支推官,转盐铁判官。天禧元年(1017),改山南东道节度使,再起为相(中书侍郎兼吏部尚书、同平章事、景灵宫使)。皇祐四年(1053),诏翰林学士孙抃撰神道碑,帝为篆其首曰"旌忠"。代表作品:《书河上亭壁》《寇莱公集》等。
⑥ 邹枚,两个历史人物,即邹阳、枚乘。邹阳,西汉时期很有名望的文学家、散文家。上文已注。枚乘(?—前140),字叔,淮阴(今江苏淮安)人,西汉辞赋家。

香河①舟中

乱艇苍烟暝，寒江暮雨深。
山川几今昔，身世任浮沉。
别浦文通②恨，间关庾信③心。
扁舟何处泊，凄绝夜猿吟。

山　行

为爱青山好，行寻碧藓幽。
露零枯蟪泣，云隔断猿愁。
野烧连荒驿，寒芜没废邛④。
最怜溪涧水，呜咽不回流。

登　楼

夕阳黯淡暮烟收，独客羁孤怅倚楼。
山与江树同，寥落怨残秋。
垂松磴，夭矫上。
攀萝陵古崖，孤客肆奇赏。
沿越尽山腰，眼界一何广。
极目眺龙潭⑤，澄湖⑥平似掌。
石菌媚清涟，当春物骀宕。
何时秋雨作，惊湍起瀇滉。
俯瞰蛟龙宅，灵师今安往？

---

① 香河，地名，位于京津之间，上文已注。
② 文通，历史人物，即江淹，南朝著名文学家，上文已注。
③ 庾信，历史人物，南北朝宫体文学的代表作家，上文已注。
④ 邛，手杖，即用邛竹加工而成。邛竹又名石竹、罗汉竹，原产于四川邛崃，此竹独特，非常稀有，驰名中外。史载："骞（张骞）在大夏（今阿富汗）见邛竹杖。"
⑤ 龙潭，地名，位于苏州市。
⑥ 澄湖，又名陈湖、沉湖，属于吴淞江水系，位于苏州市东南。

龙令宪 《五山草堂》《初编诗钞》一百零九首

作者简介 龙令宪（1868—1941），原名锡恩，字诏纶，别字渚惠，（龙元任之孙），第五代园主，举人。分部郎中加三品衔，赏戴花翎加四级，候选知府，赏授一品封典，诰授荣录大夫。史载：广东著名商人，主要经营丝棉织品。富不忘祖，将所赚到的钱，按规定购买土地捐赠为龙氏族田。大良族谱记载：送出田一顷十亩有奇，以为赡族之田，设立敬宗会名，每年收取租银分送阖族鳏寡孤独恤费。1888 年在其四姐策划下，重修清晖园，亲自带领工程师和工匠远赴苏杭一带，吸取江南园林精华，进行再创作，使清晖园成为格局完整的岭南园林风貌。由于建筑风格独特，规模宏大，现为中国十大名园之一，岭南四大名园之首，重振龙氏家声。且博学多才，文学作品颇丰，有《五山草堂》《初编诗钞》二卷。

四时十二月乐歌 十二首

正 月

勾芒①乘鸾从东来，玉龙向日银鳞开。
杏花红紫李花白，暖雾如尘扑香陌。
鹙黄嬉春神蛾肥，幽绿东风弄薄晖。
尾星中旦鞠星吐，村北村南动田鼓。

---

① 勾芒，神话传说中的人物。伏羲氏四个儿子重、该、修、羲中的老大。伏羲氏派到东方来主持木星的观测，东方属木，因而又称木官，也是春官。

二 月

老枳长于人,新草短垂发。

采桑娘,弄春芳,拂衣风露迷暗香。

耳边明月垂双珰,愁煞邻家佽薄郎。

三 月

弱柳春眠犹未起,游丝败絮牵风舞。

双双蝴蝶飞过墙,堂前燕子呢喃语。

四 月

青帝还辕返青殿,① 熏风暗逐弦中变。

长松如伞柏如扇,小荷叠钱蒲交剑。

流萤逐人且复没,远火熠耀灿星点。

五 月

并林欺皓日,飞瀑弄清响。

苔痕绿上径,筱影碧侵幌。

尊酒唤嘉侣,澹薄适颐养。

心闲热自却,静观多妙想。

六 月

长枪江米②万粒熟,妻献踆鸱子饷肉。

炎阳灿金射眸子,丹轮辘转响轧轧。

---

① 青帝,神话中的五天帝之一,位于东方的司春之神,又称苍帝、木帝。其子镇星,居东方,摄青龙。为春之神及百花之神,拜祭:花朝节。出自《史记·封禅书》:"秦宣公作密畤于渭南,祭青帝。"青殿,即青宫,出自南朝齐孔稚珪《让詹事表》:"皇太子霞骞青殿,日光春宫,驾紫谷之英,振洛笙之响。"

② 江米,即糯米,北方称江米,南方叫糯米,日常食用的粮食。因其香糯黏滑,常被用以制成风味小吃,深受人们喜爱。

七 月

天公戏秋漏疏雨，嘹嘹湿蝼蛔①古井。
朝凉晚凉秋风转，中午残暑尚未屏。

八 月

银河四卷天如水，白虎苍龙夜光紫。
桂花香动鲤风起。

九 月

西风鸣秋白日老，芙蓉半醉黄花笑。
瘦蛟滴泪珍珠圆，蜀猿泪月江天晓。

十 月

蹴骑阗阗伐金鼓，火烧砥原走狼兔。
军吏称贺军帅喜，手搏玉麟献天子。

十一月

兽炭热断烬，布被冷若铁。
寸辉暗不焰，孤籁悄幽绝。
三点两点雨，千片万片云。

十二月

义和策日日如箭，千年走马倏飞电。
食熊而肥食蛙瘦，惟见暑去寒往煎。
人寿日中有乌鹊，朝出暮复落吾将。
瞎其目，刖其脚，使之暮不得息，朝不得作，
则老者寿福，妖者蕃育。何为长缨系日足。

---

① 蛔，古文字，鸣叫的意思。

兰溪①道中

江屿出旋没，云峰隐半见。

夕晖递掩映，昏暧屡色变。

浮葩冒圆渚，嘉植②敷方甸。

林羽奏巧簧，波鳞濯文练。

迟迟白景驻，袅袅轻风展。

佳想自兹悟，淑览于焉选。

清芬挹虚抱，耕咏适初愿。

畴思亮德慕，聊息薄名眷。

孔圣③垂哲范，天人谢尤怨。

劝君酒

劝君酒，君莫辞，有酒不醉须何为。

奚必椎牛④与炙鲤，及乎水豢之山脂。⑤

劝君酒，君莫辞，一日复一日，今时非昔时。

羲和⑥驱日，六驾⑦骖青螭。

虽有贲获力，又安能倒挽而使之返驰。

劝君酒，君莫辞，智者枉劳虑，醒者役神疲。

如何梦入醉乡里，不知世事之推移。

劝君酒，君莫辞。

---

① 兰溪，地名，位于浙江省中西部。兰溪历史悠久，自古商贸繁荣，素有"三江之汇，七省通衢"和"小上海"之美誉。
② 嘉植，指美树，比喻俊才。出自南朝梁武帝《立学诏》："建国君民，立教为首，不学将落，嘉植靡由。"
③ 孔圣，即孔子，上文已注。
④ 椎牛，亦称"吃牛"，也叫还大牛愿，苗族祭祀活动中最盛大、最隆重的一项还愿仪式。古时候,苗家人患重病或中年无子，认为是牛鬼作祟，需许椎牛大愿，病愈或得子后还愿。
⑤ 水豢、山脂，指山上水中出产的美味食物。后泛称美味。
⑥ 羲和，即太阳女神，上文已注。
⑦ 六驾，指古代皇帝乘坐的马车。

神狮舞①

鼓声隆隆西街东，帜光舞日朝霞红。
伏如沟蚓飞如龙，圆睛闪闪红重瞳。
沸腾海涛呼天风，百兽之长差称雄。
神歆神喜狮灵通，祓除不祥百福从。

里东妇

葛虆栖乔柯，鸿雁鸣云端。
求臣先巨家，娶妇当高门。
生男愿有室，生女从所天。
里东有老姑，掩泪遮予言。
良人云早世，门祚如息延。
弱子年二七，远戍徂三边。
别时方角髻，今归垂弁冠。
念汝造室家，为求皇与鸾。
甫婚未周岁，琴瑟多反弦。
中馈百废弛，何以慰饔飧。
老欲得佳妇，含饴嬉暮年。
有妇尚啼饥，无妇且安眠。
剧羡西家女，妯娌咸称贤。
回头语邻翁，择偶休攀鳞。
谁无妇与姑，我独怀酸辛。

---

① 神狮舞，作者自注，即序言，粤俗上元日，每迎神赛会，盈衢贯巷，取五色绫采结狮子形，两人负舞，喧以金鼓，谓除不详，亦古难遗意手。

春忆① 四首

（一）

诗到无题更怆然，悠悠春思忆华年。
檐牙唧唧闻寒蛰，庭角啾啾听惨鹃。
花好难留千日艳，月明常爱八分圆。
玉台②往事堪回首，不忍重歌蜀国弦③。

（二）

珠幕玲珑欲透光，水晶帘箔晚凝霜。
已无团扇歌金缕，尚有瑶卮挹素浆。
风满铜池秋雁老，月临银海夜蟾凉。
阿侬愁绪知长短，金粟千寻可寸量。

---

① 春忆，作者自注，即序言，岁肇春矣，万卉争妍，百羽俦奏，晓露飘碧，夕霞吐红，蜗痕绕阶，蛛丝罗户，金镜寡色，玉琴寂弦，开轩闲眺，木石解恨，倚帘独立，莺花笑人，鹅潭波阔，凤岭云遥，尔思若结，我劳如何，时怅幽衷，律成韵语。
② 玉台，山名，即玉台山，又名台观名。位于四川阆中市。唐朝杜甫《玉台观》诗："中天积翠玉台遥，上帝高居绛节朝。"
③ 蜀国弦，又名《四弦曲》《蜀国四弦》。乐府相和歌辞名。

（三）

望断沙汀又水洲,江头错认几归舟。

十年作客知谁处,万里怀人独上楼。

隐雾漫嫌同伏豹①,随波不定似浮鸥②。

他时更煮双团凤③,相与论诗慰渴愁。

（四）

谁向焦桐④识古琴,阳春白雪⑤几知音。

洛云巫雨⑥多疑窦,牛鬼蛇神助苦唫。

荷盖无光难作镜,藕丝如线不胜针。

美人香草⑦怀君国,同是骚经一念心。

---

① 伏豹,唐代代词,指官吏遇节假日留署值班。
② 浮鸥,即鸥鸟。比喻飘忽不定。明朝顾大典《青衫记·茶客娶兴》："怨寥寥粉消红瘦,虚飘飘如逐浪浮鸥。"
③ 团凤,即团茶,又称凤团。团茶,宋代的一种小茶饼,始创于丁谓在福建做官时,专供宫廷饮用。茶饼上印有龙、凤花纹。印龙者称"龙团"或龙茶、盘龙茶、龙焙、小团龙;印凤者称"凤团"或凤饼、小凤团等。团茶须煎才可饮。
④ 焦桐,琴名。东汉蔡邕用烧焦的桐木造琴,故称琴为焦桐。
⑤ 阳春白雪,乐曲名,中国著名十大古曲之一,古琴十大名曲之一。春秋时期晋国的乐师师旷、齐国的刘涓子所作。现存琴谱中的《阳春》和《白雪》是两首器乐曲,《阳春》取万物知春,和风淡荡之意;《白雪》取凛然清洁,雪竹琳琅之音。比喻高深的、不通俗的文学艺术。
⑥ 洛云巫雨,洛云,出自曹植《洛神赋》："洛水巧逢芳卿之典啊！" 巫雨,出自宋玉《高唐赋》："巫山朝云暮雨之典。"巫雨和洛云,指男女情爱的意思。
⑦ 美人香草,象征忠君爱国的思想。

重有忆 四首

(一)

耿耿星河①暮景深,危云不动碧沉沉。
奚须翠羽方为佩,会得青罗②且作襟。
山榭有人闲抚瑟,江树何地远鸣砧。
宵来纵再天台梦,阊阖门多不可寻。

(二)

金钥丹匙闭几重,画栊微度麝熏浓。
狂飙不惜羸枝菊,寒雪难欺茂干松。
蜡炬有心知泣凤,香窠无蜜枉寻蜂。
寄书写到平安字,万绪茫然握管慵。

---

① 星河,即银河,上文已注。
② 青罗,丝织品,质地轻软有稀孔。

(三)

绕廊铁马响琅珰,寂寂千秋夜正长。
芍药屏中寒锁梦,芙蓉帐里暖生香。
东山丝竹①情何恨,北海琴樽②兴未忘。
不惜雨丝风片意,伤春伤别为谁忙。

(四)

更筑船楼傍水斜,春寒似剪刺窗纱。
四更雨歇闻啼鸟,一夜风残惜落花。
如此韶光偏着我,几多离思属谁家。
晓钟应为催成句,枕上诗篇忆岁华。

---

① 东山丝竹,丝竹,民间器乐,以笛、笙、二胡、三弦、琴、箫等为主要乐器。东山丝竹:东晋著名的政治家谢安,做官之前曾在东山(今浙江上虞市南)隐居。朝廷几次召用,几次辞,成天游山玩水,每次游玩,都命从人带上乐器,到哪里,音乐丝竹之声就响到哪里。因此,人们把他带着乐器游玩的事,叫作"东山丝竹"。后指人到中年,用声韵之事作为消遣。

② 北海琴樽,北海,人名,即孔融。孔融(153—208),字文举,鲁国(今山东曲阜)人,东汉文学家,建安七子之一。曾为北海相,故称孔北海。史载:灵帝时,辟司徒杨赐府。中平初年(185),举高第,为侍御史,与中丞不合,托病辞归。退居闲职,好士待客,座上客满,奖掖推荐,声望甚高。

舟 济

舆世载浮游，飘飘一叶舟。
片帆云际度，远水日边流。
幻态随消长，予心任去留。
风飙兼道阻，极目是神州。

县城①北谒陈岩野先生祠②

祠庙旁城麓，年深讲舍新。
江山悲故国，天地泣孤臣。
治世嗟无凤，非时叹有麟。
千秋顽懦志，肃拜整冠巾。

苦雨叹

水云万丈翻天河，江风吹浪奔素波。
十日八雨无曦和，溪花落尽山鸟号。
我须击缶③为君歌，且烧白鹿顷玄醪。
向来乐少忧何多，百年之隙如驹过。
长途商旅困与苦，少壮无几奈老何。

---

① 县城，这里的县城指顺德大良镇。
② 陈岩野，人名，即陈邦彦。陈邦彦(1603—1647)，字会份，号岩野，广东顺德龙山华西小圃村人。自幼读书，品学优，二十多岁在城北锦岩山下设帐讲学，世称"岩野先生"。崇祯十七年(1644)明朝灭，陈邦彦弃文从戎，奋起抗清，壮烈牺牲。诗文饮誉文坛，与著名诗人黎遂球、邝露并称岭南前三家。陈岩野先生祠，即岩野祠，位于顺德大良锦岩东麓，陈邦彦殉国后，门生在其讲学之处，设陈岩野先生祠，四时焚香设祭，三百年来，浩气不灭，山以人传，受到四方人士景仰凭吊。孙中山早年在顺德策划反清计划时，曾途经大良岩野祠时，高度评价陈邦彦忠义仁勇。
③ 缶，即瓦盆。击缶，敲击瓦盆。古人以缶为乐器，用以打拍子。出自李斯《谏逐客令》："击瓮叩缶，弹筝搏髀。"战国以前，秦处西陲，文化低，无音乐教材，喝到半醉，以击着瓦缶，手拍着大腿打拍子呜呜而歌。到战国中后期，秦国引入郑和卫之民乐，古典宫廷韶乐。秦人以"夫击瓮叩缶、弹筝搏髀"为耻，忌讳提及此事。

陶春馆①听雨寄于晦若②侍郎

一春带雨少曦晴,不害蚕桑不害耕。
身似浮云何处去,心随流水本来清。
黄鹂声里宜携酒,玉鳜肥时可作羹。
且喜诘期无个事,任他滴沥到天明。

久患咳诗成而愈

开春兼月闰,一百十余天。
淹病日强半,困居类小年。
岭南风土恶,寒燠候屡愆,
裖绨或汗体,完裘犹耸肩。
失宜易召疾,作咳夜不眠。
喉中痰涎鸣,有声如管弦。
欲与腑肺语,尔我可瘳痊。

鸡鸣驿③

两三灯火短长堤,野店初开鸡乱啼。
清露点衣寒欲湿,马驮残梦过桥西。

郊 眺

谷飔呼云欲战雨,怒挟江涛敌长夜。
孤峰恨月月不上,磷火如漆点虚社。

---

① 陶春馆,文人聚集饮酒吟诗的场所,位于羊城,已失存。
② 于晦若,人名,即于式枚。于式枚(1853—1916),字晦若,贺县(今广西贺州市)人,光绪六年(1880)进士,授兵部主事。擢升邮传部侍郎、礼部侍郎、学部侍郎,李鸿章幕僚,奏牍多出其手。1906年任广东提学使。
③ 鸡鸣驿,地名,位于河北省怀来县鸡鸣驿乡鸡鸣驿村,因背靠鸡鸣山而得名,建于明代(1368—1644)的驿站。城内还有古代遗留的商店和民居。鸡鸣驿是中国邮传、军驿的宝贵遗存。

寄王九郎

不肯阴时不肯晴，湿风吹软百禽鸣。

病非中酒春常醉，梦里怀人夜未成。

帆影挂云归远浦，钟声催月上孤城。

萋萋芳草王孙恨，岂独王孙有别情。

花　渡

花渡舣方舟，长江①昼夜流。

疏钟人客梦，残角动边愁。

细草旋斜岸，长篁护小楼。

数声柔橹响，明月满芦洲②。

浮香圃

台下不逢人，积叶填空井。

独鹤晚归林，夕阳澹秋影。

湖舠

雨歇人争渡，湖舠看卖鱼。

数声隔溪犬，吠月出荒墟。

---

① 长江，中国第一大河，上文已注。
② 芦洲，河中小岛，位于江苏泰州，芦洲水清、鸟多、鱼多、树木多，芦洲水面中间也有房屋建筑，是饮酒、赋诗、弈棋的好地方。

明河①篇

明河夜渡四空阔，万里无云皎秋月。
湖山如画月如霜，半卷珠帘秋恨长。
卷帘忽见双星②入，闲倚楼头整晚妆。
妆成却被嫦娥③妒，古来离合何须数。
愿作鸳鸯比翼禽，愿为桃李连枝树。
十年征人去不归，幽闺空自捣寒花。
来青亭畔鸦争语，迎绿桥边萤乱飞。
萤飞鸦语绕芳甸，月明深院花如霰。
玉箭金壶急响催，朝朝暮暮星霜銮。
谁家此夜开华筵，佳节欣逢乞巧④天。
玉女池台调蹴鞠，美人庭院软千秋。
珊瑚窗外陈瓜果，玳瑁筵前动管弦。
可试银丝结万字，暗将心绪卜金钱。
翠袖纤纤出素手，翘首拈香望南斗⑤。
整线欣穿七孔⑥针，举卮私献双柑酒。
鸬鹚浇酒香浮柏，实云顷刻祥开白。
神光常在有无间，缥缈仙人降瑶席。

---

① 明河，即天上的银河，上文已注。
② 双星，即牵牛星和织女星，上文已注。
③ 嫦娥，月宫仙女，上文已注。
④ 乞巧，即乞巧节，亦称七夕节，上文已注。
⑤ 南斗，星名，即斗宿，有星六颗。在北斗星以南，形似斗，故称。
⑥ 穿七孔，出自东晋葛洪《西京杂记》："汉彩女常以七月七日穿七孔针于开襟楼，人俱习之。"

暗持杯珓求灵祀，细语喁喁声不起。
得驾青鸾⁷休羡仙，能成比目⁸奚辞苑。
送神万骑还清渚，烟火迷离不知处。
启颐点颔若有言，旋飙卷袂飘然去。
去时歌管寂无声，明河淡淡月将横。
眼前好景有时尽，眼底怀人无尽情。

---

⑦ 青鸾，神鸟，青色的凤凰，常伴西王母，又称苍鸾。
⑧ 比目，即比目鱼，象征忠贞的爱情，古人留下了许多吟诵比目鱼的佳句，如初唐诗人卢照邻的诗："得成比目何辞死，愿作鸳鸯不羡仙。"

夏苦热校读南园①，入夕以风欣然赋诗

涓涓涧上水，潇潇亭下竹。
夏永多余日，遗篇自校录。
琴书乐逍散，冠带苦牵束。
作隐非鸣高，爱禅只逃俗。
悠悠我所思，微咏起中宿。
薄风生远林，白云满空谷。

简邓给谏②

主圣臣能直，人和国乃昌。
昔闻交以义，今则道云亡。
讵有双雄斗，宁无一处伤。
从来朋党祸，靡不悉朝纲。

始闻秋风

四野啼萧瑟，空明眺日宽。
天高山色朗，风急木声干。
白发随秋老，雄心入剑看。
酬恩抚身世，有泪尽汍澜。

秋　荷

嫩荷枝短老荷长，碧叶田田满小塘。
一自秋风摇落尽，更无余盖覆鸳鸯。

---

① 南园，顺德大良清晖园内的园林，上文已注。
② 邓给谏，即邓承修。邓承修（1841 — 1892），字铁香，号伯讷，惠阳淡水人，咸丰十一年（1861）举人。历任刑部郎中，浙江道、江南道、云南道监察御史，鸿胪寺卿，总理各国事务衙门大臣。任御史时，刚直不阿，不畏权贵，敢于进谏，痛陈利弊，揭露贪官污吏，因而有"铁笔御史"之称。著作有《语冰阁奏疏》。

后溪春泛

垂杨曲巷突突馆①,午帘不卷误飞燕。
浣溪石②上生绿苔,门外野溪水清浅。

香城阻雨

向晓寻芳傍晚归,微云漠漠雨霏霏。
南国车马莺声少,北里烟花鹤梦非。
羽帐客眠朝展簟,独房人起夜添衣。
元冥可有行龙日,愿溥甘膏编京畿。

云中君③

若有人兮山椒,虹带兮云髻。
乘灵鹿兮从文兔。螭鼓瑟兮鸾奏萧,既凝笑。
以中慕,仿寐觉而梦摇。
折疏麻兮,欲寄路阳兮。
云遥水漠漠兮,风飙飙。

---

① 突突馆,顺德清晖园内的建筑。
② 浣溪石,顺德清晖园内的奇石。
③ 云中君,一说是云神,另一说是云梦泽之水神。

太常①工人行

太常有工人,名号安金藏②。

斯人何为者,要乃贞心,烈血之不可云。

不然工人贱,宦耳何以姓字。

今载犹留芳,忆昔垂拱时。

梨花秋实子离枝,阴霾蔽日无光曦。

有子尚不爱,大肆屠害如狼罴。

况乃他人为皇嗣。

反奸谋陷,大臣小臣徒颦额,未能图救施良策。

幸有安金藏,挺躯独起剖心血。

皇嗣安,赖金藏。

呜呼!慎勿疏远途人,途人反胜骨肉亲。

武氏母子③可借鉴,君不见乎太常之工人。

---

① 太常,即太常寺,封建社会中掌管礼乐的最高行政机关。太常寺的官员也称太常。
② 安金藏,人名,即太常工人,唐代官吏,长安(今陕西省西安)人,原为太常寺乐工。时太子李旦被诬谋反,武则天下令查处此事,安金藏为洗脱太子罪名,当众用佩刀自剖其胸,肠出,言曰:"愿剖心以明皇嗣不反。"武后感动,不疑李旦。唐睿宗景云中,安金藏累迁至右武卫中郎将。唐玄宗立,擢右骁卫将军,爵代国公,卒谥忠。
③ 武氏,即武则天,武则天(624—705),中国历史上唯一一个正统的女皇帝(唐高宗时代,民间起义,曾出现一个女皇帝陈硕真),也是继位年龄最大的皇帝,女诗人、政治家。武氏母子,指武则天、唐睿宗李旦母子,李旦(662—716),又名旭轮,唐高宗第八子,武则天幼子,唐中宗为其兄长。他一生两度登基,两让天下,享年五十五,葬于桥陵。谥号玄真大圣大兴皇帝。

酬文芸阁①学士见和 二首

(一)

玉制新裁白马篇②，博山神翰浣溪笺。③
寒添高阁鸠唵雨，梦隔幽斋蝶花烟。
诗酒感残重别地，莺花催老暮春天。
饧箫④吹节清明近，辜负芳韶又一年。

(二)

茶半香初忆曩游，南风一曲使君愁。
歌迷桃叶人归渡，⑤ 泪洒芦花月满沟。⑥
霄路⑦好扶劳采凤，蓬山⑧多阻滞潜虬。
新情旧恨抛难尽，浩似春潮总未休。

---

① 文芸阁，即文廷式。文廷式(1856—1904)，字道希(亦作道義、道溪)，号云阁(亦作芸阁)，别号纯常子、罗霄山人、芗德。江西萍乡人。出生于广东潮州，少长岭南，为陈澧(清代著名学者)入室弟子，近代词人。光绪十六年(1890)进士，授编修。光绪二十年(1894)大考，光绪帝亲拔为一等第一名，对日力主抗击，倾向变法，变法失败，逃往日本，光绪二十六年(1900)夏回国，参加唐才常在张园召开的"国会"，唐才常的自立军起义失败后，清廷下令"严拿"。此后数年，文廷式往来萍乡与上海、南京、长沙之间，寄情文酒，以佛学自遣，同时从事著述。这时期所著杂记《纯常子枝语》40卷，是其平生精力所萃。
② 《白马篇》，歌词，即《杂曲歌·齐瑟行》，又作《游侠篇》，作者曹植，因其所写的是边塞游侠的忠勇。作者平素也有"捐疆赴难，视死如归"的抱负和从军出塞的经验。
③ 博山，地名，原称青州府颜神镇，清雍正六年始称博山。位于山东中部，淄博市西南端，是山东半岛城市群的重要组成部分。浣溪笺，古笺纸名，即浣花笺。传说唐代薛涛家，在四川成都浣花溪旁，以溪水造十色纸，名"薛涛笺"，又名"浣花笺"，上文已注。
④ 饧箫，饧，麦芽糖的古称。饧箫卖麦芽糖人"声东击西"用的吹器。
⑤ 桃叶，人名，女，东晋书法家王献之有个爱妾，上文已注。渡，即桃叶渡，古渡名，位于秦淮河与古青溪水道合流处附近，又名南浦渡。桃叶往来于秦淮两岸时，王献之放心不下，常常都亲自在渡口迎送，并为之作《桃叶歌》："桃叶复桃叶，渡江不用楫。但渡无所苦，我自迎接汝。"从此渡口名声大噪。
⑥ "泪洒芦花月满沟"句，引用《琵琶行》："浔阳江头夜送客，枫叶荻花秋瑟瑟。"的意境。
⑦ 霄路，即青云之路，比喻仕宦之途。出自宋朝范仲淹《祭叶翰林文》："阔视霄路，直步云庭。"
⑧ 蓬山，即蓬莱山。相传为仙人所居，上文已注。

蒋君①燕北②话别

君今别我将焉徂，自言远适燕山③隅。
一肩橐橐何所有，竿头美酒多异书。
羞同林下捕雏鸟，且向江中钓巨鱼。
四海五湖任君取，天下知交何处无。

瘗鹿亭④

瘗鹿残碑卧冷苔，小亭薄雾点涓埃。
岭梅开落无人见，恰遇癯僧道寂回。

龙蒿囿⑤

辗转缓行行，春仲月弥半。
昔栽杜鹃花，我来红焕烂。
高壑风迎牖，长江波拍岸。
野离夕归担，海豚朝炊爨。
酌罍启清欢，试杖姿幽玩。
梦想辄时见，前筏苦遥窜。

---

① 蒋君，人物，作者的文友。
② 燕北，指燕山之北，燕山，位于河北平原北侧。自古为南北交通孔道，军事要地，古代与近代战争中，常常是兵家必争之地。
③ 燕山，山名，上文已注。
④ 瘗鹿亭，古亭，位于广州海幢寺后边，清康熙五年建成，现已废为民居。
⑤ 龙蒿囿，龙蒿，植物，叶可食。囿，园子。龙蒿囿，即种植龙蒿的园子。

濠镜^①羁怀

羁居九阅月,濠镜去还留。
风月曾相识,田园念未休。
沧桑悲一粟,身世似扁舟。
种种如斯发,新冠笑沐猴。

香 洲^②

谁识香洲路,呼朋载酒行。
疏星垂大野,残月隐高城。
遍地惊烽火,何时洗甲兵。
寄梅逢驿使,聊话故乡情。

披 经

朝披一卷经,如见万千佛。
白云顶作冠,莲花生肘膝。

神女庙

璇砌无尘鸟不惊,回帏低护隔重楹。
香飘桂叶铢衣缓,火供昙花玉座清。
伫有月嬬同折药,可无云姊与吹笙。
荒城独对凄聊甚,愁听猿啼永久声。

---

① 濠镜,澳门的古称,又称蚝镜,上文已注。
② 香洲,地名,即珠海市香洲区,位于南海之滨、珠江口西岸,东水连香港,南接壤澳门,背倚经济发达的珠江三角洲腹地。是珠海市的政治、经济、文化、交通和金融中心。

答徐先梅醝尹[①] 二首

（一）

珊柯交柱壁连城，卅六栏杆绕翠楹。
书寄玉珰湘雁尽，弦披锦瑟楚鸾鸣。
烟笼杨叶蒙蒙暗，露滴荷茎点点清。
独有相思延薄暮，半垂帘处月初明。

（二）

莲漏冬冬几度迟，画屏娟女怅幽期。
谁家秋思吹遥篴，昨夜春风入绮帷。
更忆井桃红吐绶，于今池柳碧成丝。
天荒地去无穷恨，此恨如兹未了时。

[①] 徐先梅，人名，作者的朋友。醝，即盐。尹，官名。

岭南①书事 二首

(一)

昨夜戎符②镝羽催,将军歌舞尚徘徊。

不赀万镒填沧海,却靳余金建露台。

卜式③未能舒国难,弘羊④空说济时才。

沉沉大陆悲同轨,惜负盐车策驽骀⑤。

---

① 岭南,地名,上文已注。
② 戎符,即兵符,亦指兵权。
③ 卜式,历史人物,洛阳(今属河南)人,西汉大臣。以牧羊致富。武帝时,匈奴屡犯边塞,他上书朝廷,愿以家财之半捐公助边。帝欲授以官职,辞而不受。又以二十万钱救济家乡贫民,朝廷闻其慷慨爱施,赏以重金,召拜为中郎,布告天下。他以赏金悉助府库,仍布衣为皇家牧羊于山中。武帝封其为缑氏令,以试其治羊之法,有政绩,赐爵关内侯。元鼎中,官至御史大夫。南越吕嘉反,卜式上书请求汉武帝批准他父子和齐国熟习舰船的人前往南越效死。后因反对盐铁官营,又兼不习文章,贬为太子太傅,以寿终。
④ 弘羊,即桑弘羊,历史人物。桑弘羊(前152—前80),洛阳(今河南洛阳东北)人,出身商人家庭,自幼善心算,十三岁即入侍宫中。汉武帝连年对外用兵,以致府库空虚,桑弘羊拟改革经济政策,增加赋税,改革币制,盐、酒、铁官营等,自元狩三年(前120)起,桑弘羊历迁大司农丞、大司农、搜粟都尉等主管财政的要职,赐爵左庶长。武帝末为御史中丞,位列三公,受遗诏与大司马大将军霍光等辅立弗陵,是为昭帝。始元六年(前81),昭帝召开盐铁官营等国家大政会议,桑弘羊坚持盐铁官营和均输平准等政策。次年,桑弘羊因卷入燕王旦、上官桀父子谋反事件,被族诛。
⑤ 驽骀,指劣马。出自《楚辞·九辩》:"却骐骥而不乘兮,策驽骀而取路。"

(二)

白头鸟鹊泣城梁，又见欃枪照夜苔。
无复絛侯营细柳①，徒怜博士赋长杨。②
几闻河内新移粟，③犹有常平④未发仓。
钱谷非关元相⑤业，喘牛休问燮阴阳。⑥

---

① 细柳，即汉朝周亚夫屯军细柳（今陕西咸阳西南）的军营，上文已注。
② 博士，指扬雄，汉朝文学家，上文已注。长杨，辞赋名，即扬雄所作《长杨赋》。此赋写田猎，实讽汉成帝的荒淫奢丽。先以序文略叙长杨之猎，中完全以议论出。以高祖的为民请命，文帝的节俭守成，武帝的解除边患，概述历史，树立楷模，颂古鉴今，处处显出成帝背离祖宗，不顾养民之道。颂得愈高，讽得愈深。
③ "几闻河内新移粟"句引自梁惠王原话，梁惠王曰："寡人之于国也，尽心焉耳矣！河内凶，则移其民于河东，移其粟于河内；河东凶亦然。"
④ 常平，即常平仓，古代一种调节米价的方法。做法筑仓储谷，谷贱时增价籴，谷贵时减价粜。汉宣帝时耿寿昌首创。宋朝高承《事物纪原·利源调度·常平》："汉宣帝时数丰稔，耿寿昌奏诸边郡以谷贱时增价籴入，贵则减价粜出，名曰'常平'，此其始也。"
⑤ 元相，官名，即丞相，亦称宰相，古代朝廷最高行政长官的通称。
⑥ 喘牛，即成语喘月吴牛，故事：晋武帝对吏部侍郎满奋特别器重，经常召见他。晋武帝故意装一扇透明的屏风让畏寒的满奋坐在附近，满奋以为空屏风不能挡风不敢上前，见到是透明屏风后自我解嘲说："臣简直就像吴地的水牛，夜里见到月亮也怕得直喘气。"燮阴阳，即燮理阴阳，指大臣辅佐天子治理国事，出自《尚书·周官》："立太师，太傅，太保。兹惟三公，论道经邦，燮理阴阳。"

赠罗浮冲虚观道者①

日月其迈岁月徂,今我不乐将安如。

可泼绿醽屠朱鱼,刘伶②酒圣今所无。

逢干③买名轻卖躯,灵均④溺死忠之愚。

方朔⑤诙谈称竖儒,文成五利⑥音形虚。

蓬莱方丈⑦仙人住,欲巡赤松与子居。⑧

---

① 罗浮,即罗浮山,位于广东省博罗县。冲虚观,道教寺庙,位于罗浮山北麓朱明洞南。原址:葛洪所建四庵之一的南庵,初名都虚庵。葛洪升仙后,改建为葛洪祠。唐玄宗天宝年间扩建,易名为葛仙祠。宋哲宗元祐二年(1087),赐名"冲虚观"。道者,即道士。

② 刘伶,人名。刘伶,字伯伦,西晋沛国(安徽淮北市濉溪县)人,"竹林七贤"之一。曾为建威参军。晋武帝泰始初,对朝廷策问,强调无为而治,以无能罢免。平生嗜酒,曾作《酒德颂》,宣扬老庄思想和纵酒放诞之情趣,对传统礼法表示蔑视。

③ 逢干,两个古代人物,逢,即关龙逢;干,即比干。关龙逢,夏末贤臣,夏桀为酒池、糟丘,作长夜之饮。关龙逢进谏,立而不去,为桀囚拘而杀之。比干(前1092—前1029),沬邑(今河南淇县)人,商代贵族,商朝第十五代王太丁帝的儿子,十六代王帝乙的亲弟弟,末代王帝辛(商纣王)的叔父。据《孟子杂记》载:"王子干,封于比,叫比干。"比干是商代以死谏君的忠臣,也是历史上有名的敢于进谏、又不惜以死抗争的忠臣。与箕子、微子尽心尽力辅佐纣王更是有口皆碑,彪炳青史,并称为商末三贤。

④ 灵均,人名,即屈原。屈原,字灵均,战国楚文学家,上文已注。

⑤ 方朔,人名,即东方朔。东方朔(前161—前93),字曼倩,平原厌次县(今山东省陵县神头镇,一说山东省惠民县何坊乡钦风街)人。西汉辞赋家。汉武帝即位,征四方士人。东方朔上书自荐,诏拜为郎。后任常侍郎、太中大夫等职。著述甚丰,著作有《答客难》《非有先生论》《封泰山》《责和氏璧》《试子诗》等。

⑥ 文成、五利,两个人名。文成,即李少翁,术士,汉武帝认为李少翁有法术,遂拜为文成将军。后李少翁又用牛肚子里的奇书来骗武帝。剖开牛肚子,果然在里面发现了一张帛书,上面写着一些让人无法看懂的隐语,但汉武帝细细一端详,发现是李少翁的笔迹。这才明白是李少翁从中做了手脚,于是杀掉了李少翁。五利,即栾大。栾大(?—前112),术士,和文成将军少翁拜同一个老师学习方术。经人推荐给汉武帝,以巧言欺骗汉武帝任其重任。汉武帝封其为五利将军,后又加封为地士将军、天士将军、大通将军、乐通侯,采邑两千户人家。结果,寻长生不老药事败,被汉武帝处极刑——腰斩。

⑦ 蓬莱、方丈,仙人住海上的仙山,上文已注。

⑧ 赤松、子居,两个人名。赤松,即赤松子,又名赤诵子,号左仙太虚真人,秦汉传说中的上古仙人。相传为神农时雨师。能入火自焚,随风雨而上下。赤松子曾服用水玉这种药物祛病延年,并把这种方法教给神农氏。子居,即钟馗,钟馗是中国传统文化中的"赐福镇宅圣君"。据载:唐初长安终南山人,生得豹头环眼,铁面虬鬓,相貌奇异,才华横溢、满腹经纶,平素正气浩然,刚直不阿,待人正直,肝胆相照。

江头见月歌赠行客

欲落未落月色淡,将行未行客心惨。
问君西去几时还,远乘黄鹤辞云间。
下有渌水之回渊,上有丹岸之崇山。
顽蛟冥伏休见影,狡鸟不度谁敢攀。
手持文无思赠君,想君还时荔枝丹。

恭题 先宫庶秋林朝霭图①

秋光浓酿醉毫颠,墨底林峦淡化烟。
为问碧溪草堂②畔,记会穜柳是何年。

蜀江锦

妾买蜀江锦,为郎作袴裆。
素丝绣莲萼,中有双鸳鸯。
鸳鸯不独宿,并蒂同芬芳。
郎心若衣薄,妾意如丝长。
丝断不可续,衣故易新良。

古意赠今人

密叶栖花盖,低枝引暗香。
微风摇欲落,吹梦过东厢。
碧玉年三五,临春意自伤。
梁间双燕子,飞上郁金堂。

---

① 《秋林朝霭图》,立轴国画,作者袁松年。袁松年(1895—1966),又名鹤文,广东番禺人,上海中国画院画师,中国美术家协会上海分会会员,上海文史馆馆员,上海黄浦区政协委员。毕业于圣约翰大学。初期专攻临摹和学习油画,后改国画,其山水画多运用斧劈皴法,运笔坚硬,自成一格。
② 碧溪草堂,旅游景点,位于广东顺德大良清晖园内。

玉阶怨[①]

皎皎宵月辉,照妾罗裳衣。
中宿起独舞,寸念旋忧悲。
衣带日已宽,腰围日已亏。
路阔海波长,书绝鸾音稀。
昔为合欢花,今为断肠枝。
花落有开时,人去无还期。
玉阶萎秋草,歌榭凝霜埃。
待郎郎不来,清风入素帷。
素帷永以闭,贱妾将安栖。
反襟就空床,泪下如交丝。

赤雕行

猎人持赤雕,浼余干售钱。
血毛半凋脱,两翼倒搏悬。
微物具生命,哀其充俎筵。
念汝初归日,瑟惓如瘠鹃。
食以良田粟,沐以清溪泉。
会期羽刷丰,排风冲九天。
仕途多罗罟,慎尔卫生存。

[①] 玉阶怨,诗的体裁,由若干首五言绝句组成,南北朝时期、唐代曾经有诗人创作过同名的诗歌。作品描述:汉成帝时,赵飞燕得幸,班婕妤失宠。班婕妤不易觐见皇帝,担心自己地位不保,退而写下《纨扇诗》及《自悼赋》,情词凄怆,后代不少文人附和,如谢朓的玉阶怨:"夕殿下珠帘,流萤飞复息。长夜缝罗衣,思君此何极。"

题周衔芝①茂才美人抚琴图②

细拭香罗匣，犹闻纸上声。
倚弦不忍发，怕损旧离情。

次简竹居③明经韵

万顷平芜接大荒，天高风阔海波长。
老松百尺唫秋雨，古塔千寻挂夕阳。
何处嗷鸿愁失道，几家芗稻早登场。
洞怀水旱频年报，忍读畲书字数行。

赠魏子堃④

仙人骑羽鹤，白日升九天。
遗我三尺琴，清风生素弦。
大雅久沦没，此调今无传。
世浴多靡音，嗷嘈嚚为群。
我爱魏仲子，妙书能歌文。
介弟抱淑姿，艾龄探泮芹。
缵学富且渊，鲤训非隐闻。
大哉天子道，欲从予何因。

---

① 周衔芝，人名，字茂才，民间画家。
② 《美人抚琴图》，国画，作者：周衔芝。
③ 简竹居，人名，即简朝亮。简朝亮（1851—1933），字季纪，号竹居。广东顺德北滘简岸人，世称简岸先生。与康有为同拜广东名儒朱九江为师，是清末民初一位德高望重的儒学家。著作有《朱先生讲学记》《尚书集注述疏》《论语集注补正述疏》等。
④ 魏子堃，人名，湖南人，作者的文友。

晓寒和叶兰台①郎中 二首

（一）

落月西斜照画梁，晨星三两尚争光。
树声如雨凉于水，草色经秋欲染霜。
宝鼎留熏丹炉冷，重衾恋梦玉魂长。
独怜万里山河客，远盼征衣更断肠。

（二）

花冠喔喔唱东邻，数尽更鼍又响晨。
百舌惊寒啼不住，桔槔催起隔园人。

---

① 叶兰台，人名，即叶衍兰。叶衍兰（1823—1898），字南雪，号兰台，别号秋梦、秋梦盦主人。广东番禺（今广州）人，咸丰六年（1856）进士，官军机章京，直枢垣二十余年，后主讲越华书院。工小篆行楷，精鉴别，尝辑绘清代学者遗像一百六十九人，各系小传，为《清代学者像传》。著作有《秋梦庵词》《海岳楼诗》《海云阁诗抄》《绮霞轩诗话》等。

郑翁舍

绕郭溪如九曲肠,田塍四月稻花香。
此间不让松江①好,钓得鲈鱼满尺长。

忆巴州②李十四③员外

江上吹月上高楼,何人楼上弹箜篌。
一曲未终肠欲断,令人今夜忆巴州。

虎门④节辕怀尚书彭刚直⑤

青草侵沙驿,黄云没戍楼。
独留一片石,千古砥中流。

---

① 松江,地名,位于长江三角洲内上海市西南部,历史上曾享有"苏松税赋半天下"和"衣被天下"之称。境内水网纵横,九峰竞秀,构成了"山谷水肤"的旖旎风光,孕育了陆机、陆云、赵孟頫、陶宗仪、徐阶、董其昌、陈继儒、陈子龙、夏完淳、张祥和、张照等一批文人雅士。明至清,松江进士达521人。亦有黄道婆、徐光启、程十发、施蛰存等著名人物。

② 巴州,地名,位于四川东北部,是四川北部门户。

③ 李十四,人名,即李布。李布当时(唐朝)是"新除司议郎,兼万州别驾",于广德二年夏就任万州别驾,唐诗人杜甫《寄李十四员外布十二韵》:"寂寂夏先晚,泠泠风有余。江清心可莹,竹冷发堪疏。"

④ 虎门,地名,位于广东省东莞市西南部、珠江口东岸。

⑤ 彭刚直,历史人物,即彭玉麟。彭玉麟(1817—1890),字少鹤,后改雪琴,号退省庵主人,谥刚直,祖籍衡阳渣江,生于安徽安庆,清朝著名的军事家、政治家,与曾国藩、左宗棠、胡林翼并称"晚清中兴四大名臣"。光绪九年(1883)擢兵部尚书,光绪十年(1884),奉旨赴广东办理防务。在沙角设防,短期内训练出一支守土御侮兵力。著作有《彭刚直公奏稿》《彭刚直公诗集》。

送魏子堃①归长沙②

贾生祠③外草青青，三月春风下洞庭④。
料得故乡归去好，可留余梦忆南亭。

哭朱蓉生⑤侍御

修短云何寿，苍苍不可知。
数行白头泪，千里断肠诗。
落月应来梦，惊风忽折枝。
再生来报国，嗟汝莫来迟。

春旱不雨，时疫遍作，民有迁徙他郡者，龙子⑥悯之作是诗也！

民命亦云困，天心竟若何。
布幡迎野哭，铜鼓逐乡傩⑦。
放毒忧蛮虫⑧，招魂唱楚歌⑨。
救岂媿无术，谁为起沉疴。

---

① 魏子堃，人名，湖南人，上文已注。
② 长沙，地名，即湖南省会。
③ 贾生，即贾谊，上文已注。贾生祠，纪念贾谊的祠庙，位于湖南长沙。
④ 洞庭，即洞庭湖，上文已注。
⑤ 朱蓉生，人名，即朱一新。朱一新(1846—1894)，字蓉生，号鼎甫，人称"朱义乌"，浙江义乌朱店人，进士。19岁中秀才，清同治九年(1870)乡试，与弟朱怀新同时中举，光绪二年(1876)恩榜进士，历任翰林院庶吉士、散馆、编修。光绪十三年（1887）八月，应两广总督张之洞函聘至广东，主讲肇庆端溪书院，并编纂《德庆州志》。光绪十五年（1889），广雅书院掌教，著作有《无邪堂答问》五卷，奏疏一卷，诗古文韵杂著八卷，《京师坊巷志》四卷，《汉书管见》四卷等。
⑥ 龙子，即作者自己。
⑦ 傩是黄河流域唯一的古傩戏，被称为"戏剧活化石"。它是上古时代图腾崇拜时期的一种仪式，目的是祈求神灵逐鬼除疫，保估百姓过上安宁生活。
⑧ 蛮虫，古代对少数民族的贬称。出自汉朝班固《白虎通·礼乐》："蛮虫难化，执心违邪。"
⑨ 楚歌，地方歌谣，古代楚地的土风歌谣，带有鲜明的楚文化色彩，秦末汉初最为盛行。

朱节妇唫　并叙

节妇海盐①人也，以父宦粤，遂婚于胡氏子，夫无行家道，日替逾年，忧恚自寻死，妇一哭，誓不欲生，是夕，仰药而尽。事在光绪癸未②之冬，今其裔来言，且念为姻故也，爰作节妇唫

妇节朱氏女，生长浙水涯。
随父官东粤，嫁作粤民妻。
夫婿性轻薄，千金落产赀。
一朝死非命，遗妾将安依。
堂有老姑膝有儿，背姑夜起呼儿知。
汝娘誓从汝爷去，汝长成立光门楣。
呜呼儿兮啼饥勿啼苦，归魂或来时抚汝。
儿兮啼苦勿啼寒，寒在汝身酸我肝。

怀梁节庵③廉访④

江水东西流，残云日夜浮。
萧萧霜叶下，空忆洞庭秋。
黄鹤昔飞去，青山今何留。
思君不可见，余恨在扁舟。

---

① 海盐，地名，浙江省的一个行政县，位于杭州湾北侧，属嘉兴地区。
② 光绪癸未，即公元1883年。
③ 梁节庵，人名，即梁鼎芬。梁鼎芬(1859—1920)，字星海，号节庵，广东番禺人。光绪六年（1880）进士，授编修。光绪九年（1883）上书弹劾李鸿章，名震朝野，触怒慈禧太后，光绪十年（1884）辞官归乡。中法战争前后，加入张之洞幕府，成为张之洞宦海生涯中最得力的僚属。光绪十三年（1887），张之洞创建广雅书院（即现广东省广雅中学），聘为广雅书院第一任院长。
④ 廉访，职称，清代对按察使的尊称。元有肃政廉访使，掌监察官吏，明、清按察使亦有此职权。

赠族 并叙 先府君荣禄公①，隐居乐志，济恤慨然数十寒暑弗替，复立敬宗会，捐田若干亩，岁以租人，为族人训读备荒之需，甲午②事闻于朝，渥蒙旌表，诗以恭纪

我族溯源，辟居岭表③。
迄数百载，绳武④述绍。
爰逮昭代，风会日厚。
拜节豫中⑤，持衡山右⑥。
斯生斯聚，惟教惟庶。
义塾储仓，岁事如故。
先畴盈阡，播厥孙子。
六行⑦克敦，永誉惇史。

---

① 荣禄公，人名，即龙景灿，作者的父亲，上文已注。
② 甲午，农历纪年，即甲午年（1894）。
③ 岭表，地名，即岭南，上文已注。
④ 绳武，意思是继承祖先业绩。出自《诗·大雅·下武》："昭兹来许，绳其祖武。"
⑤ 豫中，地名，即江西省。
⑥ 山右，地名，山西省旧时别称。
⑦ 六行，即西周大司徒教民的六项行为标准，即：孝、友、睦、姻、任、恤。

瑞雪歌

我生恨作岭南人,二十余年未见雪。
偶时一披天山图,寒气逼人耸毛发。
入冬月余多晴喧,貂裘典尽沽酒钱。
天公遣意不可测,一夜严风褫入魄。
玉宇不尘鸟无声,晓来团作玻璃屏。
长倏短倏挂琼树,大片小片如银铸。
闲闻遗老向予言,腊月大雪多丰年。
圣皇在上德政溥,海隅岭表咸渥恩。
我今作歌纪时瑞,传之太史书輶轩。

简浙东诸彦并示黎纯甫舍人①

置酒高堂上,妙乐华筵张。
主人献新诗,客至亦称觞。
朝欢目陶然,夜饮乐未央。
聊云意自宣,眷言心孔伤。
大辱耻未雪,贱躯安所将。
引首思主恩,侧身独彷徨。
茗彼榛与苓,毋为枳棘戕。

---

① 黎纯甫,人名,作者的文友。舍人,古代官职名称。

合欢词

合欢床上鸳鸯被,金凤交头摇翠尾。
水殿风来生暗香,碧天初露月初凉。
玉壶传点花间送,独倚云屏不成梦。
起看双星正渡河,神鸟桥断奈君何。

东　征

东征万里日穷兵,血溅中原贾祸成。
岂是圣朝轻弃壤,天心原欲惜苍生。

和夷议成闻而惜之

十丈牙旗①绕郭城,乡团日日鼓鼙声。
近忧不在防夷狄,恐有萧墙②祸未平。
无事封章奏帝京,简书今已罢征兵。
宰衡独得和戎策,③ 解戢干戈饰太平。

---

① 牙旗,古称官署为牙,称所树之旗为牙旗。
② 萧墙,古代摆在室内的屏风,古代国君宫殿大门内(或者大门外)面对大门起屏障作用的矮墙,又称"塞门",萧墙的作用,在于遮挡视线,防止外人向大门内窥视。成语"祸起萧墙",比喻灾祸起于内部。
③ 宰衡,汉平帝时加给王莽的官名。后指宰相。和戎策,指与少数民族或别国媾和修好的政策。这里指中日签订的《马关条约》。

莲浦谣①

湖边采莲女，堤上冶游郎。

欲去却回首，踟蹰空断肠。

荷花香，发横塘。

裁荷叶，为君裳。

觱篥②歌

日色黄澹旗深红，胡笳四野鸣刁铜。

天狗吐焰横妖虹，月大如斗升于东。

秋 夜

梧桐泣露天宇湿，芭蕉大叶啼风急。

残星明灭照秋水，霜重漏声寒不起。

女娲炼石③石难补，凿破苍穹走金兔④。

仙娥⑤垂垂倚桂树，烛饮红泪怨天曙。

---

① 莲浦谣，俗乐，属于乐府诗，始于汉武帝，当时有太乐、乐府二署，分别掌管雅乐和俗乐。俗乐是乐府机关采集的各地的风谣，以及部分文人的创作，主要是用来供奉封建王朝的帝王和贵族们作歌舞娱乐之用。如唐朝温庭筠《莲浦谣》："鸣桡轧轧溪溶溶，废绿平烟吴苑东。水清莲媚两相向，镜里见愁愁更红。白马金鞭大堤上，西江日夕多风浪。荷心有露似骊珠，不是真圆亦摇荡。"

② 觱篥，古乐器，亦作"筚篥""悲篥"，又名"笳管"，已失传。以竹为主，上开八孔（前七后一），管口插有芦制的哨子。

③ 女娲炼石，女娲，上古神话中的创世女神。天地崩乱，洪水为灾，女娲救世，炼石补天，治理洪水。出自《淮南子·览冥篇》："往古之时，四极废，九州岛裂，天不兼覆，地不周载；火爁焱而不灭，水浩洋而不息；猛兽食颛民，鸷鸟攫老弱。于是女娲炼五色石以补苍天，断鳌足以立四极，杀黑龙以济冀州，积芦灰以止淫水。苍天补，四极正；淫水涸，冀州平；狡虫死，颛民生；背方州，抱圆天。"

④ 金兔，即月亮。

⑤ 仙娥，即嫦娥，上文已注。

酬郑征君

悠悠一片云,得时即霖雨。

儒生不出户,寰宙早胞与。

一朝厕廊陛,置身若伊吕①。

清风怀哲人,白日事明主。

爵赏岂吾愿,归来钓江渚。

清晖园②

我园清晖,在城南隅。

有馆有池,八九亩余。

中植嘉木,千百为株。

色花声鸟,四叙周如。

以鸣代琴,以读我书。

畦蔬初熟,厨酿盈壶。

兴来不浅,弄翰执觚。

抗古暴哲,风于唐虞③。

春

十亩方塘水,春来绿上衣。

观鱼凭竹槛,放鸭坐苔矶。

---

① 伊吕,典故名,典出《汉书》卷五十六《董仲舒传赞》。指伊尹和吕尚,商伊尹辅商汤,西周吕尚佐周武王,皆有大功,后因并称伊吕,泛指辅弼重臣。
② 清晖园,即顺德大良清晖园,上文已注。诗中所描述的景象与我们今天目睹的清晖园相似。
③ 唐虞,唐尧与虞舜的并称。亦指尧与舜的时代,古人以为太平盛世。

登西山^①绝顶

西山高万仞，上可接三光^②。

极夏浑无暑，非秋亦觉凉。

江楼吐新月，寺塔半斜阳。

安用冰山倚，趋炎意自忘。

夏日寄易实甫^③观察

日长无一事，寂坐闭双扉。

沼上观鸟浴，林涧待鹤归。

及秋思霈雨，当暑畏炎晖。

得暇余之乐，今时觉昨非。

---

① 西山，即北京的西山，上文已注。
② 三光，指日、月、星。又以日、月、五星合称三光。
③ 易实甫，人名，即易顺鼎（1858—1920），字实甫，一字中硕。号哭庵、一厂居士等，室名琴志楼，湖南龙阳（今汉寿）人。尝问业于王闿运。光绪元年（1875）举人，纳赀为江苏候补道，旋师事张之洞。马关条约签订后，上书请罢和议。反对割让辽东与台湾。曾两次去台湾，入刘坤一军，后赴台湾协助刘永福筹划防务。后入张之洞幕，曾主讲两湖书院。辛亥革命后寓居上海。袁世凯称帝，出任代理印铸局局长。

秋咏 二首

（一）

白石方横水浅黄，高槐老柳恋秋光。

绿云深处听啼鸟，欲和蝉声送夕阳。

（二）

花近中庭月近秋，碧天如水翠云流。

凤城①何处吹长笛，夜半西江②正倚楼。

---

① 凤城，即广东顺德大良，位于顺德的中部偏东，连接广州，毗邻港澳，水陆交通十分便利。大良古称太艮，隋唐五代已形成居民点，明景泰三年（1452）设置顺德县，定大良为县城，因城内有座美丽的凤山，故又称凤城。历史上就是珠江三角洲地区著名的商埠。

② 西江，即珠江最大的支流。

陶心云①孝廉招饮抗风轩②

夜合初开月正浓,春城③漏尽听残钟。
最怜孤鹊宵征急,飞遍峕湖第几峰。

平　湖

猛走雷霆怒不平,平湖逸目客心惊。
湿云潋滟吞江树,高浪奔腾撼石城。
一枕乡愁揽春梦,五更人语入潮声。
多情最是今宵月,夜半天涯伴我行。

彭城④旅舍

九月鸿雁飞,枫叶经风脱。
万户砧杵声,捣碎秋江月。

---

① 陶心云,人名,即陶浚宣。陶浚宣(1846—1912),原名祖望,字文冲,号心云,别号东湖居士,又号稷山居士,浙江绍兴陶堰人。清末著名书法家、园林艺术家、维新人士。东晋陶渊明第45代孙,清光绪二年(1876)举人。以知县用。丙戌岁(1886)会试,挑取誊录方略馆,议叙同知,升用知府,递升道员,加三品衔,赏戴花翎。历任广东广雅书院院长等职。
② 抗风轩,室名,位于广州文德南路,当年广雅书局南园。孙中山议建兴中会的抗风轩遗址,孙中山早年目睹帝国主义侵略中国,清政府腐败无能,丧权辱国,在檀香山、香港等地学习,接受西方民主思想,回国后,兴中会常在抗风轩密谈时政。
③ 春城,指广州,上文已注。
④ 彭城,即徐州,徐州古称彭城,位于江苏省西北部,地处南北方过渡地带,为北国钥匙,南国门户,向来是兵家必争之战略要地和商贾云集中心。文化悠久,是著名的帝王之乡,有"九朝帝王徐州籍"之说。中国历史文化名城。

仙 阁

竟日其阴雨,秋来意若何。

山中人不见,千里白云多。

神弦曲①

哀筝急响奏讴起,残篝灭明重帷里。

杜宇②悲鸣声不止,日日江头唤帝子③。

姗姗瘦影摇琅珰,风为马兮霓为裳。

来从何处去何方,双星④不动云茫茫。

过知服斋⑤访江巩弇⑥处士

竹槛轻凉夏景侵,闲花带雨晚阴阴。

屋头好鸟辄对舞,壁上老虫知和吟。

着书千卷不辍手,停杯一笑相倾心。

夕阳落尽未归去,更思载月来欢寻。

---

① 神弦曲,乐府古题,属清商曲辞,祭祀娱神之曲。
② 杜宇,即杜鹃。上文已注。
③ 帝子,指尧帝女儿娥皇、女英。上文已注。
④ 双星,即牛郎星和织女星,上文已注。
⑤ 知服斋,清朝民间书局,位于广东顺德大良,相当于现在的出版社,龙氏经营,现已失存。
⑥ 江巩弇,人名,顺德才子,知服斋编辑。

端州①庆云寺②

萍婆花开蝙蝠飞，萍婆花落鹧鸪嘷。
春风吹老白日暮，晓烟绿染芙蓉枝。
何甥嗜古兴不浅，导我夕游城南坡。
我来正值春二月，物景芳冶流清晖。
红棉吐苞柳长带，青桃子熟甘枣肥。
陂西寺僻绝嚣迹，状石怪伟所见稀。
憩行坐卧杂歌笑，冠者五六少者随。
院老伛偻揖客入，钻火采茗燃松脂。
泉水泠泠香且旨，荡涤尘虑舒心脾。
壁文蝌蚪字半脱，疑有崔颢③题新诗。
况复操翰④性所乐，景生于情情生辞。
白云入怀风满袖，醉舞玄鹤吟青螭。
尔时行乐自有在，人生富贵须奚为。
箪瓢陋巷不为因，颜氏之子其庶几。⑤
斯言参奥唔元昧，以掌抓股开从颐。
须臾皓月照诸岭，马首东指言旋归。

---

① 端州，地名，即广东肇庆市。
② 庆云寺，佛寺，即端州庆云寺，位于广东省肇庆市东北的鼎湖山天溪山谷，始建于明崇祯九年（1636）。光绪十九年（1893），慈禧太后六十寿辰时敕赐"万寿庆云寺"匾和"龙藏经"，并对寺进行修葺。
③ 崔颢，人名。崔颢（704—754），唐代汴州人。唐开元十一年（723）进士，天宝中为尚书司勋员外郎。史载：少年为诗，意浮艳，多陷轻薄；晚节忽变常体，风骨凛然。诗名很大，但事迹流传甚少，现存诗仅四十几首。
④ 操翰，执笔作文的意思。出自《新唐书·吕温传》："温操翰精富，一时流辈推尚。"
⑤ 颜氏，指颜回。颜回（前521—前481），字子渊，春秋时期鲁国人，（据熊赐履《学统》）。十四岁拜孔子为师，此后终生师事之。在孔门诸弟子中，孔子对他称赞最多，历代文人学士对他推崇有加，自汉高帝以颜回配享孔子、祀以太牢，三国魏正始年间将此举定为制度以来，历代统治者封赠有加，无不尊奉颜子。庶几，借指贤人，出自汉王充《论衡·别通》："孔子之门，讲习五经。五经皆习，庶几之才也。"

与吴玉臣①太史②论学

四十学缝衣,艺成目先老。
农夫事场圃,毕岁期获稻。
努力爱时光,策名苦不早。
白齿半凋黄,黑发变颁皓。
冉冉山上松,靡靡涧中草。
高卑会有宜,荣枯复何道。
感此造物机,君主伤怀抱。
慎无歧志业,守身至为宝。

海 镜

海镜波如一掌平,舟人喜向我争迎。
郎君底事风涛怕,告道安眠也不惊。

八月十五夜观月

七年五度客乡城,今岁归家看月明。
不识来年看明月,也思今夜作诗情。

---

① 吴玉臣,人名,即吴道镕。吴道镕(1852—1936),字玉臣,号澹庵,广东番禺人,清光绪八年(1882)进士,授翰林院编修。后以讲学终其身。在广州孝弟祠创办教忠学堂(广州市第13中学前身),著名的民主革命家朱执信在此学习三年才东渡。工诗文,书法自成一体,曾主修《番禺县续志》,著作有《澹庵诗存》《澹庵文存》《明史乐府》等。

② 太史,官名。三代为史官与历官之长,朝廷大臣。后职位渐低,秦称太史令,汉属太常,掌天文历法。魏晋以后太史仅掌管推算历法。至明清两朝,修史之事由翰林院负责,又称翰林为太史。

偕陈子励①方伯②游星岩③

暝色辟山老，秋声万木凋。
弓强丹隼健，鞭软玉骢骄。
落日张斜纲，荒烟锁断桥。
长吟行泽畔，骚客更魂销。

山　墅

泉鸣山月出，鸟语涧花落。
夕暮人未归，风动钩鱼索。

皎皎园中花

皎皎园中花，青青池畔草。
去年花开颜色好，今岁人与花俱老。
如丝白发新，揽镜朱容槁。
春秋佳日多，不乐复如何。

---

① 陈子励，人名，即陈伯陶。陈伯陶(1854—1930)，号象华，一字子砺，晚年更名永焘，又号九龙真逸，广东东莞中堂凤涌人，清朝探花。6 岁拜陈澧为师，10 岁通读五经，后就读于罗浮山酥醪别院。光绪元年（1875）中秀才。光绪五年（1879）参加乡试获第一名（解元），随即上京准备参加会试，因祖母和父亲相继去世，便奔丧回乡。光绪十八年（1892）中壬辰科进士，殿试获一甲第三名（探花），授翰林院。

② 方伯，古代诸侯中的领袖之称，谓一方之长。后泛称地方长官。清时用作对布政使的尊称。

③ 星岩，地名，即广东肇庆七星岩，上文已注。

悯农操

粤闽①自古称饶富，垦田服贾多户豪。
商人弋利一身安，农夫食力八口苦。
忆昔乾嘉②中叶时，雨旸时若和风熙。
一禾九穗黍两耳，太史③献瑞书丹墀。
县胥④不下征粮帖，含哺鼓腹歌衢诗。
鸡鸣犬吠声接壤，更蓺桑麻缫蚕丝。
自曾海衅构西戎⑤，频年防海辟边功。
边防未靖萧墙⑥乱，赤眉铜马⑦揭竿从。
九城烽燧驰羽节，六军无糈师不发。
居者蹙额行者愁，如鱼挂钩鸟失穴。
长官握算持长筹，不税洋舶税田畴。
国敛市征多苛扰，罚锾加赋无时休。
低原苦潦亢患旱，陇多硕鼠蝗蔽天。
霜降飓风寒露雨，十月割禾禾在田。
况复萑苻⑧满荆棘，日不餐粒无安眠。
万家嗷嗷仰屋叹，衣租食税殊堪怜。
釜升剥尽民脂肉，度支犹嫌用不足。
易孩为爨桂为薪，一斛明珠一斗粟。
署役如狼吏若虎，脂膏饱饫虎狼腹。
群狼掉尾虎点头，那闻农妇田间哭。

---

① 粤、闽，地名代称，粤，即广东；闽，即福建。
② 乾、嘉，朝代名，即清朝乾隆和嘉庆两个皇朝。
③ 太史，官名，上文已注。
④ 县胥，官名，古代县的小官。
⑤ 西戎，指地域，西方少数民族的统称。古华夏五方之民，中国、东夷、南蛮、西戎、北狄，西戎之名最早来出自周代，周人自称华夏，便把华夏周围四方的族人，分别称为东夷、南蛮、北狄、西戎。
⑥ 萧墙，典故，出自《论语·季氏》。孔子曰："吾恐季孙之忧，不在颛臾，而在萧墙之内也。"
⑦ 赤眉铜马，指汉末以樊崇等为首的农民起义军。因以赤色涂眉为标志，后泛指农民起义军。
⑧ 萑苻，指两种生于湖泽的芦类植物名，出自《左传·昭公二十年》："郑国多盗，取人于萑苻之泽。"后指贼之巢穴或盗贼本身。

湖上曲

莫食湖上莲，莲心常带苦。
莫食猩猩唇，猩猩解人语。

夜坐唫

春风如有意，吹月入罗帏。
似解怜侬恨，依依未肯离。
玉关①千万里，何日是归期。
滴尽闺中泪，天涯那得知。

诗人陶子政②惠箑③题雨中见燕

秋云不散午阴阴，悄悄西风生薄林。
芳草歇时犹见蹀，闲花落尽不闲禽。
汲泉烧叶调新茗，扫石燃香对古琴。
可忆雨中题燕句，苦无佳酿慰清唫。

---

① 玉关，即玉门关，亦借指宫门。
② 陶子政，人名，即陶邵学。陶邵学(1864—1908)，字子政，一字希源，居处名颐巢，学者称颂颐巢先生，广东番禺人。光绪十五年(1889)举人。光绪二十年(1894)进士，任内阁中书。光绪二十一年(1895)主讲肇庆星岩书院(故地在今宝月台)。著作有《续汉志勘误》《补后汉食货刑法志》《琴律》《颐巢类稿》等。
③ 箑，即扇子。

附 录

常见四种五绝格律

（一）

中仄平平仄，平平仄仄平（韵）。
中平平仄仄，中仄仄平平（韵）。

（二）

中仄仄平平，平平仄仄平（韵）。
中平平仄仄，中仄仄平平（韵）。

（三）

中平平仄仄，中仄仄平平（韵）。
中仄平平仄，平平仄仄平（韵）。

（四）

平平仄仄平，中仄仄平平（韵）。
中仄平平仄，平平仄仄平（韵）。

常见四种五律格律

（一）

仄仄平平仄（韵），平平仄仄平（韵）。
平平平仄仄，仄仄仄平平（韵）。
仄仄平平仄　平平仄仄平（韵）。
平平平仄仄，仄仄仄平平（韵）。

（二）

仄仄仄平平（韵），平平仄仄平（韵）。
平平平仄仄，仄仄仄平平（韵）。
仄仄平平仄，平平仄仄平（韵）。
平平平仄仄，仄仄仄平平（韵）。

（三）

平平平仄仄（韵），仄仄仄平平（韵）。
仄仄平平仄，平平仄仄平（韵）。
平平平仄仄，仄仄仄平平（韵）。
仄仄平平仄，平平仄仄平（韵）。

（四）

平平仄仄平（韵），仄仄仄平平（韵）。
仄仄平平仄，平平仄仄平（韵）。
平平平仄仄，仄仄仄平平（韵）。
仄仄平平仄，平平仄仄平（韵）。

常见四种七绝格律

（一）

平平仄仄仄平平，仄仄平平仄仄平（韵）。
仄仄平平平仄仄，平平仄仄仄平平（韵）。

（二）

平平仄仄平平仄，仄仄平平仄仄平（韵）。
仄仄平平平仄仄，平平仄仄仄平平（韵）。

（三）

仄仄平平仄仄平，平平仄仄仄平平（韵）。
平平仄仄平平仄，仄仄平平仄仄平（韵）。

（四）

仄仄平平平仄仄，平平仄仄仄平平（韵）。
平平仄仄平平仄，仄仄平平仄仄平（韵）。

常见四种七律格律

(一)

中平中仄仄平平(韵),中仄平平仄仄平(韵)。
中仄中平平仄仄,中平中仄仄平平(韵)。
中平中仄平平仄,中仄平平仄仄平(韵)。
中仄中平平仄仄,中平中仄仄平平(韵)。

(二)

中平中仄仄平平(韵),中仄平平仄仄平(韵)。
中仄中平平仄仄,中平中仄仄平平(韵)。
中平中仄平平仄,中仄平平仄仄平(韵)。
中仄中平平仄仄,中平中仄仄平平(韵)。

(三)

中仄平平仄仄平(韵),中平中仄仄平平(韵)。
中平中仄平平仄,中仄平平仄仄平(韵)。
中仄中平平仄仄,中平中仄仄平平(韵)。
中平中仄平平仄,中仄平平仄仄平(韵)。

(四)

平平仄仄平平仄(韵),仄仄平平仄仄平(韵)。
仄仄平平平仄仄,平平仄仄仄平平(韵)。
仄仄平平平仄仄,平平仄仄仄平平(韵)。
平平仄仄平平仄,仄仄平平仄仄平(韵)

后 记

龙锦伦

广东顺德大良清晖园龙氏家族，秉承龙氏敦厚博学家风，从一个小姓变成岭南首屈一指的名门望族。编者在编写《清晖园龙氏诗汇》之前，就听说广东顺德大良清晖园有许多诗集，收集了几年，才发现：由于年代久远，大都失传，可惜！现存诗集：《天章阁诗抄》（龙应时著）、《春华斋诗草》（龙元任著）、《蕉雨轩集》（龙啥芗著）、《五山草堂诗抄》（龙令宪著）、《龙佩荃诗集》（龙祝龄著）；散落于民间的零零星星作品：龙廷槐、龙元僖、龙景劭、龙景灿、龙景欢的诗作。他们的作品都不同程度地展现唐诗风格，而且主题健康，高度概括，形象鲜明，语言精练，结构严谨，朗朗上口易记；题材具有浓厚的南粤风味，龙啥芗的《蕉雨轩集》出版，其同父异母弟弟龙令宪为之作序，序言曰："……词多俊逸，读岂可想高风。这是四姐呕心沥血之作啊！"编者研读了《蕉雨轩集》，觉得龙令宪的评语一点也不夸张，例如《小芳圃》："晴云散天未，好鸟鸣山阁。春光人不见，野花自开落。"短小精悍，寓意深远。将自己这个才名出众被拒于科举大门外的小女子比作小芳圃，春光人不见，像野花那样，自开自落。寥寥二十个字，诉说封建社会对女性的歧视。如此高水平，与他们世代崇尚唐诗有关。当今，不是要继承和弘扬古诗词吗？这方面，清晖园确实是个成功的典范。编者本着这一愿望，编写《清晖园龙氏诗汇》，献给广大游客、读者，望笑纳。希望读者看了《清晖园龙氏诗汇》，也吟出当代一流的诗歌来。

本书从编写到出版，得到同昆的激励和大力支持，如万木草堂大掌柜龙东江，企业家龙永权、龙允东等，值此，借书之后记，道一声：谢谢！